아빠와 딸

아빠와 딸

초판 1쇄 발행 2015년 3월 23일

지 은 이   정광섭
발 행 인   권선복
편   집   김정웅
디 자 인   이세영
교   정   권보송 김성호
마 케 팅   정희철
전 자 책   신미경
발 행 처   도서출판 행복에너지
출판등록   제315-2011-000035호
주   소   (157-010) 서울특별시 강서구 화곡로 232
전   화   0505-613-6133
팩   스   0303-0799-1560
홈페이지   www.happybook.or.kr
이 메 일   ksbdata@daum.net

값 15,000원

ISBN 979-11-5602-090-5   03810

도서출판 행복에너지는 독자 여러분의 아이디어와 원고 투고를 기다립니다. 책으로
만들기를 원하는 콘텐츠가 있으신 분은 이메일이나 홈페이지를 통해 간단한 기획서와
기획의도, 연락처 등을 보내주십시오. 행복에너지의 문은 언제나 활짝 열려 있습니다.

아빠와 딸

정 광 섭 지음

도서
출판 행복에너지

　예고하고 찾아오는 불행이 없듯이, 장난처럼 찾아온 운명이 없을 터인데 산다는 게 무엇일까요?

　뜻하지 않게 태어나 어떤 길을 향해 가든지 모든 사연은 여러 가지 인연에 의해 이루어지고, 사계절의 순환을 인간의 삶과 연관시켜 그 의미를 유추하는 것은 아닐까요?

　마치 시냇물이 줄기를 따라 강으로 흘러 들어가고 해와 달은 어김없이 뜨고 지듯이 말입니다.

　그런데 왜 인간은 사랑으로 인해 아파할까요. 그렇다면 사랑은 사랑 안에서 아파해야 덜 아플까요? 그렇습니다. 사랑은 끊임없이 추구하고픈 무형의 절대이기에 항상 아쉽고, 허전하고, 메마른 가슴은 눈물에 젖는지도 모릅니다. 그런데도 사랑하는 사람과 함께 하고 싶고 속절없이 흐르는 시간을 붙잡으려 합니다. 왜일까요? 사랑의 본질은 사랑으로 인한 아픔까지도 함께 해야 하는 것이므로 그 유형의 본질 앞에서 자유로울 수가 없기 때문입니다.

인간은 태초의 사랑을 안고 커다란 사회라는 동그라미 속으로 자연스레 스며듭니다. 그곳에서 여자와 남자는 사랑을 배우고, 때로는 그 사랑을 품에 안는 게 두려워 어쩔 수 없이 깊은 밤을 하얗게 지새우고, 썰물처럼 빠져나갔는데도 아름다움으로 발산돼 가슴에 남은 상처를 추억과 그리움으로 혼동하는지도 모릅니다. 그래서 콘크리트 도시와 삭막한 생존경쟁의 극한시대를 살아가고 있는 우리들에게 진정으로 필요한 것이 무엇입니까, 라는 고전적인 질문과 맞닥뜨리게 된다면 정말 묻고 싶은 게 있었습니다. 인간이 엮어가는 아름다운 사랑이라는 게 무엇입니까, 라고 말입니다.

오래 전에 이미 기억에서 지워버린, 이를터이면 사랑으로 인해 힘들고 아파하는 이들에게 조금이나마 위로와 격려가 되었으면 하는 마음에서, 사랑이라는 보이지 않는 힘으로 또 다른 분신의 완성을 엮어내는 아빠와 딸을 세상에 내보내게 되었는지도 모르겠습니다.

끝으로, 의학용어 사용에 있어 도움을 주신 부천 예가인 성형외과 이학근 원장님께 감사드립니다.

창가에 내리는 어둠을 바라보며…….

목차

프롤로그

—

바람 한 점 없는 열대야가 유난스레 기승을 부리는 날씨다.

잠깐 잠이 들었다 부지불식간에 눈을 뜬 눈빛이 긴장에 쌓여 습관적으로 콧등에 걸려있는 안경을 슬쩍 들어 올리곤 방안을 둘러본다. 왠지 모를 무언가가 머릿속을 짓누르는 자극에 다시 슬그머니 눈을 감는다. 눈을 감고는 왜 이러지? 입속으로 되뇌어도 가늠이 되지 않아 고뇌하는 눈치다. 몇 번 마른세수를 하고는 의자등받이에 상체를 기댄 채 책상 위에 널브러져 있는 이것저것을 찬찬히 훑는다.

오른손을 겨드랑이에 끼고 왼손으로 턱을 받친 채 골똘히 생각에 잠긴 머릿속이 무겁고 혼란스러워 또다시 눈꺼풀을 내린다. 그러고 잠시 있다가 습관처럼 바라보는 창가에 어둠이 짙다. 습관이란 참으로 이해하기 힘든 버릇처럼 별 기능도 없이 저절로 행해지는 행동이 아닌가. 낯설지 않은 답답함으로 일렁이는 내면이 가시에 찔린 듯 아리다. 한꺼번에 밀어닥치듯 몰려드는 엄습이 신경세포를 자극해 형용할 수 없는 것들이 둥둥 떠다닌다. 머릿속이 어지럽고 뇌리를 감싸고 있는 의식이 억눌려, 마치 썰물이 떠나간 빈 갯벌에서의 생물들의 꿈틀거림인 양 스멀대자 몸이 차츰 움츠러들고 이마에선 식은 땀이 솟는다. 그다지 상쾌하지 못한 방 안 공기가 폐를 자극했는지 밭은기침이 난다. 엉거주춤 의자에서 일어나 창가로 다가간다.

골목으로 난 창의 커튼을 한쪽으로 몰아놓고 활짝 창문을 연다. 아파트가 즐비한 뒷골목은 예전의 낮은 지붕을 그대로 갖춘 집들이 다닥다닥 붙어있다. 눈앞으로 세탁소가 보인다. 세탁소에서 나온 20대의 여자가 흰 원피스를 들고 이리저리 살피며 미용실 앞을 지나칠 때다. 미용실 문을 밀치고 나오던 40대의 여인과 부딪치는 줄 알았는데 두 여자는 아슬아슬하게 비켜간다.

앞을 살피지 않고 원피스에만 정신을 둔 여자가 잘못인지, 아니면 미용실 문을 확 열고 나오다 부딪히는 줄 알고 깜짝 놀란 여인의 실수인지, 하여튼 누구도 먼저 미안하다는 말 한 마디 없이 외려 서로는 뒷모습에 눈을 흘기고 뒷걸음질이다. 미용실에서 나온 여인은 세탁소를 지나쳐서야 눈길을 거두고, 세탁소에서 나온 여자는 무당집을 표시한 붉은 깃발을 지나쳐서야 고개를 돌린다.

후덥지근한 밤공기에 바람이라곤 한 점 없이 습기가 눅눅하다. 낮고 무겁게 내려앉은 하늘엔 달도 별도 없이 캄캄하다. 창틀에 두 팔을 괴고 턱을 받치고 창 밖에 무슨 일이 벌어져도 꿈쩍도 안 할 태세다. 먹먹한 상태로 붙박인 듯 골목 밖으로 사라지는 자동차의 뒤 꽁무니에 눈길이 머문다. 두 여자의 스쳐지나가는 모습으로 인해 입가로 번지던 미소도 사라진 지 오래다. 문득 교회지붕의 십자가를 물끄러미 응시하는 눈망울에 핏발이 서 있다.

모든 게 얼마 전 아이와의 통화가 내내 마음에 걸려 그럴지도 모른다. 힘이 하나도 없는 목소리로 뭐 하세요? 묻고는 식사 거르지 마시고 운동도 열심히 하세요, 힘에 겨운 어투였다. 무슨 일인가? 잠시 무거운 침묵이 흘러 왜 그래, 어디 아픈 데 있는 거냐? 걱정이 돼 물었고, 아무 일 없어요, 라고 한 말을 속내로 곱씹었다. 힘이 하나도 없는 음성에 신경이 쓰여 요즘 마무리작업 중이라 좀 소홀했지? 물은 뒤 아이의 대답을 기다리는 속내가 아렸다. 아니에요, 열심히 마무리 잘 하셔야죠, 아이의 무덤덤한 반응을 미루어 보아 그동안 서운했으리란 생각은 잠시 정적이 흐른 후였다. 소설의 정의가 뭐에요? 아이의 뜬금없는 물음이었다.

글쎄…… 인간이 자유를 통하여 삶에 대한 존재를 깨닫고, 진실된 자아를 만들어가듯 그렇게 잠재의식 속에 머물러 있는 또 다른 나를 찾아내기 위해 자아의 껍질을 깨는 불씨겠지, 그리고 우리들이 겪으며 살아온 일상생활의 모티브를 창의적 상상력으로 자기물음과 자기성찰을 제시하는 삶의 형상일 터이고, 우리 삶 속의 형상이 작위적이라 해도 작위적이지 않게 언어로 엮어가는 이야기가 아니겠느냐고.

쉬운 것 같으면서도 어려워요, 착 가라앉은 음성인지라 바짝 신경을 쓰고 귀 기울여야 알아들을 수 있을 만큼 가늠하기 힘든 어눌한 말씨였다. 요즘 남자친구하고는 자주 만나는 거야? 슬쩍 대화를 바꾼 것은 관심을 표명하는 것이며 좀 더 구체적으로 남자친구와의 관계를 알고 싶었기 때문이다. 네…… 걱정하지 마세요. 아이의 걱정하지 말라고, 전해지는 분위기를 봐서는 무슨 일인지는 몰라도 심상치 않음이 분명했다. 아이의 상황이 어떤지 물어봐도 아무 일 없다는 말뿐이라 별 다른 도리가 없었다. 혹시, 남자친구와 싸운 건 아닐까? 그래서 마음이 편치 않았지만 워낙 표현을 안 하는 아이이므로 대놓고 묻기도 뭐한 노릇이었다. 하여튼 마무리작업에 매달리느라 그동안 소홀했던 게 신경 쓰인 건 사실이었다.

기억나세요? 제가 아주 어릴 적 어린이대공원에 놀러갔을 때요, 길을 잃어버리고 길에서 울고 있었잖아요, 그때 뒤에서 저를 찾았다는 기쁨으로 부둥켜안고 울었어요, 말이 멈춘 뒤 아이의 숨소리만 들렸다. 도대체 무슨 일인가! 마음이 내내 불안했다. 저는 마음이 우울할 때면 언제나 그 생각이 나요, 그럴 때면 저를 꼭 안아주며 이젠 괜찮아, 지켜줄 테니 울지 마, 그러다가 눈병 나면 어쩌려고, 하셨잖아요? 그 생각만하면 왜 그렇게 마음이 아려요, 오늘은 그 날이 더 생각나요. 후후……, 아이의 헛웃음은 깊은 울림이었다.

꼭 묻고 싶은 게 있어요, 말을 멈춘 아이의 흐느낌이 들리는가싶더니 그 분은 어떤 모습이에요? 입을 막은 손가락사이로 새어나오는 격한 흐느낌이었다. 그 분! 그것은 누구를 지칭하는 것인가? 메아리처럼 귓속으로 울려 퍼지는 뜻을 인지한 것은 잠깐 정막이 흐른 뒤였다. 그 분! 되풀이 할 상황이 아님에도 불구하고 너무 놀라 기어코 반복된 단어였다. 가물가물 상기되는 말들을 떨쳐내기라도 하듯 달리 대꾸할 묘안이 떠오르지 않아 묵묵부답으로 가장했다. 더욱이 놀람을 입속에 숨기느라 눈이 동그랗게 떠졌다.

아이는 초등학교를 입학하고 나서 그분의 존재를 물었다. 어디가 얼마나 아파 이렇게 오랫동안 오지를 않아? 다른 친구들 엄마는 학교에 자주 오는데 나만 엄마가 없어, 라고 그분의 존재를 물었을 때 몸이 아파 산에서 요양 중이라고 당황해 어설프게 둘러댔다. 초롱초롱한 눈빛과 궁금증에 덮인 눈망울은 하고픈 말이나 알고 싶은 것이 많다는 모습이었다. 묻지도, 알려고도 해서는 안 된다고 가르친 적이 없는데도 스스로를 다스린 아이였다. 그러다가도 가끔 묻고 싶어 하는 눈치였으므로 어쩌면 좋지, 생각할 때면 걷잡을 수 없이 번민되는 것은 둘째치고라도 현실이 무거워 걱정이 가라앉질 않았다. 그래서 아이의 눈치를 살피는 일 또한 서글픈 일이었다. 혹여, 매번 그러한 과정을 거치게 될지 모른다는 게 끔찍해 무던히 가슴을 쓸어내렸다.

예술성도 있고, 창의력도 좋고, 친화력도 양호한 편인데 가끔씩 왠지 모를 멍한 표정으로 넋을 놓을 때가 있다는 담임선생의 전언으로 가슴이 울컥했다. 아이는 자신의 숙명을 예견이라도 한 양 눈치만 볼 뿐 그분의 존재를 묻지 않았다. 이따금 물어볼 만도 한데, 라는 속말을 되새길 때면 가슴이 아려 아이의 얼굴을 똑바로 바라볼 수 없었다. 조금 더 세월이 흘러 그분의 존재를 또 묻는다면, 어떻게 매듭을 풀어야할지 고민이 아닐 수가 없었다. 그 후론 물속에서 일렁일 뿐 선뜻 수면 위로 떠오르지 않게 누구도 먼저 입 밖으로 꺼내지 못했다.

긴장에 싸여 맞잡은 손은 끈끈하고 마음은 걷잡을 수 없이 산만하다. 머릿속은 거미줄이 얼기설기 엮이듯 짐작도, 예상도 되지 않는 것이 속이 뒤틀려있을 즈음이다, 요란한 전화벨소리가 들린 게. 약간 놀라 핸드폰을 드는 손이 미세하게 떨린다. 여보세요? 전해오는 음성에 급격히 표정이 굳어지며 상대의 말에 따라 입술과 눈동자가 흔들린다. 불편한 마음을 대변하듯 힘껏 움켜쥔 손아귀에 푸른 힘줄이 선명하게 돋아난다.

"그, 그게 무슨 말이냐?"

말까지 더듬으며 화들짝 놀라 외친 숨소리가 탁하게 흩어져 가쁘게 몰아쉬던 숨을 잠시 고른다. 그 아이의 표현을 해석하려는 눈꺼풀이 미세하게 떨린다. 어떻게 된 일일까, 도대체 이게 무슨 일이란 말인가? 혼잣말로 읊조리는 입술 또한 불안정하고 옅게 붉어지는 눈시울에 안 되겠다 싶었는지 떨리는 입술이 황급히 움찔한다.

"울지 말고 차, 차분히……."

입술보다 먼저 뺨이 실룩이는 건 그만큼 마음이 떨리고 진정이 안 된다는 것일 터인데 눈시울마저 흐려진다.

"들, 들비가 흑!……."

그렇게 말을 하고 또 흐느끼는지라 핸드폰을 힘껏 움켜쥐고는 급격하게 변하는 안색에 당황한 눈빛을 감추지 못한 채 다음 말을 기다리는 눈치다.

"들, 들비가 위……."

다음 말을 잇지 못하는 그 아이의 흐느낌에 지그시 아랫입술을 깨문다. 무슨 일이 벌어졌는지 자세히 알 수 없으나 아이가 위급한 것은 사실이다. 한숨으로 더 이상 말을 잇지 못하는 것은, 그 아이의 울음을 상기한다면 좋지 않은 일이 발생한 게 분명했기 때문이다.

얼마 전 아이와의 전화통화를 끊고, 아이의 상태를 끝끝내 알아차리지 못한 것이 못내 아쉽고 후회가 되었으나 되돌리기엔 이미 늦은 뒤다. 부질없는 후회로 탓만 한들 되돌릴 수 있는 게 아무것도 없지 않는가. 조바심이 죄어 와 창가에서 후다닥 몸을 돌리는 빌길이 휘청한다.

그림 동화

제법 도톰한 햇살은 봄이 왔음을 알려주듯 콧잔등에 머무는 햇볕이 따스하다. 봄의 숨결을 조금씩 드러내는 매화의 절정은 역시 이른 봄을 나타내는가 보다. 가녀린 꽃잎을 가득 터트린 꽃망울은 소복한 아름다움으로 발산돼 한낮의 포근한 햇살이 창을 통하여 스며드는 학원실내의 열기는 뜨겁다.

"아니야, 그게 아니야!……."

들비의 고함이 실내를 울린다.

무용학과를 지망하는 학생을 개인 지도하는 그녀의 눈빛은 예리하게 한 치의 실수도 그냥 넘기려하지 않는다. 지적에 의한 교정반복연습만이 대동소이한 실력을 비켜갈 수 있는 지름길이란 걸 알기 때문일 터이다.

"아디지오의 가장 중요한 핵심은 중심잡기야."

학생의 동작을 멈추게 하고는 슬로우 템보의 요건인 느리면서도 우아한 포즈를 끊임없이 발현할 수 있는 모션을 직접 해 보이므로 그녀의 동작 하나하나에 눈빛을 빛내고 있던 학생은 고개를 끄덕인다.

"다시 한 번 원, 투!……."

예비모션을 습득한 학생의 선이 부드러워졌는지 좋아! 좀 더 예술성을 표출해봐! 어깨선에서 허리까지 흐르는 선의 각도를 주의 깊게 관찰하다가 이어지는 알레그로의 생기 있고 빠르게 수행되는 점프에서 만족하지 않았는지 그만! 소리치고는 학생의 서툰 동작을 몸소 실현해 보인다. 알레그로의 생명은 뛰어오르는 스텝과 떠올라 있는 자세에서 얼마나 편안한 모션을 취하느냐가 중요하다고, 지적한다. 학생의 이어지는 공중에서의 회전동작이 흡족한지 좋아! 아라베스크로 바로 연결해, 바닥에 고정된 발의 힘이 약해! 중심추가 튼튼해야 뒤로 쭉 뻗어 올리는 다리가 선을 예쁘게 살릴 수 있는 거야! 그러고는 손끝에서 발끝까지 쭉 뻗어 대각선의 우아함을 직접 동작으로 보인다.

"그렇지!…… 목의 선과 머리가 자연스럽게 대각선으로 눕히고 어깨가 수직으로…… 좋아! 발레는 동작도 중요하지만 선이 가장 중요하다는 걸 명심해야 돼! 넌, 지금 몸으로 말을 하고 있는 거야."

들비는 속삭이듯 선행동작을 취한다. 학생의 이행이 마음에 들어 미소가 스치는 걸 멈춘 건 경계를 늦추지 않으려는 배려인 듯하다. 이어지는 파드브레 총총걸음에서의 스텝이 약해 눈앞에 백조의 호수가 있다고 생각하라고, 호수에 죽은 영혼을 달라고 간절히 청하는 장면이라고, 진실처럼 간절하게 가슴으로 두 손을 모은 채 발끝을 세워 총총걸음으로 회전실현을 보이고는 좋아! 바뜨망 딴두로 바로 연결해! 지시에 따라 학생은 다리를 곧게 뻗었다가 뒷발과 부딪치는 모션을 정확하게 소화해낸다. 박수를 쳐주다가 이어지는 선 자세에서 몸을 팽이처럼 핑그르르 회전시키는 피루에트가 마음에 들지 않아 다시! 소리친다. 이어지는 브라와 드미브라의 예비모션을 취한 채 반 팔, 즉 팔의 중간정도의 포지션에서 두 팔을 제 2의 중간높이의 절반 넓이로 손바닥을 펼칠 때 간절함이 예술표현의 포인트, 라고 지적을 하고는 다시! 음성이 실내의 열기를 고조시킨다.

학원건물 지하주차장으로 미끄러지듯 들어온 진주색 BMW가 전면 주차를 한다. 다희는 룸미러에 자신의 얼굴을 이리저리 살펴본다. 약간 색조화장이 된 얼굴이 그런대로 괜찮아 보였는지 거울 속의 자신에게 윙크를 하고는 조수석에 놓였던 핸드백을 든다. 겨자색 스커트정장에 반짝이가 약간 들어간 금색 니트가 화사하다.

"잠깐, 보라야."

다희가 학원에 들어서는 걸 확인한 들비는 학생에게 지적해준 모션 을 복습하라, 하고는 활짝 웃더니 친구에게 테이블로 앉으라는 손짓 을 한다.

"부잣집마나님이 이곳까지 어쩐 일이야?"

다희가 한쪽 어깨를 들썩여 보여, 덩달아 한쪽 어깨를 들썩여 보 인 들비는 당연한 질문이라는 듯 눈을 동그랗게 만든다.

"너······ 오랜만에 보는 친구 대하는 태도가 영 불량하다!"

들비에게서 눈길을 거둔 다희는 찻잔을 들어 짧게 한 모금 마시 고 시선을 마주한다.

"다희가 너무 성숙해져서!······."

다희의 결혼식 이후 서로의 일이 바쁘다 보니 실로 6개월 만인 듯 해 반가운 기색으로 친구의 위아래를 훑는다.

"한참 크는 나이는 몰라보게 쑥쑥 크는 거야."

자신의 손을 머리 위로 올린 다희는 쑥쑥 크는 시늉을 해보이다가 아랫배에 힘을 가하는 게 살짝 드러난다.

다희와의 인연은 좀 유별났다.

새 학기 어색함이 남아있을 무렵, 다희 어머니는 무용학과 전원을 강남의 유명한 식당으로 초청했다. 다희의 존재를 부각시키려는 의도였고, 학과 학생들도 다희라는 존재를 긍정하는 눈빛들이라 들비 역시 그랬다. 헌데 문제는 다희 자신이 들비보다 모든 면에서 월등하다고 생각하는 데 있었다. 들비는 전국체조선수권대회수상에 의해 독자전형특채로 무상입학을 하므로 자연스레 학과대표가 되었음에도 그녀의 지시를 따른다는 게 다희로선 못마땅했다. 노골적으로 드러내는 친구의 심술에 많이 힘들어하던 와중에, 가장 권위 있는 문화장관전국체조 대학선수권대회가 개최되었다. 무용을 전공하는 대학생들의 꿈의 대회였다.

의욕만 앞섰던 다희는 불행하게도 예선에서 탈락하는 지경이 된 반면, 고교생신분으로 전국대회수상을 한 들비는 독자전형특채를 받아 무상으로 대학을 입학한 경력의 소유자로 결선까지 올라가 대상은 놓쳤으나 금상을 취득하게 되므로 그 후부터는 손과 발이 되어 뜨거운 우정을 보여준 친구였다.

"근데…… 요즘 깨가 쏟아질 텐데 정말 여기까지 어쩐 일이야?"

결혼 후, 친구가 많이 성숙해져 궁금증을 담은 눈길이 거두어지지 않는다.

"신혼생활이 궁금해서 그러지? 앙큼한 년……."

끝 음절을 길게 늘어뜨린 다희는 세모꼴 눈꼬리모양으로 새침한 표정을 짓다가 금세 지우고는 은근한 눈초리로 말을 덧붙인다.

"사랑을 비둘기에 싣고 온 평화의 여신, 뭐…… 그 정도의 선에서 갈무리하는 게 좋겠다. 어때, 궁금하지?"

다희의 의미심장한 표현이 혼란스러워 눈이 휘둥그러질 뿐 갈수록 미궁이라 기색이 펴지지 않는다. 거봐, 궁금한 의혹을 숨기지 못하잖아? 깔깔 웃음을 터트린 친구는 비둘기 등에 싣고 온 왕자님을 소개할까 해서, 기색을 살핀다.

"뭐?……."

예상 못한 제의라 들비가 놀란 표정을 지우지 못한 반면 다희는 정색을 한다. 2학년 축제 때, 무대에서 공연하는 모습을 지켜본 왕자님이라고, 친구가 설명을 마치고 세세히 살피는 듯해 누가? 직설적으로 묻는다. 먼 친척오빠라고, 군대제대하고 미국에 있는 큰아버지회사에서 사업경험도 쌓았다고, 근데 뜬금없이 얼마 전에 전화가 와서 자신도 놀랐다는 친구가, 조금은 어이없다는 표정으로 피식 코웃음을 치고는 글쎄, 너를 만나고 싶다고 하지 뭐니? 다희의 눈길을 고스란히 받고 있던 들비는 의아한 듯 고개를 갸웃한다.

"내가 아는 사람이야?"

의혹에서 벗어나지 못한 들비의 표정에 다희는 기다림도 없이 고개를 젓는다. 공연하는 모습에 관심을 갖고 군대에 갔다가 제대를 하고는 바로 미국으로 가게 된 거라고, 말을 멈춘 채 눈을 깜박이다가 자신이 겪어본 바로는 썩 괜찮은 친구라고, 설명했다는 다희는 이 정도면 잘했지, 라는 구김살 없이 살아온 미소로 의중을 묻는다.

"글쎄, 일식면도 없는 분이라 뭐라 말하기가……."

"너는……."

어눌하게 끝음절을 늘어뜨린 다희가 맞바라보다 얼굴 가득 잔잔

그림 동화

한 미소를 피어내며 등받이에 상반신을 묻는다. 친구의 여유는 계속하라는 암시다. 들비는 가볍게 숨을 들이마신 채 눈을 감는다.

"뜻하지 않은 제의라 어리둥절해."

어리둥절한 눈길로 쳐다보는 들비의 어깨를 살그머니 안은 다희가 슬쩍 눈썹을 치뜬다.

"그냥 스쳐가는 투였으면 여기까지 왜 찾아왔겠어. 어제는 직접 찾아와 부모님 성화도 있고 해서 진지한 감정을 나눠보고 싶다는데 모르는 척 할 수가 없잖아? 진실성이 있어 보여서."

"그래도 너, 너무 생소해……."

호들갑스레 수다를 떠는 데도, 고갯짓을 보인 들비의 다문 입술을 멀뚱히 쳐다보다가 어색하기는……, 다희는 지나가는 투로 말을 던지고 쌜쭉한 표정으로 그만 입술을 오므린다. 친구 사이를 가득 메운 건 침묵의 그늘이다. 기분이 야릇해져 잠시 머뭇거리는 사이 둘의 침묵은 더 길어진다. 친구의 제안을 아랑곳할 바가 아니라고 치부하기엔 성의가 신경 쓰인 건 사실이다.

"어, 어떻게 해야 되지……,"

어색해진 침묵을 조심스레 희석시킨 들비는 친구에게 눈길을 보내다말고 연습하고 있는 학생 쪽으로 시선을 돌린다. 벽면에 부착된 거울을 향해 뛰어오른 학생은 두 팔을 쭉 펼치고 우아한 포즈를 잡으려다 엉덩방아를 찧는다. 쯧, 쯧…… 들비는 혀를 찰 뿐 못 본 척 건너편 거울을 향한다. 학생은 붉어진 얼굴에 엉덩이로 가려던 손길을 비켜 두 팔을 모았다가 폴짝 뛰어올라 펼친다. 들비의 눈길을 쫓던 친구는 싱긋 웃고는 사랑은 도둑고양이처럼 살금살금 와야 운명적이라는 은근한 음성이다. 친구 쪽으로 고개를 돌린 그녀의 시선에 작고 갸름한 얼굴에 새초롬한 눈빛이 윙크한다. 옅은 색조화장에 타이트한 의상으로 몸매를 드러낸 친구가 운명적 사랑은 도둑고양이처럼 온다고.

"운명적 사랑!…… 후, 후 그런 게 있어?"

장난스럽게 웃는 들비의 표정에 고개를 주억거린 친구는 하려면 그런 사랑이 아름답지 않겠어? 살며시 안고 있던 그녀의 어깨를 자신 쪽으로 당기고는 한 번 해봐! 들비가 왜, 라는 기색에 친구는 그냥, 하는 표정이다. 싱겁기는! 아직 공부해야 할 게 많다는 그녀의 입술을 빤히 바라보던 친구가 은근히 손을 잡는다.

"좌우지간 우리는 수능이다, 실기다 뱅뱅 돌고 있을 때 너는 특채라고 그냥 먹고 노셨어. 거기다 대학선수권 금상에다가 시립단원으로 공연하고 할 거 다했는데, 무슨 욕심이야?"

불만이 있는 눈빛으로 너스레를 떨던 다희는 밑으로 눈길을 내린 채 발장난치는 들비를 잠시 보는 눈매다.

"너, 지금 수줍음 타는 거야?"

전혀 뜻밖이라서, 라는 기색으로 다희에게 눈길을 주려다가 얼른 시선을 피한다. 쳐다보는 친구의 눈빛이 요년 봐라, 하듯 웃음기가 잔뜩 묻어있었기 때문이다. 친구의 제안을 처음 들었을 때만 해도 딱히 관심도 없던 것을 피해보기는커녕 오히려 친구에게 놀림감만 된 모양이다. 들비는 발치께의 발장난을 멈춘다. 친구의 눈망울 속에 고요히 담겨있던 그녀의 형상이 미세하게 움직인다. 그럼, 너도 함께 하는 거지? 그녀의 기어들어가는 목소리 사이로 등 너머에서 내려 앉는 음악소리가 끼어든다. 잔잔한 음률이다. 입가에 미소를 띤 친구의 제안이 맞아떨어진 셈이다.

그림 동화

통 유리창 바깥 거리는 어스름으로 변하더니 새로운 불꽃으로 도시가 변하고 있다.

퇴근시간에 맞물린 도로는 주차장을 방불케 한다.

가고자하는 방향의 신호를 받으려면 최소한 두 세 번은 신호등이 바뀌어야 운 좋게 빠져나갈 수 있을 만큼 차량들은 꼬리에 꼬리를 물고 있다. 길이 막혀 교통난을 감안해 좀 이른 시간에 출발을 했기 때문에 그다지 늦지 않은 시간이 될 성싶었다. 그런데 생각보다 엄청 길이 막혀 눈빛이 초조해진다.

세계호텔 전경이 한눈에 들어온다.

정문으로 들어와 분수대를 끼고 좌회전을 한다. 호텔입구에 근위병복장을 흉내 낸 도어맨이 손을 들어보여 차를 세우고는 다가와 상투적인 웃음을 흘리며 한 손을 들어 보인다. 도어맨이 가리킨 회전문을 향해 또각또각 발길을 내딛는다.

엘리베이터가 21층 스카이라운지에서 멎는다.

엘리베이터 문이 열리는 동시에 흰 와이셔츠에 검정조끼차림의 웨이터는 아랫배에 두 손을 모은 채 깊숙이 머리를 숙인다. 예약자 이름을 확인한 웨이터가 뒤로 사인을 넘기자 검정 정장차림의 매니저는 상냥한 미소로 반긴다. 두어 걸음 앞선 웨이터의 안내로 실내에 들어서서 흘끗 라운지를 훑는다. 무엇보다도 실내에 두툼하게 깔린 카펫 위로 내딛는 발의 감촉이 부드럽다. 중앙 분수대를 지날 즈음 간이무대에선 현악 4중주를 이룬 외국 연주자들의 베토벤소나타 〈열정〉이 실내에 울려 퍼지고 있다. 부드럽고 단아한 선율이 분수대 물줄기를 어루만지듯 하모니를 이룬다. 천장에 장식된 크리스털 샹들리에서 와인 빛을 떨어뜨린다. 웨이터가 원형 테이블의자를 뒤로 뺄 때 베토벤의 휴머니즘이 광풍처럼 실내를 휘감듯 몰아친다.

"들비야, 어서와!"

다희가 손짓을 하므로 남자가 일어서더니 앉으세요, 한다. 그다지 지루하지 않은 시간이 지났을 뿐인데도 남자의 기색이 굳어있는 듯하다. 들비가 앉기를 기다렸다 앉은 남자는 그녀의 가늘어지는 눈빛을 감지한 듯 금세 표정을 누그러뜨리는 상당히 빠른 감정처리의 소유자다.

"늦지 않으려고 일찍 출발했는데…… 좀 늦었습니다."

친구와 남자를 번갈아 보며 머리를 조아린다.

들비가 의자에 편안히 앉을 때까지 기다린 남자는 생각할 여유가 많았습니다, 라고 엷은 미소를 짓는다. 그제야 들비는 남자를 넌지시 건너다본다. 그녀의 시선 때문인지 한층 차분해진 안색을 보이려 애쓰는 남자다.

"바쁘게 살다보니 개인적으로 한 여성에 대해 진지하게 생각할 여유가 없었는데 문득 어느 날……."

남자가 멋쩍은 표정으로 말을 얼버무린다.

다희는 두 사람을 번갈아 살피다가 뭐야? 나는 있으나마나 할 것 같은 분위기라고 너스레를 떨곤 일어선다. 그러고는 자신이 있으면 더 어색할 것 같으니 간다, 덧붙이고 두 사람에게 윙크를 한다.

"예전이나 변함이 없군요."

멀찍이 사라지는 다희를 바라보다 눈길을 마주한 남자는 불쑥 통성명도 없이 견해를 밝힌다. 너무 세련된 탓일까? 진의를 파악하기가 쉽지 않아 들비는 남자의 시선을 거부하지 않는다. 그녀의 강한 눈빛에 뜨끔한 기색을 보이더니 피식, 웃은 묘한 미소이므로 찬찬히 남자를 살핀다. 20대 후나 30대 초반의 남자다.

균형 잡힌 몸매에 짙은 머리칼이 새하얀 피부를 더 돋보이게 한다. 지적이면서도 생각에 잠긴 듯 보이는 흑갈색 눈빛이 자부심과 패기를 반영하듯 예리하다. 더구나 옷차림이 세련되고 화술 또한 자신감에 차있다. 하성아라고 합니다, 살짝 고개를 숙여 보이고 시선을 고정시킨다. 서, 라고 그녀가 이름을 밝히려는데 알고 있습니다, 하고는 활짝 웃는다. 그의 갑작스런 환한 미소 때문일까? 조금 더 지켜보자는 그녀의 속내가 울렁인다. 그녀는 초면이겠지만 이미 군대 가기 전에 보았다고, 그렇게 말을 하곤 후, 후…… 의미를 파악하기 힘든 혼자만의 실소를 짓는다. 입가로 흐르는 무늬를 가늠하기 힘들어 정체성에 잠시 혼란이 왔으나 이어지는 천진난만한 미소다.

웨이터장의 지시에 따라 차례를 기다리고 있던 웨이터들은 각양각색의 그릇에 제각각 다른 향이 풍기는 음식을 테이블 위에 세팅을 마치고 물러난다.

성아는 미소가 담긴 눈길로 얼음 통에 꽂혀있던 와인을 뽑는다. 그가 눈빛으로 와인 잔을 가리키므로 들비가 잔을 들자 그녀의 잔에 정중하게 와인을 따른다. 루비 빛에서 그윽한 과일향이 긴 여운을 남기는 이탈리아산 티냐넬로다.

"건배할까요?"

들비와의 중간쯤 사이를 두고 잔을 내민다.

와인 잔을 든 들비는 살짝 잔에 부딪치고는 시선을 내린다. 성아는 그윽한 눈웃음을 지었고 그녀는 와인 향을 맡는다.

"많은 세월이 흘렀는데도 들비 씨에 향한 마음이 변하지 않으니 제 마음이면서도 이해가 잘 가지 않습니다."

입에 머금고 있던 와인을 삼키고 천천히 감정을 표출하면서도 들비의 시선을 잡기가 쉽지 않다는 감정이 말해주듯 와인 잔이 빠르게 입술로 옮겨진다. 늦어서 죄송하다는 말 이후로 그녀는 조용한 시선만 두고 있을 뿐이다. 그녀의 감정을 읽으려는 듯 부족함이 많으나 빈 곳을 채우려고 많이 노력하고 있다는 어휘에 그녀는 시선을 바로 한다. 서로 예기치 않게 두 눈이 마주치는 바람에 잠깐 어색한 틈을 타 성아의 미소가 중간에 끼어든다. 무언가 찡, 하는 느낌에 그녀는 부리나케 눈길을 거둔다. 어색해하지 마세요, 그러면 덩달아 저도 어색해지잖아요? 외형만큼이나 세련된 어투에 반듯한 이마와 총명하게 번뜩이는 눈빛이다. 무엇보다 선이 뚜렷한 콧날과 섬세한 입술이 가난과 불행이 무엇인지 모르고 살아온 모습이다. 긴 손가락으로 와인 잔을 조금씩 돌리다 행동을 멈추고 입술을 뗀다.

"처음이라 많이 힘들어하는 모습이군요."

성아의 눈길이 와인 잔에 머문 채다.

"그, 그런 것 같아요."

들비가 멋쩍은 표정으로 시선을 내리자 성아는 눈치 채지 못하게 속으로 숨을 삼킨다.

와인 잔을 든 성아, 어색한 미소를 머금은 들비가 그의 잔에 부딪친다. 빙긋 웃음을 띤 성아는 마음을 편하게 가지세요, 궁금한 것도 많고요, 어눌하게 말꼬리를 늘어뜨린다. 그녀에게 잔을 부딪칠 때와는 달리 눈초리가 예민하다.

"무엇을 알고 싶어 하세요?"

입술에 대는 척하던 와인 잔을 내려놓은 들비는 의문이 어떤 것인지 궁금한 시선이다.

"들비 씨의 모든 것에 대해 전부……."

들비는 느긋한 눈길을 맞받는다.

"저에 대한 사생활인가요?"

정곡이 찔렸는지 성아는 약간 당황하는 기색을 얼른 감춘다. 게다가 그녀가 묻는 대로 자신도 모르게 네, 하지 않았는가. 슬쩍 눈길을 비켜 어색한 감정을 추스른다.

"껍질 속에 무엇이 있을까 궁금해서 벗겨보면 아무 것도 없는 양파처럼 똑같아요."

"하하하…… 곡해가 있었던 것 같습니다. 감정이 감각적으로 느껴졌을 때 남자가 여성에게 갖는 관심이랄까……."

자신만의 감정을 표현하려다 말끝을 흐린 성아의 미간이 미세하게 좁혀진다. 덧붙여질 말이 궁금한데 와인 병을 든 그의 눈가가 붉어진다. 그녀가 잔을 내미므로 그는 말없이 와인을 따르고 진지한 기색으로 변한다.

"들비 씨가 활짝 날개를 펼 수 있도록 전폭적인 지지자가 되고 싶습니다."

"어려운 표현이라 이해하기가 쉽지 않네요."

"편하게 생각하시면 됩니다."

순간적으로 흠칫하다 이내 평상심으로 돌아온 극히 짧은 변화다. 가급적 평상심을 유지하려고 애쓰나 자신도 모르게 어투가 흔들린 성아다. 오늘은, 이라고 들비는 조용히 고개를 숙인다.

동 틀 무렵부터 안개가 짙게 깔린 날씨는 정오가 지나면서 하늘이 맑게 개더니 안개 걷힌 햇살이 유리창에 부딪쳐 눈부시다.

그날은 그쯤에서 피곤하다는 핑계로 헤어져 집으로 돌아왔지만 내내 마음이 혼란스러웠다. 딱히 뭐라 꼬집어 드러낼 수 있는 것도 없는데 왜 그런지 가슴이 답답한 노릇이었다. 감정이 분명치가 않아서일까? 감정에 진실이 내재되어 있어야 동화되는 것인데 본질이 제대로 파악되지 않아서일까? 자상해 보이면서도 왠지 모를 장벽이 있어 다가가기가 쉽지 않았으나 막상 약속 날짜가 다가옴에 시간을 맞추느라 서두르는 모습이다.

"미안, 오늘은 제가 좀 늦었습니다."

성아는 헐레벌떡 잰걸음으로 다가와 진정되지 않은 숨결을 추스르곤 환한 미소를 짓는다. 지난주 처음 봤을 때보다 한결 부드러운 웃음이라 느낀 들비는 살짝 눈길을 비켜 눈으로 웃는다. 차가 너무 막힐 땐 날개가 쑥 나와 하늘로 솟았으면 하는 심정이라는 성아는 고른 앞니를 드러낸다. 햇살에 반사된 치아가 반짝인다. 잠깐 하늘에 시선을 두었다 건성웃음을 짓고는 성큼 다가온다.

"날씨가 너무 좋습니다. 일요일이라 사람이 참 많네요!"

활짝 양쪽 팔을 펼치곤 음성을 높인 성아는 뒷걸음질을 하다 몸을 돌려 보폭을 맞춘다. 서울에 살면서도 이런 곳에 처음으로 와봤다는 게 이상하다며 거침없이 한바탕 웃음을 토해내는 모습이 신선하게 다가와 들비의 표정이 부드러워진다. 두 사람이 밟는 인도로 바람에 쓸려온 나뭇잎들이 아무렇게나 뒹굴고 있다.

올림픽공원.

삭막한 빌딩숲에 싸여있는 공간에 도시인들의 오아시스라는 올림픽 공원이 조성되어있다. 숲과 호수 사이사이에는 수많은 경기장들, 경륜장 뒤의 지구촌공원과 미술관을 거쳐 평화의 광장에 이르는 잔디밭으로 유명조각가들의 걸작품들이 즐비하다. 모든 정경이 두 사람의 눈길을 사로잡는다. 느티나무 숲에 둘러싸여 분수대에서 뿜어대는 물줄기가 장관이다.

"주변광경이 자연적입니다."

환한 표정에 미소를 머금은 성아는 혼잣말인 양 읊조리고 흘끔 들비에게 눈길을 옮겼으나 마땅히 표현할 방법을 찾지 못한 그녀는 고개만 끄덕인다.

"부모님 쪽에서 어느 분을 닮았습니까?"

성아가 뚫어지게 응시하는지라 멋쩍은 기색으로 시선을 비켜 잠시 무언가 생각하다 아빠요, 하마터면 엄마의 얼굴을 몰라 분명치가 않아요, 할 뻔 했다.

"아빠가 아주 미남이신가 봐요."

잠깐 반응을 살피던 성아의 눈가로 옅은 미소가 흐른다.

"늘 보아온 모습이라 뭐라 말하기가……."

말끝을 흐린 들비의 뺨에 볼우물이 살짝 패였다가 금세 사라지는 건 말과 마음이 일치되지 않을 때 나오는 버릇이다. 자상한 마음씨는 미남이세요, 라고 읊조리고 싶었다는 듯.

"어머니는 어떤 분이십니까?"

당연히 고운 분이시겠죠, 라는 눈매라 들비는 편치 않은 기색으로 외면한다. 말없는 그녀의 눈망울이 촉촉이 젖어드는 듯해 성아는 의아한 표정을 지우지 못한 채 고개를 갸우뚱한다.

분수대를 지나 나무숲으로 들어선 두 사람.

색을 입힌 나무벤치가 가지런히 쭉 늘어서있다.

부모를 따라 나온 아이들은 해맑은 미소를 지은 채 숲속으로 뛰어갔다가 달려와서는 벤치 위에 엎어져 뒹군다. 다쳐! 소리친 아이의 엄마는 아이들의 손에 소시지를 하나씩 쥐어준다. 두 아이가 서로 그것을 낚아채려 장난을 치는 모습에 아빠는 함박웃음이다. 아이들의 천진난만한 장난이 예쁜 모양이다. 들비는 가만히 아이들에게 시선을 보낸다. 한 아이가 해사하게 웃다가 초면의 눈빛이 부끄러워 엄마의 가슴팍에 얼굴을 묻는데 두 다리가 허공에서 둥둥 뜬다. 운동화 밑창에 달린 자동차 바퀴 모양의 빨간 바퀴가 앙증맞게 빙빙 돈다. 마치 물레방아가 도는 것처럼.

두 사람은 벤치 사이를 지나 숲으로 들어가 잔디 위에 앉는다. 두 사람이 앉아 있는 뒤쪽에 여러 명의 사내들이 신문지를 깔고 수다를 떠는 모습으로 보아 노숙자인 듯하다.

유난히 얼굴 표정을 일그러뜨리며 실눈으로 주변 사람들을 살피던 자가 다가오는 사내를 반기듯 아는 체한다.

"어이! 서 씨, 이리 와!"

붉게 상기된 얼굴에 유난히 매부리코가 두드러져 보이는 자다.

매부리코의 외침을 들었는지, 못 들었는지 그자는 매부리코를 쳐다보지도 않고 한쪽 귀퉁이에 엉거주춤 앉는다. 그자의 한숨소리에 땅이 꺼진다.

매부리코는 오른손중지의 첫마디에 王자라는 문신이 새겨져 있다. 다른 자들에게 자신의 위세를 보이려 들 때면 주먹을 쥐고 王자의 문신을 드러내 어깨에 힘을 주곤 한다. 헌데, 매부리코를 아는 체도 하지 않은 그자만이 유독 자신의 위세를 못마땅하게 여기는데 오늘도 역시 자신의 말을 귓등으로 흘리지 않는가. 몇 번 입맛을 쩝, 다신 매부리코는 저자를 도와줄 사람이 자신밖에 없다면서 다른 자들에

그림 동화

게 눈빛을 빛낸다. 매부리코의 아는 체를 외면한 그자는 신문지를 깔고 드러눕는다. 그자의 행동이 맘에 들지 않다는 눈초리로 노려보던 매부리코는 심드렁한 기색으로 뇌까린다.

"옛날 성질 같았으면 벌써 한주먹에 날아갈 놈이지!"

매부리코의 막말을 귓등으로 흘러 넘긴 그자는 돌아눕는다.

그자의 옆에 이미 드러누워 눈을 감고 있던 자는 사업이 망해 도망치듯 집을 나와 노숙자신세가 된 지 벌써 5년이 되었다고, 아내와 자식들이 어떻게 살고 있는지도 모른다고, 덮은 신문지 끝자락에 드러난 발이 시려 보인다.

"왕 씨, 그만해!"

매부리코 옆에서 그의 말에 심취되어있던 자는 뱁새눈을 더 가늘게 뜨고 매부리코의 성질을 다독거린다. 뱁새눈은 매부리코의 문신대로 매부리코를 왕 씨라고 부른다. 뒤를 흘끔거린 뱁새눈은 은근한 눈초리로 변한다.

"마누라가 고무신을 거꾸로 신었는데 딸이 몹쓸 병이 걸려 죽게 생겼대."

뱁새눈은 그렇게 표현을 하고 눈살을 찌푸리더니 다시 한 번 뒤를 흘끔거린다. 심드렁하게 듣고 있던 매부리코는 이번 사업만 잘되면 다 해결해줄 거라며 어깨에 힘을 주고는 주변을 살핀다. 그것은 자신의 말에 얼마나 반응들을 보이는지 살펴보려는 술수인 듯 입가로 느끼한 주름이 잡힌다.

"그럼, 왕 씨가 어떤 사람인데 그러고도 남지, 암!"

매부리코 건너편에 앉아 소주를 들이키던 딸기코가 게슴츠레한 눈빛을 번득이는 건 아첨 섞인 말투라는 암시다.

"그럼, 왕 씨가 누구야? 우리하고는 인생자체가 다른 사람인데! 그럼, 그릇자체가 다르지!"

딸기코에게 질세라 매부리코의 기세에 힘을 덧붙이는 뱁새눈은 매부리코를 흘끔 하고는 자신이 그자의 참모라는 위세를 보인다.

"내가 왕십리에서 잘나갈 때 도와준 후배가 지금 중국에서 사업을 크게 하고 있지."

잠시 말을 멈춘 매부리코는 슬쩍 그자들의 기색을 살피고는 중국에서 장기수술로 황금알을 낳는 병원을 한다면서 한껏 어깨를 부풀린다. 매부리코의 말에 계속 고개를 끄덕이던 딸기코는 손뼉을 쳐대면서 부러운 눈빛을 감추지 않는다.

"이제 왕 씨 세상이지!"

딸기코의 부러움에 찬 눈망울이다.

"한국은 장기이식수술의 절차가 까다로워 지금 중국으로 몰려들고 있어, 찬스지."

매부리코는 코를 씰룩이다말고 한사람, 한사람의 안색을 살핀다. 자신을 쳐다보는 눈빛들이 부러움에 가득 찬 기색이라 한결 여유 있는 표정으로 소주잔을 만지작거린다.

"그래서 뜻이 맞는 사람끼리 장기밀매를 해 자금을 모아 사업을 했으면 해."

매부리코가 어투를 길게 늘어뜨리므로 딸기코 옆에서 새우깡으로 허기를 면하고 있던 공 씨는 장기밀매를 하면 자신의 손에 얼마의 돈이 주어지느냐는 눈매로 매부리코를 쳐다본다. 툭 불거진 눈망울을 가늘게 찌푸린 매부리코는 곁눈질을 멈춘 채 최하 수천만 원이라는 암시를 넌지시 준다. 그러고는 자신이 선을 대면 더 많이 받아

그림 동화

낼 수도 있다고, 더욱 눈빛을 빛내는 매부리코는 소주를 벌컥 들이
키고는 쓰윽- 입가를 문지른다. 미적지근한 공 씨의 태도에 할 거야
말 거야, 라고 눈살을 찌푸린 매부리코의 재촉에 공 씨는 난감한 표정
이다. 몇 달 전에 우선 조직검사비용으로 2백만 원을 달라 해서 돈을
줬다는 공 씨는 지금까지 어렵게 모아둔 돈 2백만 원을 날렸다고,
돈을 받아간 그자가 나타나지 않아 사기만 당했다고, 한껏 불거진
매부리코의 눈망울을 외면하더니 새우깡을 만지작거리는 두 눈에
물기가 가득 담긴다. 그런 공 씨를 째려보는 매부리코는 한참 입맛
을 다시고 나서 됐어, 됐어!……, 심드렁하게 웅얼대고는 그런 허가
도 없는 인간을 상대하니까 그렇지! 눈을 부라리고 딸기코에게 눈
길을 옮긴다.

"황 씨 생각은 어때?"

입맛을 다시다 말고 은근해진 음성으로 마지막 기회야, 이번 일
이 잘되어야 우리 계획대로 사업을 할 수 있다는 으름장을 놓고는
한층 상기된 눈초리로 딸기코를 쏘아보는 매부리코다. 재촉하는 눈
매로 빤히 노려보는 그자의 기세에 딸기코는 두려운 눈빛을 감추지
못 한다. 옆에 놓여있던 신문지를 든 딸기코는 손바닥으로 구겨진
신문지를 쓱- 문지르고는 지금은 단속이 심해 중간에서 사기당하기
일쑤라 망설여져, 덧붙이는 딸기코의 변명은 지금도 마누라가 자신
을 찾는 신문광고를 내고 있을지 몰라, 라고. 딸기코의 말에 코웃음
을 친 공 씨는 때는 이때다 싶었는지 고개를 빳빳이 세우더니 아무
리 신문광고 뒤져봐도 황 씨 찾는 광고는 못 봤다! 손사래까지 쳐대며
비아냥거림이 담긴 냉소로 더욱 붉어진 딸기코를 면박한다. 딸기코
는 아예 고개를 숙인 채 물끄러미 발치께로 시선을 내린다. 딸기코

의 안색을 넌지시 살피던 매부리코는 황급히 공 씨의 말을 그만, 그만, 그런 시시껄렁한……, 손을 내젓고 또 내저으며 심드렁하게 내뱉고는 은근한 기색으로 딸기코를 쳐다보는 눈길이 예사롭지 않다.

"황 씨, 내가 중간에서 거래를 해볼까? 적어도 수천은 받아낼 수 있어. 저쪽 형편을 봐서 더 뜯어낼 수도 있고."

매부리코의 은근해진 눈빛에 딸기코의 눈망울이 흐려진다. 그렇지 않아도 얼마 전에 해보려고 했다는 딸기코, 중간에서 사기당하는 일이 많아 그만뒀다는 딸기코의 기어들어가는 목소리에 대뜸 됐어! 매부리코는 딸기코의 말허리를 자른다. 다음 이어질 단어들을 익히 안다는 안광으로 쏘아보는지라 허둥대듯 매부리코의 시선을 비킨 딸기코의 손가락 끝에는 필터까지 타들어간 담뱃재가 기다랗게 매달려 있다. 딸기코는 그자의 눈치를 흘끔 살피고 일어서서 슬금슬금 사라진다. 멀어지는 딸기코의 뒤통수를 노려보는 매부리코의 눈가에 서슬이 진득하게 묻어난다. 그자의 욕설을 뒤로 한 채 신문지를 뒤적이는 딸기코의 목젖이 오르내린다. 마누라가 분명히 자신을 찾을 텐데, 라고. 딸기코가 사라진 그림자를 쫓아 하나둘 자리에서 일어선다. 잔뜩 목을 움츠린 그들에게선 생기라고는 찾아볼 수가 없다. 한 번 노숙자신세가 되면 무기력하게 빈곤함정에 빠질 터인데 그들은 희귀본능처럼 마지막비상구로 몸을 눕힐 공간을 배회한다. 인생의 첫 단추가 잘못 끼워지면 제자리를 찾기 힘든 것처럼 세상에서 버려진 인생이 다시 삶을 찾는다는 게 얼마나 힘에 겨운 시련인가. 그들이 사라진 빈 공간으로 쓰레기가 바람에 휙- 쓸린다. 옅은 구름 사이에서 낮과 밤이 조금씩 빛깔을 교체하고 있다.

"세상에는 아프고 힘든 사연이 많은 것 같군요."

그림 동화

그들의 등 뒤로 넘어온 대화를 듣고 있던 성아의 심기가 밝지 않은 건 들비의 눈망울이 물기로 젖어있기 때문이다. 왜 그러지? 의아해하는 표정으로 찬찬히 그녀를 살핀다. 그렇게 마음이 여려서 어떻게 세상을 사느냐며 눈가로 웃음을 보인 채 맛있는 거 먹으러 가자며 성아가 손을 내민다. 그에게 손을 준 들비는 고개를 끄덕이는 모양으로 대답을 대신한다.

한강고수부지로 들어서자 하나둘 불을 밝히는 가로등.

넓은 주차장에 꽤 많은 차량들이 주차돼 있다.

두 사람은 선상카페로 걸음을 옮겨 창가의 테이블에 마주보고 앉는다. 간이 무대에선 통기타의 음률을 조절하던 여 가수가 흘낏 실내를 돌아보고 꽃밭에 누워, 라는 노래를 부르기 시작한다. 모창인 듯 아닌 듯 슬쩍 원곡을 벗어난 듯하다. 더구나 청초한 이미지를 주고 싶어 앞머리는 앞이마 선에서 자르고 양쪽 머리칼이 어깨까지 내려와 있다.

"남자를 사랑해 본 적 있습니까?"

어서 드세요, 라고 들비가 눈길을 보냈으나 묵묵히 스테이크에 칼질만 하던 성아의 뜬금없는 질문이라 잠시 멍한 시선으로 머뭇거린다. 이어 그녀의 눈길을 마주한 성아는 어서 말해보라는 재촉이라 그녀는 휘둥그레 뜬 눈망울로 고개를 젓는다. 흘끔 숨을 들이마시곤 무언가 묻고 싶은 것에 대한 쑥스러움을 지우듯 그녀의 입가가 가늘어진다.

"그쪽은요?"

묻고는 싱긋 미소를 지은 채 바라보는 눈빛이 빛나 보였던지 어눌하게 변한 성아의 표정이 촛불에 일렁인다. 설마 자신에게 물어보리라 짐작 못한 눈빛이었으나 재차 물음이 낯선 모양이다. 풋풋한 미소로 눈길을 비키지 않는 그녀의 눈매를 피해 그는 시선을 내린다. 관심 있는 여자는 하나, 라는 표현에 그녀가 씨익- 웃는다. 그의 음성이 포근했기 때문일 터다. 그녀에게서 시선을 돌린 그의 입가로 설핏 스치는 미소가 텅 빈 듯 쓸쓸해 보여 그녀는 가만히 창밖으로 눈길을 옮긴다.

언제나 한강은 말없이 느릿느릿 흐르고 있다. 어스름한 달빛을 받은 유람선이 물살을 가르며 적막을 어루만지고 있을 뿐이다.

"들비 씨!"

불러놓고는 분위기가 왜 이래, 하듯 어깨를 추스른다.

성아의 눈빛을 외면하지 않은 시선이 예사롭지 않아 스스로 상기된 얼굴을 비키고는 벌쭉 웃는다. 촘촘하게 고른 치아가 살짝 드러나는 미소다. 뭐라 말을 이어야 되는데 머쓱한 표정을 감추지 못한 성아는 이러지 않았는데, 속으로 읊조리며 눈길을 들었으나 마땅히 눈길 둘 곳을 찾지 못해 허둥대는 기색이다.

"불러놓고는 왜 그렇게 침묵하세요?"

들비가 슬쩍 웃고는 이어 덧붙인다.

"찔리는 게 많은가 보죠?"

아니라고, 손사래까지 한 성아의 눈망울에 촛불이 일렁인다. 어색함이나 상념을 떨치듯 우리 밖으로 나가자며 손을 내미는 표정이 미세하게나마 경직돼 보여 그녀는 눈으로 웃는다.

가로등 불빛이 미치지 않은 곳으로 들어서는 차량들의 헤드라이트가 꺼진 채 누구의 방해도 받고 싶지 않은 자유로운 공간인 듯하다. 가로등 불빛이 은은히 내리는 벤치 앞에서 걸음을 멈춘 성아가 얼른 손수건을 꺼내 벤치 위를 닦고 앉자는 시늉에 들비는 고맙다는 눈웃음을 짓는다. 덩달아 활짝 안색이 살아난 그의 앞이마 아래로 이어지는 곧은 콧날이 차갑게 느껴졌지만 짧은 미소 뒤끝이 깨끗하고 포근하다. 들비는 두 손을 깍지 껴 무릎 위에 놓는다.

뭉게구름에 슬쩍 떠받쳐있던 반달이 구름 속으로 숨어버린다. 하늘에 눈길을 두고 있던 성아가 시선을 내린다. 아직은 차게 느껴지는 강바람이 휙- 분다. 바람결에 실린 비릿함이 코끝으로 다가온다. 군데군데 설치된 가로등 불빛이 오렌지 빛으로 한강의 적막함을 어루만지듯 내린다. 그녀의 옆얼굴로 주홍색 가로등 불빛이 비치고 반대쪽 옆얼굴엔 그림자가 드리운다.

한강의 빈터가 외로이 바람에 쓸린다.

"아직도 소녀처럼 보입니다."

그다지 짧지 않은 순간이 아니었던 터라 시선을 떼지 못한 민망함을 얼버무리듯 성아는 나지막이 읊조린다. 참으로 알 수 없는 어휘라 그녀는 목마름을 느껴 한강으로 눈길을 옮긴다. 어둠에 깔린 한강이 아름다운 야경을 흠뻑 담고는 낮과는 또 다른 모습으로 변신하고 있다.

"소녀? 후후…… 칭찬인지 흉인지 좀 헷갈리네요."

빙그레 미소를 띤 채 한손으로 턱을 받치곤 성아에게 시선을 향한다. 절대 허튼소리 아니라며 오렌지눈빛으로 그녀를 향하다가 얼마쯤 적막이 흘렀을까? 다희가 오빠라 부르니까 오빠라 칭해도 좋지 않을까? 아니면 몇 살 많은 남자친구로 생각하고 성아 씨라는 호칭을 사용하면 덜 거북 할 텐데……, 의중을 묻는 듯해 그녀는 살짝 고개를 끄덕이고 제가 알아서 할게요, 한다. 모호한 긍정이므로 그는 더 이상 강요하지 않는다. 불꽃을 피운 유람선 두 척이 서로를 비켜 유유히 한강을 떠간다. 강바람이 두 사람의 머리칼을 휘감고 사라지는 유람선과 인적이 끊긴 공터로 스며드는 적막이 스산하다.

"오늘을 기념하는 뜻으로 우리 클럽에 갈까요?"

은근한 기색을 감추지 않은 채 성아가 손을 내민다. 아니에요, 했다가 단박에 제안을 거절한 게 미안해 하늘로 눈길을 둔 들비의 얼굴에서 달그림자가 사라진다.

늦봄의 열기가 어둠에 묻히며 밤공기는 적당히 선선하다.

인도를 오고가는 여성들의 옷차림은 미니스커트와 핫팬츠차림이 눈에 많이 띄어 다가올 여름 내내 유행이 될 듯 싶은 차림새다.

짙게 잠들어가는 도시의 네온사인이 밤눈을 현란하게 뜬다. 일렁거리는 거리의 불빛은 차량들의 성질 급한 클랙슨소리에 깜짝 놀라 불빛을 부라린다. 인도로 바짝 붙어 무언가를 찾는지 비틀거리는 승용차의 차창이 다 열려 있다. 휘익- 스치는가 싶은데 차창 안에서 폭발음인 양 쏟아져 나오는 음악소리다. 눈초리를 마주치기도 전에 쏜살같이 사라지는 승용차의 굉음이 인도를 걷는 사람들의 눈살을 찌푸리게 한다.

교차로에 늘어선 차량들은 반딧불 춤추듯 왼쪽 눈을 깜빡이며 좌회전 유도선으로 들어서서 앞차를 쫓아 서서히 핸들을 돌린다.

세계호텔 별관 지하의 키스 앤 키스 나이트클럽 입구가 분주하다.

주차장으로 들어서는 차가 벤츠, BMW, 아우디 등 수입차 일색이라 땅바닥에 이마가 닿도록 조아리는 주차원은 빈혈이 날 지경이다. 분주한 틈새로 최신 스포츠카인 포르쉐 뉴박스터가 미끄러지듯 들어온다. 벤츠 클래식 차문을 열려던 주차원은 엉덩이를 뒤로 쭉 빼고는 포르쉐로 다가가 무릎에 이마가 닿도록 허리를 숙인다. 세계적인 명품의 셔츠 위에 셔츠를 덧입는 레이어드룩으로 조화시킨 두 남자는 조용히 차에서 내린다. 그들에게 허리를 숙인 채 허공을 가르고 있는 주차원의 손바닥으로 수표 한 장이 뚝, 떨어진다.

시선이 집중되는 플로어 앞쪽으로 두 남자를 안내한 웨이터는 허리 숙여 발렌타인 30년산을 세팅한다. 두 남자는 전혀 주위에 관심 없다는 듯 자신들의 시간을 즐기는 것처럼 주변을 두리번거리거나 건수를 찾는 허점 또한 보이지 않는다. 분명 여자들이 힐끔거릴 것이며 스스로 다가올 터이니까.

벽 쪽 테이블에 앉아 차츰 어둠에 익숙해진 두 사람은 실내를 훑는다. 발 디딜 틈도 없는 플로어 위다. 웨이브 사이사이로 금빛의 색상을 넣어 헝클어진 듯 꾸민 헤어스타일, 이국적인 디자인의 배꼽티와 핫팬티, 눈빛과 가슴, 허리와 엉덩이, 그리고 종아리가 제각기 욕망으로 꿈틀대고 있다. 여자와 남자는 태초의 에덴동산인 듯 선과 악을 따먹기 위해 짝을 찾으려는 눈빛과 표정이 조명 속을 파고든다. 남자가 여자의 어깨에 손을 얹는다. 때를 같이 해 스피커에선 보컬의 강한 비트가 실내를 들썩인다. 레이저빔이 쉬지 않고 난사되는 틈으로 백색인간들은 뒤틀려 잘려나간다.

조용히 침묵하고 있는 들비를 바라보던 성아는 적당히 오른 알코올 탓일까? 눈가에 미소가 지워지지 않는다. 그녀한테서 눈길을 떼지 않은 채 우리도 춤을 출까요? 라는 표현에 그녀는 멋쩍은 미소와 함께 아니요, 라고 고갯짓을 한다. 옆 테이블에 남자 셋이 앉는데 어설픈 모양새를 감출 수가 없다. 왜냐하면 어른흉내를 냈어도 막 미성년자를 벗어난 의상 목덜미에는 솜털이 그대로다.

"키스 앤 키스를 찾아주신 고객 여러분! 아름다운 이 밤, 이 시간을 책임질……,"

한때는 랩과 힙합의 선두주자로 주가를 올렸던 DJ가 검은 안경으로 얼굴을 덮은 채 리듬에 맞춰 머리를 흔들어 대는 통에 검은 안경이 이쪽으로 저쪽으로 쉼 없이 옮겨 다니느라 정신이 없다. 오늘밤을 영원히 잊지 못할 추억의 밤으로!……, DJ의 멘트는 젊음을 달군다. 남녀는 이리 엉키고 저리 엉킨다. 웨이터는 검정오토바이 택배원처럼 이 테이블, 저 테이블로 남녀를 배달하느라 혼쭐이 난다. 대형스피커에서 쏟아지는 굉음으로 대화가 끼어들지 못해 서로는 표정으로 소통한다. 조심스레 의자에서 몸을 일으킨 들비가 고개를 까닥여 보이고는 혼잡한 테이블 사이사이를 미로처럼 빠져나와 비상구란 파란 등이 보이는 작은 통로로 들어간다.

화장실로 들어서는 통로 벽에 여자가 등을 붙이고 있다.

벽에다 한손을 짚은 남자는 여자 얼굴로 다가간다. 내가 그렇게 예뻐? 넋을 놓게! 여자는 뜨거운 눈길을 보내고 새빨간 입술에 담배를 문다. 남자가 라이터를 켜므로 당연하다는 듯 여자는 길게 담배를 빨아 들이키고 은근히 속삭인다. 넋을 놓은 귀신은 별론데, 라고.

몇 명의 여자가 볼일을 다 보았는지 화장실 문을 밀치고 나온다. 짧게 커트한 앞 머리카락이 이마 위에서 찰랑대고 껌을 씹는 입모양 따라 한 쪽 볼의 보조개가 장난스럽게 일렁인다. 들비는 그녀들을 피해 벽 쪽으로 몸을 붙인다. 그녀들은 아랑곳없이 들비의 어깨를 툭! 치고는 걔들보다는 뒤쪽 애들이 좀 더 냄새가 나지 않아? 코웃음을 흘리고는 노란색 브리지를 넣어 염색한 머리칼을 휘날리며 또각또각 사라진다.

그림 동화

나뭇가지

세계호텔 스카이라운지.

갖가지 대형광고판으로 도식된 건물들이 햇살을 받아 반짝인다.
창밖에 두었던 시선을 거둬들인 아버지는 아이에게 눈길을 옮긴다.

며칠 전, 어떻게 지내시고 계세요? 아이가 묻고는 한참 말이 없는
게 이상해 무슨 일이 있는 거냐? 물어도 한참 뜸을 들이던 아이의 음성
이 기어들어갔다. 사실 다희가 친척 오빠를 소개시켜줘 교제를 하
고 있어요, 그래서 인사시켜 줄려고, 한다는 게 아닌가. 그제야 아이
의 교제를 까마득히 잊고 살았던 아버지. 아이는 언제나 아이처럼
인식되어왔기 때문일 터인데, 교제하고 있는 남자를 소개시켜 준다
하니 세월의 격세지감을 느끼지 않을 수가 없었다. 유난히 외로움
을 많이 타는 아이라 말수가 적어 감정을 제대로 표현이나 할지 모든
것이 내내 걱정되어 며칠 동안 침식이 불편했다. 어떤 사람이냐? 물어
도 만나 보시고 판단하세요, 할 뿐 더 이상 부연설명이 없어 궁금하
기도 했다. 어느 정도 정보는 알고 만나야 실수가 없지, 해도 아이는

웃기만 할 뿐 도통 설명을 하려 하지 않아 굳이 더 묻기도 뭐해 그날 보자, 하고는 전화를 끊었다.

아이는 쑥스러움을 숨긴 채 유심히 아버지를 맞바라본다.

점잖은 회색 정장에 적당히 건강해 보이는 체격, 혈색이 좋고 중후한 남성미가 풍기는 아버지, 영원히 나이 드는 모습이 아닐 거라 여겼던 귓등으로 흰 머리카락이 보인다.

아이를 응시하는 아버지.

편한 모습으로 가장을 하려 해도 두근거리는 심경을 벗어내지 못한 미간에 잡힌 주름이 말해주듯 초조함이 그대로 드러난다. 마치 자신이 선을 보는 것처럼 가슴이 두근거려 멋쩍음이 쉬 사라지지 않아 가만히 가슴을 진정시킨다.

"일이 좀 늦어서, 죄송합니다!"

아이가 있는 테이블로 다가오기 바쁘게 연거푸 고개를 조아리고는 죄송합니다, 라고 연발한다. 저 만큼에서부터 허겁지겁 테이블 사이를 다가오는 걸 보고 직감적으로 저 사람이구나, 유심히 살폈다. 준수한 외모에서 풍기는 깨끗한 이미지가 선뜩 다가와 짧은 순간 좋은 관계가 되어 외롭게 살아온 아이가 마음껏 웃는 시간이 많았으면, 이라는 간절함이 먹먹한 가슴에 시나브로 스며들었다.

"어서 앉게. 들비 아비일세."

테이블 앞에서 번갈아 고개를 조아리고 엉거주춤 서있는 성아에게 조용한 음성으로 앉기를 권한다. 의자에 앉은 성아는 아이에게 늦어서 미안하다는 눈빛으로 맑게 웃는다. 그런 모습에 괜히 쓸데없는 걱정으로 조바심만 냈었다고 아버지는 속내로 읊조린다. 오늘은 내가 살 테니까 먹고 싶은 것으로 주문하게. 아버지의 만면이 편한 표정으로 변한다.

"아버님은?"

성아의 아버님이란 호칭! 순간 당황했으나 얼른 정신을 차린다. 오늘은 젊은 사람들 취향으로 동일하고 싶네, 라고 고개를 끄덕여 보인다. 아버님이란 호칭, 왜 진작 염두에 두질 못했나! 은근히 자책을 한다. 사위도 아들이란 말을 어디선가 주워들은 기억이 어렴풋이 떠오른다.

"두 사람이 서로에게 향하는 마음이 소중하다고 생각해. 나는 괘념치 말게. 인간사라는 게 너무 완벽해도 멋이 없는 거야. 세월이 이만큼 흐르고 나니까, 이제야 그 의미가 이해되더군. 그래서 눈에 거슬리고 부족한 점이 있어도 한 번쯤은 변명할 수 있는 여지를 남겨두어야 여유라는 미덕이 숨을 쉬지 않겠나?"

아버지는 조심스럽게 감정을 자제하면서 객관적인 어투를 유지하려는 모습이 역력하다.

아버지와 성아가 주고받는 대화에 귀만 열어놓은 들비는 안심스테이크에 칼질만 하고 있다. 아버지의 눈치를 흘끔 본 성아는 무언가 정리가 되었는지 약간 고개를 들고 눈빛을 맞춘다.

"들비 씨와 좋은 인연이 되고 싶은 마음의 준비가 되어있습니다."

장황한 미사여구보다는 자신의 의지를 보여주는 게 낫다는 생각이 들었는지 성아는 짧게 말을 하고 밝은 표정을 짓는다.

"그래. 무엇보다 마음의 준비와 자세가 중요하겠지. 내가 부탁하고 싶은 것은 들비가 엄마 없이⋯⋯."

아버지는 아차, 했으나 이미 그거였구나, 라는 기색을 지우지 못하는 성아의 표정을 짐작컨대 아이가 엄마의 존재를 말하지 않았다는 반증이다. 괜히 사실을 밝혔다는 것이 곤혹스러워 아버지는 잠시 어질한 기분을 느낀다.

실은 아이의 전화에서, 시간이 되면 만나봤는데 괜찮은 사람 같다고 해서, 가장 민감한 부분이라 아이가 말했을 것이라 생각했다. 그렇다면 자연스레 아이에게 맡겨놓을 걸, 본인이 아직 말하지 않았다는 건 시기상조라 생각했기 때문일 터인데 아이를 바라보기가 민망했다.

"제가 천천히 설명할게요."

아이가 그렇게 뜻을 전해도 표정은 밝지 않다. 평생 지고 가야할 아이의 굴레다. 덤덤한 기색을 보여주려 노력하는 아이의 안색이 처연해 가슴이 아리다.

"그게 좋겠다. 나는 약속이 있어 이쯤에서 일어나야 되겠구나."

얼른 말을 마치고 일어서는 몸이 천근만근 무겁게 느껴져 즐겁게 하고 자리에서 일어나야 하는데…… 걸음을 옮기는 미간에 주름이 깊게 잡힌다.

아버지가 저 만큼 멀어지는 걸 바라보다 자리에 앉은 성아는 그녀에게 시선을 준다. 그것은 그녀가 어떤 부연설명이 있을 거란 추측 때문인데, 고개를 숙인 채 포크로 야채를 집었다가 놨다 하기만 할 뿐 말이 없어 성아가 무거운 침묵을 사그라뜨린다.

"우리 이렇게 앉아있기엔 너무 시간이 아까운데 뭘 할까?"

그녀의 표정이 밝지 않다는 건 아직 말하고 싶지 않다는 것이다. 중요한 것도 아니라는 생각이 든 성아는 구태여 어머니의 부재를 자세히 물어야 할 이유가 없는 노릇이다.

"영화 좋아하세요?"

밝게 표정을 지은 들비의 물음이다. 자신까지 침울하면 그에게 미안하기도 해서였다. 그녀의 물음에 슬쩍 떠진 눈망울이 영화? 하듯 생소한 눈빛이라 영화 안 좋아하세요? 재차 덧붙인다. 정말 영화 안 본 지가 언제야! 두 손을 반짝 들은 채 좋아! 벌떡 자리에서 일어선다.

주차장을 빠져나온 승용차가 대로로 진입하기 위해 정지선에 정차를 하므로 차창 밖의 정경이 한눈에 들어온다. 휴일이라 그런지 차량들이 한산하다. 차창 밖으로 눈길을 두고 있는 그녀의 손을 살며시 잡아준다.

"힘들어 하는 모습 보니까 나까지 우울해지려고 해. 어머님 이야기하기 싫으면 하지 마. 말하기 싫으니깐 안 하는 거잖아? 구태여 들어야 할 이유가 없어."

성아의 눈매가 편해지는 건 그만큼 그녀의 의중을 존중하겠다는 배려인지라 고개를 끄덕인다.

"미안해요. 그분 이야기하고 싶지도, 할 말도 없어요."

다시 창밖으로 시선을 옮기는 그녀의 모습에 고개를 주억거린 성아는 말 못할 아픈 사연인 듯해 잡고 있던 손을 꼭 잡는다.

CGV의 퍼즐게임 같은 미로의 통로와 인파에 성아는 깜짝 놀라는 표정이다. 이렇게 영화관이 새롭게 꾸며졌네, 슬쩍 어깨를 들어 보이고는 로비로 들어서서 영화스틸을 살핀다. 다음 예고편들의 스틸이 이곳저곳을 장식해 눈이 어지러울 지경이다. 매표구 정면에 부착된 스틸이 한창 흥행을 이끌고 있는 상영 중의 스틸이라 전면을 세세히 훑다가 고민하지 않아도 될, 그 스틸 상영이 모든 영화관에서 상영 중인 것이다. 스틸에서 눈길을 거두고 매표소 창구로 눈길을 돌려 어느 시간대가 비었나를 눈여겨본다.

두 사람이 붙어있는 틈새로 8살 가량의 여자아이와 10살 가량의 사내 아이가 무작정 파고들어 헤집고 나가 이리저리를 마구 뛰어 논다. 부딪침에도 아랑곳없이 사이사이를 귀신같이 빠져나가 뱅뱅 돌고 돌아 어지럽게 만들고는 로비를 이리 뛰고 저리 뛰며 마구 뛰어다닌다. 아이의 엄마는 죄송한 생각이 들어 아이들을 이리 오라고, 손짓까지 해대며 마구 부른다. 아이들을 부르는 엄마의 의상보다 아이들이 입고 있는 의상이 더 세련돼 보인다. 널리 알려진 상표는 아이들의 움직임에 따라 이리저리 마구 춤춘다.

총 12관으로 돼있는 매표소 창구 앞에는 사람들이 길게 늘어서 있다. 조금은 뜸한 매표소의 뒷줄에 선 두 사람은 시간표 게시판에서 눈길을 멈춘다. 다음 상영표가 다행히 매진이 아니라 45분 후의 표가 있어 성아는 지갑을 꺼내 지폐 두 장을 창구 안으로 밀어 넣는다. 회원증 있으세요? 창구 안에서 건성으로 묻는데, 밖의 응답이 없자 현금영수증 필요하세요? 또 묻는다. 필요 없다는 고갯짓까지 한 성아의 눈길로 거스름 돈 위에 티켓이 얹혀 나온다. 티켓을 받아 든 그의 팔을 잡은 들비는 매점을 향한다.

"뭐가 먹고 싶어요? 제가 살게요."

성아의 눈치를 흘끔 본다.

어떤 것을 좋아하는 성향인지 몰라 손으로 이것저것을 가리킨다. 그녀의 손길을 이리저리 쫓던 성아는 어깨를 슬쩍 추스르곤 그녀의 취향으로 선택하라는 눈짓을 보낸다. 팝콘, 생과일주스, 과자 등을 주문하는 손가락에서 눈을 떼지 않는다.

"제자들이 티켓을 자주 줘요. 휴일에 마땅히 갈 곳도 그렇고 해서 영화 관람이 취미가 되었어요."

들비의 수줍은 미소다.

주문한 음식물을 받아들고 5층으로 오르는 에스컬레이터 앞에서 취미가 밋밋해요, 들비는 멀쑥함으로 에스컬레이터 위로 발을 올려 놓는다. 에스컬레이터가 멎자마자 5층 로비가 한 눈에 드러나는 4개 의 영화관은 서로를 마주보고 입구를 벌리고 있다. 입구들 앞의 로비 로는 빨간색의 간이의자가 질서 있게 늘어져 있다. 벽 쪽을 따라 의자 들이 군데군데 놓여있어 그리로 향하는 중간쯤의 벽에서 두 여자가 툭, 튀어나온다. 그곳은 비상문이며 흡연 장소다. 두 여자가 튀어나 오는 바람에 어안이 벙벙해 있는 두 사람의 시선에 그녀들은 싱긋 웃 는다. 노랗고 퍼렇게 물들인 머리카락에 밴 담배냄새가 진동하는데 구석 쪽의 의자를 찾아 사라지는 두 여자의 목덜미에 솜털이 보송 보송하다.

종료 벨이 울려 문을 비집고 나오는 한 무더기의 사람들이 엘리 베이터 앞에 우르르 몰리더니 엘리베이터가 서기도 전에 먼저 타려고 몸을 움찔거린다. 조급한 성질들을 위해 엘리베이터 문이 열린다. 안에서 쏟아져 나오는 사람들 틈을 비집고 머리부터 들이미는 통에 미처 안에서 빠져 나오지 못한 사람의 모양새가 가관이다. 한쪽 발은 엘리베이터 밖이고, 나오지 못한 한쪽 발과 머리는 엘리베이터 문틈 에 끼워 우거지상을 짓다가 간신히 비집고 나와 외친다.

"사람이 나온 다음에 타야지!……."

짜증 섞인 음성과 밟힌 구두의 윗부분으로 인해 분노가 들끓는 눈초리를 섞었으나 엘리베이터 문이 닫힌 뒤다. 엘리베이터의 문이 닫힌 후 로비는 원래의 모습을 되찾는다. 천천히 의자에서 일어난 두 사람은 영화관으로 들어가 티켓에 찍힌 좌석번호를 찾아 앉는다. 빈 좌석이 없을 만큼 관람객들로 꽉 찬 영화관은 많은 사람들의 수다

와 갖고 들어온 음식물 뜯는 소리로 바스락댄다.

해운대를 배경으로 한 흥행대작이라 그런지, 아니면 오랜만에 보는 영화라서 그런지 성아가 스크린에 몰입을 하는지라 그녀는 가만히 눈을 감는다. 스크린에 눈을 두고 있어도 도통 집중이 안 되고 머리가 산만해 미간을 찌푸린다. 한 번도 얼굴을 본 적 없는 그분을 어떻게 설명을 할 것이며, 자신의 출생에 대해 어떻게 받아줄 것인가가 가슴을 짓누르므로 눈을 뜰 수가 없다.

"영화 보러 오자고 한 사람이 누군데?"

환청처럼 들리는 소리에 화들짝 눈을 뜨고는 눈길을 보낸다. 왜 영화를 안 보고 눈을 감고 있는 거냐고, 성아의 의외라는 눈매라 그녀는 뺨이 발그레 붉어진다. 그는 그녀에게 주스를 건넨다. 들비가 있으므로 어머님이란 분도 만나보고 싶은 것이지, 원치 않으면 아무 상관 없다고, 가만히 읊조린다. 하여튼 모든 게 엉망진창이 되어버려 어떻게 영화가 종료되었는지 모른다.

보름달을 닮아가는 달이다.

정적에 박힌 별들이 하얗게 눈을 뜨고 슬며시 저녁놀을 밀어내더니 어둠이 깔린다. 따가운 햇볕에 지쳐 흐느적거리던 도시는 또 다른 불꽃으로 살아나고 있다. 어둠이 깔린 도시는 수은등 불빛으로 색다른 거리를 자아내며 간간히 차량에서 들려오는 클랙슨소리가 밤거리를 일깨운다. 휴일을 즐기고 귀가하는 차량들이 급속히 도로를 점령해 차량들 뒤꽁무니가 반딧불 행렬인 듯 길게 늘어져 있다. 어둠에 깔린 도시에 시선을 두고 있던 그녀는 눈을 감았다가 뜬다. 옅은 구름을 헤집고 둥근 달이 빼쭉 얼굴을 내밀자 앞창에 두었던 시선을 돌리는 두 눈길이 딱 마주친다.

"피곤해?"

들비의 손을 가만히 잡아준 성아는 차창 너머로 다시 눈길을 두지만 그녀에게서 어떤 표현도 없어 묵묵히 우회전을 한다.

올림픽대로로 진입하는 입구로 차량들이 길게 늘어져있다. 앰뷸런스가 좁은 도로를 비집고 들어오려 연실 경고음으로 주변을 달군다. 누구도 차량을 피한 공간이 아니어서 모든 정경이 짜증나는 일이다. 그렇지 않아도 오랜만에 보는 그의 영화 관람을 망쳤다는 미안함이 마음을 무겁게 해 억지로 평온을 가장하려해도 잘 되지 않는 표정 관리에 얼굴이 묘하게 일그러진다.

한강변으로 떨어지는 가로등 불빛을 받으며 뚫고 나가는 차창으로 스미는 바람이 코를 찡긋하게 한다. 성아는 찡그린 그녀의 코끝을 잡았다가 놓는다.

"미국에서 몇 년 사는 동안 참 많은 것을 배웠어. 미국사람들 개인주의자고 이기적인 것처럼 보여도 상대에 대한 배려나 양보심은 본받아야 된다는 걸 느꼈어. 쉽게 이혼하고, 재혼하는 문화라 우리 정서로 이해하기 쉽지 않았거든. 두 사람이 그렇게 되기까지는 분명 사연이 있는 것이잖아? 처음엔 이상한 사람들이다, 했는데 이제 어느 정도 세상을 살다보니 이해하는 만큼 어른이 된 거야."

성아는 자신의 부모를 이혼 쪽으로 단정 짓는 어투라 들비는 모호한 안색으로 말을 경청하는 척할 수밖에, 그것은 마치 비행기를 타보지 못한 사람이 마치 비행기 창문을 열면 구름을 만져볼 수 있다고 상상하는 것이라 눈길을 피한다. 성아는 말을 멈춘 채 응시한다. 그의 눈길을 비키지 않은 그녀는 하고 싶은 말이 있으면 더 해보라는 눈짓을 한다.

"지금 한국의 정서도 어른들 이혼 자연스럽게 받아들이는 흐름이
잖아. 난 개의치 않아. 그러니까 너무 어렵고 복잡하게 생각하지 마."

"고마워요."

들비의 기색에 고맙기는, 이라는 성아.

그녀가 할 수 있는 말이란 고맙다는 표현밖에 없었을 터다.

"들비의 지금 표정이 어떤지 알아? 너무 귀여워!"

"놀리는 거지요?"

성아의 아니야, 라는 표현을 귓속에 담은 채 차창 밖으로 눈길을
둔 들비의 입가로 야릇한 주름이 그려진다. 귀엽기는 그쪽이 더해요.
그녀의 차분한 음성에 슬그머니 그가 눈을 치뜨는데 어색함을 지우
지 못한 광경을 목격한 아이처럼 코가 찡긋한다.

"재미있는 이야기 해줄까?"

성아의 달뜬 음성이다.

답답한 심경이 불현듯 옥죄어 성아의 묻는 말이 흩어지기도 전에
들비는 고개를 끄덕일 때 차창 앞으로 보름달이 내려앉는다. 클래슨
소리가 턱밑에서 요란히 울린다. 깜박등으로 수없이 차선을 양보
하라 눌러대도 성아가 차선을 고집한 모양이다. 그럴 심사가 아니
었던 터라 얼른 우측으로 차선을 변경하고는 멋쩍은지 장난기 서린
눈살에 주름을 잡는다.

"어느 청소년연수원에 특강으로 오시는 목사님이 아주 재미있어.
시간이 허락되면 꼭 오시는데 양파목사님이란 별명이 붙은 거야."

어눌하게 이어지는 성아의 입술을 바라보다 살짝 고개를 끄덕이
며 경청의 의미를 보여준다. 잠시 무언가를 정리하는 듯 생각하던
그는 앞창으로 눈길을 주었다가 시선을 옮기면서 동화책을 읽어주

듯 입가에 미소가 담긴다.

이마가 얼마나 넓은지 정수리까지 벗겨진 목사님은 키까지 작은데다 의자에 앉아서 어깨를 움츠리면 반짝반짝 빛나는 이마가 꼭 양파처럼 보인다는 목사님. 자신의 외모에 굉장한 자부심을 갖고 있단다. 그것은 자신의 마음속에는 양파껍질이 벗겨지듯 하나님의 말씀이 쌓여있다는 것이라고. 그러니 자신에게 얼마나 어울리는 별명이냐고, 그것은 하나님의 축복으로 태어났기 때문이란다. 왜 그러냐하면 자신을 한 번본 사람은 어디서나 기억해준다고.

성아의 설명만으로도 웃기는 이야기처럼 들려 입가로 삐어져 나오려는 웃음을 참느라 그녀의 볼이 씰룩인다. 그런 모습에 좀 더 동조가 된 듯 성아의 눈살이 일그러진다.

그날도 변함없이 양파껍질을 벗겨내듯 목사님은 에덴동산과 선과 악에 대해 설교를 하는 중인데, 괴짜라는 별명을 가진 친구가 갑자기 번쩍 손을 치켜세워 친구들은 뭔 일인가 해서 그 친구에게 모든 시선이 쏠렸다. 친구를 잠시 쳐다보던 목사님은 무엇이든지 물어보라는 시늉을 턱짓으로 하는 바람에 목사님의 포근한 미소에 용기를 얻은 그 친구는 엉거주춤 자리에서 일어나 평소에 궁금히 여기고 있던 의문을 던졌다.

"뭐라고요?"

거기까지 이어가던 말을 갑자기 멈추는 바람에 왜 그래요? 의아한 눈빛과 굳었던 표정이 풀리며 호기심 가득한 기색으로 다가와 성아의 표정이 느긋하다.

괴짜 친구가 슬쩍 주변을 훑고 나서는 목사님, 성경에 보면 아담과 이브가 에덴동산에서 선악과를 따먹었다고 기록되어 있지 않습니까? 친구가 잠깐 말을 멈춘 채 목사님을 바라보는지라 그것은 예수를 믿는 사람이라면 기초적인 지식이지, 하듯 인자한 웃음을 머금은 목사님이 고개를 끄덕였다. 계속하라는 시늉이므로 그 친구의 입에서 나온 말이 걸작이라고.

"뭐라고요?"

차창 밖으로 손을 내민 성아는 강바람을 느끼듯 손가락을 편 채 다음 말을 하지 않으니 조금 전 우울했던 마음을 잊은 듯 빠르게 말을 덧붙인다.

"걸작이 뭐에요?"

다음 말의 재촉에, 궁금하지? 성아의 눈길이 웃고 있어 고개를 끄덕이고는 어서요, 그녀는 눈짓을 한다.

헛기침을 두어 번 한 괴짜친구는 그런데…… 죄는 입으로 지어놓고 가리기는 왜 아래를 가리는 겁니까? 지금도 그것이 무진장 궁금하다는 그 친구의 익살스러운 표정에 갑자기 폭소가 터졌다. 그것까지는 괜찮았다고, 목사님의 표정이 더 웃겼다고, 감정에선 웃으라는 명령이 계속 하달되는데 이성에선 점잖지 못하군, 하는 감성과 이성 사이에서 일그러진 기색이라 갑자기 강당이 난리가 났다고. 어떤 친구는 웃음을 참다못해 발을 둥둥 구르고, 손바닥으로 책상을 때리고, 어떤 친구는 바닥에 뒹굴며 손가락으로 목사님의 일그러진 얼굴을 가리켜 그제야 목사님도 더는 못 참겠던지 한바탕 너털웃음을 터트리고 안경을 벗었다고, 참기 힘든 웃음을 억지로 참다가 터트린 웃음 때문에 그만 눈물이 흐른 거란다. 눈가에 흐른 눈물을 닦은 목사님은 체면유지를 하고 싶어 성경은 점잖은 진리의 가르침……, 거기까지 말을 하고는 더 이상 말을 이어나가지 못하고 땀을 닦았다고. 목사님 눈치를 살피던 그 친구가 다시 번쩍 손을 들고는 목사님, 전지전능하신 하나님께서도 하나는 모르셨던 것 같습니다. 그렇게 말을 멈춘 그 친구의 머뭇거림에 목사님도 이제는 그 친구의 다음 말이 궁금했던지 어서, 하라는 손짓을 보여 남녀칠세부동석이란 걸 하나님도 모르시지는 않았을 텐데…… 다 큰 남녀를 홀딱 벗겨놓고 아무 일 없기를 바라셨던 하나님은 혹시 고자가 아니었을까요? 의문을 던진 친구가 자리에 앉기도 전에 문제가 발생했단다. 너무 웃다 어떤 친구가 실신을 했다고. 쓰러지고, 뒹굴고, 한바탕 난리를 쳤던 소요가 가라앉기를 기다렸던 목사님은 본래 여자는 약하지만 용기 있는 남자에 반해 사랑에 빠진 여성은 남자 못지않게 용감해지는 거라면서 청소년들을 위해 오랫동안 기도했다고.

성아는 차창 밖으로 시선을 향한다.

올림픽도로를 질주하는 자동차불빛마다 웃겨! 웃겨하듯 반짝였고, 교차되는 불빛에 시선을 둔 성아는 눈길을 돌리지 않는다. 옆에서 웃음을 참느라 일그러뜨린 인상을 들키면 민망해할 터이기 때문이다. 몇 번 손바닥으로 가슴을 두드린 그녀는 눈가로 번지는 물기를 닦은 다음 애써 차분함을 가장해 성아를 바라보다 결국 폭소를 터트리고 만다. 그녀의 폭소가 끊어졌다 다시 이어지는 것은 성아의 능청맞은 표정 때문인데, 급기야 두 손으로 얼굴을 가린 채 한참을 웃다가 그의 어깨를 손바닥으로 때린다.

"재미있는 이야기해주고 매 맞는 경우는 또 뭐야? 맛있는 거 사줘도 시원치 않은 판국에……."

말허리를 흐린 성아는 너스레를 떤다.

"좋아요! 뭐든지 오늘은 제가 살게요."

들비의 미소가 사라질 즈음 핸들을 꺾어 고수부지로 들어선다.

풀밭 언저리로 희끄무레한 모래밭이 잠깐 헤드라이트 불빛에 드러났다가 사라진다. 주차장에 차를 주차하고 헤드라이트를 끄자 적막에 휩싸인 어둠을 삼키듯 풀벌레가 자지러지게 울어댄다. 두 채가 나란히 보이는 포장마차다. 한쪽엔 몇 쌍의 그림자가 아른거려 옆쪽의 비닐포장을 들춘 성아는 벌어진 틈새로 삐쭉 고개를 디밀고 들어오라는 턱짓을 한다. 입구에서 어정쩡한 자세로 코를 찡그린 채 있던 들비는 포장마차 안으로 들어선다. 수더분한 인상의 아낙이 우동을 말던 손을 멈추더니 의자를 가리킨다.

"무엇으로 드릴까요?"

아낙이 우동그릇을 옆 손님에게 놓으며 두 사람을 번갈아 쳐다본다. 들비는 주문하라는 손짓을 한다. 직사각형의 길다란 뚜껑이 유리문이라 안의 내용물이 그대로 드러난다. 성아는 검지로 이것저것을 가리키다 그녀에게 눈길을 옮긴다. 손가락을 쫓아다니느라 정신이 없던 그녀는 무언가 낌새가 이상해 퍼뜩 눈길을 든다. 자신을 바라보는 눈길에 장난기가 서려 누가 먼저라고 할 것도 없이 웃음이 터져 가지런한 둘의 치아가 불빛을 받아 반짝인다.

"소주 마셔봤어?"

성아는 스스로 술잔을 채운다.

"아니요. 술을 잘 못해요."

엄지와 검지로 술잔을 만지작거리던 들비는 고개를 젓는다.

"대학교에 입학해 친구들과 어울려 마셨던 추억이 갑자기 떠오르네. 그 때 포장마차에서 얼마나 친구들한테 골탕을 많이 먹었던지, 술을 못해서. 하 하 하!……."

한바탕 웃고 술잔을 들어 한입에 털어 넣은 성아의 인상이 일그러진다. 순식간에 파고드는 알코올의 짜릿함이 식도를 뜨겁게 했던 모양이다.

"인상을 쓰니깐 나까지 따라 인상이 구겨지는 기분이에요."

들비는 코까지 찡그린 채다.

"맞아. 동화되는 거야. 근데 오늘 아버님을 뵙고 기분이 참 좋아, 왠지 알아?"

잠깐 말을 멈췄다가 그녀의 응답이 없어 차분히 덧붙인다.

"외형만큼이나 마음 씀씀이도 신세대이실 것 같다는 생각이 들어. 우리 세대를 이해하려는 폭도 넓으신 것 같고."

"불편 없이 해주려고 많이 노력하신 분이에요."

성아는 빈 잔에 술을 채우려고 술병을 잡으려다 손길이 느껴져 흠칫 손을 멈춘다. 그녀가 빈 잔에 술을 따라주기 위해 술병을 잡으려했기 때문이다. 잠시 망설이던 그녀가 술병을 들어 빈 잔에 술을 따르는 순간이다.

"분위기 죽인다!"

불량아로 보이는 사내 두 명이 포장마차 안으로 들어와 성아의 어깨에 손을 얹은 채 눈빛을 번득인다. 당황한 눈빛을 감추지 못한 모습에 신이 난 그자들의 입에서 진하게 풍기는 알코올 냄새다.

"형씨, 찌그러지는 상판은 완전히 싸구려 같은데 놀라는 액션은 할리우드야! 누구 비슷하게 흉내 내는 꼴이……."

"싸움을 할 줄 모릅니다. 한 번도 싸워본 적이 없어서……."

성아는 술잔에 시선을 둔 채 말을 흐리고 눈을 감는다. 한 번도 경험해보지 못한 상황에 무척 황당해하는 기색이라 들비는 눈을 감았다가 뜬다. 어떤 일이 있어도 당황하지 말고 침착하게 대처하면 위기를 모면할 수 있다는 아버지의 말이 떠올랐기 때문이다.

"미안해요, 우리가 그쪽의 마음을 상하게 했다면. 하지만 우리가 그쪽보다는 형, 누나 같아요. 만약에 그쪽 중에 누가 여자 친구와 있는데 자신보다 어린 친구들이 이렇게 할 때 기분이 어떻겠어요?"

"뭐라고, 누님!……."

이죽거리는 사내는 성아의 술잔을 빼앗아 한입에 털어 넣고 계속하라는 듯 입술을 찡그린다.

"여자는, 싸우면서 피 흘리는 남자보다 분위기를 지키려는 남자를 좋아해요. 그리고 여자 친구와 있는 남자한테 농하는 남자, 여자한테 인기 별로예요."

"햐!…… 누님, 외형만 멋있는 게 아니라 정말 말솜씨 멋있다! 미안해요. 우리가 실수한 것 같은데……."

이죽거리던 사내는 친구를 쳐다보며 내 말이 맞지, 라는 기색으로 멀쑥해하더니 포장마차를 나가려 하는 걸 들비가 불러 세운다.

"잠깐, 뭘 먹으러 들어온 것 같은데 이곳에서 내가 살 테니까 먹고 싶은 게 있으면 주문해요."

서로의 눈길이 마주친 두 사내가 뻘쭘한 표정으로 눈살을 찡긋거리는 것은 그녀의 표현대로라면 여자 앞에서 속 터진 만두 꼴이 아닌가. 붉어진 얼굴이 더 붉어져 자신들의 몰골이 영 아니라는 눈빛으로 미안하다는 사내들, 누님한테 오늘 좋은 걸 배우고 간다면서 포장마차에서 그림자를 지운다.

아침에 세차게 흩뿌린 소나기 탓인지 도시는 깨끗하다.

도로와 인도가 한눈에 청량감을 준다. 손바닥 크기의 플라타너스

잎사귀가 빗물에 씻겨 반짝이고 가로수 나뭇잎이 바람에 달랑대며 그림자를 만든다. 마땅찮다면, 오후로 접어든 시내의 도로가 차량들로 가득 차 있는 것이다. 도로가 언제 정체에서 풀릴지 도통 예상할 수 없는 지경이다. 핸들에 두 손을 얹은 채 라디오에서 흘러나오는 리듬에 맞춰 손가락장난으로 무료감을 달래다가 신호등이 바뀜에 따라 서서히 액셀러레이터를 밟는다.

천천히 G동으로 들어선다.

오른편 오르막으로 방향을 틀어 성아가 자세히 설명해준 약도대로 얼마쯤 가다가 대각선으로 마주한 방범초소 모퉁이로 핸들을 꺾고서는 언덕바지를 바라본다. 언덕바지에 자리한 집으로 점점 다가갈수록 축대 위로 드러난 거목들이 삐쭉 솟아있는 게 보여 집 앞에서 멈추고는 빠르게 경적 두 번을 누른다. 잠시의 시간이 흐르고 차고문이 열려 승용차가 안으로 들어서자 벽면에서 쏟아지는 불빛으로 차고가 환히 드러난다.

"어렵지 않게 잘 찾아왔네."

환한 표정으로 성아는 차문을 연다.

"이거, 어머님이 뭘 좋아하시는지 몰라 꽃으로 골랐어요."

"뭘, 이런 걸……."

들비의 손에 들려있는 꽃다발을 받아 쥔 성아가 앞장선 채 차고를 나와 정원을 지나칠 때 보기에도 무시무시한 개 한 마리가 쇠사슬에 묶여 눈빛을 번득인 채 으르렁거린다. 그렇지 않아도 무서움에 곁눈질로 살피던 그녀는 기겁을 한다. 미르, 가만히 있어! 하고는 그녀의 손을 잡는다.

거실이 한눈에 들어오는 뒤편 전체가 유리로 만들어진 창이다.

연노란 무늬의 실크커튼이 반쯤 창에 드리워져 있다. 창밖에는 화초와 수석으로 작은 동산을 이룬 모형이 보인다. 주변으론 보기 좋게 조형된 나무들이 가지런하고 고풍스레 꾸며진 거실에 장 여사는 혼자 앉아있다.

"어서 와요. 하필이면 오늘 중요한 대학동창모임이 있는 날이라서 잠깐밖에 시간이 없어요."

"제가 말씀드렸던 들비예요. 그리고 이것은 어머니에게 드리라는 선물이고요."

세련된 차림새의 장 여사는 알았다는 눈짓뿐 꽃다발을 거들떠보지도 않은 채 들비의 위아래를 빠르게 살핀다. 그런 장 여사의 모습에 성아는 분위기를 희석시킬 의도로 어투를 유쾌하게 하려 한다.

"처음서부터 기선제압하지 마세요!"

"알았으니까 성아도 앉아. 하여튼 성아 말대로 인상이 참하고 심성이 고와 보이는 건 사실인 것 같아요."

처음으로 가져보는 자리라 몸들 바를 몰라 하는 모습이 조선시대의 새댁이 어른을 뵙는 분위기라 들비는 차분히 고개를 숙인 채 장 여사의 눈길을 받는다.

"아버님이 글을 쓰는 분이라는 것도 성아를 통해 들었어요. 그럼, 어머님께서는?"

장 여사는 소파에 등을 붙이고는 넌지시 들비의 모습을 살핀다.

"어머니, 처음 만나자마자 취조하는 것처럼 왜 그러세요?"

성아의 억양이 의외로 날카롭게 들려서일까? 들비는 시선을 들어 똑바로 옮긴다.

"어머니가 안 계세요."

말 못할 이유가 없다는 생각이 문득 떠올라 성아의 눈길을 외면한 채 아버지 혼자서 저를 키우셨어요, 덧붙인다.

"그래요! 그것은 성아에게 듣지 못했던 부분이라…… 하여튼 오늘은 약속시간이 촉박해서 미안해요."

허겁지겁 핸드백을 챙겨들은 장 여사는 두 사람의 인사를 받는 둥 마는 둥 거실을 나간다. 장 여사의 일방적인 분위기라 고개를 숙이고 있을 수밖에 없었던 들비다. 처음으로 맞이하는 남자친구의 어머니를 만난다는 설렘과 두려움으로 꼬박 뜬 눈으로 밤을 새고 맞이한 모든 것이 생소해 들숨으로 가슴을 진정시키려 해도 떨리는 마음이 쉬 가라앉지를 않는다. 얼마 전부터 이야기를 하니까, 어머니가 한 번 만났으면 한다는 전언에 몇 번 미루다 용기를 낸 그녀로서는 난감할 수밖에 없다. 혹시, 마음에 안 들어 그러나? 하는 생각이 문득 들었으나 너무 사무적인 어투라 이해하려 해도 좀 이해가 안 되는 건 사실이다.

"어머니는 집에 계시는 시간보다 밖에 있는 시간이 더 많은 분이야. 원래 매사가 원리원칙이라 처음 대하는 사람은 오해하기 쉬워."

"괜찮아요. 어떤 어머니든 다 똑같지 않겠어요?"

어색해진 분위기를 희석시키려는 성아의 의도가 눈에 띄게 드러나 들비는 태연을 가장해 살짝 웃는다.

"하기야 하나밖에 없는 아들 뺏길까봐 기선제압하려는 것일지도 모르지. 하 하 하……."

호탕한 웃음인지라 들비의 입가로 안도의 한숨이 새어나오는 건 어쩔 수가 없었을 터다.

길 양편으로 아름드리 느티나무가 줄지어 늘어선 도로다.

햇살을 받은 나무 그림자들은 길게 늘어져 도로중앙을 질주하는 승용차의 뒤를 바짝 쫓는다.

"아…… 상쾌해! 오랜만의 여행이라 그런지 가슴이 두근거리는 게 꼭 어릴 적 소풍갈 때처럼 들뜬 그런 기분이야!"

옅은 카키색 브이넥셔츠와 진바지차림이 깔끔한 외모와 잘 어울리는 스포티한 성아의 차림새다.

차창 밖으로 한 손을 내 놓은 채 손가락으로 바람결을 잡으려는 시늉을 하는 성아, 손가락 사이로 빠져나가는 바람을 음미하다가 어, 어! 깜짝 놀라는 호들갑에 들비는 왜 그래요, 라고 외친다. 하마터면 승용차가 고랑으로 미끄러져 곤두박질 할 뻔했기 때문인데 그러기를 두 번째다. 사고가 날 수도 있었던 그 후로 그녀는 표정을 누그러뜨리지 않고 시선을 체크해준다. 이제 안 그럴 거야, 라는 성아. 무엇보다도 그녀를 설득해 떠나게 된 여행이라 장난기가 발동했는지 모른다.

장 여사와 만난 다음날부터 그녀가 엄마라는 존재문제로 자신을 피하는 인상을 받았던 터라 퇴근을 하면 그녀를 찾았다. 요즘 흔히 있는 문제를 가지고 왜 그렇게 혼자만 심각하게 생각하느냐고, 마음을 달래주곤 했다. 부모님들의 문제는 당신들의 뜻에 따라 해결된 결과라면 그분들의 현실로 지켜보는 게 자식의 도리라는 견해에 그녀가 할 수 있는 표현이 아무것도 없었다. 그렇다고 일방적인 설득에 묵비권만 보이기에도 좀 불편한 노릇이었다. 그래서 그와의 만남이 불편했던 터라 그녀는 의식적으로 회피했으나 설득이 진솔했다. 보기보다 자상히 챙기며 마음의 상처를 어루만져 주려는 것이 보기좋아 그가 바람이나 쐬러 야외로 나가자 하여 가슴을 열고 산들바람을 맞고 있는 것이다.

사실 성아는 미안했다.

장 여사의 외출 후 그녀와 집을 나온 성아는 어색해진 분위기를 반전해보려 했으나 쉽지가 않았다. 무엇보다 그녀의 마음이 많이 다친 듯해 어떻게 희석시킬지 난감한 대목이기도 했다. 자신이 알아보고 있는 좋은 혼처가 있는데 구태여 다른 여자를 봐야할 이유가 있느냐고, 장 여사가 말했으나 성아의 마음은 그렇지가 않았다. 혼처 운운하는 장 여사에게 자신은 이미 교제하는 여자가 있다는 걸 보여주고 장 여사의 마음을 돌리려 했던 것이 빗나간 것이다. 어머니도 한 번 보시면 마음에 들 거라 했을 때, 그래 한번 보자고 하여 그녀를 초청했다. 어머니의 무성의가 별로 보기도 좋지 않았지만, 자신의 재촉에 그녀가 아직은 이른 것 같다고 하는 걸, 어머니가 꼭 보고싶어 한다고 해서 집을 방문한 것이라 변명거리 찾기가 쉽지 않았다. 차라리 어머니가 좋다는 표현만 없었다면 그녀 말대로 그리 서두르지 않아도 되었다는 생각이 들어 정말 미안한 마음이었다. 그래서 우리 저녁 먹을까? 들비가 가장 좋아하는 걸로, 의식적으로 환한 표정으로 말을 하고는 그녀의 기색을 살폈다. 그녀는 밝지도, 어눌치도 않은 표정을 짓더니 어깨에서 핸드백을 벗겨 무릎 위에 얹고는 자신만이 느낄 수 있는 짧은 숨을 들이마시면서.

승용차가 2차선에서 1차선으로 미끄러지듯 차선변경을 하고 나서 성아는 눈길을 돌렸다. 목 부위가 동그랗게 패인 연보라 블라우스에 검정스커트를 입은 단아한 모습이다. 정지하라는 빨간 신호등에 불이 들어와 정지선에 차를 세운 성아가 뚫어지게 쳐다보는 걸 느낀 그녀는 앞 창에서 시선을 거둔 채 잠깐 사이를 두었다가 입을 열었다.

그런 표정 보이면 제가 무안하잖아요, 그녀는 자연스러운 감정을 유지하려 애썼으나 어눌한 어투와는 달리 기색이 밝게 살아나지 않았다.

24시간 원스톱생활을 가능케 한 스타타워는 최대면적을 자랑하듯 곳곳에 넓은 휴식공간을 강조한 설계가 돋보이는 인텔리전트 빌딩이었다. 지하 6층에 주차시키고 엘리베이터에 몸을 실었는데 공교롭게도 엘리베이터 안에 둘뿐이었다. 올라가는 버튼을 누른 성아는 그녀의 어깨를 잡고는 말없이 그녀를 가슴으로 당겼다. 엘리베이터의 유리창으로 스치듯 비켜가는 풍경에 눈길을 머물고 있던 그녀는 성아의 가슴에서 얼굴을 들고 살며시 웃지만 긴장으로 굳어진 가랑잎 같은 미소였다. 풍성한 머리카락으로 덮은 가느스름한 양쪽 볼과 유난히 커 보이는 눈망울만이 얼굴에 붙어있는 듯, 언제든지 건드리기만 하면 울컥 쏟아져 내릴 물기를 담은 눈망울이다.

실내를 화랑전시장처럼 미술품으로 꾸민 고풍스런 카페였다.

그녀가 시리도록 투명한 칵테일에 시선을 둔 채 말이 없자 성아가 넌지시 그녀를 바라봤다. 어머니가 원래 바빠. 사귀어보면 좋은 점이 많은 분이란 걸 알게 될 거야. 역시 어머니도 들비를 좋아하게 될 거고, 나처럼 무한정으로. 그러니까 너무 서운하게 생각하지 말라는 성아의 진지한 설득이었다.

"고마워요. 부족한 부분 많이 노력해 볼게요."

무의식적으로 고개를 든 들비가 실내 중앙에 위치한 그랜드피아노에서 눈길을 멈출 때 피아노 선율이 조용한 실내를 어루만지듯 고요히 흘렀다. 그녀는 귓등으로 음률을 흘리며 한곳에 시선이 머물지 못하는 것은 경솔한 행동이 아니었을까, 하는 조바심이 아버지에게 실망을 줘서는 안 된다는 생각일 터였다.

"나는 들비를 위해서라면 어떤 장벽도 두렵지 않아. 그만큼 무엇이든 할 수 있다는 생각이야."

성아의 입술에서 시선을 뗀 들비는 잔을 들어 입술에 갖다 댔다. 레몬 향과 어우러진 박하 향이 혀끝을 자극했던지 상큼하게 입술을 오므리고 있다가 입술을 뗐다.

"사람을 매료시키는 사랑이란 표현 속에 감동을 줄 수 있는 진실이 얼마나 담겨 있을까요?"

들비의 기색은 언어만큼이나 고즈넉했다.

장 여사와의 만남 이후 자신에게 파고드는 감정 때문인지 텅 빈 듯 보이는 눈시울을 감출 수가 없어, 그런 그녀의 모습을 조용히 바라보는 그의 가슴 또한 먹먹해 멈칫하던 손을 뻗어 그녀의 손을 가만히 잡았다.

"인간의 감정 중에 제일 소중한 진실이 뭔지 알아?"

"……."

말없는 그녀의 눈길을 마주한 성아는 살며시 눈가에 웃음을 담아 덧붙였다.

"사랑의 감정이라는 생각이 들어. 멈출 때 물론 가슴을 아리게 하는 고뇌도 있지만 사랑의 힘 앞에는 그 어떤 것도 극복할 수 있는 용기가 있는 것 같거든."

"인생이 그처럼 쉽게 가정법을 허락할까요?"

한 손을 겨드랑에 끼고 한 손으로 턱을 받친 채 들비는 고개를 갸우뚱했다.

"그럼, 자아를 숨기려다 받는 아픔이 얼마나 힘들고 아파. 그러니

까 내면으로 숨어들려 하는 응어리를 꾸짖는 용기가 필요해. 진정
으로 내가 원하는 모습일지도 모르고."

성아가 따스한 눈매로 고개를 주억거린 반면 그녀의 기색은 어쩔
수 없이 지은 표정이라 어색하기 짝이 없었다. 웃는 것인지, 인상을
쓰는 것인지 모호했기 때문이다. 잠시 망설이듯 머뭇거리던 성아는
엉거주춤 일어나 그녀 옆으로 가서 앉았다. 시선을 내려깔고 있는
그녀의 어깨를 감싸 안고 그녀의 코끝을 쥐었다가 놓았다.

"이렇게 같이 있는데도 자꾸 들비에게 가까이 가고 싶은 것은 왜
그래?"

성아의 표현이 자극적이라서 그랬을까? 자그마하게 말아 쥔 주먹
을 그녀가 불쑥 내밀었다. 앙증맞게 보여 성아가 그녀의 주먹을 감싸
안고 몇 초 흐른 뒤, 꼼지락거리던 그녀의 손가락이 서서히 퍼지더
니 손가락 사이로 스며든 것은 피아노 연주가 끝나갈 즈음이었다.
다른 쪽 테이블엔 네 명의 남녀가 둘러앉아 무슨 대목의 대화였는지
두 명의 여자가 입을 가린 채 웃음을 터뜨렸다. 오른편에 홀로 앉아
서류를 뒤척이던 남자는 그녀들의 웃음소리에 눈살을 찌푸리고는
팔짱을 낀 채 눈을 감았다.

"노력할게요."

귀를 기울여야 겨우 알아들을 수 있을 만큼 작은 음성이었다. 선뜻
그녀의 말을 받지 못한 성아의 눈길에 그녀의 눈망울이 텅 빈 들녘
처럼 허해 보여 감싸 안은 어깨를 토닥였다.

그녀와 헤어져 거실로 들어서기 바쁘게 장 여사는 성아를 불러
앉혀놓고는 예상보다 냉랭한 기색으로 그녀에 대해 품위절하 발언
을 하는 게 아닌가.

나뭇가지

"어머니, 지금 시대가 어떤 시대인데 그런 말씀하세요?"

장 여사에게서 눈살을 거둔 성아는 갈증이 났던지 물 컵을 들어 단숨에 비우고 짜증 섞인 어투로 빈정거렸다.

"인정할 것을 인정하고 받아들일 수 있어야 받아들이지!"

"어머니의 사고방식에 저의 삶을 맞추려하지 마세요! 이성과 논리도 중요하지만 이성이 전제된 감정도 존중되어야 하잖아요?"

성아에게 말막음을 당한 장 여사의 눈매가 금세 새침해진 것은, 한 번도 겪어보지 못한 말대답이라 어리둥절한 안색을 감출 수가 없었을 터였다. 눈길을 피한 채 잠시 천장에 머물던 시선을 거둔 장 여사의 눈초리가 날카롭게 변했다.

"그 아이하고는 안 돼! 무엇보다도 결손가정이라는 게 마음에 들지 않아."

장 여사는 성아의 반박에 비위가 몹시 상한 모양이다. 그렇지 않고서야 아들의 사견을 그토록 무시할 수가 있겠는가.

"좀 더 시간을 갖고 들비와 이야기 나눠보면 정말 괜찮은 사람이라는 생각이 들 거예요."

성아는 톤을 낮춰 이해시키려 했으나 요지부동으로 장 여사는 안된다, 잘랐다. 그러고는 대학동창이 얼마 전부터 자랑하는 아이라서 만나봤더니 꼭 맘에 든다고, 했다. 멍한 시선이 된 성아의 눈치를 흘끔 본 장 여사는 한 번 만나보면 맘에 꼭 들 거라고.

"어머니, 저의 결혼이지 어머니의 결혼이 아닙니다. 더군다나 평생을 함께할 여자라면 저의 뜻에 맞아야지, 어떻게 어머니의 뜻에 맞는 여자를 어머니 중매에 의해 선택해야 합니까?"

언성을 높인 성아는 시선을 거두고 창가로 걸어가는데 장 여사의 고성이 귓등으로 넘어왔다.

"아들의 인생이니까!"

똑똑 부러지는 음성이 귓등을 울리자 천천히 몸을 돌려 장 여사와의 눈길을 바로 했다.

"제가 진정으로 원하는 건 관심이지, 간섭이 아닙니다. 그리고 저를 위한 조언이지 저를 대신할 결정은 더더욱 아니고요."

성아의 음성이 거실에 울려 퍼지자 괴상한 논리라는 장 여사가 눈을 치떴다.

"세상에는 피상적인 것만으로 내용의 진의를 가늠하지 못하는 게 많아!"

신음인지, 탄식인지 모를 한숨을 내뱉고 장 여사는 묘한 웃음을 입가에 물었다. 그것은 정적인 성아의 어휘에 대한 반감인 듯했다. 비웃음을 멈춘 장 여사는 이번 연휴에 주희하고 펜션에나 다녀와, 같이 갔다 오면 마음이 달라질 거야, 라는 은근한 목소리였다.

한참 골똘히 상념에 잠겨있던 성아는 생각을 떨쳐내듯 세차게 머리를 흔든다. 상쾌한 바람을 가르며 달려온 승용차는 빽빽한 숲속의 길섶을 지나 완만한 경사의 오르막으로 올라 몇 분쯤 더 지나 오른쪽으로 꺾어 들어선다.

장 여사와의 언쟁이 떠올라 무의식으로 핸들을 놓은 채 양팔을 벌리려다 꺾어지는 산허리에서 브레이크를 밟고는 안도의 한숨을 내뱉는데 표정이 머쓱하다. 그도 그럴 것이 또 한 번 차가 도로를 이탈할 뻔했기 때문이다. 도로 밖으로 푸른 강물이 혀를 날름거리듯 유유히 흐르고 있어 물귀신은 살이 통통 부어서 싫은데, 라는 성아의 화끈 달아오른 핏기가 쉬 가시지 않는다.

가지와 나뭇잎

숲을 병풍처럼 두른 펜션이 숲 사이로 드러나 보인다.

햇살이 내려앉는 오솔길로 접어든 승용차가 맨 끝에 위치한 펜션을 향해 서서히 전진하자 숲 여기저기에서 화들짝 놀란 풀벌레들이 자지러지게 울어대기 시작한다. 동화책에나 나올 법한 지붕이 뾰족한 펜션 앞에 차가 멎는다. 차문이 열리는 동시에 쪼르륵 뛰어나온 관리인은 방긋 웃으며 두 사람을 맞이한다.

"어서 오세요."

몇 걸음 앞장서서 몇 개의 나무계단을 올라간 관리인이 문을 열고는 비켜선다. 그러고는 실내등을 켜더니 실내사용설명을 마친 채 환하게 웃는다. 불편한 것이 있으면 언제든지 벨을 누르세요, 라고 관리인은 정중히 고개를 숙인다.

"너무 아담한 게 좋아요!"

들비의 즐거워하는 표정에 고개를 끄덕인 성아가 슬쩍 두 팔을 들어올린다.

"들비가 마음에 들어 하니까 나도 덩달아 기분이 좋아, 어때? 오길
잘했지?"

코발트색 카펫이 깔린 실내는 단순하면서도 정성스럽게 꾸며져
있었다. 뒤창 밑의 원형탁자 양쪽으로는 가죽의자가 마주한 채 있었
고, 뒷벽 유리창은 뒷산이 한눈에 들어올 만큼 널찍하니 트여져 있
다. 주방시설에서 시선을 뗀 성아는 왼편의 미닫이문을 연다. 그곳
은 침실이고, 침대에는 얌전히 개어져 있는 이불과 그 위에 베개 두
개가 나란히 올려져있다. 그녀의 손을 잡은 성아는 그녀를 이끌고
방으로 들어가더니 가만히 어깨를 감싸 안는다.

"주변 경치가 너무 아름다워요. 우리 한 바퀴 돌면서 구경해요."

슬쩍 성아의 가슴에서 빠져나와 창밖으로 눈길을 옮긴다.

"아직도 부끄러워?"

들비의 붉어진 뺨을 만졌다 놓은 성아는 호탕한 웃음으로 어색함
을 희석시킨다. 그녀의 까닥이는 고갯짓에 가고 싶은 곳은 어디든
좋아, 라고 손짓과 머릿짓으로 방 밖의 향방을 가리켜 그녀의 눈가
로 상큼한 그림이 그려진다.

펜션 앞마당 앞으로 오솔길이 나 있다.

앞장 선 성아가 뒤로 손을 삐쭉 내미는 바람에 들비는 다가가 손을
잡는다. 그녀를 마주보는 그의 입가로 미소가 흐른다. 둘의 미소가
어우러져 반사되자 길섶에 친숙치 못한 이방인들의 기척에 새들이
놀라 푸드득 날아올라 흰 구름사이로 숨어버린다. 잘 다듬어진 오솔
길은 무성한 나뭇잎으로 인해 그늘이 져있다. 바람에 흩날리는 나뭇
잎 사이로 저무는 햇살이 아른거려 하늘이 더없이 높다. 구름 사이로

비상하는 새들의 날갯짓에 금방이라도 초록물이 떨어질 듯 짙푸르다.

"우리 저 산으로 올라가 봐요."

들비가 우뚝 걸음을 멈춘 채 옆으로 보이는 야산을 가리킨 숲이 울창하다. 자연의 신비함이 곳곳에 펼쳐져 외지의 사람들을 배척 없이 반겨 메마른 풀 한 포기에도 정감이 묻어나 산등성이에 피어 있는 이름 모를 들꽃에서 향기를 느낀다.

"조심해서 걸어."

내딛는 그녀의 발길을 흘끔거리면서 조심해, 라고 연신 조심을 시키며 잡초로 우거진 산비탈을 손과 발로 길을 만든다. 둘은, 산중 턱쯤에 걸음을 멈추더니 산등성이 사이로 흰 구름이 짙게 깔린 언덕에 앉는다. 마을이 한 눈에 훤히 내려다보이는 뒷산이 고즈넉하다. 긴 자락을 끌던 해가 산기슭에 몸을 눕히려 하므로 석양에 물들어 가는 지붕들이 불그스름해진다.

"이런 곳에 집을 짓고 살면 얼마나 좋을까!……."

들비는 독백처럼 읊조린다.

"정말 이런 곳에서 살고 싶어?"

성아는 섬처럼 어둠에 묻혀가는 지붕들을 바라본다.

"정말 이런 곳에서 살고 싶어요. 왜냐하면 복잡한 건 싫거든요. 어려서부터 혼자 있는 시간이 많았어요. 그래서 조용한 걸 좋아해요."

제멋대로 자란 푸른 잎들의 기세에 눌려 뜻대로 피어보지도 못한 노란 꽃잎을 바라보는 눈망울에서 노을이 스러진다. 석양에 가려있던 별들은 하나 둘 제 모습을 드러내고, 손톱 끝을 닮은 초승달은 옅은 구름을 헤집고 삐쭉 고개를 세운다. 성아가 무성하게 자라있는 잡초를 손으로 눕히자 그녀는 내려앉아 세운 무릎에 깍지 낀 두 손을 얹고는 그러고는 많은 생각이 담긴 눈길을 보낸다.

"많은 세월 감정을 억제하며 살아온 시간인 듯해요. 그래서 어떨 땐 제 자신이 미워지기도 했고요."

머리를 끄덕인 성아는 그녀의 한쪽 볼을 덮은 머리칼을 바르게 해주고 잡은 손에 힘을 꼭 준다.

"나는 지금 들비를 통해서만 내 감정이 만들어지고 움직이고 있다는 게 중요해."

"그러다가 힘이 들어 신이 감정을 떼어내면 어쩌려고요?"

흘끔 성아의 기색을 살피는 눈빛이 촉촉이 젖어들어 얼른 시선을 비킨 들비는 발치께에 있는 노란 꽃을 어루만진다.

"신을 본 적이 없으니까 두렵지 않아."

다만, 어떤 시련이 있어도 자신의 곁에서 함께 극복하자는 성아는 그녀의 머리칼을 가지런히 매무시한다.

"재미있는 이야기 해줘요."

성아는 팔베개를 하고 뒤로 벌렁 드러누운 채 말없이 하늘로 눈길을 둔다. 삐쭉 고개를 세웠던 초승달을 구름이 심술 맞게 가린다. 옆에 누운 그녀는 성아의 가슴에 가만히 머리를 기댄다. 그림자로 덮고 있던 노을이 무겁게 산자락에 드리워 검은 망사에 에워싸인 듯 성아의 입술이 흐릿하게 움직인다.

중학교 여름방학 때 특별합숙이 있어 친구들과 함께 합숙훈련을 하게 되었어. 그러다보니 자연스레 교실을 침실처럼 사용하게 된 거야. 공동묘지를 깎아서 만든 곳이라 약간은 으스스한 게 께름칙

했지, 근데 친구하나가 저녁을 잘못 먹었는지 배탈이 나서 함께 화장실을 가자고 조르는 바람에 거절할 수도 없고 해서 같이 화장실로 가게 됐어. 그런데 설상가상이라고 천둥번개가 복도 유리창을 마구 두드리는 거야, 무서움보다도 배탈이 급했던 친구는 배를 움켜쥔 채 화장실문을 벌컥 연 거야. 근데, 갑자기 그 친구가 으악! 하고 비명을 지르더니 바닥에 푹 쓰러졌어. 떨리는 걸음으로 화장실로 다가가 쓰러진 친구를 일으켜 세우다가 화장실 안을 보게 되었어. 헌데, 흰 소복을 입은 귀신이 두 손으로 목을 쥐려고……. 느닷없이 두 손을 들어 그녀의 목을 잡으려는 시늉을 한 채 다가와 무섭지, 라고 소리치는 통에 그녀는 어, 어!……, 두어 번 신음을 뱉고 그대로 기절해 버리는 게 아닌가. 깜짝 놀란 성아는 그녀의 뺨을 때리며 정신 차려! 정신 차려, 했으나 이미 기절한 뒤다.

"하나님!…… 부처님!…… 공자님!…… 맹자님!…… 맙소사……."

탄식을 한 성아가 그녀를 업었으나 엉덩이를 받친 두 손이 축축이 젖는 게 아닌가! 너무 놀란 나머지 그녀가 오줌을 싸고 기절한 것이다. 그녀를 등에 업은 성아는 어둑어둑한 산비탈을 단숨에 내달린다. 하나님! 용서하소서, 하면서.

눈을 뜬 그녀는 성아의 목을 끌어 앉고 몸을 떤다.

성아는 그녀의 등을 쓰다듬으며 욕조가장자리에 앉힌다. 그녀가 서서히 진정된 기미를 보이자 자신의 목을 감고 있던 그녀의 두 팔을 내리고는 발에서 양말을 벗긴다. 크지도 작지도 않은 발이 허물을 벗듯 드러나므로 소중한 보석을 어루만지듯 조심스럽게 물을 묻혀 비누거품을 낸 다음 부드럽게 문지른다. 그가 하는 모습을 바라보는 그녀의 눈가로 흘러내린 물방울이 그의 손등 위로 뚝 떨어져 발을 닦던 행동을 멈추고 고개를 든다. 투명한 물방울이 그녀의 볼을 타고 미끄러지듯 흐른다. 천천히 몸을 일으킨 그는 두 손으로 그녀의 볼을 어루만지며 눈가의 물기를 닦고는 입술을 움찔한다.

"아기처럼 울기는……."

말끝을 얼버무린 채 그녀의 머릿결에 입술을 묻고는 몇 번 눈을 깜박이다가 그렇게 놀랄 줄 몰랐어, 미안해, 혼잣말을 하고는 그녀의 옷을 벗긴다.

"옷이 젖었어. 내가 세탁해줄게."

그녀의 블라우스 단추를 풀어 세면대로 가져간다.

눈부신 그녀의 상반신이 드러나서일까? 서둘러 눈길을 비킨 성아는 침 넘어가는 소리가 들켰는가 싶어 얼른 눈을 뜬다. 보아서는 안 될 무언가를 보다 들킨 아이인 양 가슴에서 뛰는 박동소리를 어쩌지 못한 채 욕실 문을 밀치듯 나온다. 세차게 뿜어져 내리는 물줄기 소리가 귀로 생생하게 전해진다.

밀치듯 욕실 문을 열고 나온 성아는 문에 등을 기대고 눈을 감았지만 머릿속은 온통 눈부신 그녀의 모습뿐이다. 그 무엇도 생각할 수 없어 뒤창으로 걸음을 내딛는데 구름을 비집은 조각달이 실내로 스며들고 싶어 기웃거리자 귀찮다는 듯 실내의 불빛이 슬며시 달그림자를 밀쳐낸다.

욕실 문이 열린다.

미처 마르지 않은 물기에서 묻어나는 발자국소리가 자박자박 정적을 깨더니 침대시트 걷는 소리가 난다. 시트 안으로 눕는 실루엣이 유리창에 바스락거려 더듬듯 전등 스위치를 찾아 가만히 내리곤 요동치는 가슴을 억누른다. 깊게 숨을 들이마신 성아는 침대에 엉덩이를 걸치듯 눕는다. 급격하게 달아오른 목젖이 마른침을 숨기지 못하고 꿀꺽, 소리를 내는지라 그녀 역시 자신의 타는 목젖을 숨기지 못하고 마른침을 삼킨다. 두 사람의 가슴에서 가슴으로 전해지는 맥박의 속도가 빨라질수록 힘겹게 넘어가는 마른 소리는 적막을 흔든다. 그래서일까? 꼭 감은 눈꺼풀이 까물거려도, 옆에 있는 사람이 어떻게 하고 있는지 알 수가 없어도 궁금하지 않다. 눈을 감고 있어도 생생하게 전해지는 세포의 떨림을 느낄 수가 있었기 때문이다. 조금씩, 아주 조금씩 바스락대던 소리가 멎으며 성아의 손 끝에 그녀의 살갗이 닿는다. 그녀의 살갗에서 번져오는 떨림이 전이된 신경세포가 바짝 살아난다. 그는 그녀의 손에 깍지 낀 손을 슬그머니 빼내다 흠칫한다. 자신의 손에 그녀의 살결이 닿았기 때문인데, 상상만으로 숨이 넘어갈 것처럼 황홀하고 긴장되게 만들었던 순간이 막상 현실로 다가와 어찌할 바를 몰라 허둥댄다. 그의 눈빛을 맞받은 그녀의 눈망울이 그윽하며 포근하다. 아픈 날도, 슬픈 날도, 그리움이 묻어나도 참고 견뎌온 눈빛이라 깊고 푸른 바다의 수면처럼 깊다. 건조한 입술을 적시듯 그의 입술이 천천히 다가와 입술에 닿는다. 포개진 두 입술 사이로 달빛비늘이 내려앉아 그녀는 진정 가슴으로 원했을지도 모른다. 둘만이 나눠가질 수 있는 꿈이 영혼에서 이어지기를 아나 ⋯⋯.

커튼을 비집고 들어온 여명이 어스름을 벗겨내고 그 자리에 여린 햇살이 돋아나 팔베개에 잠이 들어있는 그녀를 지긋이 바라본다.

그녀의 잠은 하얗고 고요하다. 성아는 지난밤의 일들이 불현듯 떠올라 입가에 미소를 한 아름 담는다. 혼자서 맞이했던 아침의 익숙함은 익숙함이 아니었듯 그녀와 맞이하는 아침이 자연스럽게 느껴져 신기할 뿐이다.

"으음……."

그녀가 잠꼬대하듯 웅얼거려 성아는 말없이 머리카락을 가지런히 쓸어준다. 잠결인데 감각이 이상해 그녀가 퍼뜩 눈을 뜬다. 그가 내려다보고 있어 더 자고 싶어요, 라는 눈망울을 보이다 금세 잠이 드는가 싶더니 화들짝 놀라 그녀가 부리나케 상반신을 일으킨다.

"왜 그렇게 앉아있어요?"

"들비 자는 모습이 예뻐서."

"짓궂어요."

그녀가 살짝 눈을 흘기고 시트를 걷어내다 황급히 동작을 멈추곤 그때서야 비로소 자신이 나신이라는 걸 느낀 모양이다.

"어, 어떻게 해요?"

황당한 표정을 지으며 쳐다보는 표현이 묘한 어감으로 다가왔는지 성아의 얼굴이 붉어진다.

"날씨가 좋아서 옷이 금방 마를 거야."

성아는 눈가에 미소를 그린 채 그녀의 두 손을 잡아 자신의 얼굴을 감싸 안는다.

"식사해야지. 잠깐만……."

성아는 침대에서 일어나 주방으로 다가가 음식을 만든다.

과일을 깎고, 토스트를 굽고, 서둘러 계란을 깨다가 떨어뜨린 민망함으로 고개를 돌려 살짝 윙크를 한다. 성아를 유심히 지켜보던 그녀는 일어나 도와주고 싶었으나 나신이라 얼굴을 붉히며 난감한 표정을 짓는다.

"음식을 많이 만들어 본 실력이에요."

"미국에 있을 땐 거의 혼자 음식을 만들어 먹었어."

어깨를 으쓱 한 성아는 오믈렛과 우유, 정성껏 깎은 과일 한 접시, 버터를 발라 구운 식빵을 얹은 쟁반을 무릎 위에 올려놓더니 포크에 식빵 한 조각을 찍어 그녀의 손에 쥐어준다.

"저보다 음식 만드는 솜씨가 더 좋으니……."

그녀의 걱정되는 기색에 별 걱정을 다한다며 눈웃음을 덧붙인다.

"내가 만들면 되지, 뭘 걱정이야."

성아의 시선을 맞받은 눈빛이 멋쩍다. 그래도……, 그녀는 부끄러워한다.

"걱정할 것을 해야지. 어서 먹고 우리 산책이나 나가."

두 사람은 식사를 마친 후 펜션을 나와 어제와는 다른 방향으로 발길을 옮긴다. 산 테두리를 따라 오밀조밀 가꿔놓은 밭두둑에는 푸른 덩굴이 엉킨 잡초가 무성하다. 능선을 오르는 길을 따라 청청한 하늘을 시샘이라도 하듯 흰 구름이 슬쩍 햇빛을 덮는다. 얼마쯤 걷다보니 바람이 상큼하게 쓸고 간다. 여러 종류의 꽃향을 실은 바람이 능선을 타고 코끝을 간지럽혀 깊게 심호흡을 한 두 사람은 계곡 앞에서 걸음을 멈춘다.

"어머, 저 꽃 좀 봐요!"

그녀의 탄성이 산울림으로 퍼져나간다.

그녀가 가리킨 경사진 바위틈에 한 무리의 들꽃이 자태를 뽐내고 있다. 손가락이 머물고 있는 계곡을 건너뛰어 풀숲을 헤집은 성아는 원색의 꽃을 꺾어 계곡물에 씻긴 다음 그녀의 손에 들려준다. 그녀는 감격에 겨워 성아의 볼에 입술을 갖다대고는 향이 자연적이라고 속삭인다.

"꽃이 아무리 아름다운들 들비의 향기만 하겠어."

그녀의 이마에 입술을 얹은 성아의 목을 꼭 끌어안는다.

"고마워요. 영원히 가슴에 간직할 게요."

계곡을 타고 흘러내리는 물줄기 옆으로 눕혀진 갈대가 상큼한 바람에 파르르 출렁인다. 가늘고 긴 손가락으로 그녀의 머리카락을 매무시하던 성아는 그녀의 머리카락에 얼굴을 묻는다. 하늘 어딘가에 영원히 기억시킬 곳을 찾으려는 듯 두리번대는 그녀의 눈길이 한 곳에 머물지 못한다. 그저 운명이 가혹하지 않게 너그러이 비켜 가주길 바라는 마음인 듯하다.

"어머, 하와이 처녀의 모습이 이런 거군요!"

성아가 계곡을 타고 오르며 여러 가지 꽃들을 꺾어 칡넝쿨에 꿴 꽃목걸이를 목에 걸어주는 바람에 환호성을 친다. 그는 꽃목걸이에 흩어진 그녀의 머리카락을 단정히 매만진다. 그녀는 성아의 목을 안고 그의 입술에 자신의 입술을 포근히 얹는다. 둘의 입맞춤에 화들짝 놀란 풀벌레들이 날갯짓으로 목청을 높인다.

"풀벌레들이 질투하나 봐."

성아는 먼 산을 향해 야호! 소리친다.

그녀도 따라서 나도요! 라고 소리친다.

뭉게구름에 둘러싸인 틈을 헤집고 뿜어내는 햇빛 사이로 한 무리의 철새들이 산등성을 넘어간다. 성아가 쪼그려 앉아 등을 돌리므로 그녀는 등에 업힌다.

"들비, 결혼에 대해 생각해본 적 있어?"

삐쭉 옆 눈질로 바라보려 했으나 그녀의 모습을 정확히 볼 수가 없어 엉덩이를 받친 손을 두어 번 올렸다가 놓는다. 아주 잠깐, 경직된 고갯짓으로 그녀의 아니라는 시늉이 등에 전해진다.

"아버님을 홀로 두기가 미안해서 그럴 거야. 맞지?"

정색한 표정으로 혼잣말인 양 읊조리다 묻고는 걸음을 멈춰 등에서 그녀를 내려놓는다.

"그런 이유를 부인하지 않아요. 저만 위해 살아오신 분이예요. 어떻게……."

말끝을 흐리고 성아의 가슴에 얼굴을 묻은 채 흐느낌에 묻어나는 어깨의 떨림이 전해져 그녀를 꼭 안는다.

"어찌 보면 아버님은 들비가 괜찮은 사람 만나 행복하게 사는 모습을 더 바라고 계실지도 모르셔."

성아의 말이 맞을지도 모른다.

아버지는 늘 아이가 좋은 사람 만나 잘사는 모습 보는 게 자신의 마지막 행복이라고 말하지 않았던가. 그럴 때면 항상 제 걱정하지 마시고 좋은 분 만나 남은 인생 재미있게 사셔야 저를 이만큼 지켜주신 보람이 있죠, 라고 할 때마다 아버지는 이제 와서 뭘…… 네가 잘 사는 모습이 나의 행복이고 보람이라고, 했다. 그렇게 아버지와 아이는 서로의 행복을 위해 말하곤 했어도 실천이 쉽지 않았다.

"지난 세월을 돌이켜보면 자신의 희생이 컸어요. 저를 지켜주려고 했던 시련과 아픔이 많으셨을 텐데…… 하여튼 언제나 저에게 희망을 주셨고 용기를 주셨던 분이예요."

"나는 아버님한테 우리의 결혼 승낙 받아낼 자신 있어. 처음 나를 바라보시는 아버님의 눈길에서 그걸 느낄 수 있었거든. 뭐라고 할까?…… 믿음직스러우니 내 딸 잘 부탁하네, 라는 눈빛이라 할까? 하여튼 아버님의 진지한 눈빛에서 딸을 사랑하는 부성애가 깊었다는 믿음을 받았어."

"그게 뭐예요! 아빠로 인해 제가 선택받았다는 표현이잖아요?"

갑자기 그녀의 눈초리가 힐끗 떠진다.

"아, 아니야! 그게 무슨 얼토당토않은 말씀이신가? 그만큼 아버님이 우리의 만남을 인정해주셨다는 느낌이라는 거지."

그녀의 눈빛이 새초롬하다.

손사래까지 한 성아는 동그란 눈망울을 거두지 않은 채 그녀의 기색을 살핀다. 변함없이 자신을 뚫어져라 쳐다보는 그녀의 눈빛에선 진지함이 묻어난다. 그가 발길을 내딛는데 그녀의 까르륵, 하는 웃음소리가 산등성으로 울려 퍼진다.

"놀리려는데 금방 삐지네요?"

그녀의 눈가로 잔잔한 미소가 묻어난다. 짙은 저녁놀이 담긴 그녀의 눈망울을 쫓는다. 무수히 흩어진 잔별들 틈새로 조각달이 삐쭉 제 모습을 드러낸다. 깍지 낀 두 손이 앞뒤로 흔들리며 펜션을 향하는 발길에 힘이 넘친다.

펜션 앞마당으로 가로등 불빛이 은은히 내려앉고 있다. 저녁놀을 밀어낸 바람이 상쾌하다.

욕실 거울 앞에서 한동안 자신의 모습을 바라보던 그녀는 이마로 흘러내린 몇 올의 머리카락을 귓등으로 쓸어 넘기고 욕실 문을 밀친다. 욕실 안에서 쏟아져 나온 불빛이 그녀의 몸을 검푸르게 휘감아 머리와 가슴에 두른 타월이 실루엣과 대비되는 흰 무늬로 앙상블을 이루며 욕실 문이 닫힌다. 닫힌 만큼 실내는 희뿌옇게 흐려진다. 침실의 유일한 조명구인 스탠드 갓은 위아래가 뻥 뚫린 원통형이라 천장 한 구석만 쟁반처럼 동그랗게 환하다. 그녀의 표정이 자세히 드러나지 않았으나 침대로 향하는 기색이 수줍은 듯하다. 자신을 향해 다가오는 그녀를 향해 성아는 손을 내민다. 그의 손을 가만히 잡은 그녀의 얼굴에서 부끄러움이 뚝 떨어진다. 꽃밭 같아, 수줍어하는 들비의 모습이, 라는 성아. 놀리지 말라는 그녀. 진짜야! 라고 어깨를 감싸 안으려는 걸 살짝 밀친 그녀는 성아 쪽으로 돌아 눕는다.

"같이 있는데도 가슴이 아린 건 왜일까요?"

"이제는 그런 일 없을 거야. 내가 들비를 지켜줄 거니까."

성아는 그녀의 코끝을 살짝 쥐었다가 놓는다. 그녀의 뺨이 연분홍으로 변한다.

"사람의 맘이란 참 이상해요. 보고 있는 데도 보고 싶고, 바라보는데도 또 보고 싶고요."

성아의 가슴에 얼굴을 묻은 눈가가 스멀거린다. 창으로 스미는 달빛비늘을 눈 속에 담은 채 눈을 감는다.

아침햇살이 창을 뚫고 커튼을 비집는다.

성아가 코끝에 간지럼을 느끼고 퍼뜩 눈을 뜬 것은, 자신의 품에서 그녀가 자고 있다는 생각 때문이었다. 그런데 아침햇살을 가득 머금은 그녀가 붉고 노란 꽃다발을 불쑥 내미는 게 아닌가. 그녀는 벌써 일어나 아침 산책을 다녀온 모양이다. 잠자는 모습이 장난꾸

러기 같다는 걸 오늘 느꼈단다. 그리고 개구쟁이 같기도 하다고, 읊조
리곤 꽃다발 한 묶음을 가슴에 안긴다. 아침 일찍 맡아보는 향이 너무
좋아 꺾어 왔다고, 덧붙인다. 햇살이 얽힌 꽃다발 향에 취한 듯 성아
는 자신의 가슴 위에서 피어오르는 향기를 맡는다.

"흠…… 향기가 너무 좋다! 깨우지 그랬어? 함께 산책을 나가게."

그녀는 수줍게 성아의 이마로 입술을 가져간다. 너무 곤히 자고
있어서 못 깨웠다고, 성아의 이마에서 입술을 뗀다. 고개를 끄덕이
는 성아. 자는 모습을 보려고 일부러 그랬지, 라는 부드러운 눈매에
그녀는 고개를 주억거린다. 살포시 고갯짓을 한 그녀를 잡아당긴
그는 그녀를 무릎 위에 앉히곤 너무 사랑스러워! 그의 눈망울에 그녀
의 모습이 한 아름 담긴다. 커튼을 비집은 햇볕이 유리창에 반사되
자 다시 성아의 눈을 가린 채 나지막이 속삭인다. 매운 고추를 썰어
넣은 된장찌개 좋아해요? 라고. 그럼…… 아주 좋아하지! 활짝 대답
하는 그의 모습에 그녀는 눈을 찡긋한다. 잠깐 바람 좀 쐬고 오라고,
그동안 준비하겠다는 속삭임에 입맛을 다실 뿐 그가 움직이려 하지
않자 재촉의 눈빛으로 어서요! 성아의 입술에 손가락 하나를 댄 채
어서요, 라는 그녀의 향을 음미하듯 벌떡 일어서서 그녀를 안으려
는 순간이다.

"삐리릭…… 삐리릭!……."

갑작스러운 전화 벨소리에 놀라기는 둘 다 마찬가지다. 그녀는
성아의 핸드폰을 쳐다보다 어서 받아보라는 눈짓을 한다. 지금 어
디에 있는 거야? 성아가 통화버튼을 누르자마자 장 여사의 다급한
고성이 수화기로 쏟아져 나온다. 잠시 눈을 감고 있던 그의 표정이
무참히 일그러진다. 흘끔 그녀를 바라보다 펜션으로 연휴 휴가 간

가지와 나뭇잎

다고 하지 않았냐고, 더듬댄다. 주희하고 간다는 줄 알았지! 조금 전에 주희한테 전화가 와서 얼마나 당황한 줄 알아? 그건 그렇고 지금 누구하고 있는 거야? 장 여사의 고함이 수화기를 타고 흘러나온다. 들비하고요, 라고 그는 차분히 답한다. 뭐!…… 단 둘이 있다는 거야? 거친 숨을 몰아쉬는 장 여사의 숨결이 수화기를 통해 그대로 토해진다. 무언가 곰곰이 생각에 잠겼던 그는 장 여사의 물음에 차분히 입술을 움직인다. 네, 라고. 어쩌자고! 좋은 혼처를 두고 도대체 왜 그러는 거냐? 하여간 그 애하고는 안 돼! 내가 그 애에 대해 다 알아봤어. 세상에…… 뭐에 홀려도 단단히 홀렸지, 라는 장 여사의 탄식이 깊다. 그렇게 말씀하지 마세요, 그는 반문한다. 뭐라고! 안 된다면 안……, 더 이상 들을 수가 없어 장 여사의 고함이 이어지려는 걸 그는 종료버튼을 누르곤 아예 배터리를 빼낸다. 당신의 권유에도 불구하고 몰래 여행을 떠난 것에 분을 참을 수가 없었을 터지만 무턱대고 복종한다는 건, 그녀와의 문제는 자신의 인생이 아닌가. 그런데 그토록 펄쩍 난리를 칠 줄 몰랐던 대목이기도 하다. 귀를 쫑긋 세웠던 그녀가 눈길을 외면하는지라 그는 그녀의 어깨를 잡는다. 신경쓰지 말라고. 자신이 알아서 해결한다고, 했으나 표정만큼이나 어투에 억양이 없던 터라 그녀는 말없이 창가로 다가간다. 창가에 걸어두었던 꽃목걸이를 벗긴 그녀는 목에 걸어보았다가 벗고는 창밖으로 눈길을 옮긴다. 그것은 눈가로 맺히는 물기를 말리기 위한 시간이 필요했음이리라.

성아는 조용히 다가와 그녀의 어깨에 손을 얹는다. 흐느낌을 미처 추스르지 못한 채 몸을 돌려 그의 가슴에 얼굴을 묻으므로 가슴이 점점 뜨거운 물기로 젖어든다. 그녀가 아파하는 만큼 눈가로 이슬이 붉게 젖어든다. 두 사람은 한동안 그렇게 서로의 눈길을 비키지만 무언의 파도가 일렁여 여진과도 같이 그녀의 등줄기로 떨림이 흐른다. 지금까지도 아파하며 살아온 세월이 적지 않았다. 또다시 침잠된 시간 속으로 빠져들 거라는 예감으로 그녀의 흐느낌이 멈춰지지 않는다. 참으려 해도, 멈춰야 된다고 생각할수록 어깨가 떨려 그의 가슴으로 들어가고 싶어 한다. 그런 그녀의 상처를 어루만져 주려는 눈망울이 붉게 흐려지더니 자신을 믿으라는 성아. 말없이 고갯짓으로 믿고 싶어 하는 그녀. 그렇게 두 사람은 서로를 믿는 마음뿐이라 한동안 서로의 눈길을 거두지 못한다. 그녀의 황망한 눈빛만큼이나 눈시울이 넋을 놓고 허공을 헤매다 불현듯 아버지의 모습이 떠오른다. 그녀의 아픔에 더 힘들어할 텐데…… 어찌해야 좋을지가 그녀에게는 막막한 절벽인지라 앞으로 풀어야할 숙제가 힘겹게 다가온다. 그의 가슴에서 얼굴을 들지 못하는 그녀에겐 쉬 사라지지 않을 어두운 그림자가 내려앉는다. 자신의 품에서 미세하게 떨고 있는 그녀의 어깨를 도닥이며 그는 힘을 내자지만, 또다시 눈가로 맺히는 물기를 그녀는 그대로 둔다. 마음을 진정하고 현실을 다독이며 아픔을 억누르려. 해도 치솟는 떨림이다. 또 얼마나 많은 세월의 씻김이 있어야, 어쩌면 영원히 씻지 못할 응어리로 자리할지 몰라 가슴이 아리다. 참으려 해도, 그의 다독임이 짜르륵 다가와 마음이 더 무너져 내릴 듯해 눈을 뜨지 못한다.

"도대체 이해가 되어야 말을 하던지 하지!……."

성아가 욕실에서 나오길 기다렸다는 듯이 장 여사는 소파에 주저앉아 볼멘소리를 내뱉는다. 그 애와 연휴를 재미있게 보내라고 신신당부하지 않았던가. 자신의 말을 거역한 아들이 좋게 보일 리가 없었다. 자신이 그 애한테 실없는 사람으로 비쳐졌겠는가를 생각하면 온몸에 닭살이 돋는 심정이다. 밤새 한잠도 못 잔 장 여사의 눈동자가 빨갛게 충혈되었다는 건 그만큼 심기가 불편하다는 뜻이다. 더욱이 하고 싶은 말을 참지 못하는 성격에 이 시간까지 치솟는 감정을 억누르고 있었다는 건, 자기고문에 심기가 많이 뒤틀린 건 분명한 사실이다. 장 여사의 그런 감정 상태에서는 대화가 안 될 듯해, 내일 출근해야 되니까 그만했으면 좋겠다는 미적지근한 태도야말로 장 여사의 분노에 불을 지핀 꼴이다. 눈길을 마주치기가 불편해 소파에서 일어나는 성아를 장 여사가 불러 세운다. 자세히 말을 해야 되는 거 아니냐고, 도대체 그 아이하고는 어디까지야! 라고. 성아의 묵묵부답에 벌떡 소파에서 몸을 일으킨 장 여사는 성아의 몸을 획 돌려세운다. 왜 말을 못해? 아무 일도 없었다는 말을 듣고 싶은 기색이다. 저 성인이에요! 저의 사생활을 존중받아야 할 나이라고 생각하고요, 장 여사의 눈길을 외면한 채 지그시 눈을 감고 옅은 한숨으로 성아는 마음을 다스린다. 그런 사견을 물은 게 아니잖아? 어떻게 된 일인지 자세히 말해봐! 심장이 떨려 죽을 지경이라고. 장 여사의 한계가 드러난 듯 결국 손바닥으로 테이블을 내려친다. 눈을 감고 입을 닫은 성아의 모습에 장 여사는 이리로 갔다가, 저리로 갔다가 허둥대다 결국 도로 소파에 주저앉는다.

"너무 늦은 시간입니다. 내일 퇴근해서 자세히 말씀드릴 테니까 어서 주무세요."

"말이 아직 안……."

장 여사의 이어지는 외침을 뒤통수에 달고 방문을 연 성아는 방으로 들어서서 등으로 문을 닫으려는데, 방문이 확 밀쳐지더니 그 사이로 장 여사가 들어와 눈길을 마주한다.

"잘난 행동이다! 어미가 너한테 그런 존재로밖에 인식되지 않았어? 아무리 인간이 순종과 반항의 양면성을 동시에 지니고 있다고 하지만 어미한테 그러면 안 되지, 너를 어떻게 키웠는데!"

허리께를 집고 있는 두 손이 부르르 떨리는가 싶더니 한 손을 들어 성아의 어깨에 손을 얹은 채 말을 덧붙인다. 결손가정에서 자란 못된 것의 꾐에 빠져 이젠 어미도, 가정도 눈에 보이지 않아? 분을 가라앉히지 못한 장 여사의 눈초리에서 불꽃이 튄다. 어깨에 올려 있는 손을 슬그머니 내린 성아는 창가로 다가가 걸음을 멈추고는 몸을 돌려 뚫어져라 쳐다본다.

"어떻게 그런 말을 할 수 있습니까?"

성아의 허탈한 기색에 장 여사의 언성이 더 높아진다.

"어미한테 하는 네 행동은 올바르고 어미가 하는 언행에 문제를 삼으려 하냐?"

장 여사의 절대 안 된다는 고성이 성아의 가슴으로 짜르륵 파고든다. 지금 어머니한테는 감정조절의 시간이 필요해 저녁에 이야기하자는 것뿐이라는 성아를 노려보던 장 여사는 몇 번 깊은 숨을 몰아쉬곤 방문을 확- 밀치더니 그 아이하고는 절대 안 된다, 슬픈 눈망울이 싫어, 라고.

"늦은 시간에 어쩐 일이냐?"

컴퓨터에서 눈을 뗀 아버지는 의자등받이에 등을 붙인 채 기지개를 켜다가 아이의 전화에 반가워 얼른 통화버튼을 누르곤 반갑게 전화를 받는다.

"뭐, 뭐 하시나 궁금해서요."

식탁으로 주스를 가지고 온 들비는 한 모금을 마신 후 아버지에게 죄송하고, 미안한 마음이 들어 전화를 걸지 않을 수가 없었다.

"그래!…… 잘 다녀왔다니까, 내 마음까지 전원의 풍경이 한 눈에 들어오는 듯해 피로가 싹 풀리는 기분이다. 하하……."

아버지는 한바탕 너털웃음을 짓고는 바로 말을 잇는다.

"요즘 글 마무리하느라 밑반찬도 못 챙겨주고 미안하구나. 어떻게 잘 챙겨먹고 있어?"

"이제는 하지 마세요. 횡단보도 건널 때 신호등 잘 보고 건너라, 라는 말 들을 나이는 아니잖아요."

"그래도 내 눈에는 아직 어린아이로 보이는데 어쩌면 좋냐."

의자에서 일어난 아버지는 찡하게 코끝이 시려 얼른 창가로 걸음을 옮긴다.

"죄송해요. 혼자서 식사 챙기시며 글 작업하시느라 힘드실 텐데…… 이번 주에는 제가 가서 음식 좀 준비해드릴게요."

머그잔을 테이블에 내려놓은 눈가로 얼비치는 물기를 없애려는 듯 들비는 티브이 화면으로 눈길을 옮긴다. 티브이 화면 속에선 개그맨들이 우스꽝스런 대화를 주고받는데 하나도 우습지 않다. 평소에 즐겨보던 프로그램인데도 하나도 우습지 않다. 리모컨으로 전원을 끄자 티브이 화면이 화들짝 사라지며 갑자기 거실이 조용히 가라앉는다.

"아서라! 아서…… 아까운 시간이다. 그 사람하고 좋은 시간 만들어야지, 괜찮다."

아버지는 손사래까지 해대며 활짝 창문을 열고 하늘을 본다. 초승달이 구름 사이에 둥실 떠 있어 깊게 숨을 들이마신 아버지는 얼른 덧붙인다.

"하늘에 달이 참 예쁘게 자리 잡았다. 창문을 열고 한 번 봐라. 얼마나 맑고 투명한지."

"그러네요."

닫혀있던 커튼을 활짝 걷어내고 창문을 연 들비는 깊게 밤공기를 들이마시다가 아버지를 부른다.

"왜?"

"대학교 2학년 때 학과 친구들이 두 분 중매했던 사건 기억나세요? 왜…… 학원 원장님이셨던 친구어머니요?"

"아!…… 기억나지. 그런데 왜?"

어느 날 갑자기 아이가 말끔하게 차려입고 있으라고 해서 아버지는 정장 차림을 했다. 사건은, 아버지와 친구어머니를 눈여겨 본 아이들끼리 의기투합하여 두 사람의 만남을 주선한 것이다.

레스토랑에 들어서보니 낯선 그 여인과 낯이 익은 아이 학과친구들 몇 명이 더 있었다. 음악을 들으며 칵테일을 몇 잔 비워갈 즈음 아이와 친구들이 슬그머니 자리를 뜨면서 그 여인과 아버지만 남게 되었다. 처음으로 그런 자리를 가져본 아버지로서는 어색하기 짝이 없었다. 몇 마디 대화도 나눠보지 못하고 그 여인의 집에 도착을 했다. 그 여인을 내려주고 차를 돌리는데 그 여인한테서 전화가 왔다. 모르는 전화번호라 망설이던 아버지가 전화를 받아보니 그 여인이었다. 너무 재미없게 헤어진 것 같다고, 좀 더 대화를 했으면 해서요, 지금 바로 오실 수 있죠? 여기서 오실 때까지 기다리겠다고, 그 여인의 기어들어가는 음성이었다. 다시 차를 돌린 아버지는 어색함을 감추지 못하고 그 여인이 기다리는 카페로 들어갔으나 대화를 이끌지 못한 멋없기는 마찬가지였다. 왜, 만남을 계속 안 가지셨어요? 잠깐 말을 멈췄던 아이는 후, 후 헛웃음으로 묻는다. 한 번도 전화를 안 하셨다면서요? 묻고는 응답을 기다리는 고요함이다. 그 쪽도 마찬가지다, 한 번도 전화 안 한 거는, 이라고. 아이가 그 날의 기억을 상기시키니 아버지의 얼굴이 붉어진다. 그래도 남자가 하셔야죠, 저한테는 몇 번 안부 묻곤 했거든요, 남은 인생 의지하고 사시는 분 만나셨으면 좋겠다고, 수화기로 흘러나오는 아이의 음성이 포근하게 전해져 아버지는 창틀에 한쪽 어깨를 기댄다. 맑던 하늘이 갑자기 찌푸린 채 내려앉는다. 빠르게 뭉치는 먹장구름이 칠흑처럼 사방을 덮는다. 줄지어 달리는 자동차 불빛만이 교차할 뿐 주변이 고즈넉하다.

흩어지는 나뭇잎

"뭐하고 있어? 오피스텔 앞이니까 나와."

며칠째 연락도 없던 성아다.

언제나 일요일이 다가오기 전에 미리 시간과 장소를 정해놓고 여행지를 말하곤 했던 성아의 연락이 없어 마음을 비우고 집 청소를 하고 있었다. 그에게서 연락이 없다는 건, 그만큼 그의 심기가 불편할지도 몰라 그녀 역시 연락하기도 뭐해 전전긍긍하며 며칠 동안 마음이 심란해 잠을 잘 이루지 못했다.

"왜 그렇게 표정이 심각해요?"

들비가 차에 오르고 출발한 지가 십여 분이 흐르는 동안 앞창만 뚫어져라 응시할 뿐 말이 없어 그녀는 답답함을 느끼고 차창을 활짝 연다. 화끈한 열기가 차창으로 확 들어온다.

성아는 마음이 복잡해 집에 있을 수가 없었다. 자신의 전화를 기다리거나 아니면 퇴근시간에 찾아가는 모습에 활짝 웃어주던 그녀의 모습이 떠올라 며칠 밤을 힘겹게 보냈다. 장 여사와의 의견충돌이

심화될수록 심경이 복잡해지는 건 당연지사였다. 홀아비 밑에서 자란 아이가 순진한 너를 계획적으로 유혹했다고, 막무가내로 밀어붙이는 장 여사와, 이젠 묵시적 동의로 나서는 아버지인 하 사장 때문에 성아의 입지는 막다른 골목이었다. 오늘 주희가 집으로 방문한다고 했으니까 좋은 이미지를 주라고, 힘주어 말한 장 여사였다. 고개를 끄덕였지만 성아는 집에 있을 수가 없었다. 본인의 견해 따윈 무시당한 채 어머니의 일방적인 뜻에 따라 등 떠밀려 만나는 것에 무슨 의미가 있겠는가, 싶어 가족 몰래 집을 나와 그녀를 찾아온 것이다.

"들비 얼굴이 까칠해졌어."

운전에만 열중하는 줄 알았던 성아가 불쑥 말을 던졌으나 시선은 앞창에 그대로 둔 채다.

"마찬가지예요, 거칠어진 모습이."

빤히 바라보는 자신에게 시선이 옮겨오지 않아 들비도 앞창으로 눈길을 옮긴다. 며칠 밤을 수많은 생각과 갈등으로 그녀가 목에 넘긴 거라곤 주스 몇 잔과 과일 몇 조각뿐이다.

"너무 힘든 모습이에요."

들비가 또 한 번 되뇌어서일까? 성아는 쑥스러운 기색으로 아니라는 변명으로 고갯짓을 한다. 그래요……, 말끝을 흐린 그녀의 뺨에 볼우물이 패였다가 사라진다. 마음과 말이 일치되지 않을 때 나오는 습성이라 그만큼 그녀의 마음도 힘겨워하고 있다는 터였다.

"우리 술이나 할까?……."

말끝을 흐린 성아가 혼잣말인 양 읊조리곤 눈시울에 많은 생각이 담긴 듯해 그녀는 고개를 끄덕인다. 핸들을 꺾어 공원으로 들어서자 인적이 끊긴 공원은 한적하다. 차에서 내린 둘은 누가 먼저라고 할 것도 없이 텅 빈 벤치에 앉아 하늘로 시선을 둔다. 반달을 닮아가는 달이 구름 속으로 숨어 별들만이 반짝인다.

"저 때문에 힘들어하는 거면 힘들어 하지 마세요. 힘들어하는 모습 생각만 해도 가슴이 아파요. 전 견딜……."

견딜 수 있다고 말을 하려다 말을 멈춘 것은 정말 자신이 견딜 수가 있을까? 의문이 솟구쳤기 때문이다. 마음이 싸르륵 쓰려와 들비는 눈을 감는다. 수많은 별만큼 그리움으로 인해 아파했었다. 그를 만남으로 해서 그리움도 잊을 수 있었다. 아픔도 잊을 수 있었고, 가슴 저린 시련에서 벗어날 수도 있었다. 만남을 기다렸고 즐거워하지 않았던가. 그래서 더 가슴이 싸르륵 저리는지도 모른다.

"미안해, 마음이 너무 복잡해서."

하늘에 눈길을 두고 있던 성아는 눈길을 떨어뜨리곤 똑바로 보지 못한다.

"미안하다는 표현 쓰지 마세요. 자신을 챙길 여유가 있을 때 타인도 돌아보는 도량이 생기는 거예요. 힘들……."

더 이상 뭐라 말을 이을 수가 없어 들비는 하늘로 눈시울을 옮긴다. 구름에 가려있던 반달이 밝게 흐르다 다시 구름 속으로 숨어버린다. 벤치에서 일어난 그녀는 헛기침을 한다. 다시 한기가 복받쳐 오르는지 금방 쓰러질 듯 맥이 빠진다. 가로등 불빛이 미치지 않은 어둠 속으로 모습이 묻혀간다. 그는 벌떡 일어나 그녀의 뒷모습을 쫓는다. 불빛이 새어나오는 포장마차의 천막을 걷은 그는 그녀가 들어갈 수 있도록 비켜선다. 어깨를 움츠린 그녀는 그를 흘끔 보고는 빈 의자로 다가간다.

"한 잔 더 줘요."

흩어지는 나뭇잎

쓴 약을 삼키듯 인상을 찌푸린 들비는 잔을 탁자에 놓지도 않은 채 잔을 성아 쪽으로 불쑥 내민다. 그녀를 바라보는 눈망울이 휘둥 그레져 왜 그래? 술도 마실 줄 모르면서, 라고 당황한 눈빛을 감추지 못한다. 새침한 표정을 지었다가 금세 누그러뜨리는 그녀의 감정기 복에 많이 힘들었구나, 하면서도 자신의 마음 또한 갈피를 잡을 수 가 없어 속으로 한숨만 삼킨다. 그녀의 한 잔 더 주세요, 라는 말에 그만해! 술을 삼키지도 못하고 기침을 하잖아! 정색을 한 그는 그녀 에게서 눈길을 비켜 술을 단숨에 목구멍으로 털어 넘기더니 자작으 로 또 잔에 술을 따른다.

"무슨 일이 있어요? 괜찮아요. 허심탄회하게 말해보세요."

성아의 눈길을 외면하지 않고 담담한 표정을 지은 들비의 뺨이 발그레해진다.

"아무 일 아니야. 내가 해결할 문제이니까 걱정하지 마. 들비의 그런 표정 보면 심장이 꽝 내려앉아."

손바닥으로 자신의 가슴을 가리켰다가 검지로 그녀의 볼을 쓰다 듬은 입가로 씁쓰레한 미소가 흐르다 멈춘다.

"세상살이에서 부모와 자식관계는 뭘까? 복종의 관계…… 하여튼 이해가 되지 않는 부분이 참 많아. 들비도 아버님의 뜻이라면 무조 건 따라야 된다고 생각해?"

빈 잔에 술을 따르는 성아의 눈가가 발그스름히 변해가고 있다. 거기에다 술잔에 차는 술보다 옆으로 흘리는 술이 더 많다는 건 이미 취했다는 것이다.

"거역해보지 않았지만 제 생각에 맞는 부분만 종용하셨기 때문에 항상 따랐어요. 지금까지 어긋나본 적이 없으니까요."

성아의 행동이 자연스러워 보이지 않아 그의 손에서 술병을 빼앗는다. 급격하게 변한 안색만큼이나 뜻 모를 그림자가 눈가에 매달렸지만, 술기운 탓이 아닌 듯해 무언가 혼란스러워 그녀는 귓등으로 머릿결을 쓸어 넘기고 그의 눈 그림자를 똑바로 본다.

"오늘은 왠지 취하고 싶어. 술병 이리 줘!……."

성아가 말허리를 흐리며 그녀의 손에 들려 있는 술병을 빼앗으려 하는 걸 그녀는 주인아낙에게 술병을 건네준다.

"그만해요. 많이 취한 것 같아요."

"허, 정말 웃겨!…… 나, 하나도 안 취했다니까!"

눈길이 마주친 성아는 눈살을 찌푸리고 한동안 두 손으로 턱을 받친 채 있다가 혀가 꼬인 음성이 이어진다.

"미, 미안해. 나를 위해서……."

성아의 흐트러진 모습이다. 그가 많이 힘들어하고 있다는 생각이 불현듯 엄습해 턱에 괴고 있던 그의 손을 잡는다. 그렇게 힘든 일이 있으면 시간을 갖고 생각해보는 게 좋겠다는 그녀의 말에 슬그머니 눈을 치뜬다.

"들비야, 우리 아무도 없는 곳으로 도망갈까? 요즘처럼 내 자신이 싫어서 자신을 이토록 미워해본 적이 없어. 꼭 내 자신이 꼭두각시 같고 바보처럼 느껴지거든."

자신의 손을 잡고 있는 그녀의 손등 위에 이마를 얹는다. 그녀와의 문제를 어떻게 풀어야 될지 답이 없어 고뇌의 시간은 흐를수록 엄청난 무게로 다가왔다. 그녀의 눈시울이 붉어진다. 그의 얼른 시선을 비켜 주인아낙에게서 술병을 받아 잔에 술이 넘치도록 따르곤 단숨에 목구멍으로 털어 넣고는 급격하게 무너지는 모습에 그녀의 옅은 한숨이 새어나온다.

"나, 참…… 바보처럼 보이지?"

술을 입술로 가져가다 더 이상 마시기엔 한계에 부딪침을 느꼈는지 탁자에 잔을 내려놓더니 눈을 감는다. 마음속에 가득 차 있는 그녀를 어머니가 밀어내려 할수록 떠올라 가슴이 아렸다. 살짝만 들춰도 생채기가 날 것만 같은 모습에 감정이 저미는 건 어쩔 수가 없었다.

"혼자의 번민은 견디기 힘든 현실이에요. 그런 모습 지켜보는 제 자신도 힘들어요."

물기가 전혀 없이 가뭄에 타들어가는 벼처럼 건조한 침묵의 틈새에서 흐르는 아픔이 들비의 목젖에서 묻어난다.

"술을 더 줘!……."

성아의 입모양이 완전히 꼬인다. 힘에 겨워 머리를 꾸벅이면서도 입에서는 술 더 줘! 술 더 줘, 라고 헛소리를 해대다가 눈꺼풀의 무게를 견디지 못하고 탁자에 머리를 떨어뜨린다. 흠칫 놀라 허둥대던 손길로 그의 얼굴을 받친다.

주인아낙의 도움으로 간신히 승용차에 성아를 태우고는 차창을 모두 열고, 시트를 뒤로 눕힌 다음 목을 편히 해주고 차를 출발시킨다. 주일을 즐기고 귀가하는 차량들로 뒤엉킨 도로가 혼잡하다. 하늘이 납빛으로 두텁게 흐려져 습한 바람이 차창으로 스민다. 석양을 밀어낸 어둠이 짙게 깔리더니 도시는 피로에 지쳐 잠이 든 듯했다가 또 다른 불꽃으로 살아난다.

순환도로로 진입하려다가 핸들을 돌린다. 아무래도 일시에 차량들이 순환도로를 이용할 것 같다는 생각이 들었기 때문이다. 예견대로 시내의 도로가 덜 혼잡했다. 서대문을 지나, 종각을 걸쳐, 종로로 진입한다. 인도를 따라 줄 지은 버스정류장으로 길게 늘어선 버스와, 귀가를 서두르는 사람들의 혼잡함과 매장 윈도우에서 뿜어져 나오는 불빛으로 종로거리는 불야성을 이루고 있다.

빨간 신호등 불빛에 정차하고는 성아를 넌지시 살핀다. 그의 얼굴이 일그러지며 괴로운 기색을 보인 것은 종로 3가를 지날 때다. 아무래도 청계천에서 시원한 바람을 쐬다가 술이 깬 다음에 들어가는 게 좋겠다싶어 우측으로 핸들을 돌리는 찰나 성아가 손으로 입을 가린 채 으읍, 으윽……, 구토를 한다. 당황스러운 표정을 지은 그녀는 얼른 차를 세우고 재킷을 벗어 그의 턱밑에 대주고 주변을 살핀다. 24시 편의점이 보여 차문을 밀친다.

비상등을 켜놓은 채 얼른 편의점으로 들어가 술 깨는 약이 없느냐고, 점원에게 묻는다. 시큰둥한 기색의 점원은 그런 게 약국에나 있지 편의점에 있겠느냐는 눈망울이다. 티슈와 생수를 사들고 나와 차 안으로 들어갔을 땐 이미 토사물이 엉망으로 번져있었다. 티슈에 생수를 적셔 우선 입언저리와 목 주변을 차근차근 문질러가며 닦지만 상의와 바지에도 군데군데 토사물이 번져있어 닦아내는 게 쉽지 않다.

"미안해, 물……."

갑자기 손을 허우적대던 성아는 그 와중에도 미안하다는 표현이다. 몹시 갈증을 느꼈던지 생수병을 다 비우고 빤히 응시하는 눈망울이 붉게 물들어 있다. 그의 목을 가만히 당겨 가슴에 기대어놓고 그의 어깨를 말없이 토닥인다.

"힘들면 말하지 마세요. 아무 말도…… 저는 어떤 일도 견딜 수 있

흩어지는 나뭇잎

어요."

정말 그럴까? 그리움의 실체와 아픔도 그로 인해 지울 수 있다는 감성이 찾아들어 얼마나 싱그러운 시간들이었나. 그러므로 그가 다가온 그림자를 마음으로 받아들였다. 그로부터 자신의 마음을 지배하는 그림자를 애써 지우려 하지 않았다. 그렇게 되도록 일상의 잔영을 그에게 맞추려 하지 않았던가. 만남의 기쁨이 있었으면 헤어져 있는 아픔도 주겠다는 조물주만의 뜻일까? 아니면 함께 있을 때 미처 깨닫지 못했던 일까지도 느껴보라는 신의 뜻일까, 그럴까! 그렇지 않으면 어떤 사연으로 인해 헤어짐으로 돌아서야 했던 사람이나, 바라보고 있던 심경이 어떤 것이었나를 잠시 떨어져 그리움의 감정을 정리해보라는 신의 배려일까? 이러한 순간 때문에 많이 주저했던 건가. 그에게서 돌아서면 또 밀어닥칠 아픔을 준비할 자신이 없어서! 그리 아파했기에 그 어떠한 시련도 비집고 들어올 빈터가 없어서…… 하지만 힘들어하고 있지 않는가. 그렇다면 그에게 시간을 줘야하나. 그래도 그와 함께 했던 시간이 행복했는데 어떻게 지울 수가 있을까? 그에게 향하는 눈빛으로 얼비치는 눈망울이 아른거린다. 인과관계란 억지로 되는 게 아니지 않은가. 아무리 힘들어도 그에게 더 이상 고통을 안겨서는 안 된다는 생각이 들어 가만히 눈을 감았다가 뜨고 편하게 자리매김하더니 차를 출발시킨다.

"더, 더럽지 않았어?"

성아의 집에 막 도착했을 무렵 그의 음성이 조용히 흐른다. 갑작스런 물음에 들비는 말없이 그에게 눈길을 보낸다. 힘겹게 눈을 뜬 그의 붉은 눈시울에 그녀는 아니라고 고개를 젓는다. 억누르고 있던 먹구름에서 빗줄기가 후둑, 떨어진다. 두 사람의 눈길이 허공에 머무는 동안 빗줄기는 굵어졌는지 차 지붕 위에서 타악기소리를 내며 주변을 잠식한다.

"저, 저거 성아!……."

들비의 부축을 받으며 차에서 내릴 때다.

장 여사는 성아에게 전화를 하다 지쳐 2층에서 밖을 내다보고 있었다. 헌데, 술에 취해 여자의 부축을 받으며 차에서 내리고 있는 게 아닌가! 더군다나 몰래 집을 빠져나간 성아다. 묵과할 수 없는 행동에 하루 종일 속을 끓고 있던 장 여사는, 창밖을 내다보다가 집 앞에서 벌어지고 있는 행위를 더 이상 보고 기다릴 수가 없어 대문을 밀치고 외친다. 거기서 뭐하는 거야! 안 들어오고, 라고. 빗줄기 속에서 부축을 받으며 서있는 성아의 모습에 분노가 폭발한 장 여사는 들비의 팔을 세차게 뿌리치고 사납게 노려본다. 애초부터 자신의 아들을 유혹해 엉망으로 만들고 있다는 생각이 지배적이었던 장 여사의 눈빛이 곱지 않은 것은 당연했다. 한 번도 흐트러진 모습을 보인 적이 없던 터라 도저히 용납할 수가 없었다. 거기에다 반대하고 있는 여자와 밤늦도록 술을 마신 것도 참을 수가 없는데 부축을 받으며 집으로 들어오려는 꼴이란 가히 눈뜨고 볼 수 없는 정경이 아닌가. 어미 죽는 꼴 보려고 이래? 우산까지 뒤집어진 장 여사는 빠르게 입술을 움직인다.

"다시는 성아 만나지 마! 좋게 말할 때……."

대문이 쾅 소리가 나도록 닫히므로 하늘도 놀랐는지 우르르…… 쾅, 쾅!…… 천둥과 함께 거세게 빗줄기가 굵어진다. 멍하니 성아가 사라진 대문을 바라본다. 그녀의 온몸이 금세 빗물에 흠뻑 젖는다. 머리카락을 타고 흘러내리는 빗물에 섞인 뜨거운 물방울이 쉼 없이 두 볼을 타고 떨어진다. 뒤도 돌아보지 않고 걷는 발길에 빗물이 무겁게 질척인다.

소파에 풀썩 주저앉은 성아.

"정신 좀 차리고 앉아!"

비틀거리는 성아를 억지로 안고 들어온 장 여사의 심기가 극에 달한 듯 날카롭게 거실을 울린다. 소파에 묵묵히 앉아있던 하 사장은 힐끗 성아를 바라보다 눈길을 돌렸으나 심드렁한 기색이다. 낮에 있었던 일들을 아내에게 전해들은 터라 씁쓸한 그림자가 입가에 머물 뿐 내색하려 하지 않는다. 그것은 아들의 뜻을 존중하려는 배려처럼 보이는데 아내의 추궁이 만만치 않다.

하 사장이 소파에서 몸을 일으켜 천천히 홈 바로 걸음을 옮긴다. 홈 바에는 여러 종류의 크고 작은 양주병과 크리스털 잔들이 질서정연하게 자리하고 있었다. 목이 긴 황금빛 잔에 코냑을 담아 홈 바에서 몸을 돌린다. 홈 바와 거실, 뒤창 사이의 인공연못을 지칠 무렵 인공연못 안에서 돌아가는 물레방아가 무거운 침묵을 사르륵 잠식시킨다. 천천히 연못을 지나 소파에 앉은 하 사장은 장 여사를 넌지시 바라보다가 시선을 거둔다.

"도대체…… 상식적이라야 말을 하지! 어떻게 집안망신을 그렇게 시킬 수가 있는 거야, 엉?"

그 애가 방문했을 때, 가타부타 말없이 사라진 성아의 행동에 장 여사는 분노를 터트린다. 아무리 이해하려 해도 이해가 되지 않는 행위에 화가 치밀어 앉아 있을 수가 없었는지 소파에서 벌떡 일어나 식탁으로 다가가 물을 따라 단숨에 마신다. 화를 삭이느라 숨을 헐떡이는 장 여사를 바라보다 고개를 돌리는 성아의 눈길이 하 사장과 마주치지만 별다른 기색 없이 눈을 감아주는 게 고마울 따름이다. 남편의 그런 행동마저 맘에 안 들어 장 여사의 분노가 다시 터진다.

"당, 당신은 어떻게 눈만 감고 있어요? 자식 문제인데!……."

"아비가 다 큰 아들한테…… 이런 상황에서 뭔 말을 해야 도움이 되는지 모르겠소? 본인의 사견이라는 게 있는데…… 하지만 여러 정황을 고려해 신중히 행동하도록 해라."

아내의 눈빛이 날카로워 성아에게 잠시 눈길을 줬다가 하 사장은 소파에서 일어나 안방으로 걸음을 옮긴다. 그렇지 않아도 아들 문제로 신경이 곤두서있는데 남편의 미적지근한 태도가 불난 집에 기름을 끼얹은 꼴이다.

"저, 저렇게 미적지근하니, 아들도 그렇지?…… 왜 말도 없이 사라졌는지 진실을 말해봐!"

하 사장의 뒷모습에 혀를 찬 장 여사의 불꽃이 성아를 향한다. 이미 기색은 파리하게 변해 있어 성아는 대충 넘어갈 문제가 아님을 깨닫는다. 원래 무언가 가슴에 남아있으면 밤잠을 설칠 정도로 예민한 어머니가 아닌가. 끊고 맺음이 분명한 어머니를 존경했고, 지금까지 자신의 뜻을 배척한 적이 없어 마음 또한 혼란스럽다.

"싫다는 사람을 왜 자꾸 붙이려고 하세요? 싫은 건 싫은 거니까 본인의 문제는 자신이 알아서 할 수 있도록 놔두세요."

"술에 취해 여자한테 부축을 받은 너의 모습을 보고 어떻게 염려하지 않을 수가 있어!"

"싫다는 걸 자꾸 밀어붙이니까 그렇죠. 앞으로는 그런 모습 보이지 않을 테니까 염려하지 마세요."

흩어지는 나뭇잎

눈길을 비키는 성아의 안색도 파리하다.

"염려하지 않을 수가 없는 문제니까 참견하는 거지! 하여간 입에 담고 싶지도 않다."

식탁에 컵을 쾅, 소리가 나도록 놓은 장 여사는 빠른 걸음으로 다가와 소파에 풀썩 앉는다.

"어머니! 수직적 가치관에 매여 있는 분이 저의 어머니란 이미지를 갖지 않도록 해주세요."

"뭐라고!⋯⋯ 그게 지금 어미한테 표현할 수 있는 어휘야?"

"어머니가 저를 자꾸 불효자로 만들고 있습니다!"

술에 취해 힘들어 하던 성아는 자신의 머리카락 속으로 두 손을 찔러 넣고 세차게 머리를 흔든다. 장 여사의 설득을 더 이상 듣고 싶지 않아 장 여사의 말허리를 잘랐으나 말막음을 당했다는 것보다 한 번도 생각해 본 적 없는 성아의 언행이라 장 여사는 아연실색한 표정으로 쏘아본다. 놀란 눈망울로 장 여사의 눈빛을 비켜간 성아는 아차, 했으나 이미 장 여사의 눈길이 붉게 타 오르고 있었다. 그 아이하고는 절대 안 된다! 사회는 너 혼자 사는 세상이 아니고, 가정이란 어울리는 가정끼리 합쳐져야 순탄한 거라는 장 여사는 충격에서 덜 벗어난 듯 더듬거린다. 아들에 대한 믿음을 저버리지 않은 눈빛이라 성아는 피곤한 기색으로 눈길을 내린다.

오전이라 그런지 커피숍이 한산하다.

창가 쪽으로 가려다 입구에서 마주보이는 구석으로 발길을 옮기는 어깨가 축 늘어진 것으로 보아 무언가 석연치 않은 모습이다. 벽에 걸려있는 시계를 흘깃거리고도 자신의 손목시계를 또 보는 게 초조한 기색을 여실히 드러내고는 입구 쪽으로 눈길을 보냈다가 슬며시 눈을 감는다.

성아의 어머니로부터 모진 학대를 받고 돌아선 몰골은 말이 아니었다. 마음을 추스를 수밖에 없는 현실이라 한없이 걷다가 택시를 탔으나 택시기사의 흘끔거리는 눈빛에 결국 눈물샘이 터지고 말았다. 마음을 접으려 할수록 지난 순간들이 주마등처럼 뇌리를 지배했다. 만날 때마다 반가운 기색을 감추지 못했던 눈망울, 바닷가를 걷다가 가리키는 손가락을 쫓아 눈길이 마주쳐 웃던 모습, 고개를 젖히며 호탕하게 웃던 고른 치아, 허락을 받아야 입술을 줄 것 같다며 다가왔던 순간, 그렇게 지난 시간 속에 잠재돼 있던 아픔들을 묻어버릴 수 있었던 순간들이라 함께했던 시간이 행복했다.

허나 이러한 순간 때문에, 웃으면서 돌아설 줄 알았는데 돌아서려는 발길이 아린 건, 잊어야 한다는 현실보다 더 아린 건, 그리움을 접어야 한다는 사실이 시렸다. 눈망울에 담긴 그림자가 물방울로 뭉쳐 무언가를 지우려는 듯 고갯짓에 물방울이 허공에서 실루엣으로 출렁였다. 몸살기가 더하는지 몸에 으스스 한기가 느껴져 뜨거운 커피로 목을 다스릴 때였다, 장 여사로부터 전화가 걸려온 것이. 당황해하는 음정에는 아랑곳없이 장 여사는 일방적으로 시간과 장소를 정하곤 전화를 끊었다.

생각에 잠겼던 속내처럼 자리가 불편해 엉거주춤 자세를 추스르고 실내를 살필 때 입술을 꼭 다문 장 여사의 모습이 드러난다. 실내가 한눈에 보일 만큼 아담하게 꾸며진 커피숍이라 단번에 발견하곤 다가온다. 장 여사의 일방적인 성아와의 이별통고를 받은 입장에선 가시방석이다.

흩어지는 나뭇잎

"어느 가정이든 자기자식은 귀하고 또 소중하다는 건 알지만……."

들비의 인사를 외면한 채 한동안 무언가를 생각하던 장 여사는 불쑥 입을 열고 말끝을 흐리더니 강한 눈길로 쏘아본다. 눈빛을 마주하기가 힘에 부치는지 들비는 시선을 비켜 고개를 숙인다. 목덜미를 쳐다보는 장 여사의 눈빛이 예사롭지 않다.

"내 말이 언짢게 들리려는지 모르겠지만, 묻고 싶은 건 물어야 되고 알아야할 건……."

또다시 말끝이 흐려져 들비는 천천히 고개를 들어 장 여사를 응시한다. 자신을 훑는 눈빛이 섬뜩해 고개만 끄덕이고는 얼른 고개를 숙인다. 시선이 떨어진 목덜미를 쏘아보던 입술이 움찔거리는 건 자신의 급한 표현을 나타낼 때 나오는 습성인 모양이다.

"홀아비 밑에서 자란 사생아라는데, 맞아?"

"그, 그게……."

입이 굳어 뭐라 얼버무릴 수도 없이 들비의 얼굴이 붉어져 눈길을 떨군 채 얼떨떨한 기분으로 여러 번 깊게 숨을 들이마셔도 달리 설명할 방법이 없어 깊은 숨으로 마음을 진정시킬 뿐이다. 잠시 말을 멈춘 동안에도 장 여사는 차가운 눈빛을 감추려하지 않아 들비는 고개를 들지 못한다. 그런데 기어코 힘겹게 극복한 상처의 실밥을 장 여사는 터트리고 만다. 원하는 질문의 답이 무엇인지, 쉽게 풀어갈 문제가 아닌지라 맞잡은 손에 들비는 힘을 꼭 준다.

"내가 잘못 알고 있는 거야, 아니면 부끄러워 말을 못하는 거야? 어느 쪽이야?"

들비의 눈망울이 참담함으로 휘둥그레져 떨리는 입술을 질끈 깨문 눈빛이 흔들린다. 더 입술을 깨물고 참아보려는 몸짓으로 한기가 흐르는 모습을 쳐다보는 눈썹이 입 꼬리와 동시에 꿈틀댄다. 무언가 더 오금을 박아야 되겠다는 생각이 들었는지 입술을 움직이려는 순간 들비가 고개를 들고 눈길을 마주한다.

"처음으로 누군가를 사랑하고 싶다는 감정이 생겼어요."

"모호한 궤변으로 순간을 호도하려하지 마! 어떻게 선택한 것이 성아야?"

뜻하지 않은 시련의 그림자가 직조되어 표본실의 박제인 양 온몸이 경직된다. 어정쩡하게 들은 눈길, 정면으로 쏘아보는 눈매를 마주한 들비의 묵묵부답, 들어서는 안 될 말을 들었다는 듯 장 여사의 눈초리가 불꽃처럼 살아난다.

"기가 막혀! 그, 그게 성사될 것이라 생각했어?"

코웃음을 친 장 여사는 시선처리에 혼란을 겪은 듯 두리번대던 눈길을 멈춘 채 쐐기를 박듯 차갑게 노려본다.

"까마귀와 백조가 어떻게 어울려? 언감생심이지…… 도대체 저의가 뭐야, 성아한테 접근하는 의도가?"

장 여사의 모습은 세월의 무게가 실려 있지 않을 만큼 정숙한 맵시로 선이 고왔다. 하지만 자신의 감정을 조절하는 데는 한계가 있는 노릇인지 빠르게 말을 잇는다.

"그 마음의 저의가 혹시 돈을 뜯어내려는 속셈 아니야?"

빠르게 덧붙인 장 여사의 눈가가 가늘어진다.

"네!……."

묵묵히 듣고만 있다가 얼음물이라도 뒤집어 쓴 것처럼 정신이 번쩍 들어 들비가 숙이고 있던 고개를 들었지만, 눈망울엔 좌절감이

흩어지는 나뭇잎

지워지지 않은 안개가 서려 급기야 물기로 변한다.

"저로 인해 얼마나 상심이 되셨는지는 모르겠지만 지금 하신 말씀은 저에게 너무 깊은 상처로 남을 것 같습니다."

교양과 지성의 힘에서 쏟아진 장 여사의 어휘들이 독화살처럼 가슴으로 날아와 난생 처음 겪어보는 황당함에 들비의 표정이 눈에 띄게 굳어진다. 장 여사의 편견에 가득 찬 비난과 힐난으로 버무려진 경멸로 인해 들비의 감정은 메말라버린 낙엽처럼 건조하다.

"자기 분수도 모르고 섣부른 욕심은 화를 부르는 거야! 자기 주제 파악도 못하고 접근하는 데는 분명 숨은 저의가 있다는 속셈이 아니겠어?"

숨조차 쉴 틈 없이 한꺼번에 하고픈 말들을 쏟아낸 장 여사는 잠시 숨을 고른다. 묵묵부답으로 고개를 숙이고 있는 들비를 곁눈질로 살피는 눈가로 득의만면한 주름이 잡혔다가 펴진다. 싸늘히 빛나는 장 여사의 눈빛이 시려 세차게 쏟아지는 빗줄기에 몸을 맡기듯 들비는 마음을 버린다. 그것은 망가져가는 마음을 더 이상 들여다볼 기력조차 없었기 때문일 터, 가슴 한구석이 와르르 무너져 내려 다음 일들이 지난날에 아렸던 기억보다 훨씬 잔인할 것이라는 예감으로 입술을 비집은 신음이 터져 나온다.

"제, 제가…… 어떻게 하기를 바라시는지요?"

눈빛을 빛내고 있던 장 여사의 안광을 맞받은 들비는 차분히 의중을 묻는다.

"지금 이 순간부터 성아 근처에 얼씬도 하지 마!"

거칠게 의자를 밀치고 일어선 장 여사는 한동안 들비의 목덜미를 쏘아보다 슬며시 다가와서는 그녀의 어깨에 손을 얹는다. 잠시 무언가 궁리하는 척하던 눈매로 들비의 귓가로 입술을 갖다가 대고는 돈이 목적이었으면 조용히 말해, 라고. 장 여사의 입가에 그림자를 드리운 건 자기기만의 묘수였을지는 몰라도 그 한마디가 죽음보다 더한 상처가 되리란 걸 모르지는 않았을 터인데.

　장 여사의 발자국 소리가 멀어지는 만큼 들비의 멍한 기색의 입가로 미소가 번지다 사라진다. 힐끗 흘린 장 여사의 코웃음에 비아냥거림이 눈앞에서 끈적거려 애써 감정을 추스르려 해도 눈가로 담기는 미소를 약간이라도 건드리거나 들추면 폭발이 일어날 듯 일렁인다. 텅 빈 공간만큼 태산보다 더한 벽이 눈앞에서 울렁거려 고여 있던 물방울이 두 볼을 타고 흐른다. 결국 이러한 현실이 도래할까 봐 그토록 가슴 저리게 망설였던가? 스스로 묻고는 떨어지는 고갯짓에 물방울이 두둑 떨어진다. 테이블 위로 떨어진 물기가 뿌옇게 번지므로 물기를 움켜쥐는 손이 파르르 떨린다. 손가락 사이를 적시는 아픔이 부스스 목젖을 건드려 입술을 틀어막은 손가락 사이를 비집은 회한이 주르륵 흐른다. 두 눈을 꼭 감는다. 장 여사가 사라지고 나서야 고요함이 어둠처럼 밀려와 의자에서 엉거주춤 일어서는 들비의 몸이 휘청한다.

　자정이 훌쩍 넘은 시간이다.
　두터운 정적을 깨는 전화벨이 울릴 때마다 주홍빛램프가 반짝여 한 손을 뻗어 핸드폰을 집는다. 여보세요? 바로 누워 앞이마로 흘러내린 머리카락을 쓸어 넘기고 차분히 상대를 불렀으나 고요히 흐르는 정적만이 맴돌 뿐 수화기 저편에서 아무런 응답이 없다. 가벼운 한숨을 섞어 여보세요, 라고 몇 번을 불러도 대답이 없어 혹시나 하는 마음에 다시 상대를 불러 봐도 역시 묵묵부답이다.

"그럼, 전화 끊겠습니다."

"잠, 잠깐만!……."

다급하게 외친 목소리에 외려 상대는 놀라 엉겁결에 전화를 끊은 모양이다. 윙하는 기계음만이 귓가로 전해져 핸드폰덮개를 닫고는 모로 누워 눈을 감은채 누굴까? 곰곰이 생각하다 핸드폰을 열고 전화를 건다. 몇 번에 걸쳐 통화를 시도해도 전화를 받지 않아 깊게 숨을 들이마시고 활짝 창문을 연다. 시원한 바람이 획- 머릿결을 휘감는다. 천천히 바람을 들이마시자 코끝이 찡해 두 손을 창틀에 얹고 고개를 든다. 동그란 달그림자를 스치듯 흰 구름이 검은 하늘을 수놓고 희뿌연 구름사이로 옅은 미소가 떠다닌다.

그녀의 보기 좋은 모습 중 하나가 바로 그 미소였다.

그녀에게서 이상하리만큼 상큼한 바람 같은 걸 느끼곤 했다. 때때로 햇살처럼 포근했고, 싱싱한 연초록 잎사귀를 보듯 푸르렀고, 어떤 말을 해도 표현과 행동에 구김살이 없었다. 자신을 향하는 마음엔 굴곡이나 회선 없이 감정의 체취가 정직했던 그녀였다. 가슴 한구석으로 파고드는 연민이 아려 두 손으로 머리를 감싸 안은 눈동자가 미세하게 흔들린다. 실타래가 엉킨 머릿속으로 그녀의 미소, 속삭임, 그리고 표정이나 몸짓들이 지워지지가 않는다. 그녀하고의 첫날밤이기도 한 그날의 혼돈과 격정이 마음에서 떠나지를 않아 혼란스런 한숨이 뜨겁게 허공을 가르며 지난 시간들이 아프게 떠오른다.

담에 등을 붙이고 있던 성아는 지난밤의 생각을 지우듯 눈을 감았다. 전번, 어머니하고의 불미스런 일로 인해 미안하기도 해 들비의 오피스텔을 찾았다. 그녀가 자신을 피하는 눈치라 심경이 몹시 힘들었다. 그녀의 마음을 이해 못하는 건 아니나 어떻게든 장 여사를 설득시켜보려 하는데 쉽지가 않았다. 아침부터 오늘은 꼭 그 애와의 약속장소로 나가야 된다는 장 여사의 다짐에 고개를 끄덕인 마음은 이미 빗나가 있었다. 몰래 집을 빠져나와 그녀의 오피스텔을 찾았으나 집 안에 있는 것인지, 없는 것인지 응답도 없고 전화도 받지 않았다. 장 여사가 그녀를 만났다면 필히 마음을 언짢게 했을 것이란 짐작 때문에 요즘 마음이 혼란스러웠다. 이를터이면 전화도 안 받고 문자메시지 한 통 없다는 게 그걸 반증하지 않는가. 다시 전화를 걸어볼까, 하는 조바심으로 가슴이 답답했지만 오히려 잠자코 기다려주는 게 나을지도 모른다는 생각이 들어 헝클어진 실타래를 둘둘 말아 뭉친 채 대문을 밀쳤다.

거실에만 불이 켜져 있어 조심스럽게 현관문을 열고는 늦었다고, 엉거주춤 거실입구에 서서 귀가를 알렸다. 성아의 모습을 거실 소파에 앉아 쏘아보는 장 여사의 눈길이 불빛에 반사돼 빛났다. 대답도 없이 턱짓으로 소파를 가리키며 앉으라는 시늉을 보인 장 여사는 너 지금 사춘기 타냐고, 냅다 고함을 쳤다. 예상하고 있었던 심상치 않음을 느끼고 미간을 찌푸린 채 성아는 소파에 엉덩이를 걸치듯 놓았다. 그런 기색에 대해 잘 안다. 언제나 훈계를 할 때마다 지어 보이던 표정이 아닌가. 약간 옆으로 돌린 얼굴에 내리 깔은 시선, 입 꼬리가 살짝 올라간 입매, 적막을 깨듯 자그마한 음성으로 정곡을 꼭, 꼭 찌르는 말투, 많이 보아온 모습이라 눈을 감았다.

"네 행동이 사춘기 아이들이 보일 법한 유치한 행동……."

말문이 막혀 더 이상 말을 이을 수가 없어 장 여사는 팔짱을 낀 채 노려봤다. 전번처럼 의식적으로 집을 나가 전화까지 안 받고 그녀

흩어지는 나뭇잎

를 만나는 것이 문제다, 라고 속으로 읊조렸다. 그 애와의 관계가 진전되지 않는 것은 분명 그녀 때문일 터인데 보통 심각한 문제가 아니라는 생각이 뇌리를 스쳤다. 그렇게 했으면 포기할 만도 한데 독한 년!…….

"어떻게 사람을 그렇게 기다리게 할 수가 있는 거야, 엉? 주희가 얼마나 기다리다 지쳤으면 나한테까지 전화를 다했겠어!"

장 여사의 분노에 찬 반응에 지고 싶지 않았던지 성아는 바로 입술을 뗐다.

"약속시간에 안 나오면 안 나오나보다 하고 가면 되지, 왜 어머니한테까지 전화를 합니까?

성아의 반박에 기가 막힌다는 기색으로 변한 장 여사의 입술 끝이 파르르 떨렸다.

"가정교육이 잘 된 착한 아이니깐 그렇지!"

화가 치미는 표정이 역력한 장 여사의 고함이 거실로 퍼졌다.

"오지도 않는 남자를 기다리는 게 가정교육이 잘 된 겁니까!"

정색을 한 채 시선을 맞받은 성아의 눈빛에 순간 흠칫한 장 여사는 작정이라도 한 양 입 꼬리를 가늘게 늘어뜨렸다.

"가정이란 울타리는 가족과 사회를 지탱해온 본질이야. 그래서 부모의 의견은 존중되어야 되는 거고."

"부모님의 의견이 존중되어야 하듯이 자식의 의견도 존중되어야 한다고 생각합니다."

눈길을 피하지도 않은 채 반박하는 성아의 눈길을 맞받은 장 여사의 어이없다는 안색이다.

"무슨 이유로 혼자서 딸을 키울 수밖에 없었는지……."

장 여사의 분노에 찬 음성이 울리자마자 또 그 이유라면……, 자신의 시선에 오금을 박아주려는 의도를 눈치 챈 성아는 말허리를 세차게 잘랐다. 해명도, 설명도 이해시켜보려는 틈바구니가 보이지 않는 벽으로 들어갈 공간이 없어 애써 억양에 힘을 줬다.

"인간의 삶인데 어떻게 형태가 똑같을 수가 있겠어요? 하지만 들비는 어떤 양가 부모님 밑에서 자란 자식들 못지않게 자신의 일에 최선을 다하며 살아왔어요!"

높은 톤으로 자기주장을 피력하던 입술이 멈춘 성아의 눈길을 마주한 장 여사의 눈초리가 치떠졌다.

"인정할 것을 인정해야지, 주장이란 상식의 선일 때 납득이 가는 거야!"

의견이나 감정 따위엔 관심 없다는 투로 이어지려는 장 여사의 말허리를 거칠게 막았다.

"어머니! 고정된 편견의 잣대로 인과관계를 재려는 이기는 오만입니다."

맞부딪치는 견해에, 그만 두지 못해! 장 여사는 기어코 손바닥으로 탁자를 내려치고는 매섭게 눈을 치떴다. 성아는 말문이 막혀 입술을 꽉 다물고, 저 단단한 벽을 어떻게 허물 수가 있단 말인가! 울컥 치미는 감정을 추스르듯 눈을 감았다. 장 여사의 마음도 문제이지만 일방적으로 당했을 그녀의 상처가 얼마나 깊었을까를 생각하면 온몸이 시려 성아의 고갯짓에 고뇌가 짙다.

"일시적인 감정에 대한 방황은 누구에게나 있는 거다. 하지만 감정은 바람 같은 거야. 바람에 먼지가 끼어 있기 때문에 사물이 제대로 안 보이지만 그 먼지가 가라앉으면 후회가 될 찌꺼기야."

흩어지는 나뭇잎

소파에서 벌떡 일어선 장 여사의 눈꼬리와 입술이 가늘어졌다가 은근한 음성으로 가다듬고는 소파에 도로 앉으며 자신의 뜻에 순종하길 바라는 눈빛으로 변했다.

"어머니의 자식일 뿐이라는 현실인가요? 아픔, 분노, 괴로움 몽땅 안고 회한의 눈물로 번민하는 모습이 그토록 보고 싶으세요?"

"그것은 세상을 제대로 볼 줄 모르는 유치한 치기일 뿐이다. 예측하기 어려운 우리의 인생처럼 선택의 중요성이 사랑에도 예외가 아니다. 더욱이 인생의 미래란 그 본인의 운명을 좌우하는 선택의 기로이기 때문에 신중해야 되는 거고."

몇 번 입술을 움찔하려다 그만 둔 장 여사는 몸을 홱 돌려 안방 문을 거칠게 밀치고 들어갔다. 그런 아내의 뒷모습에서 눈길을 거둔 하 사장은 잠시 머뭇대다가 입술을 뗐다.

"웬만하면 엄마의 뜻에 따라라. 그게 가정과 사회생활에 도움이 될 것 같구나, 알았지?"

하 사장에게서 눈길을 피한 성아는 감정을 표면에 그대로 둔 채 방문을 열고 허물어지듯 침대 위로 몸을 던졌다. 머릿속이 거미줄 엉킨 것처럼 복잡해 상반신을 일으켜 핸드폰을 꺼내들었다. 피곤한 몸으로 대문을 들어설 무렵이면 어김없이 문자메시지가 도착되지 않았던가. 현실감 있게 진솔했고, 가히 맹목의 순수를 지피는 사랑이었거늘. 그런 그녀가 전화도 안 받는다는 건 얼마나 현실에 괴로워하고 있는가를 짐작케 했다. 혼자서 아파하고 있을 그녀를 생각하면 마음이 시려 창으로 다가가 창문을 확 열어 젖혔다. 하늘이 금방이라도 소나기가 내릴 듯 바람이 습했다.

도톰한 나뭇잎들이 바람에 찰랑인다.

신호등이 파란불로 바뀜에 따라 횡단보도를 건너는 무리 속에 섞여 발치께로 고개를 숙인 채 걷는다. 인도를 따라 얼마쯤 가다가 누군가의 부딪침으로 휘청한다. 고개만 돌려 씨익- 웃고는 바로 사라진다. 뒤로 돌렸던 고개를 바로 하고는 멍한 시선으로 건너편을 향한다. 인도로 쭉 늘어선 가로수 사이로 석양이 내려앉는다. 길을 건너는 흐느적거림에 자칫 부딪치기라도 하면 금세 푹 쓰러질 모양새라 곁을 스치는 사람들은 흘깃대고 피해 가는 눈치다.

길을 건너와 인도를 따라 상점들을 스쳐간다. 강원도 해산물, 전라도 해산물이 나란히 붙어있다. 유황 삼계탕 집 옆에는 본죽 등의 상점들이 하나둘 불을 밝히는 인도 위로 불법 주차한 차량들이 빼곡하다. 좁아진 인도는 한낮의 땡볕에 시달린 탓인지 지열이 여전하다. 야트막한 지붕의 과일가게 앞을 지나는 사람들은 눈살을 찌푸린다. 인도로 불쑥 튀어나온 자판도 문제지만 물을 흩뿌려놓은 통에 지열이 섞인 열기가 후덥지근하다.

인도의 양쪽으로 보이는 가로수의 푸른 잎사귀들이 풍성하게 매달려 인도를 오가는 사람들에게 그림자를 만들다가 사라진다. 급격하게 떨어지는 노을은 건물 사이사이에, 가로수에, 아스팔트 위를 질주하는 자동차지붕 위로 내려앉는다. 연일 계속된 무더위에 아스팔트도 지쳐 이글거린다. 거기에다 지칠 줄 모르게 질주하는 자동차에 깔려 지그지글 거품을 토해낸다. 거품을 안고 달리는 타이어 역시 몸살을 앓기는 마찬가지다. 비로소 어지러움을 느끼고 잠깐 눈을 감았다 뜨고 가로수 아래로 걸음을 옮긴다. 울렁거리는 어지러움을 진정시키려 눈을 감아도 눈앞이 캄캄하고 수많은 잔별들은 어둠속에서 웅성웅성 떠다닌다. 정신을 차려야지, 라는 생각이 들지만 정작 길을 내딛는 발걸음에 힘이 하나도 없다.

무거운 철퇴가 그림자처럼 따라붙는 환영을 피하기 위해 숨을 곳도 손을 내밀 곳도 없다. 돌이킬 수 없이 밑바닥으로 가라앉는 심경에 얼핏 눈가로 물기가 고인다. 이것이 사랑인가! 라고 마음 깊이 자리하는 순간부터 그의 무게는 커다랗게 자리했다. 지울 수 없을 만큼 자리했는데…… 지우지 못하는 영상들이 아픔을 불러일으켜 야속하다. 이미 바스러진 기억을 한 발짝도 나가지 못하게 하면서, 부분부분으로 떠나지 못하게 하는 게 야속하다.

낮고 짙은 구름이 갑자기 몰려온 하늘이다.

횡단보도 앞으로 두 남녀가 홀짝 끼어든다. 인도와 차도 경계선의 턱 중간쯤에 발을 올려놓고 앞뒤로 움직이는 네 개의 발동작이 아슬아슬하다. 여자는 남자의 오른팔에 팔짱을 낀다. 자기야, 엄마한테 잘 보여야 돼, 엄마만 오케이하면 통과야, 알았지? 여자는 상큼한 눈웃음을 친다. 걱정하지 마, 내가 어른들이 좋아하는 인상이잖아, 남자는 여자의 볼을 살짝 꼬집는다. 남녀의 말에 귀를 열어놓았던 가슴이 울렁거려 얼른 그들 앞을 지나친다. 깊은 밤중이나, 이른 새벽이나, 마치 어제도 오늘도 내일도 부딪치며 가는 사람인 양 스스럼없이 흘러간다. 그들에게 뒷모습을 보이기 싫어 허둥대는 발걸음이라 등줄기가 후끈거린다.

만남의 본질적 계산에 타당성이 있을까? 타인의 기본적 가치와 권리를 도외시하면서까지 잣대로 금을 긋는 관념이 문제는 아닐까? 본능과 이성을 함께 공유한 인간은 누구나 풍족한 삶의 욕구와 미래의 꿈을 이성으로 다스릴 터인데, 삶의 자율적 의지가 재조된 관습에 얽매이는 생경함이 낯설고 견디기 힘들 따름이다. 훅, 끼쳐온 열기를 밀쳐내듯 잠시 호흡을 가다듬는다. 이미 더위를 담고 있던 바람이 휘감아 휘청 걸음을 멈춘다. 귓등으로 낯선 음성이 들린다. 저, 사랑이 머무는 카페가 어디에 있어요, 라고. 모른다는 고갯짓에 두 번 다시 눈길을 주지 않고 그림자는 바람처럼 사라진다.

저만치에서 다가온 승용차가 정차하는가 싶었는데 후진으로 밀려와 정차하더니 차창이 스르르 열린다. 운전석을 향하는 눈길과 차창에서 뿜어져 나오는 눈빛이 허공에서 부딪친다. 어이, 많이 취했나봐, 아니면 실연이고, 타! 차창의 어둠속에서 느끼한 미소가 번져 섬뜩한 경련이 일어나 쉬지 않고 걸음을 옮긴다. 몇 바퀴 뒤로 더 굴러와 멈춘 승용차에서 남자가 내린다. 사납게 뿜어져대는 눈빛 때문인지 알았어, 라고 코웃음을 남긴 채 사내는 소리 없이 사라진다. 분명 재수 없는 년! 이라고 벌레 씹은 얼굴을 하고.

오른편으로 걸음을 옮기자 빌딩 숲 사이로 더 높은 빌딩이 보인다. 건물 위를 따라 흐르는 검은 구름이 낮게 가라앉는다. 인도 쪽으로 늘어선 건물 속의 상점들이 앞문을 열어놓고 불빛을 쏟아낸다. 어둠이 짙게 깔린다. 피로에 지친 거리가 또다시 밝게 드러난다. 골목 초입을 조금 지나 할인마트라 씌어있는 옆 골목에서 송아지만한 개가 나온다. 무심히 할인마트 앞을 지나치던 소녀는 개 크기에 깜짝 놀라 어머나! 비명을 지르고 두 손으로 입을 가린다. 개주인은 괜찮아요, 사람을 절대 물지 않아요, 하고는 늘 겪는 일인 양 소녀 곁을 스친다. 개 주인 말대로 개는 소녀에게 눈길조차 주지 않는다.

한강고수부지언덕 아래로 내려와 사방을 휘둘러본다. 한강은 변함없고 강물은 고즈넉이 흐른다. 우두커니 서서 이리저리 둘러본들

어디에도 보고 싶은 그림자는 없다. 켜켜이 쌓인 어둠이 먹장구름에 엉켜 캄캄하다. 유유히 흐르는 한강 위로 유람선이 어둠을 뚫고 있다. 그 모든 것들이 눈에 가물거릴 뿐 마음에는 그 무엇 하나 담을 수가 없다. 미안해요. 전화를 안 받는 게 아니라, 휘청대는 몸짓으로 독백을 토해내지만 돌아오는 건 허공에 휘감긴 싸늘한 바람뿐이다. 괴괴한 어둠뿐인 빈 터를 뒤돌아보고 여기가 어디지, 울컥 눈이 시려 오열이 터진 건 그의 모습이 스쳐간 뒤다. 가슴 저변부터 자리했던 외로움과 그리움이 밀려와 흐느낌만으론 위로가 되지 않아 메마른 입술로 신음이 새어나온다. 바람막이 하나 없는 사방이 뻥 뚫린 조각배 위에서 의지하고 버텨낼 수 있는 게 아무 것도 없다. 생각나도 그립다고 말 못하는 아픔으로 애가 타 숨이 막혀 눈을 감아도 지워지지 않는다.

인간이 찾는 사랑이라는 게 얼마나 가슴 저리고 아픈 감정인가! 보고 싶은데…… 또 다른 아픔이 부여되었을 때 가장 먼저 찾아든 것이 뜻하지 않게도 그리움이었다. 마지막 잎사귀마저 버린 겨울나무에 새움이 돋기를 기다리는 애절함처럼. 사랑은 혼자서 점유할 수 없는 두 사람의 몫이라는 걸 몰라 애끓는 그리움에 더 아파했는지도 모른다. 새벽안개에서 갓 피어난 이슬같이 새 생명을 찾게 해준 사람이다. 먹구름을 뚫고 부서져 내리는 햇살 속의 빛처럼 마음을 포근하게 감싸줬던 사람이 아닌가. 언제까지나 마음 속에서 숨결이 살아있게 하고 싶었던 사람이다. 그 사람 앞에 서면 무엇 하나 할 수 없으면서도 자신보다 더 사랑하고 있다는 사실에 행복을 느꼈다.

"많이 보고 싶은데……."

떠나야하는 이유가 사랑이라면 그것은 고통이고 형벌이다.

잊음의 선택이 가슴 아파 벼랑 끝에 서 있는 형국인데 어떻게 잊어야할지 마음의 갈피를 잡을 수가 없다. 잊으려 할수록 또렷이 다가와 시린 가슴에 지울 자신이 없어 무기력한 일상은 삶이 아니다. 어딘가에 정신을 저당 잡힌 듯 살고 있는 생명에 꼭 필요한 조각 하나만 빌려다가 현실과 대응시킨 듯해 깊은 바다 속에서 자신의 살을 헤집는 아픔으로 가슴이 저리다. 허용되지 못한 인연의 고뇌로 마음 속을 들여다보는 것도 아려 추억으로도 간직할 수 없는 편린의 조각이 내내 감당하기 힘든 고통이다. 넓은 세상에 홀로 내동댕이쳐진 상실감이 훑고 갈 때면 아무도 없는 텅 빈 폐허의 공허함으로 몸서리쳤던 시간들이다. 어차피 인생은 바닷가의 모래밭이 아닌가. 모래밭에 흔적을 남기려 꾹, 꾹 발자취를 남겨도 밀물과 썰물에 출렁이다 다시 원래의 모습으로 자리하듯 그렇게 사라지는 게 아닌가.

"잊을 수 있을까?……"

그리움이 켜켜이 쌓이면 영혼의 길이 열린다던가. 희뿌연 안개 속에서 그의 미소가 밝은 길을 인도하는 듯해 그에게 다가가려다 돌부리에 걸려 비틀거린다. 물 한 모금도 넘어가지 않는 육신이 가벼운 탓일까? 강바람에 나부끼는 낙엽처럼 길을 잃은 듯하다. 발길이 옮겨지는 대로 몸을 맡겼으나 끝없이 펼쳐진 어둠 만큼이나 짙은 회한이 가슴을 헤집는다. 마음과는 다르게 울컥, 눈물이 솟는다. 누가 지켜보고 있는 것도 아닌데 손으로 얼굴을 가린 채 고개를 떨군다.

"전화 받으세요?……."

넋을 놓고 한없이 걷다가 전화 벨소리에 화들짝 놀라 핸드폰 덮개를 연다.

"전화를 끊고 영 기분이 안 좋아서…… 정말 아무 일 없는 거야?"

아이에게 안부를 물은 아버지는 한껏 기지개를 켠다. 잠시 컴퓨터에서 눈을 떼고 아이의 응답을 기다리는 눈치다.

"그, 그럭저럭요."

벤치에 앉은 들비는 아버지의 음성으로 자신도 모르게 울컥, 하는 설움이 복받쳐 음색이 변한다. 얼른 음색을 가다듬고는 글 작업은 잘되세요, 라고 물은 뒤 흐르는 눈물을 감추려 발치께로 눈길을 내린다.

"연애편지 쓰는 거냐? 허, 허, 허……."

한바탕 너털웃음을 터트리고 낌새가 이상했는지, 아니면 아이의 음색이 변해 있어서인지 잠시 뜸을 뒀다 말을 잇는다. 친구와는 정말 별일 없는 거지? 문득 아이의 음색이 처연히 들려 걱정은 되었으나 잠시 남자친구가 멀리 떠난 것이 서운해 일시적인 외로움인가, 라는 쪽으로 편히 마음을 갖는 눈치다.

허물어지듯 비몽사몽 시간은 흐른다. 힘겹게 몸을 일으켜 창문에 쳐져 있던 커튼을 반쯤 걷은 채 창문을 열자 엷게 깔려 있던 안개가 걷히며 도시의 위용이 드러난다. 새벽 등산을 마치고 귀가하는 사람들의 화기애애한 웃음이 귀를 간지럽혀 성근 미소를 입가에 머금는다. 집 밖을 안 나간 지 십 수 일이 지나 몰골은 초췌하다. 창틀에 두 손을 얹는다. 힘이 없는 육신이 힘들게 해 엉거주춤 식탁으로 걸음을 옮기지만 다리가 허둥댄다. 냉장고에서 식수를 꺼내 한 모금 마셔보려다가 물병을 그대로 식탁 위에 놓고는 소파에 주저앉는다.

가물거리는 눈꺼풀에 힘을 줘보려 해도 마음만 있을 뿐 뜻대로 따라주지를 않아 감았던 눈을 뜨려 하지 않는다. 메시지가 도착했습니다! 딩동댕, 메시지 도착알림에 힘겹게 메시지를 확인한다. 그에게서 온 문자라 읽고 싶지 않은지 핸드폰덮개를 덮었다가 다시 핸드폰을 열어본다.

> 따스한 햇살을 구름이 가렸어
> 가린 구름을 걷어내기가 힘겨워
> 많은 날을 생각했어
> 미안하다는 말밖에 할 수 없는
> 내가,
> 어떻게 해야 될지 몰라 많이 방황했어
> 하지만 잊을 수는 없을 거야
> 그래서 더 미안해
> 어쩌면 약혼할지 몰라
> 들비, 어쩔 수 없는 운명도 있나봐

서서히 핸드폰 덮개를 덮은 눈가가 스멀거린다. 참아왔던 물기라 흐르는 데로 가만히 두고 침대로 걸음을 옮긴다. 휘청대는 걸음걸이가 불안하다. 엉거주춤 베개에 머리를 눕히고 눈을 감는다. 그날이 마지막 여행이었구나, 라고 읊조린 입가로 물방울이 흐른다.

밤새 내린 비가 그친 바다가 평온했다.
깊이를 알 수 없는 물결이 쉼 없이 밀려드는 파도에 실려 해변으

흩어지는 나뭇잎

로 겹겹이 포개놓더니 밀려오고 또 밀려와서는 새하얀 물꽃을 피어냈다. 밤바다의 정적은 깊고도 은밀해 어둠 짙은 밤바다에 빠져있는 듯 별들이 수놓은 바다가 장엄하면서도 경건했다.

나지막한 해송이 늘어선 모래언덕 위에서 걸음을 멈춘 두 사람은 팔베개를 하고 하늘로 눈길을 둔 채 누웠다. 하늘과 바다는 한 덩어리가 되어 끝없이 때리고 부서졌다. 원시적인 어둠 속에서 들리는 파도소리가 일깨우는 적막, 파도 끝자락에 묻어난 물보라가 피어났다가 사라졌다.

한쪽 어깨를 베고 누워있는 그녀의 가슴으로 상큼하게 바닷바람이 밀어닥쳤다. 별들은 참 편하겠어, 라고. 그녀는 무슨 뜻인지 몰라 의아한 표정이었다. 얼굴이 바짝 다가와 빙긋 웃고는 그의 눈망울에서 짓궂은 미소가 피어났다. 무슨 뜻인지 궁금하지? 수평선에 잠겨있는 별들은 가만히 있어도 파도가 목욕을 시켜주잖아? 라고 그는 읊조렸다. 수줍게 웅크린 그녀는 어깨를 그의 품으로 밀착시켰다. 겹겹이 늘어선 해송가지사이로 바람이 일렁이다 파도에 모래가 쓸리듯 솔 향이 두 사람의 코끝을 간지럽혔다. 두텁게 어둠이 깔린 하늘에 수많은 별들이 반짝이는데 별들 사이를 비집은 둥근 달이 덩그러니 섰다. 조용히 숨을 고른 그녀는 그의 눈길을 마주했다. 참으로 오랜만에 만나보는 바다에요, 상체를 슬그머니 일으킨 그녀는 흙을 한 줌 집어 바다 쪽으로 뿌렸다. 바다는 가장 낮은 곳에 있으면서도 거친 파도의 노여움을 거부할 줄 모른 채 암벽에 부딪쳐 물보라의 굉음만을 토해낼 뿐이다. 끝도 깊이도 알 수 없이 깊게 잠들어 있는 바다였다. 수평선 너머에 떠 있는 별들이 소곤댄다. 여름에는 유난히 별이 더 많은 것 같아요, 그녀는 손바닥에 묻은 모래알갱이를 털어내며 혼잣말인 양 읊조리곤 그에게 눈길을 옮기는데 입술에 웃음이 피어나고 있었다. 그것도 몰라? 그의 장난기가 듬뿍 묻어나는 눈빛을 맞받고는 뭐에요, 라는 응석에 그의 입가에서 미소가 지워지지 않았다. 가을에 아기를 가졌다가 여름에 생산하나 봐. 그렇지 않고서야 여름별이 더 많겠어, 안 그래, 라고.

　물방울에 머물러 있던 그림자가 저만큼 어둠에 묻힌다.
　그와의 지난날 회상이 코끝에 와 부딪친 파도처럼 시큰거린다. 희미한 달빛을 받으며 감싸 안았던 어깨가 시려 그녀는 어깨를 웅크리고 신음을 토해낸다. 한층 캄캄해진 해변의 어둠 속으로 그가 지워지듯 사라지려한다. 하늘과 바다를 붉게 물들인 수평선 위로 쓸고 온 바람의 흔적이 그대로다. 물결이 사정없이 바위벽을 때리며 물보라를 일으켜도 풍상에 깎일 대로 깎인 벼랑은 이끼를 안은 채 먼 수평선을 바라본다. 바람이 나뭇가지 사이에서 일렁인다. 흔들리는 나뭇잎 따라 버둥거리는 바람에 단잠을 깬 풀잎이 지저귀듯 새소리가 들린다. 물리적인 어떤 것에 의해 밀려드는 충격이 아니고서는 적어도 자신의 의지만큼은 얼마든지 조절할 수 있다고 믿었다. 이를터이면 인생을 살아가면서 예기치 않은 사건으로 인해 마음의 평화를 무너뜨리는 어리석은 행위 따위일 터. 그런데 시간이 지날수록 뚜렷해지는 그의 모습 앞에선…… 생각이 그곳에 머무르고 더 이상 비켜가려 하지 않아 눈망울을 감싼 물기가 가득하다.
　걷잡을 수 없는 상념을 떨치듯 힘겹게 손을 뻗어 침대 등받이에 부착된 전등스위치를 내린다. 어둠이 순식간에 깔리더니 창으로 스민 달빛이 고즈넉하다. 혁, 그런데 갑자기 머릿속이 혼미해지는 게

흩어지는 나뭇잎

아닌가! 가슴이 뛰고, 몸에 열이 불붙듯 식은땀이 전신을 적셔 정신을 차려보려는 듯 핸드폰 덮개를 열고는 요즘 자주 듣던 노래를 찾는다. 얼굴 없는 가수이지만 달빛그늘, 이라는 노랫말이 가슴에 와 닿았기 때문이다. 아빠의 도움이 필요해. 그런데, 어떻게 이런 모습을…… 혼미하게 가물거리는 의식의 끈을 놓지 않으려 해도 손에 들려있던 핸드폰이 스르르 밑으로 떨어진다.

깊게 패인 계곡을 따라 흐르는 물소리가 들린다. 계곡 양편의 가지런한 숲이 은빛으로 빛나더니 희뿌연 계곡 건너편의 산봉우리가 무섭게 밀어닥친다. 무언가를 잡으려는 듯 꼼지락거린 손끝에 와 닿은 것은 싸늘한 바람일 뿐 찾고자 하는 모습이 없다. 여름이 오면 바위틈에 뿌리를 내리고 만개하는 바위채송화가 붉은 줄기 끝자락에 피어있다. 눈이 부셔 눈을 뜰 수가 없다. 그래서일까? 무언가 뜨거운 것이 눈가로 흐른다. 어둠에 잠긴 물줄기에 보일 듯 말 듯 가물거리던 미소가 스쳐지나간다. 언제나 마음을 아리게 해서 좋았다. 속눈썹이 무겁게 짓눌린다.

급경사로 뻗어 내려간 능선을 따라 지그재그로 뛰다가 헐떡이던 숨을 고르고 계곡물에 두 손을 담는다. 두 손으로 물을 받아 올리자 손가락 사이로 빠져나가는 물위로 햇살이 반사된다. 산마루터에 걸쳐있던 노을이 기운다. 풀벌레들의 지저귐이 고요를 달래줄 뿐 사방이 적막하다. 잔잔히 파문이 가라앉은 물 속으로 머리를 집어넣자 얼굴이 얼얼해 슬그머니 눈을 뜬다. 자잘한 모래알이 눈앞에서 일렁인다. 입에 물을 한 모금 담고 물 밖으로 나와 푸, 하는 숨소리에 놀란 산새들이 하늘로 날아오른다. 계곡 건너편에서 무언가 바스락대자 동작을 멈추고 계곡을 건너뛴다. 풀 속을 헤집다가 수풀

사이를 질주하는 그림자를 잡으려다 그만 나뒹굴어 풀섶을 타고 주르르 미끄러진다. 싸한 내음이 코를 찌른다. 미처 걷어내지 못한 안개자락이 고목들을 칭칭 휘감고 있다. 눈길이 머문 곳에 갓난아기 울먹이듯 꽃망울이 바위 틈바귀에서 삐쭉 고개를 내민다. 바위틈을 헤집고 피어난 노란 꽃망울에 그늘이 진다. 상처를 보듬어 안아본 사람만이 드러낼 수 있는 미소인데, 세상에서 마지막으로 남겨두려는 듯 감은 두 눈에 흐르는 물줄기 따라 노래가 흘러나온다.

왜 떠나야만했는지 그 사실이 서러워

묻어나는 기억 잡으려니 멀어진 거리

그립고 보고픈 마음 달랠 길 없네

왜 떠나야만 했어

돌아서지 못하는 내 마음 두고

돌아서려 해도 눈가에 아리는

아픔이 너무 많아

그대와의 모든 숨결

물방울에 담겨 그림자로 떨어지네

현실에 아픔만 묻고 힘들어한다고

오늘이 달라지는 건 하나도 없잖아

다가갈 수 없어 오지도 않을 당신

당신이 있어 사랑을 배웠고

미움 또한 당신이 남겨둔 선물이잖아

왜 떠나야만 했어 돌아보지 말지

돌아보면 내 마음 아프잖아

흩어지는 나뭇잎

차라리 허공을 맴도는 메아리 되어
그대 눈빛 바람결에 실을 게
사랑했다는 말보다 보고픈 흔적들
풀잎에 맺힌 하얀 이슬
허공에 맴도는 물보라의 메아리
하지만 듣고 싶어
노을이 지는 날까지
영혼마저 사랑했다는 그 한마디
보고 싶다 너무나도 보고 싶어
떠나려다 돌아서지 못한 그대 눈빛
보고 싶다 너무나도 보고 싶어
떠나려다 돌아서지 못한 그대 눈빛

유리안개

허둥지둥 엘리베이터를 빠져나와 서둘러 주차장으로 향하는 걸음걸이가 몹시 후들거린다. 어디에다가 승용차를 주차시켰는지조차 떠오르지 않아 눈길이 이리저리 허둥댄다. 저기 있구나! 입속으로 되뇌는 음성이 속내를 대변하듯 전파가 퍼져 가슴을 짜르르 찌른다. 승용차문을 거칠게 열고 운전석에 앉더니 서둘러 핸드폰을 꺼내든다. 중요한 작업을 시작할 땐 언제나 핸드폰을 끄는 습관이라 다행스럽게도 핸드폰을 껐다가 다시 켜놓은 게 그나마 다행이다 싶다.

통화버튼을 빠르게 누르자 다급한 음성이 흘러나온다.

"아버님, 어디세요?"

그 아이의 외치듯 전해지는 음성이다.

참을성 있게 아무 말도 묻지 않은 건 자신의 탓으로 나무라는 모양인 양 입가가 떨린다. 혹여 전화를 꺼놓았을 때 전화가 왔던 것은 아닐까, 하는 후회가 또다시 밀려든다. 그랬더라면 그 아이의 전화를 받자마자 갈 수 있었을 텐데, 아닐 거야, 그럴 리가 없지, 어떻게 그럴 수가 있어? 스스로를 자위하는 이마엔 물줄기가 흥건하다.

"지, 지금 간……."

말을 흐리곤 핸들에 이마를 얹지만 초조함 때문인지 깊은 숨을 들이마셔도 핸들 위에서 손가락이 떨고 있는 것도 감지하지 못한다. 아이의 상태가 어떤 지경인지 몰라 입술이 타들어간다.

자정을 향해가고 있는 도로는 늦은 귀가를 서두르는 차량들뿐 한산하다. 현란한 네온사인에 감싸였던 수많은 빌딩숲이 정적에 잠들어 있다. 어떤 사연을 갖고 꼬리에 꼬리를 물고 이어졌었는지 그 많던 자동차의 물결이 사라진 도로가 스산하다.

올림픽대로로 접어들자 금방이라도 열대야를 식혀줄 듯 하늘이 검게 차창으로 내려앉는다. 비가 올 것 같구나! 입술말로 웅얼거리는 시야가 검푸르게 느껴진다. 천둥과 번개가 사금파리 흩어지듯 하늘을 수놓더니 후둑, 기어코 빗방울을 떨어뜨린다. E시로 향하는 중간쯤에서 빗방울이 앞창으로 세차게 흩날려 한계속도를 넘긴 차창의 시야를 희뿌옇게 가린다. 물안개 같은 습기가 층층이 쌓인 승용차 안은 후덥지근하면서도 끈끈하다. 빗줄기는 점점 굵어진다. 강하게 올린 윈도브러시에 씻긴 차창으로 드러난 도로가 빗물인지라 헤드라이트에 비친 차선을 집중한다. 허나, 상념이 자꾸 불길한 예감으로 떠올라 입언저리가 심하게 일그러진다. 차 안의 디지털시계는 자정을 넘고 있다. 액셀러레이터에 힘을 가하므로 콘솔박스의 속도게시판이 140km로 올라간다. 무슨 일일까? 그 아이의 다급한 음성을 상기한다면 필히 아이에게 위급한 일이 발생했다. 그도 아니면…… 의문이 들었으나 아니야! 불길한 예감을 씻기라도 하듯 고개를 젓는다.

2년 전,

학과선배언니가 E시에 무용학원을 개원하면서 그곳으로 와주길 고대하고 있는데 어떻게 했으면 좋겠어, 라고 상의했다. 출퇴근 거리가 걱정되어 꼭 가야하느냐? 물었을 때 자신이 와주길 기다린다고 했다. 선배언니가 학원을 오픈하는데 아이의 이력이 필요했던 모양이다. 학원을 찾는 학부모들은 예민하게 학원 원장과 강사의 경력을 따지기 때문이었다. 이미 고등학교 3학년 때, 전국체조선수권대회에서 수상을 해 독자전형특채로 G대학을 입학했다. 거기에다 대학 2학년 때, 가장 권위 있는 전국체조대학선수권대회에서 금상까지 받은 경력에다 재즈발레를 전공했으니 선배언니에겐 꼭 필요한 후배라 이해가 맞아 떨어진 셈이었다. 아이가 가고 싶어 하는 눈치라 조금 생각해 보자, 했다. 아이는 이제 성인이 되었으니 세상을 알고 싶어서? 그렇다면 독립을 해보고 싶은 건가? 사실일 가능성이 높다. 더구나 독립심이 강해 혼자서 모든 걸 헤쳐 나오지 않았던가. 홀로 설 수 있다는 자신감이 한층 굳어진 게 뻔했다. 설령 그렇다 해도 아직 여린 아이인데…… 크게 염려할 바가 아닌가? 이미 일은 벌어졌고 아이의 결심이 굳어진 듯했다. 여린 아이라는 단정이 모순일까? 정서적인 자율성의 표출을 존중해야 하는지도 모른다. 그렇게 심경을 치부해버리려고 하다 보니 불그스름해지는 눈시울을 감출 수가 없었다.

나름대로 열심히 챙겨준다고는 했어도 엄마가 필요한 시기에 엄마가 없었던 아이였다. 가슴 저리게 만든 빈자리를 채워주려고 노력은 했으나, 그래도 언제나 부족한 듯해 채워주지 못한 점이 후회가 되어 언제나 가슴엔 멍울로 자리했다. 한 번도 곁을 떠나 본 적이 없는 아이가 독립을 하고 싶어 하지만 염려가 돼 쉽게 결정을 내리지 못했던 것은 당연했을지도 모른다.

연두빛으로 물이 오른 나뭇잎들이 화창한 햇살을 받아 아지랑이가 뭉클 솟아나는 E시로 향하는 아버지, 1시간 밖에 안 되는 거리인데도 유난스럽게 길게 느껴지는 것은 마음이 허해졌기 때문일 터였다. 아무리 학과선배의 좋은 조건이라 해도 아이를 홀로 살게 한다는 게 마음을 짓눌렀다. 이미 결정된 아이의 뜻을 꺾고 싶지 않아 E시를 살펴보러 가는 것인데, 이왕 결정한 거 마음을 비우자며 스스로 마음을 추스르는 눈언저리가 스멀거렸다.

"빵, 빵~"

생각에 잠겨 신호등이 바뀐 지도 모르고 있다가 클랙슨소리에 깜짝 놀라 룸미러를 흘끔 보고는 서둘러 액셀러레이터를 밟았다. 교차로 건너편 차도에 즐비하게 늘어서 있던 차량들이 왼쪽 눈을 깜박이며 서서히 움직이므로 선명한 좌회전 유도선을 따라 핸들을 돌렸다.

신도시답게 E시는 깨끗했다.

새로 지여진 건물들이 반듯하게 세워져있었으며, 질서정연하게 늘어져 있는 가로수들조차 이방인의 방문을 스스럼없이 반기듯 청명한 햇살이 나뭇잎 사이로 살포시 내려앉았다. 크고 작은 건물들의 창문과 도로를 질주하는 차창에도 햇살이 반짝였다. 건널목을 오가는 사람들, 불현듯 마주치며 스쳐가는 생풍함에 익숙지 못해 눈만 껌벅인다. 그들이 건널목을 지나 인도를 따라 걷는 길에 수많은 상점들이 있다. 서양여자의 웃는 얼굴에 안경을 걸쳐놓고 안경만 쓰면 서양여자처럼 된다는 식의 선전을 하는 안경점, 유명 헤어 디자이너의 이름을 단 헤어숍, 다소 이색적이고 낭만적으로 꾸며진 아마데우스 카페 등등 잠시 공해의 답답함을 잊게 해주는 거리가 눈의 피로를 풀어주는 듯했다.

KB국민은행이라는 대형 간판이 붙어있는 건물 옆 골목으로 핸들을 돌렸다. 앞에서 거북이 주행을 하던 빨간 승용차가 비상등을 켜고는 좁은 도로에서 주차하기 위해 안간힘을 쓰는 모양새다. 겨우 차 한 대가 지나갈 공간을 유지시켰다는 생각이 들었던지 차창 밖으로 몇 번이고 고개를 내밀어 확인하고 내리는데 뒷창에 아기가 타고 있어요, 라고 씌어있다. 노랗게 물들인 머리카락을 뒤로 한 번에 묶은 젊은 엄마는 상점 안을 기웃거리다가 문을 밀치고 들어갔다.

차창 밖으로 드러나는 여러 형상에 기웃거리다 급히 브레이크를 밟았다. 앞에서 곡예사처럼 오토바이를 몰고 가던 중국집배달원이 급정거를 했기 때문이다. 휴, 한숨을 토해내고 잠시 머물던 눈길이 왼쪽골목을 향했다. 조금은 널따란 골목 안으로 오피스텔이 즐비하게 늘어져 있는 게 보여 입가로 미소가 피어오르는 건 아이가 유난히 빵을 좋아해서다. 골목 입구에 파리바게트 제과점이 있어 그쪽을 향하게 했을 터였다.

부동산중개소 앞에 차를 세우고 문을 밀쳤다. 서로의 책상에서 컴퓨터를 하고 있던 두 남녀는 동시에 시선을 들더니 남자가 먼저 일어나 무슨 일? 눈빛을 보여 부동산중개사무실에 들어왔으면 당연히 집을 보러 온 게 아니겠냐는 미소가 입가로 그려졌다. 덩달아 뻘쭉 미소를 지은 중개업자는 소파로 안내하고는 두툼한 노트를 펼쳐 몇 장을 넘기다 말고 어떤 평 수, 가족은 몇 명, 어느 정도의 액수를 생각하고 있으며, 언제쯤 이사를 할 것이냐, 단숨에 물었다. 눈여겨 봐야 좋으련만 혼자 재빨리 설명하므로 끼어들기도 뭐해 그렇다고 모른 척하기도 마땅찮아 묵묵히 있다가 아이 혼자 불편하지 않게 생활할 수 있는 것을 원한다, 하자 업자가 아주 좋은 게 있다면서 노트에 적혀있는 한곳을 가리켜 노트에 적힌 한 곳에 아버지는 손가락을 얹었다. 이 정도는 어떻습니까? 라는 턱짓에 아버님의 혜안이 탁월하다는 칭송을 늘어놓더니 지금 바로 보여드릴 수 있다고 말했다. 아버지는 고개를 끄덕여 보이고 자리에서 일어섰다.

골목 양편으로 상점이 즐비했다. 세탁소와 중국집, 적당한 크기의 분식집, 그 옆으로 24시간 편의점, 크고 작은 상점이 쭉 늘어진 골목이었다. 이리저리 살피던 시선을 거둔 아버지를 기다리고 있었다는 듯 중개업자는 9층이라 전망도 좋고, 마침 어제 부득불 비어졌고, 그리고 왜 아이는 여기에서 혼자 생활을 하려고 합니까? 묻는 것에 아버지의 응답이 없어 불편한 심기를 감지한 듯 뻘쭘한 중개업자는 입술을 닫고 엘리베이터 버튼을 눌렀다.

오피스텔 번호 키를 누르고 문을 열어준 중개업자는 옆으로 비켜서서 들어가라는 눈짓이었다. 아버지는 현관 미닫이문을 열고 안으로 들어갔다. 들어서자마자 오른편으로 주방이 보였고, 왼편으로는 거실창이 3단으로 되어있는 게 그런 데로 시원한 느낌을 줬다. 큰방은 혼자 생활하기에 그럭저럭 괜찮아 보여 작은 방문을 열고 붙박이장으로 다가가 세 개의 문을 다 열어본 다음 미닫이문을 밀쳤다. 그곳은 세탁실이었으며 천장에 건조대가 걸려있어 고개를 끄덕이는 모습에 중개업자의 어떻게 하겠느냐는 눈길이라 오늘 계약합시다, 아버지가 말했다. 중개업자는 왕방울 눈웃음으로 잠시 뜸을 뒀다가 여기에서 이만한 오피스텔은 없을 것이라며 굉장한 비밀을 알려주는 것처럼 오늘 쉽게 한 건 했다는 만족감에 눈빛이 밝았다. 그날 중개사무실로 가서 오피스텔을 계약하고는 아이에게 전화를 걸었다. 마음에 들지 모르겠으나 혼자 사는 데 그럭저럭 괜찮아 보여 계약했다고.

장대비처럼 쏟아지던 빗줄기는 E시로 들어서면서 차츰 가늘어지더니 눈에 익은 골목길로 접어들 땐 가늘게 내린다. 자정을 훌쩍 넘긴 골목길은 상점에서 뿜어져 나오는 불빛으로 환하다. 24시간 편의점을 지나자 낮익은 오피스텔이 눈에 들어와 서두르는 행동이 확연하다. 오피스텔 입구를 비켜 주차를 마치고 서둘러 차문을 열자 열대야를 식힐 듯이 내렸던 빗줄기의 지열로 한층 더 후덥지근하다.

엘리베이터가 9층에 도착했다는 램프 등이 점멸되기도 전에 문을 열려고 더듬대는 황망한 순간이다. 급기야 멈춘 엘리베이터에서 내려 주변을 훑는다. 복도를 꽉 메운 네 개의 철문이 서로를 마주보고 정적에 잠들어 있다. 깊게 한숨을 들여 마시고 벨에 손을 얹자마자 화급히 문이 열리고 그 아이의 충혈된 눈망울이 다가온다. 입을 가린 채 바라보는 그 아이의 어깨가 쳐져 내리고 어깨 숨을 삼키던 눈시울에 그렁그렁 매달리는 물방울이 두둑 떨어진다. 그 아이의 어깨를 잠시 토닥이다 아버지는 거실로 들어서기를 서두른다.

"헉, 이럴 수가!"

신음을 토해낸 몸이 휘청거린다.

별일 없을 거란 자위로, 아닐 거야 하는 기대로 달려왔는데 아이의 모습은 마지막 간절함마저 짓밟는다. 처절해서, 가슴이 찢어지듯 서늘한 바람이 울컥한다. 도저히 이럴 수는 없는 것이다! 소스라치게 신음을 토해낸 안색이 파리하게 변한다. 가늘게 떨리는 손으로 머리를 감싸 안고는 이럴 수가, 이럴 수가! 외마디 한숨만 토해낼 뿐 그 자리에 장승처럼 굳어버린 채 휘둥그레진 눈만 끔벅인다.

죽음과 삶의 극한에서 일으킨 감정의 상승작용이 눈물뿐이란 말인가! 그렇다면 울부짖고 싶다. 어떻게 아이를 저토록 처참하게 짓밟을 수 있느냐고. 그럴 수는 없다고. 되풀이하다 눈이 시려 이것이 어떻게 된 일이냐? 그 아이에게 묻는다. 그 아이는 잘 모르겠다는 듯이 고개를 저으며 눈물을 떨어뜨린다.

침대에 누워있는 아이의 몰골은 사람의 형상이 아니다.

잠옷 윗도리 단추가 벌어질 정도로 아이의 배가 터지기 직전이고, 거기에다 힘없이 늘어져있는 양팔은 뼈에 가죽만 입혀놓은 듯 앙상하다. 무엇보다 배에서 감당하지 못한 복수는 온몸으로 퍼져, 무릎과 정강이뼈 경계가 없이 발바닥까지 코끼리다리가 된 채 탈수현상으로 입술이 허옇게 부풀었다.

"들, 들비야……."

아버님 오셨어, 라는 그 아이의 말에 힘겹게 눈꺼풀을 들다 힘에 부쳤는지 스르르 감기는 아이의 눈가로 물기가 스멀스멀 비친다.

"들, 들비야!……."

다시 감기는 아이의 눈을 바라보다 외치듯 이름만 불러놓고 아이에게 다가가지 못한 채 벽에 짚고 있던 손 위에 이마를 얹은 입술 사이로 신음이 새어나온다.

아버지 앞에서 유난히 표현을 자제했던 아이다. 자신의 운명이 예견되었던 것을 알기라도 하듯 가끔 바라보는 눈망울에 슬픔이 깃들 때면 애써 감정을 지우려했다. 그러면서도 심기를 불편하게 만들고 싶지 않아 묻고 싶은 많은 것들을 자제했던 아이다. 그런 아이를 바라보는 것만으로도 가슴이 아려 눈길을 피했던 세월이 얼마인가.

"아, 아……."

힘겹게 실눈을 뜬 아이는 몇 마디하고 가파른 숨을 몰아쉬다 다시 감은 눈에서 투명한 물줄기가 볼로 주르륵 흐른다.

"혼자 가슴에 담아두지 말고, 하고 싶은 말이 있으면 모두 해봐!"

어찌할 바를 몰라 허둥대던 아버지는 무릎걸음으로 다가가 애처롭게 늘어진 아이의 손을 잡는다. 가녀린 손을 힘들게 든 아이는 아버지의 눈가로 손가락을 꼼지락댄다.

"아, 아빠, 미, 미……."

아이는 더듬더듬 이어지던 말을 흐린다.

탁하게 갈라진 음절 마디마디에선 메마른 물기가 배어나온다. 여태껏 생각조차 해본 적 없는 아이의 모습이다. 참담하게 무너져 내리는 입술로 물줄기가 가득 고인다. 무엇 때문에 혼자 가슴 시려하고 있는지 묻고 싶어도 가슴이 저려 울컥, 눈물만 쏟는다.

"들, 들비야!"

화급한 외침에 아이의 입술이 떨어지지 않고 외려 눈물만 떨어뜨려 아버지는 아이의 눈가로 흐르는 물기를 닦는다. 얼마나 아프고 힘에 부쳤으면…… 아!……, 아버지는 아이의 손등에 얼굴을 묻는다.

운명 따위의 장난 같은 거 믿고 싶지도 않다. 어서 눈을 뜨고 가슴속에 저며 있던 말들을 해보라고, 아이를 바라보고 있다. 자신의 지금 심정이 어떤 것인지, 이런 아픔과 후회를 안고 있는 자신에게서 정녕 떠나려고 했냐고, 묻고 싶어도 눈물이 앞을 가려 물을 수가 없어 입술을 깨문다. 떠나려 해도, 떠나보낼 수 없는 이유가 뭔지 아느냐고? 우리는 서로에게 하고 싶은 말이 너무 많아서, 물어야 할 것이 많고 답해줄 것이 너무 많아서, 해주고 싶었던 말들, 물어보고 싶어도 묻지 못했던 수많은 궁금증, 그 어떠한 것 하나 풀지 못한 사연들이 많아 여기에서 또 다른 죄인으로 만들어서는 안 된다고.

"아, 아버님! 빨리 병원으로 옮겨야……."

어깨 숨으로 눈물만 흘리고 있던 그 아이의 자그마한 음성에 아버지는 퍼뜩 눈을 뜬다. 애가 타는 눈길로 그 아이를 바라보다 정신이 번쩍 들었는지 화급히 일어난다. 아이의 목 뒤로 손을 넣으려했으나 아이는 고통스럽게 축 늘어져 고개가 뒤로 젖혀진다. 아이는 배가 터질 듯해 업을 수도, 발바닥까지 퉁퉁 부어 코끼리다리가 되어버린 발로는 걸을 수도 없다. 얼굴은 핏기 하나 없이 창백하다 못해 검푸르게 죽어간다. 아버지는 침대 옆에 무너지듯 주저앉아 아이의 손을 잡을 때 그 아이는 서둘러 핸드폰을 꺼내 119에 도움을 청한다.

"여기에요."

그 아이의 서두르는 목소리에 이어 요란한 구둣발소리가 들린다. 아이의 상태를 목격한 119대원의 놀란 눈빛이 아버지와 아이, 그리고 그 아이를 번갈아 쳐다본다. 침대에 누워있는 사람이 저 지경이 되도록 여태까지 무엇을 했소? 하듯 책망의 눈길에 고개를 저은 아버지는 두 손으로 얼굴을 감싸 안는다.

"아이고! 예의바르고 참한 아가씨였는데……."

언제 쫓아들어 왔는지 관리인은 몇 번 혀를 차다 못 볼 것을 봤다는 듯 눈살을 찌푸린다. 책망의 눈길을 거둔 119대원들은 빠른 손놀림으로 아이를 구급차로 옮긴다. 경비아저씨는 여전히 눈살을 찌푸린 채 구급차가 골목길로 사라졌는데도 얼른 경비실로 들어가질 못하고 짙은 한숨을 토해낸다.

비상등을 켠 구급차는 요란한 사이렌소리를 내며 한적한 대로로 접어든다. 무슨 말이, 바짝 귀를 기울이지 않으면 사이렌소리에 묻힐 법한 아주 작은 음성이 웅얼거려 아버지는 고개를 든다. 그 아이의 눈망울에선 물방울이 방울방울 떨어진다.

5박 6일 중국여행이 계획되어있어 출발 이틀 전에 아이가 여행준비는 잘하고 있는지 궁금해 학원을 찾아갔다고, 아이가 보이지 않아 학원원장한테 아이의 안부를 물었다. 얼마 전부터 몸이 아프다며 결근이 잦아 위문을 가려고 해도 아이가 극구 사양했다는 말을 듣고 자신들만 중국으로 떠났다고, 귀국길에 조그마한 선물이라도 사서 아이에게 주려고 여러 번 전화를 했으나 아예 아이의 핸드폰이 꺼진 채 불통이라 문득 불길한 생각이 들어 오피스텔로 찾아가 관리인에게 자초지종을 설명했다고. 그러고 보니 자신도 그 아가씨를 본 지가 한참 된 것 같다며 관리인이 비상키로 아이의 방문을 열고 보니…….

무릎에 얼굴을 파묻은 채 오열하는 그 아이의 어깨를 토닥이는 눈시울이 붉어지는가 싶더니 금세 물방울이 맺힌다. 아버지는 젖은 눈망울을 창밖으로 옮겨 건물 옥상에 병원마크가 새겨진 불빛을 바라본다.

미리 연락을 받고 준비하고 있던 의료진들은 병원침대로 아이를 옮긴다. 병원침대 뒤를 쫓는 아버지의 걸음걸이가 넋을 놓은 양 허둥대고 두리번거리는 눈망울엔 두려움이 서린다. 새벽 1시가 다가오고 있는 시간임에도 응급실이 혼잡하다. 환자가 고통을 못 이겨 토해내는 신음소리에 귓속이 아린데 환자의 아픔을 치유할 수 없는 한계인 듯 보호자들의 표정에선 슬픔이 묻어난다.

의사와 간호사들이 이리저리 분주히 옮겨 다니며 환자의 돌봄에 정신이 없다. 겨우 응급실 자리를 배정받아 아이를 침대에 눕힌 얼마 후, 의사가 아이의 침대로 다가온다. 당직의사는 아이의 눈꺼풀을 들어보고, 이마에 손도 얹어보고, 발목과 발바닥을 눌러보고 나서는 도대체 당신은 이 환자와 어떤 관계입니까? 싸늘한 눈길로 어찌 이지경이 되도록 환자를 방치했냐는 추궁의 눈빛이라 아버지는 목젖이 흔들릴만큼 꿀꺽 침을 삼킨다. 아, 아비……, 라는 표현. 짧게 입술을 비튼 의사의 눈빛으로 비웃음이 서린다. 아비라는 사람이 아이가 저지경이 되도록 방관했냐는 기색이므로 아버지는 조용히 고개를 숙인다.

아이의 얼굴에 산소호흡기가 채워지고, 검지에 세추레이션측정기이 물린다. 조그마한 스크린에 실선이 나타나 빠르게 높낮이를 그리며 지나간다. 옆으로는 숫자가 높았다가 낮아졌다하면서 불안을 가중시킨다. 그런 심중엔 아랑곳없이 의사는 아이의 배를 눌러보고 나서는 환자분, 환자분, 눈을 떠봐요! 의사는 세밀히 아이의 움직임을 체크하다가 아이의 미세한 눈 떨림에 고개를 갸우뚱해 보이곤 혼수상태야, 위험해! 간호사에게 지시한다. 그들의 심각한 표정에 심장이 쿵, 하는 건 의사의 행동으로 봐서는 설마, 하는 기대마저 저버리는 불안이다. 빨리 촬영실로! 간호사에게 지시를 한 다음 눈길을 돌린 의사는 변함없이 싸늘한 눈길을 멈추지 않은 채다. 잠을 재워서는 안 된다고. 왜?……, 무표정한 의사의 입모양에 눈을 치뜬 아버지의 의문을 비킨 의사는 잠시 아이를 내려다본다.

"잠이 들면 더 깊은 혼수상태로 빠져 깨어나지 못할 수도 있습니다."

"입술이 저렇게 말라 힘들어 하는데 물을 줘도 되겠습니까?"

바짝 다가선 아버지에게서 엉겁결에 뒤로 한 걸음 물러선 의사는 눈길을 피한다.

"안 돼요! 복수상태가 보통 심각한 게 아닙니다. 조, 조금만 늦었으면 혼수상태라 복수가 기도를 막아 절명했을지도 모릅니다. 위험한 고비입니다."

의사는 간호사에게 지시를 하고 홀연히 사라진다.

형광등불빛 아래 드러난 아이의 눈두덩이 푹 꺼져 검푸른 빛을 더한다. 산소호흡기 안에서 입술과 코로 힘겹게 호흡을 토해내느라 목이 마른지 입술이 오물거려 어떻게 해야 될지 몰라 허둥거리는 모습을 멍하니 그 아이가 바라본다. 새벽시간까지 아이 옆에서 함께 아픔을 감내하고 있는 그 아이라. 아버지는 미안해서 그 아이의 손을 넌지시 잡는다.

"너무 미안하구나. 시간이 많이 된 것 같으니 어서 집으로 가야지."

"아니에요, 괜찮아요."

고갯짓으로 자신의 뜻을 전달한 그 아이의 눈이 퉁퉁 부어있다.

"그래도 내일, 아니…… 오늘 일을 해야 되잖아? 어서 가."

아버지는 그 아이에게 약한 모습을 보이지 않으려고 가만히 깊은 숨을 들이마신다.

"어떻게 아버님 혼자……."

말끝을 채 맺지도 못한 그 아이의 눈가로 삐죽삐죽 물기가 비친다.

"괜찮아, 어서……."

재촉에 마지못한 듯 그 아이는 손으로 입을 가린 채 응급실을 나선다. 아버지는 그 아이의 뒷모습에서 쉽게 눈길을 거두지 못한다. 그 아이의 그림자가 사라진 빈터로 무언가가 무섭게 엄습해 지그시 깨문 입술을 비집고 신음이 새어나오자 최면을 걸 듯 정신 차려야 해, 라고.

"서들비 보호자분!"

"네!⋯⋯."

의사의 지시대로 아이의 손과 발을 주무르며 뜬눈으로 밤을 지새운 횅한 눈망울이 휘둥그레진다. 왜?⋯⋯ 의아해하는 눈매를 무감각하게 맞받은 간호사는 자신을 따라오라는 턱짓을 한다. 그녀의 턱짓에 이끌려 혼잡한 사무실로 들어섰으나 의사와 간호사들이 뒤섞인 그곳은 정신이 없다. 당직을 마친 의사의 안색이 피로에 젖어 건성적인 투로 앉으세요, 한다. 턱짓으로 가리킨 보조의자에 아버지는 엉거주춤 앉는다.

"죄송합니다. 저희 병원에서 환자를 관리하기에는 그래서⋯⋯ 메이저 병원으로 옮기는 게 좋을 듯해 연락을 취해났으니 그리로 가셔야 되겠습니다."

사무적으로 냉랭하게 설명하고 말문을 닫은 의사가 돌아서려하는걸 아버지는 잠깐만! 서둘러 의사의 뒷모습을 붙잡는다.

"무, 무엇을 어떻게 해야 된다는 것인지?⋯⋯."

아버지의 외침에 주춤하던 의사는 흘낏 고개를 돌려 빤히 바라보므로 아버지는 더듬더듬 대던 말끝을 흐린다. 책상 위에 있는 게 영상CD니까 원무과에서 초진기록표를 찾아가지고 가면 된다고, 의사의 입술가로 인자한 미소가 흐르는 건 보호자에게 주는 배려인 듯 보여도 불안한 심기는 가슴을 쥐어뜯고 싶은 심정이다.

의사가 돌아서 나간 빈 공간에 두 눈을 못 박고 멍하니 서있는 아버지의 눈망울에 더 붉은 이슬이 맺힌다. 붉어진 눈시울이 미세하게 흔들리며 뜻을 알 수 없는 탄식소리가 일그러진 입술 사이로 새어나온다. 그것은 지난 시간의 기억들이 상실되었으면 하는 자책감과 후회인 듯하다.

"보호자분, 원무과는 저쪽이에요!"

장승처럼 서있는 아버지 옆 의자에서 사무를 보던 간호사다.

복잡한데 서있지 말고 빨리 서류정리 하라는, 눈길조차 없이 눈짓으로 한쪽을 가리킨다. 도대체 이곳도 병원인데…… 무엇 때문에 아이를 다른 병원으로 옮기라는 것일까? 그만큼 아이의 상태가 위험해서 아이를 그 병원으로 옮기라고 하는 건가! 하얗게 바래진 머릿속으로 무엇 하나 떠오르지 않아 무엇을 어떻게 해야 될지 몰라 가슴이 막혀 뭐라 형용할 수 없을 만큼 싸한 물굽이가 밀물처럼 가슴속을 헤집는다. 잠시 벽에 등을 붙인 채 눈을 감고 있던 아버지는 천천히 눈을 뜨곤 원무과를 향해 발길을 옮긴다.

밤새 대지를 달궜던 열대야가 채 식기도 전에 찾아온 햇살이 습기를 더해 후줄근한 육신이 맥없이 가라앉는다. 이른 출근시간과 맞물린 올림픽대로는 서울로 향하는 차량들로 혼잡하다. 앰뷸런스의 비상등이 쉴 새 없이 깜박임으로 주춤대던 차량들은 피할 수 있는 공간만 보이면 차선을 양보해준다.

아이는 의식을 가지고 지금의 상황을 느끼고 있는 건지, 아니면 체념을 한 것인지 두 눈을 꼭 감고 눈을 뜨려 하지 않는다. 혹여나 자신의 위급한 상황으로 인해 큰 병원으로 옮기고 있다는 걸 눈치채면 어떡하지, 라는 상심에 덧붙여 최악의 혼수상태로 빠지면 안

되는걸 숙지하고 있던 터라 아이의 손가락을 쉴 새 없이 주무른다. 주체할 수 없는 혼란으로 스며드는 허탈이 움틀 때마다 내내 저리는 어깻죽지에 힘이 쭉 빠진다.

눈에 익은 강남도로는 다양한 차량들로 붐빈다. 인도를 오가는 다양한 계층의 사람들과 출근길을 달리는 차량들도 바쁘다. 가지각색의 간판으로 도배한 빌딩숲의 아침은 동녘에서 떠오르는 햇빛으로 기지개를 켠다. 앰뷸런스 기사의 짜증 섞인 투덜거림과 요란한 클랙슨 소리에 앞창으로 눈길을 옮긴다. 워낙 혼잡한 도로인데다 앰뷸런스의 사이렌소리에 무뎌졌는지 그럴 듯한 검정승용차는 아예 끔쩍도 안하고 자신의 차선을 고집한다. 앰뷸런스 기사는 앞차의 턱밑까지 다가가 클랙슨을 연발 쏘아대는 통에 그때서야 우측 신호등을 켜고 못이기는 척 옆 차선으로 핸들을 돌린다. 이런 일에 만성이 되었다는 듯 앰뷸런스 기사는 아랑곳없이 좌측으로 핸들을 돌린다.

병원타운이라는 표현이 적법할 만한 웅장한 건물 속으로 빨려들어간 앰뷸런스는 응급실센터정문에 정차한다. 보호자분은 빨리 원무과에 가서 접수하세요! 앰뷸런스 기사의 여운이 사라지기도 전에 아버지가 후다닥 응급실 문을 밀치고 들어섰으나 황망한 눈길을 거두지 못한다. 미처 환자복을 지급받지 못한 수많은 환자들이 원무과 앞 대기자의자에는 물론, 휠체어에까지 앉은 채로 링거주사를 꽂고는 불안한 눈시울로 주변을 두리번거린다. 더구나 원무과 창구에는 서류를 접수하려는 사람들과 다음 순서를 대기하고 있는 사람들로 인산인해다. 어느 한 사람 밝은 표정 없이 서두르는 기색이 난무하다. 아이의 신상명세를 빨리 접수시켜야만 아이가 살아날 것 같은 불안감이 메마른 입술을 타들어가게 만든다. 긴장과 초조함으로 주변을 두리번거리는데 소리 없이 다가온 여 의사는 이 환자입니까? 함께 온 직원에게 묻고는 주치의입니다, 약간 놀라는 눈빛을 짓다가 언제부터 저렇게 되었습니까? 저렇게 되기까지의 과정을 묻는다. 아는 바가 없는 아버지는 여태까지 물 한 모금 마시지 못한 채 사경을 헤매고 있는 아이의 몰골에 제발 그만 물어보라는 고뇌가 역력하다. 걱정하지 말라는 말을 듣기는커녕 차가운 눈빛이라 그냥 빤히 바라보고 있자니 민망해 아버지는 얼른 고개를 돌린다. 영상자료가 최악이라고, 전반적으로 검사하고 중환자실로 빨리 처치하라고, 직원에게 지시를 하고는 총총걸음으로 사라지는 여 의사의 뒷모습에 시선을 둔 채 중환자실! 혼잣말로 읊조리는 아버지의 입술이 파르르 떨린다. 아이의 손을 잡고 있던 손마저 떨려 달리 할 수 있는 게 없어 슬며시 손을 놓는다. 혹여, 아이에게 나약해져가는 모습으로 비쳐질까봐 걱정이 되었기 때문일 터이다.

중환자실!

다른 병실과는 다르게 입구부터 기분 나쁠 만큼 음산한 것이 마음을 혼란케 한다. 아이의 얼굴에서 눈길을 거두지 못한 채 이동침대에 끌려가다시피 걸음을 옮긴다. 굳게 닫혀있던 철문이 열리고 이동침대가 들어서자 아버지의 경악하는 눈망울이 흔들린다. 형용할 수 없는 소독 냄새에 뒤섞인 죽음의 그림자가 눈과 귀, 코로 엄습했기 때문이다. 동공이 멈춘 상태에서 벌어진 입을 다물지 못하고 허공에 시선을 둔 할머니, 목에 호스가 꽂힌 채로 두 눈을 꼭 감고 있는 할아버지, 그리고 들어서는 이동침대를 바라보며 두려운 눈동자로 괴성을 지르는 아주머니! 산소호흡기 안에서 삶과 죽음을 오가는 거친 호흡들, 일상에 찌든 탓인지 무료한 낯빛으로 손놀림을 하고 있는 간호사들, 거기에다 환자복 밖으로 드러난 팔다리가 힘없이 늘어져 피골이 상접하다.

저들은 자신이 처한 현실에서 고통을 느끼며 의식은 있을까, 있다면 삶과 죽음에서 무엇을 갈구하고 희망할까? 한걸음, 한걸음 옮길 때마다 여기저기 수많은 환자들의 모습을 훑는다. 고통스러워 뒤척이는 것인지, 아니면 무의식적으로 자신의 생명이 붙어있다는 걸 알리려는 표출인지, 살고 싶어 하는 애절한 몸짓과 눈망울인지 알 수 없는 아비규환이 따로 없다. 넓은 병실의 통로를 한없이 가다가 투명한 아크릴 창으로 내부가 훤히 보이게끔 꾸며진 병실에서 이동침대가 멈춘다.

중환자병실에서 또 분리돼 아이가 옮겨진 병실은 무엇이고, 아이는 왜 여기에 있어야 되는지 두려운 눈길이 멈추지 못하고 두리번거린다. 아이가 들어서기 전, 이미 침대에 누워있던 환자들의 모습에서 시선을 떼지 못 하는 것은 그것은 분명 죽음에 이른 몰골들이었기 때문이다. 그렇다면 아이의 상태가 저 지경이어서, 그래서 이곳으로 옮겼단 말인가? 소리치고 싶어서, 울부짖고 싶어서 아버지의 얼굴이 무참히 일그러진다.

침대의 커튼이 쳐지며 간호사 두 명이 주고받는 목소리가 웅얼거린다. 아이에게 무슨 짓을 하고 있는 것일까? 의료기기와 주사액봉지가 커튼 속으로 쉬지 않고 들어간다. 가슴이 두근두근 뛴다. 잠시 후 커튼이 걷히고는 아이의 모습이 드러난다. 헉, 아!……, 산소마스크 안에서 헐떡이는 호흡, 야위어 가냘픈 두 팔은 마치 예수가 십자가에 못 박힌 듯 양옆으로 벌어진 상태다. 영원히 깊은 잠에 든 아이.

숱한 의료기기들. 산소마스크 안에서 숨을 헐떡이고, 가슴과 두 팔엔 수많은 주사바늘몸속으로 흘러들어 보내는 정맥주사이 미로처럼 연결되어있다. 소변으로 복수를 뽑아내기 위해 요도에 삽입된 도뇨관으로 붉은 핏물이 흘러내린다. 붉은 혈액주머니! 그곳에서 진득하게 떨어지는 핏방울이 호스를 타고 아이의 몸속으로 들어가고 있는 게 아닌가! 가녀린 두 팔에 다섯 개나 되는 링거액주사가 꽂혀 있는 저것들은 무엇이란 말인가! 묻고 싶어도 간호사들 입에서 나올 답변이 두려워 묻지도 못한다.

갑자기 병실의 정적을 무너뜨리는 구둣발소리가 들리더니 잠시 뒤 통곡이 울려 퍼진다. 위급하다는 병원의 연락을 받고 달려온 아들과 딸이 얼굴을 묻은 채 통곡을 한다. 엄마! 마지막으로 눈 한 번만 떠봐! 딸의 절규에 간호사는 다른 환자를 생각해 조용히 좀 해주세요, 한다. 옆에 있는 환자가 숨을 거둔걸 알까? 그래서 간호사는 조용히 좀 하라고 했던 것일까? 천장에 시선을 둔 채 동공이 멎어 있는데…… 목에 호스를 끼고 산소호흡기 안에서 숨을 헐떡이며 두 눈을 뜨지도 못하는 환자들이 옆에서 숨을 거둔 사실을 인지할 수는 있을까? 그래서 병실이 더 음산하고 스산하게 느껴질까? 중환자실에 환자를 둔 보호자는 소리 내어 울 수도 없는 모양이다. 잠시 허공에 시선을 뒀다가 스스로 눈길을 내려 휴, 하고는 독백인 양 탄식을 토해낼 뿐 바닥이 꺼질까봐 한숨을 들이키고 내딛는 발걸음이 무거워 더딘 발걸음이다. 눈물범벅이가 된 눈으로 내딛는 광경을 멍하니 바라보고 있는데 간호사가 보호자분은 이제 나가란다. 어떻게 아이를 이곳에 두고 나갈 수가 있단 말인가. 붉은 눈망울이 간호사에게 옮겨지므로 외면한 간호사는 병실입구에 면회시간과 보호자수칙이 있습니다, 서둘러 병실을 나가버린다. 한동안 멍한 상태로 서있던 아버지는 아이 곁을 한 걸음, 한 걸음 떠난다.

"살려 주세요, 살고 싶어⋯⋯."

힘이 하나도 없는 목소리로 아주머니는 애원한다. 오십이 되어 보이는 나이다. 어떤 연유로 환자가 되었을까? 가던 걸음을 멈춘 아버지를 쳐다보는 눈길엔 힘이 하나도 없다. 아주머니는 의식을 가지고 살고 싶다고 했던 것인지, 아니면 죽음의 늪에서 살고 싶은 몸부림인지 알 수가 없다. 걸음을 멈추고 뒤로 고개를 돌려 아이가 있는 곳을 멍하니 본다.

아버지는 중환자실을 나와 병실입구에 면회자수칙이라는 문구 앞에 선다. 면회시간은 오전과 오후 두 번이며 시간은 30분이다. 그때서야 사경을 헤매고 있는 아이를 격리된 공간에 두고 제한된 횟수와 시간에만 볼 수 있다는 현실 앞에 두 다리가 휘청거린다. 복도 의자에 주춤 걸터앉아 벽에다 머리를 대고는 눈을 감는다. 허옇게 텅 빈 머릿속이 윙, 윙거릴 뿐 무엇 하나 떠오르질 않는다. 아이의 상태가 어떠냐고 묻고 싶어도 돌아올 답변이 두려워 혼자서 애를 태우며 가슴 저린다. 아이의 상태가 어떻다고 설명하는 것을 듣는 것조차 견디기 힘든 현실이다. 걱정하지 마세요, 라는 의사의 미소와 잘 될 겁니다, 라고 덧붙이는 희망이 그리울 뿐이다. 삐리릭, 삐리릭⋯⋯, 벽에 머리를 기댄 채 눈을 감고 있다가 전화 벨소리에 놀라 얼른 여보세요? 수화기에 바짝 신경을 쓴다. 서들비 씨 환자 보호자분이시죠? 아이의 이름에 귀가 쫑긋한다. 상담실과 주치의? 되새기며 걷는 걸음이 먼 길을 걷듯 무겁고 더디게 옮겨진다. 병원 복도 중간쯤의 그곳이 상담실인 듯해 안쪽을 주춤 살피다 응급실에서 본 여 의사와 눈길이 마주치자 컴퓨터를 유심히 살피던 여 의사는 흘끔한다.

"환자와 관계가 어떻게 되시지요?"

느닷없이 내뱉는 투로 묻고는 컴퓨터 쪽으로 다시 시선을 돌리곤 살짝 오른손을 들어 의자를 가리키므로 아버지는 가만히 앉는다.

"따님이 저지경이 되도록 부모님이 방치했다는 것에 의사로서는 도저히 납득이 안 됩니다. 변명이든, 해명이든, 아시는 데까지 설명을 해보세요. 따님이 저렇게 된 사유를."

옅은 한숨을 내뱉은 여 의사는 잠시 고개를 갸우뚱한 채 구차한 변명이라도 들어보자는 투의 싸늘한 눈빛으로 변한다. 여 의사의 시선이 시려 눈길을 피해 그 아이에게 들은 자초지종을 더듬더듬 전한다.

"생을 포기한 환자입니다."

불길한 예감이 우려했던 사실로 다가와 차디찬 얼음조각이 가슴을 때려 아버지는 두 손으로 얼굴을 덮는다. 그런 모습에서 시선을 거둔 여 의사는 급성전격성간부전증입니다, 라고 덧붙인다. 급, 급성……, 더듬대는 입술을 외면하곤 좀 더 구체적인 설명이 필요했는지 여 의사는 손을 깍지 낀다.

"급성전격성간부전증이란, 간의 기능이 불과 며칠 사이에 급격히 상실되는 의학적 응급상황입니다. 그러니까 지금의 증상으로 봐서는 일주일에서 열흘 사이에 간세포기능이 거의 마비된다고 봐야하는데, 이미 진행이 많이 돼, 고비입니다."

아버지의 벌어진 입과 눈이 굳어져 여 의사가 던진 입술을 눈여겨 볼 겨를도 없이 뭐, 뭐라고요? 사시나무 떨듯 눈빛이 흔들리고 온

몸에서 힘이 빠져 정신이 혼미하다. 일주일에서 열흘 사이? 아이의 운명이 일주일은 뭐고, 열흘은? 속내로 되묻는 통에 선뜻 말문을 열지 못한다. 그것은 마치 서로 먼저 나가려고 앞다투다 뒷발에 걸려 넘어진 양 더듬대는 언어의 질서가 무너진 꼴이라 속내가 뒤틀린다.

"어, 어떻게 해야 아이가 살 수 있습니까?"

"급성간부전의 경우에 시리브럴 이티마나 인트랙셜 히놀이 동반되는데 그 결과로 언컬 허니에이션이 일어나면 그 결과가 치명적입니다. 발생되는 이유로는 아즈마틱 디스터번스와 시리브럴 오오토글랙션의 소실로 인한 시리브럴 블러드플러의 증가가 되었기에 완전 위험수위라고 봐야 하고요."

전문적 의학용어를 이해하지 못한 아버지의 황망한 표정에 여 의사는 슬쩍 입술을 밀어내곤 조금은 누그러진 기색으로 변한다. 뇌빈혈에 의한 뇌부종 그러니까 탈창이 일어나면 치명적이고, 삼투압의 침해로 대뇌자기조절의 소실로 인한 간성뇌증과 단백질합성장애, 즉 혈액의 혈청 알부민과 프로트름빈 타밍 수준으로 봐서는 합병증까지…… 그러니깐 간세포기능이 거의 마비라고 생각하면 된다고. 여 의사의 한마디, 한마디에 집중하고 있던 아버지는 모든 것을 부정하고 싶어 고갯짓을 한다. 가슴이 저려 먹먹했으나 눈물을 보이지 않으려고 무던히 애쓰는 눈살에 가득 채운 건 침묵이다.

"여러 가지 검사를 해봤는데, 환자한테서 B형 간염이라든지 C형 간염 어느 감염도 없습니다. 과거에 간질환이 없었던 환자에게도 특이적으로 가끔 드러나는 증상이 있어 의학계에서도 그 원인을 분석하고 있는 중입니다. 그리고 급성폐렴에 의한 합병증세로 장기마비가 와 급성전격성간부전증으로 발전돼 복수가 생기기 시작했습니다."

점점 악조건으로 치닫는 여 의사의 표현에 따라 아버지의 어깨가 흔들린다. 여 의사는 차마 모습을 마주하기가 언짢았는지 슬며시 돌리던 눈길을 다시 돌려 한참 아버지를 바라본다. 함께 고민해야 환자를 살릴 수 있다는 사명감이 든 모양인지 무거운 표정으로 변한다.

"한 달 훨씬 전부터 급격한 스트레스에 의한 식욕부진으로 거식증까지 왔기 때문에 최악으로 상태가 나빠졌습니다. 거기에다 무용을 전공한 몸이라 체지방이 없는 체질입니다. 급격한 영양결핍에 보통사람보다 현격한 체력고갈이 생리적으로 나타납니다. 급성폐렴은 영양실조가 원인이 되기도 합니다. 환자의 영양결여는 심각해도 보통 심각한 것이 아니어서 그것은 자신의 생을 포기하려는 의도가 아니고서는 있을 수가 없는 일입니다. 영양결핍으로 체력이 떨어져 혼자서는 움직일 힘도 없었을 거고요. 어찌 보면 급성장기마비로 인해 순환되지 못한 혈액마저 복수가 되었다고 봅니다. 조금만 늦었으면 복수가 기도를 막아 사망에 이를 수도 있었습니다.

"아이는 살 수가 있습니까?"

묻는 눈동자에선 푸른빛이 일렁인다.

"지금 상태로는 장담할 수 없습니다. 특히 극심한 고뇌에 부딪친 환자일수록 의식적으로 생을 포기하고픈 마음에서 스스로 모든 걸 거부합니다. 더욱이 간성혼수상태에서 주고받은 대화조차 전혀 기억하지 못하기도 하고요."

"아이를 발견했을 때 저하고 주고받은 대화는 뭡니까?"

한 가닥의 지푸라기라도 잡고 싶은 심정으로 아버지는 책상을 짚고 일어서서 자신과 말을 주고받은 사실을 설명한다.

"그것은 10분 후에 죽음을 앞둔 사람이 유언을 남기는 것처럼 순간적인 현상이라고 생각하세요. 깨어나면 자신이 한 말을 전혀 기억하지 못합니다."

여 의사는 시선을 비킨다.

아이가 살 수만 있다면 무엇이든 할 수 있다고, 어떤 것에도 의지하고파 억지를 부리듯 아버지는 따진다. 여 의사의 입에서 가능의 표현이 사라질수록 아버지의 입술이 파르르 떨려 입 안이 바짝 말라 이따금씩 여 의사의 눈치를 흘끔 볼 뿐이다.

"지금으로선 원인, 과정, 결과를 따질 시간적 여유가 없습니다. 최선의 방법은 간이식뿐입니다."

"네? 그, 그럼 간이식을 하면 아이가 살 수 있다는 겁니까?"

한동안 멍한 상태로 상담실 밖으로 눈길을 주고 있던 아버지는 환한 표정이 되어 시선을 옮긴다.

"선생님, 저의 간을 주면 되지 않겠습니까?"

자신의 선택이 아주 현명했다는 작은 확신이라도 얻고 싶어 아버지의 안색이 밝게 변한다.

"혈연, 동종자매조직적합성항원일치의 유전법칙에 의하면 친형제자매의 장기이식이 가장 이상적입니다. 혈연간이므로 거부반응이 거의 없다는 뜻이죠."

"아이 혼자입니다."

"그럼, 어머니는?"

끝음절을 빠르게 이은 여 의사의 물음이라 아버지는 선뜻 말을 잇지 못한다. 여 의사 역시 묻고는 딱히 특별한 궁금증이 아니라는 듯 잠시 머물다 지나간 기색에서 아이뿐이란 걸 느낀 듯하다. 시간이 촉박하다는 여 의사는 신체모형을 책상 위에 올려놓고는 여기가 간이고, 간의 크기가 삼사십 퍼센트와 육칠십 퍼센트인데 크기는 태어날 때 정해지고, 장기이식과 회복치료는 전적으로 환자부담이라서 알고도 포기하는 사례가 대부분이라고, 길게 설명한다. 모든 비용이 만만치 않다는 걸 은연중 내포한 것은, 의중을 떠보는 듯해 아버지는 말없이 고개를 끄덕인다.

"어떻게든 마련할 테니 아이를 살릴 수 있는 길만 있다면……."

여 의사는 앞에 놓여있는 잔을 들어 한 모금 마신 후 무거운 정적을 깬다.

"간이식수술은 수술 중에서도 가장 힘겨운 수술이라 의사나 환자나 똑같이 힘겹게 싸워나가야 합니다. 수술시간만 최소 15시간에서 18시간 걸리는 대수술인지라 수술비용과 사후관리비용이 만만치 않습니다."

"어, 어떡하든 마련하겠습니다. 가, 가능성은……."

수많은 보호자들과의 상담으로 만성이 된 여 의사는 덤덤한 표정을 지으며 검지로 이마를 두드린다.

"장기가 성공적으로 생착이 되어 자리를 잡는 동안 거부반응과 부작용만 없다면 일상생활 하는데 별 지장은 없습니다."

보호자에게 희망을 주는 뒷면에 도사리고 있는 부작용이란 어감의 그림자는 뭘까? 그럼, 하고 일어선 여 의사는 쌩, 하니 사라진다. 도깨비에 홀린 듯 어안이 벙벙한 아버지는 상담실을 나온다.

참으로 요상한 날씨다.

정오가 지날 무렵 무슨 심술인지 한바탕 소나기를 쏟아 붓다 멎는가 싶으면 또다시 쏟아 붓고, 몇 차례 반복하다가 이젠 시커면 구름이 빠르게 흩어지며 맑은 하늘로 되돌아온다. 소나기가 지나간 후 가로수며 돌담에 늘어져 있는 잡풀들은 한껏 빗물에 씻겨 푸르다. 나무를 휘감고 올라간 덩굴의 잎사귀들마저 덩달아 반짝인다. 등나무 아래 앉은뱅이의자에서 몸을 일으킨 아버지는 약속시간이 거의 다 됨을 알고 천천히 걸음을 뗀다.

장기이식센터검사실.

2층 엘리베이터에서 내린 아버지는 이쪽저쪽을 살피다가 검사실, 이란 곳으로 걸음을 옮겨 들어간다. 성함은? 흰 가운을 입은 간호사는 책상에 앉아 사무적으로 묻고는 눈짓으로 한 곳을 가리키더니 상의만 갈아입고 나오란다. 아버지는 엉거주춤 들어가 푸른 옷으로 갈아입고 나와 소변검사를 비롯해 여러 가지 검사를 마친 다음 마지막으로 오라는 책상 앞 의자에 앉는다.

"자식들이 부모님께 장기이식 하는 건 봤어도 아버님이 자식에게 장기기증 하는 건 처음입니다."

아버지의 기색을 흘끔 살피다가 눈살을 거둔 간호사의 말대로 눈매에 측은함이 묻어있다. 팔에서 혈액 몇 통을 뽑아내고 주사바늘을 정맥에 고정시킨 다음 반창고로 테이핑하고는 지금 바로 C.T 촬영실로 가세요, 라고 설명한다.

사무실을 나와 병원복도에서 두리번거리다가 C.T, 라고 씌어있는 사무실 앞으로 다가가 간이의자에 앉는다. 한참을 기다려도 부르지 않아 사무실 문을 두드린다. 흰 가운의 간호사는 문을 열고 왜? 라는 눈망울을 짓다가 팔에 꽂혀있는 주사바늘을 보고는 아! 조영 C.T 촬영실을 찾으시는군요? 간호사는 복도 끝까지 나와 손짓으로 저쪽 오른편으로 돌아가시면 끝에 촬영실이 있어요, 장소를 가리킨다.

건강하다고 믿고 살아왔다.

병원의 출입이 처음인지라 아버지는 모든 게 생소해 왠지 모르게 가슴이 뛰고 두근거려 병원냄새에 구토증상이 일어난다. 간호사가 일러준 복도 끝을 따라 꺾어진 복도로 들어선다. 양편으로 두 개의 C.T 촬영실이 마주보고 있다. 복도 중간쯤에서 어느 곳으로 들어가야 할지 두리번거린다. 그때 오른편 촬영실 문이 열리며 흰 가운을 입은 남자직원이 이름을 확인한 다음 안으로 들어오라고 눈짓을 한다. 도살장에 끌려 들어가는 심정이 되어 엉거주춤 안으로 들어간다. 실내에는 흔히 티브이에서나 봤던 둥그런 모형의 기구가 덩그러니 놓여있다. 조영 C.T 침대에 드러누워 눈을 꼭 감는다. 감은 눈 속으로 아이의 형상이 흐물흐물 스쳐 이런 심경일까? 아이는 아파서 사경을 헤매는 처지가 아닌가! 이처럼 두려운 감정을 느끼고는 있는 걸까? 아이에게 간을 주기 위한 검사도 이처럼 가슴이 두근대고 떨리는데, 장시간 수술을 맞이하는 아이의 삶과 죽음이 떠오르자 눈이 더 질끈 감긴다.

팔에 꽂혀있는 주사바늘의 테이핑을 풀어낸 직원은 그곳에 주사액을 삽입한다. 10초 정도 온몸이 불덩이처럼 화끈거려도 놀라지 마세요, 직원은 차분히 말한다. 원통처럼 생긴 굴 속으로 몸이 미끄러지듯 들어가자 아버지는 입술을 꼭 다문다. 직원의 말처럼 온몸이 불덩어리가 된 듯 화끈거려도 놀라지 않는다, 굴 속을 들어갔다가 나올 때마다 숨을 멈추세요, 몇 십 초 후 숨을 쉬세요, 그러기를 20분 동안 반복하다가 일어나세요, 몇 시간 속이 울렁거리고 어지러울 수 있으니 물을 많이 마셔야 됩니다, 직원이 말한다. 직원의 말에 아버지는 고개만 끄덕인다. 촬영판독은 영상으로 주치의에게 전해진다는 말도 잊지 않는다, 친절하게 설명해주면서.

장기이식센터

장기이식기증자검사를 마치고 건너편 3층에 있는 장기이식센터 문을 밀치고 들어간다. 여러 가지 상념으로 꼬박 날을 샌 눈이 횅하다. 사무실 여기저기는 분주하다. 아무도 아는 척이 없어 멀쑥해져 아버지는 눈에 보이는 의자에 앉는다. 주변을 두런대는 눈길과 마주친 여 직원은 무슨 일? 이름을 확인하고는 상담실로 안내한다.

중년의 실장이 손짓으로 의자를 가리켜 아버지는 엉거주춤 다가가 그의 손짓을 따라 맞은편 의자에 앉는다. 50대 중반의 남자는 병원생활에 이골이 난 베테랑다운 모습이다.

"참으로 안타까운 일입니다."

그간의 사정을 듣고 난 실장은 고개까지 끄덕이며 안타까운 표현을 덧붙인다. 형제자매도 없고 어머니까지 없으니 참으로 딱합니다, 건강한 형제의 기증이 가장 좋은데, 그래서 자식들의 장기기증을 받은 어르신들이 빠르게 회복되는 거라고.

"저 혼자의 간으로는 힘들다는 겁니까?"

그때껏 직원의 설명만 듣고 있다가 부르르 떨리는 양손을 움켜쥐고 실의에 찬 시선을 실장에게 보낸다. 어떻게 해야 아이가 살 수 있겠습니까, 라고 묻는 아버지의 얼굴이 처참히 일그러지므로 눈길을 비킨 실장은 어렵게 말문을 연다.

"그렇습니다. 조직검사 영상자료를 보면 아버님의 간은 애석하게도 우엽 70퍼센트와 좌엽 30퍼센트의 간 크기입니다. 70의 간을 주고나면 30의 간으로 재생하기란 힘이 듭니다. 더욱이 젊은 사람도 아니시고 연세도 있으신 데다 30의 간도 부분적으로 자연적인 현상의 노화가 있기 때문에 수술 후 아버님이 깨어나지 못할 수도 있습니다."

"깨어나지 못해도 해야지요! 저는 인생을 어느 정도 살지 않았습니까? 아, 아이는 이제 세상에 발을 디뎠습니다. 인생이 뭔지는 알고 가야되는 거 아닙니까?"

뜻하지 않은 분노가 치밀어 오른 탓일까? 대상도 없는, 누구의 탓도 아닌 분노를 실장에게 퍼붓는 자신이 초라해 아버지는 책상을 집고 일어섰던 몸을 힘없이 의자로 내린다. 실망하는 아버지의 눈빛과는 대조를 이룬 실장은 그제야 꼼꼼히 위아래를 살핀다. 그의 눈길을 미루어 볼 때 자신을 내내 관찰했다는 것이다. 한 가닥의 희망적 표현을 듣고 싶어 하는 보호자의 심경 따윈 안중에도 없는 눈빛이 아니길 바라는 마음뿐이다. 이렇게 하면…… 어, 어떻겠습니까? 깊게 숨을 들이마신 아버지의 눈길을 맞받은 실장은 턱짓으로 계속하라는 암시를 준다.

"저의 장기를 필요로 하는 분에게 주고, 그쪽에서 간을 주는 것은 가능하지 않겠습니까?"

"네!…… 허허…….'

짧은 웃음으로 얼버무린 것이 미안했는지 금세 웃음기를 없앤 실장은 슬쩍 입 꼬리를 말아 올리고 덧붙인다. 무슨 물물교환도 아니고, 라고. 누가 물물교환을 하자고 했습니까? 실장의 끝말이 이어지기도 전에 음성을 높인 아버지를 멀뚱히 쳐다보던 실장은 시선을 내린다. 그런 뜻은 아니었으나 은연중에 뜻이 잘못 전달된 듯해 죄송합니다, 외려 실장이 당황한다. 허나, 실장의 입술은 뭐 그리 고성이야, 라는 의구심으로 무모한 치기일 뿐이라는 기색을 내내 보일 수 없었는지 실장은 금방 입가로 인자한 미소를 짓는다. 참으로 난 감한 문제라는 듯.

"어느 가족이든 서로를 살리자는 취지일 뿐입니다. 모든 것이 다 어려우면, 위험하더라도 저의 간으로 할 수 있는 거 아닙니까?"

실장에게 다가가 손을 움켜쥔 아버지는 무릎을 꿇은 채 재촉하는 눈가로 물기가 가득 고인다. 자신의 닦달이 맞을까? 싶은 의아심이 생겨 사고를 흩뜨려 놓고 있는 것은 아닌지 아버지의 가슴이 울컥한다. 자연스레 시선을 피하는 실장에게 끝까지 매달려야 한다는 생각은 들지만 무엇을 어찌해야 되는지 모르는 눈길이다. 어쨌거나 어처구니없이 떼를 쓰는 수준에서 벗어나지 못한 건 사실이다.

"감정적으로 수술을 하는 게 아닙니다. 어떻게 한 사람을 살리기 위해 한 사람을 죽여야 합니까? 저희도 최선을 다해 연결을 해보겠으나 우리나라가 선진국에 비해 장기기증이 아주 빈약하고 취약한 나라입니다. 핏줄을 나눈 형제자매도 자신의 장기를 선뜻 내주기란 고민이 될 터인데, 하물며 아무런 연고도 없는 타인에게 기증한다는 건 살신성인의 경지죠. 기증자분이 있어도 혈액형, 세포조직이 맞아야 하기 때문에 지금처럼 위급한 상황에서 뭐라고……."

"아이를 살릴 수만 있다면 무엇이든 할 수……."

아버지는 원한다면 무엇이든 할 수 있다는 눈빛으로 실장을 쳐다보고는 가능성에 할 수 있는 길이 있다면 무엇이든 하겠으니 길을 알려달라는 물망울이 손등 위에 떨어진다. 잠시 무거운 침묵이 두 사람의 눈빛에서 공존한다.

"아버님의 심정 충분히 이해합니다. 하지만 제가 할 수 있는 선이라는 게 있습니다. 지금은 대놓고 거래를 하는 시절이 아닙니다. 그래서 환자 보호자들의 이런 부분이 저희들한테도 가장 힘들고 난감한 시간이기도 합니다."

아버지는 가능성의 길을 가르쳐달라고 재촉하지만, 구체적인 답변도 없이 최선을 다해보겠다는 말뿐인 실장이다. 묵묵히 눈을 감은 채 무언가를 생각하는 실장의 입술에서 시선을 떼지 못한다. 요즘은 단속이 심해 장기밀매도 어렵습니다. 정상적인 장기이식절차가 병원자체에서만 되는 것이 아니라 정부의 승인을 받아야 되기 때문에 쉬운 문제가 아닙니다, 라고 실장은 고개를 젓는다. 비밀스럽게 하는 건 환자 가족의 몫이라는 뜻인데 실장의 말대로 생면부지의 타인에게 간을 달라고 생떼를 부릴 수 있는 노릇이 아니다. 희망의 한 가닥이 또다시 뜯겨져나가는 아픔이다. 기대가 퇴색해버려 금세 희망이 사라질지 몰라 좌절되는 내면을 아버지는 다스린다. 그래도 마지막 기대의 장소가 병원인지라 희망을 포기할 수는 없다.

아버지는 엘리베이터 앞에 선다, 엘리베이터 앞까지 걸어온 길은 멀고도 지루했다. 층을 알리는 점멸등이 위로 올라가자 몸을 돌려 비상구로 들어선다. 계단을 하나하나 밟으며 내려딛는 걸음이 허공을 밟듯 걸음걸이가 휘청댄다. 일주일에서 열흘 사이다. 간이식수술, 기증자가 없으면 아이가 죽는다. 어떻게? 휘청대는 걸음으로 하얗게 바래진 머릿속에서 떠오르는 말들이다. 아직 꿈을 접기엔 너무 젊은데, 아직 시집도 안 갔는데, 처녀 가슴에 수술자국이, 허청거리는 걸음을 멈추고 벽에 손을 짚자마자 어깨가 흔들린다.

비상구 계단을 나와 1층 복도에 설치된 의자에 엉덩이를 걸친 아버지는 오고가는 사람들을 본다. 휠체어에 걸터앉아 깁스한 한쪽 다리를 쭉 뻗고 과자를 먹고 있는 아들. 어머니는 뒤에서 휠체어를 밀어주며 천천히 먹어, 하고는 연실 머리칼을 매무시해 준다.

엘리베이터 문이 열리자마자 환자를 실은 이동침대는 잠깐만, 잠깐만! 소리친다. 열린 엘리베이터에서 나온 사람들의 표정이 하나같이 무겁다. 앰뷸런스에 실려 왔는지 피투성이의 환자를 실은 이동침대의 바퀴소리가 복도를 울린다. 그냥 무심히 지나치듯 또각또각 들리던 구둣발소리가 앞에서 멈춘다. 무거운 눈꺼풀을 들어 올린 눈길에 여 의사가 내려다보고 있다. 정신을 차려야 합니다, 그래야 환자를 살릴 수 있고요, 힘을 내라고? 응답을 기대하고 했던 말이 아니라는 듯 여 의사는 가던 방향으로 또각또각 걸어간다. 정신을 차려야 아이를 살릴 수 있다고? 힘을 내라고! 여 의사가 했던 말들을 되새기다 아버지는 퍼뜩 눈을 뜬다. 그때서야 자신이 지금껏 물 한 모금도 마시지 않았다는 걸 깨닫는다. 여 의사의 말대로 그래, 정신을 차려야지, 라고 아버지는 속내로 읊조리다 벌떡 의자에서 일어나 주변을 두리번댄다. 옆을 스치는 여자에게 식당이 어디에 있습니까? 묻는 동시에 고갯짓으로 모르겠다는 시늉을 해보이고 바람처럼 사라진다. 드넓은 병원 어디에 식당이 있는지, 또 어디로 가야하는지 가늠이 되지 않아 이리저리 살피다가 건너편 통로를 건너다본다.

오른편에 동그랗게 만들어진 아크릴간판에 편의점이란 문구가 매달려 있어 아버지는 그곳으로 어정쩡한 발길로 들어선다. 왼편으로 몇 개의 식탁이 놓여있는 걸 보고는 차림표를 느릿느릿 살핀다. 라면, 갈비탕, 떡볶이, 김밥, 등등 간단한 차림표에서 눈길을 거두고 매점 안으로 들어간다. 바나나우유 하나와 빵 한 개를 집어 들고 계산대에서 돈을 지불하고는 식탁에 앉는다. 우유를 한 모금 마시고 빵 봉지를 뜯으려던 손짓을 흠칫하다가 갑자기 빵을 구겨 쓰레기통으로 던진다. 아이는 물 한 모금도 마시지 못하고 사경을 헤매고 있는데 아비라는 작자가 살겠다고 빵이 목으로 넘어갈 수 있겠냐는 자책의 설움이 복받친다. 입 안에 남겨진 티끌마저 뱉어내려는 듯이 침을 뱉는다. 편의점을 뛰쳐나와 어디가 어디지? 의지하고는 관계없이 무작정 내딛는다. 어른 키만큼의 높이로 단장된 돌담이 눈으로 들어와 그리로 걸음을 옮긴다. 그곳에서 남자가 담배를 내뿜고 있어 강한 흡연욕구가 엄습했는지 그리로 다가간다. 아버지를 흘낏 본 남자는 홀연히 담뱃불을 비벼 끄고는 느린 걸음으로 아버지에게서 멀어져 간다.

습한 바람이 볼을 스치자 일렁이는 바람결 따라 나뭇잎이 쓸려 다닌다. 출렁이며 뒤집히는 잎사귀에 눈이 시려 눈을 감았다가 뜬다. 어딘가를 응시하는 듯해도 무엇 하나 눈길로 다가오는 게 없어 주머니로 손을 집어넣고는 더듬더듬 담뱃갑을 꺼내 한 가치를 입에 물고 라이터를 켠다. 푸른 불꽃이 어른거린다. 돌담에 등을 기댄 채 깊게 삼켰던 연기를 뜨거운 열기 속으로 뿜어낸다. 희뿌옇게 사라지는 실루엣 속에서 뭉클한 무언가가 잡아당기는 듯해 눈을 감지만 깊숙이 묻어버리고 싶었던, 세월의 씻김에 지워질 만도 한데 새살이 돋듯 출렁이는 물결은 뭘까?

세월 저편

늦봄의 끝자락을 밀어낸 초여름이었다.

어스름이 저녁놀을 휘감으며 어둠으로 짙어가고, 도시는 밤손님을 맞이하기 위해 가로등으로 밤눈을 하나둘 밝히고 있었다. 도로를 질주하는 자동차에서 뿜어내는 불빛과 오색찬란하게 빛나는 네온사인이 낮과 또 다른 풍경을 자아냈다. 스몰라이트를 켠 승용차가 호텔 앞에 정차하더니 두 남자가 내렸다. 말끔한 차림새로 봐서는 나이트클럽을 가려는 모양이다. 엘리베이터 문이 열려 두 남자가 자연스레 엘리베이터 속으로 몸을 실자 9층을 알리는 등이 깜박이며 9층에서 엘리베이터가 멈췄다. 문이 열리는 동시에 나비넥타이 복장의 웨이터는 구십 도로 허리를 숙였고, 살짝 오른손을 들어 보인 두 남자는 반회전식 문을 밀쳤다. 강렬한 헤비메탈의 합주는 방음벽에 부딪쳐 메아리처럼 문 틈새를 비집고 나오는데 실내의 어두운 조명을 반사시키며 현란한 지구의는 눈송이처럼 플로어로 떨어져 내렸다. 무대 위의 긴 머리칼의 싱어는 비틀즈의 렛잇비를 열창하고, 웨이터의 안내를 받은 두 남자는 테이블에 앉았다. 빨간 넥타이를 맨 웨이터들이 테이블 사이사이로 붉은 돛단배처럼 떠다니는 클럽 안은 그들만의 휴식처인 듯 생산을 위한 노동이나 복잡한 일상의 고민 따위는 잊혀져가고 있었다.

늦은 귀가시간으로 인해 북새통인 로터리 입구부터 원을 따라 꼬리에 꼬리를 물고 이어진 버스는 토막 난 열차처럼 늘어져 있었다. 목적지행 버스를 타려고 몰려든 사람들은 버스에 타려고 아우성이다. 반쯤 문이 닫힌 버스난간에 달라붙은 버스안내양은 오라잇! 외쳐대고 문짝을 두드리는 틈새로 택시들이, 택시 등을 끈 채 손님들을 선별하여 태우기 위해 살금살금 스며들었다.

화려한 백화점 불빛이 사라진 인도에서 우왕좌왕 하던 취객들은 차도로 뛰어든다. 택시합승을 위해 혀 꼬부라진 소리로 따블! 따따블!…… 손가락 두 개, 세 개를 펴 보이며 행선지를 외쳐댔고, 한쪽에선 한 무리의 남녀가 뒤엉켜 욕설을 퍼 부으며 옥신각신하고 있었다. 백화점 조명이 사라진 인도 위의 리어카행렬은 밤바다 고기사냥을 나온 고깃배의 나열인 양 길게 늘어져 리어카 한 귀퉁이에서 발하는 불꽃은 소시민의 낭만을 담아내듯 깜박였다.

로터리의 혼잡한 사람 숲을 헤집고 그가 호텔에 이르렀을 때 사람들이 뒤엉켜있었다. 후배에게 멱살을 잡힌 남자와 일행인 듯 낯선 남자 몇 명이 후배의 팔을 잡고는 옥신각신하고 있는 게 아닌가. 그의 후배는 나이트클럽에서 영업부 일을 하는 프로복서였다.

무리 속으로 끼어든 그는 주위의 경계를 늦추지 않았다. 추리닝 차림으로는 안 된다고 하는데도 G대학 유도부라며 막무가내로 들어가자고 생떼를 쓰고 있는 것이다. 당시 관광호텔나이트클럽이 자리하고 있던 시절이라 복장이 불량하면 나이트클럽 입구에서 제지했지만, 이미 취기가 올라있던 학생들에게 후배의 설명이 먹혀들지 않은지라 밖으로 끌고 나온 듯했다. 거기에다 여학생들이 보고 있던 터라 유도부학생의 영웅심리가 취중에 발동되었을지도 모를 터였다. 후배가 고개만 돌려 인사를 하는 순간, 멱살이 잡혀있던 학생이 기습적으로 후배를 업어치기하려 했으나 프로복서로서 스피드와 순발력을 지닌 후배에게는 역부족이었다. 학생의 비틀어지는 옆구리로 왼손주먹이 꽂히고 라이트훅이 턱으로 강하게 날았다. 윽, 비명을 지르며 뒤로 벌렁 넘어진 채 눈망울이 휘둥그레졌다. 옆에서 지켜보던 친구들은 슬금슬금 뒷걸음질 쳤고, 여학생들은 부둥켜 앉고는 어쩔 줄 몰라 비명을 질렀다. 넘어진 학생은 술이 취해 실수한 것 같다고, 사과를 했으나 이미 분노가 폭발한 후배의 귀에 제대로 들어 올 리 없었다. 일어나려는 학생의 복부로 구둣발이 정면으로 날아들었고, 고통으로 일그러지는 학생의 표정에 다시 한 번 여학생들의 비명은 밤하늘의 적막을 뒤흔들었다.

성난 후배의 눈빛이 여학생들에게 옮겨가 조용해! 머리채를 잡으려하는 손짓에 여자들은 혼비백산 흩어졌다. 그중, 그녀가 호텔 로비로 뛰어 들어가는 모습이 선명하게 다가왔다. 그녀의 영상이 쉽게 사라지지 않을 예감으로 그는 잠시 눈을 감았다가 뜨고는 몸을 돌렸다.

그가 로비로 들어섰다.

그녀는 로비 구석에서 어쩔 줄 몰라 쩔쩔매다가 그가 다가오고 있다는 걸 눈치 채고는 주춤주춤 뒷걸음질로 물러나 벽에 등을 붙였다. 더 이상 뒤로 물러날 공간이 없다는 걸 감지했던지 두렵고 초조한 눈빛으로 쏘아봤다. 유난스레 커다란 눈망울, 자그마한 얼굴에 칠흑 같은 머릿결, 깊고 커다란 눈을 감싸고 있는 속눈썹은 마치 마네킹의 실루엣처럼 짙고 길었다. 투명한 흰 피부에 오뚝한 콧날이 선명해 보기 드물게 조그마한 얼굴형을 가진 그녀였다. 두려움이 가시지 않은 눈매로 쏘아보는 그녀의 눈길을 싱긋 웃음으로 넘긴 그가 시계를 보니 11시 30분이었다. 자정을 기점으로 통행금지가 있던 시절이라 그는 지갑을 열고 지폐 두 장을 꺼내 그녀에게 내밀었다. 그녀들이 놀라 비명을 지르며 흩어질 때 지갑을 떨어트리는 걸 보았기 때문이다. 뭐에요? 놀람을 숨기지 못한 채 눈을 동그랗게 뜬 그녀였다. 빨리 받아! 택시비야, 라는 그의 행동에 의아한 눈빛을 감추지 못했다. 통행금지시간이 얼마 안 남았어, 그리고 지갑은 어떤 친구가 가져갔고. 그의 눈웃음에 화등잔 만하게 커진 눈으로 그때서야 두 손을 내려다보던 그녀는 의혹에 찬 시선으로 잠시 응시하다 입술을 움찔했다. 걸어갈 수 있어요, 라고. 꼬마아가씨, 통행금지 시간이 코앞이야! 고집피우지 말고 받아. 시간이 될 때 갚으면 되는 거잖아? 그녀의 손에 지폐를 쥐어주려는 그의 손길이 닿자마자 움찔하던 그녀는 머뭇머뭇 거리다가 한 장만 주세요, 그녀는 고개를 숙인 채 꼭 갚겠다는 약속도 함께했다.

　통행금지시간이 임박한 그 시간에 택시 잡기란 하늘에 별따기다. 아무래도 택시를 잡아줘야 되겠다는 생각이 들었던지 그녀를 데리고 호텔 입구로 나와 주변을 훑었다. 택시 등을 끈 택시가 슬금슬금 호텔입구로 다가오므로 그는 손가락 하나를 펴 보이며 혜화동 한 명! 외쳤다. 능글맞은 미소를 지으며 택시기사가 고개를 끄덕이자 그는 빠르게 택시 안을 훑었다. 앞좌석 문을 열은 채 아무리 신입환

영식이라고 늦은 시간까지 끌고 다니는 선배, 별로 좋은 선배 아니야! 그의 어투에 가타부타 말이 없다가 오늘 고마웠어요. 오후 2시에 그 장소에서 갚아드릴게요, 그녀는 차창을 올렸다. 꼬마아가씨, 잘 가! 여유 있는 미소를 입가에 머금고 차창을 두어 번 톡 톡 치는 순간, 택시는 상쾌한 바람을 뚫고 귀가의 도로로 접어들었다. 사라지는 택시 뒷모습에서 하늘로 시선을 옮기는데 옅은 구름에 가려있던 둥근달이 구름을 헤집으며 밝게 웃었다.

그녀와의 약속 날이 다가왔다.

정성스레 옷을 차려 입고 거울 앞에서 모양새를 앞뒤로 살피며 콧노래로 웅얼대는 것은 만족하다는 의미일 터였다. 작은형 그러다가 거울 구멍 나겠어! 책상에 앉아 공부를 하던 동생이 한마디 툭 던진 핀잔이다. 뒤에서 왔다 갔다 하면서 소란을 떠는데 어떻게 공부에 집중할 수가 있겠는가. 거울에 비쳐지는 동생의 얼굴에 슬쩍 윙크를 하고는 형이 멋있게 보이냐? 동생은 고개를 돌리지도 않고 고개만 끄덕였다. 얌마, 용돈 좀 줄까? 또 고개만 끄덕이고 등 뒤로 왼손을 쑥 내미는 모양에 은근히 미운 생각이 들었던지 동생 손에 슬쩍 발을 얹어놓았다. 당했다는 생각이 들은 동생이 말없이 손을 내리려 주춤할 때 능구렁이 같은 자식! 허물없이 한 마디를 툭, 던지고는 방을 나서다가 지갑에서 지폐를 꺼내 책상 위로 던졌다. 작은형, 고마워! 그리고 멋있다는 거 진짜야, 지폐를 확인한 동생의 찬사였다.

그의 집은 G대학교와 E대학교 중간쯤 디근 형태의 한옥으로 지어진 여관이다. 삼형제를 양육할 안정된 수입처로 여관을 선택한 그의 아버지가 사주셨다. 뒷담에 있는 조그마한 쪽문으로 들어가면 삼형제가 사는 별채가 있다. 너희들은 여관에 오면 절대 안 돼, 라고 어머니는 삼형제에게 틈만 나면 하는 신신당부다. 형과 동생은 잘 따랐으나 용돈이 궁할 때면 여관으로 들어가 어머니에게 손을 내밀 때마다 눈빛으론 안 돼, 하면서도 유독 그를 잘 챙겨주던 어머니인지라 어릴 적엔 잘 몰랐다. 어머니와 형제들이 여관에서 살고, 아버지는 왜 그분과 함께 살면서 어머니와는 떨어져 사는 이유를.

여관은 별의별 사람이 오는 곳이다. 여자와 함께 와서 밤새 싸우는 사람. 술에 취해 무조건 드러누워 나잡아 잡수 하는 사람. 그럴 때면 어머니 대신 그가 이모라고 부르는 대천댁이모가 여관의 잡다한 일들을 하면서 어머니를 돕고 있었다.

깔끔한 정장으로 치장한 그는 만족한 미소와 함께 집을 나섰으나 하루가 여삼추처럼 길게 느껴졌던 일주일이었다. 그녀가 약속 장소에 나올지가 의문이 들기도 했지만 올 것이란 가정을 설정해놓고 오랜만에 아니, 거의 설렘으로 마음을 추스르곤 했다. 설렘만큼이나 물감을 뿌려놓은 듯 초록빛이 선명한 나뭇가지 사이로 햇살이 투명하게 내려앉았다.

명동입구 퇴계로에서 택시가 멈췄다. 택시에서 내려 약속 장소의 간판을 재차 확인하고, 한 번 더 옷매무시를 추스르고 2층으로 오르는 입구로 들어섰다. 오르는 계단숫자만큼 가슴이 두근거려 심호흡을 깊게 하고 커피숍 문을 밀쳤다.

커피숍은 젊은 층으로 벅적이며 빈 테이블이 거의 보이지 않았다. 실내를 훑는 눈으로 창가 쪽 테이블에서 남녀가 일어서는 게 보여 얼른 그쪽으로 걸어가 의자에 엉덩이를 묻으며 빠르게 실내를 훑었다. 2시를 넘는 시간이었다. 그녀가 나타나지 않을지도 모르겠다는 초조함이 밀려와 물컵을 들어 한 모금을 마시고 담배에 불을 붙이자 초조한 마음만큼이나 담배연기가 희뿌옇게 실내를 휘감았다. 흩어지는 연기를 쫓아 입구로 눈길을 옮기는데 삐쭉 문을 열고 들어서는 그녀의 모습에 새어나오는 미소를 꿀꺽 삼키고 자신을 찾는 눈길을 가만히 바라봤다. 머리모양은 그대로고, 연한 연두색에 자주색이 엷게 가로세로의 줄무늬로 새겨진 정장차림으로 두리번거리다가 그를 발견하고는 깜짝 놀라는 시선이다. 왜냐하면 그녀를 뚫어져라 빤히 바라보고 있었기 때문이었다. 오래 기다리셨어요? 그녀는 고개를 까닥여 보이고는 조그마한 손가방을 무릎 위에 올려놓고 두 손을 깍지 낀 채 밑으로 고개를 숙였다. 그는 무언가 인사말을 해야 되겠다는 생각이 들어 빙그레 웃음을 지어보였다. 아니, 조금 전에 왔습니다, 라고 갑작스런 존칭에 그녀는 당황한 눈빛을 지은 채 약간 상기된 기색으로 변했다. 전, 전번처럼 편하게 하세요, 화등잔 만하게 치떴던 눈을 가라앉히고 무슨 말을 하고 싶은 듯 망설이던 그녀는 그게 편해요, 시선을 비켜 고개를 숙였다. 본인이 그게 편하다면 그렇게 하지, 그는 웃었고, 그녀는 어색함을 지우지 못했다. 그녀의 표정을 누그러트릴 만한 것이 무엇일까? 궁리를 해도 쉽게 떠오르는 게 없어 입 꼬리를 살짝 말아 넌지시 덧붙였다. 그동안 잘 지냈어? 그녀는 고개만 끄덕였다. 표현하기 힘든 무언가 보호해주고 싶을 만큼 보호본능을 유발시키는 묘한 매력이다. 입술선이 또렷하면서도 앙증맞아 이지적으로 보였다. 자신의 침묵이 어색했던지 아니면 관찰당하고 있음이 싫었던지 그녀는 고개를 들었다. 전번에 정말 고마웠어요, 말끝이 채 사라지기도 전에 그녀는 손가방을 집어 들고는 봉투를 꺼내 테이블 위에 놓았다. 어떻게 해야 될지 몰라 제가 받은 액수만 넣었어요, 대신 오늘 찻값은 제가 계산할

게요, 했다. 그녀는 커피 잔을 만질 뿐 미동도 없고 무거운 정적만이
감돌아 침묵을 깨듯 대학에 입학했으면 스물 한 살쯤……, 그러고
는 슬쩍 그녀를 곁눈질하다가 진지한 표정으로 스물 중반인데 오빠
일 테니 오빠로 생각해도 좋고, 아니면 나이 조금 더 먹은 친구로 생
각해도 좋으니 만남이 싫어졌을 때 봉투를 줘도 좋다고, 어눌하게
말끝을 흐린 그의 제안 때문인지 갑작스런 긴장감이 두 사람을 휘
감았다. 머리카락을 귓등으로 쓸어 넘긴 그녀는 잠깐 흘끔거리다가
가늘게 숨을 들이마셨다. 한 번쯤은 쳐다볼 만도 한데 숨을 죽이고
있을 뿐이라 딱히 소재거리를 찾지 못한 머쓱함 때문인지 그는 창
밖으로 눈길을 던졌다.

　양쪽 도로를 빼곡히 질주하는 차량들과 비좁은 틈을 비집고 오
토바이가 이리저리 빠져나간다. 깜박등을 점멸하며 끼어들고 싶어
애를 쓰는 택시다. 차선을 양보하려 들지 않는 트럭 운전수의 뚝심
이 어찌나 완강한지 뒤에서 빨리 가라며 사정없이 쏘아대는 클랙슨
소리, 그 틈 사이로 요리조리 피하며 무단횡단 하는 무법자의 재빠
른 행동이 압권이다. 생생하게 펼쳐지는 정경에 그의 눈가로 미소
가 그려졌다. 잠시 뜸을 뒀다가 창 밖에서 눈길을 돌리는데 그녀가
봉투를 집어 손가방으로 넣는 게 보이지 않는가, 이것이 웬 횡재냐!
침착을 가장하려 헛기침을 하고는 한결 여유가 넘치는 미소를 지었
으나 머쓱하기는 그대로였다, 자신의 제의를 허락한 답례로 영화를
보러가자, 했고 숨넘어갈 듯 재촉하는 눈빛을 거두려 하지 않아 그
녀는 잠시 생각하다 일어섰다.

　중앙극장 입구에는 영화를 보려는 사람들로 붐볐다.

　흥행작으로 선전이 많이 된 탓인지 나이층 관계없이 꼬리가 길게

늘어진 장사진이었다. 틈을 찾으려고 두리번대는 그에게 다가온 중년여자는 슬쩍 표를 내보였다. 무슨 의미인지 아는 터라 얼른 지폐를 꺼내 표를 구입해 돌아섰는데 그녀가 보이지 않아 깜짝 놀라 사방을 두리번거렸다. 그녀는 노점상에서 오징어와 땅콩을 사들고 햇살만큼이나 해맑은 미소를 머금고 다가오고 있었다.

상영이 종료되었다.

사람들은 한꺼번에 출구로 쏟아져 나왔다. 그녀를 데리고 영화관으로 들어가 예고편이 스크린에 펼쳐져도 마음이 들떠있는 건 그녀가 옆에 함께 있다는 사실이었다.

상하의를 검정 가죽재킷으로 치장한 남자는 오토바이를 타고 무대 위로 올랐다. 여성들은 무대 밑에서 괴성을 지르며 환호했고, 그런 여성 팬들에게 다양한 액션을 보이며 남자는 열정적으로 노래를 불렀다. 화려한 액션으로 열창하는 남자의 모습은 여성들의 애간장을 태우기 충분했다. 그녀들에게 히프를 흔들어대며 열광의 도가니로 빠뜨렸다.

한참 영화에 몰입하고 있던 그의 입가로 불쑥 손이 다가와 흘낏 고개를 돌린 눈앞으로 오징어에 땅콩을 싼 걸 주려는 그녀의 수줍은 미소가 있었다. 그녀의 호의에 싱긋 미소를 지은건 그냥 지나치면 무성의해 보일까봐 잠시 그녀를 말끄러미 바라보다 스크린으로 눈길을 옮겼다.

치솟는 인기와 열광하는 팬들 사이에서 남자는 고민에 휩싸인다. 때때로 창작의 한계를 느끼고 더 이상 올려다 볼 자리가 없음으로 실의에 빠져 어느 허름한 술집의 문을 열고 들어갔다.

입 동작이 멈춰질 즈음 또 오징어와 땅콩이 다가오므로 스크린에 시선을 둔 채 그녀의 손에 든 것을 받아먹었다. 다 먹기를 기다리고 있었다는 듯이 그녀는 계속 주었고, 그는 주는 대로 무심결에 받아먹었다.

삼류 여가수의 열창은 실내를 뜨겁게 달아오르게 했다.

표정 없이 무대 위로 눈길을 보내던 남자의 눈길에 청초한 여자의 모습이 담기자 남자는 허해져가는 가슴이 뜨거워지는 걸 깨닫고 무명의 여자를 위해 모든 걸 바친다. 그녀의 인기는 하루가 다르게 치솟는 반면 자신은 대중의 뇌리에서 사라짐을 깨닫는다. 자연히 멀어져가는 그녀를 위해 이젠 떠날 때가 되었구나! 하는 남자의 눈가로 맑은 이슬이 맺혔다.

영화에 열중하다 또 손을 옆으로 내밀 때 갑자기 구겨진 빈 봉투가 던져졌다. 뭐야? 읊조리고 고개를 돌렸다. 헌데, 그녀가 벌떡 일어서는 게 아닌가! 왜 그래? 놀란 눈망울로 바라보았으나 캄캄한 실내에서 그녀를 똑바로 볼 수가 없었다. 왜 그러지? 난 잘못한 게 없는데…… 속내의 마음과는 달리 후다닥 일어나 그녀의 뒤를 쫓았다. 빠른 걸음으로 영화관을 빠져나온 그녀는 택시정류장으로 걸어가고 있었다. 왜 그러는데? 황당한 표정으로 묻고는 그녀의 손을 잡았지만 그녀의 어투는 거칠게 나왔다. 손 놓으세요! 라고 손길을 뿌리친 그녀는 신경질적으로 팔짱을 꼈다. 두 사람은 정지된 화면처럼 서로의 눈길을 부딪쳤다. 그새 바깥 날씨는 태양열로 후끈 달아올라 있었다. 도대체 뭐야? 이유를 알아야 십자가를 짊어질 예수가 되던지 하지? 심각하게 표현했음에도 불구하고 그녀는 웃기네요! 코웃음만 보일 뿐이라 전혀 예기치 못한 반응에 되묻고 싶은 심정으로 아무리 정리를 해보아도 도저히 이해가 되지 않는 문제였다. 막무가내로 손을 뿌리치고 자신의 말을 들으려 하지 않는 그녀로부터 손 놔요, 어서요, 듣고 싶지 않아요! 연속적으로 말막음을 당해 머쓱한 안색으로 그녀를 돌려 세우려 했으나 그녀는 눈길도 마주치기 싫다는 듯 횡단보도를 향해 발길을 내딛었다. 그제야 지금은 안 되겠다 싶어 잠시 마음을 접고는 그 자리에 우뚝 서서 그녀의 행동을 지켜볼 양 바짝 마른 입술을 혀로 축였다.

그녀는 뒷모습만 보인 채 신호등 아래 섰다.

그녀를 지켜보던 가슴이 두근거리는 것은 신호등이 바뀌면 그녀는 길을 건너 사라질 것이고 다시는 볼 수 없다는 답답함이 밀려올 것이기 때문이다. 그녀가 사라지고 나면 분명 후회가 밀어닥칠 것이다. 신호등이 바뀌고, 그녀가 발을 내딛는 순간 가슴이 짜르르 저렸다. 가자, 라고 횡당보도로 뛰었다. 성급하게 출발한 택시가 급정거를 하며 야, 미친놈아! 어처구니없다는 욕설을 마구 쏟아냈다. 급정거를 하는 차량을 피해 요리조리 몸이 움직이는 선을 따라 클랙슨 소리는 도로를 혼란케 했다. 휴, 한숨을 토해내고 떨리는 눈길을 들었다. 그녀는 저만큼에서 걸어가고 있었다. 느리지도, 그렇다고 빠르지도 않게 발길을 내딛다가 또 다른 횡단보도 앞에 섰다.

파란 신호등으로 불빛이 바뀌었다.

그녀는 횡단보도를 건너 을지로 2가를 지나 삼일빌딩의 늘어진 그늘을 밟고 지났다. 그녀의 뒤를 무작정 쫓는 입술이 투덜댄다. 말을 해야 뭐가 뭔지 알지, 도대체 뭐야? 몇 걸음 떨어진 채 전혀 예상치 못했던 일로 그녀의 그림자를 쫓는 꼴이었다. 가파르게 높게 선 빌딩 위로 붉은 노을이 서서히 내려앉았다. 한낮의 열기가 식지 않아 아스팔트에서 발생되는 지열이 아지랑이처럼 솟아올라 이마와 등줄기로 진득한 물기를 만들었다. 한번쯤은 뒤돌아 볼만도 한데, 발이 아파 쉴 만도 한데, 뒤를 쫓아가고 있는 것을 알기라도 한지, 무슨 심보로 무슨 심술로 그러는지 알 수 없어 인상이 처참했다. 을지로를 지나 청계천 3가에서 다시 4가 쪽으로 향하는 횡단보도의 빨간 신호등에 불이 들어와 그는 그녀의 뒤에 우뚝 섰다. 그러고는 그녀의 눈치를 봐가며 흘끔흘끔 살펴도 건너편만 바라보지 도통 옆으로 시선을 돌릴 기색이 없다. 입맛을 쩍, 다시고 리어카 위 좌판에 늘어져 있는 과일로 눈길을 옮겼다.

딸기, 참외, 토마토, 수박, 수박 옆에는 노란빛으로 살이 통통 오른 바나나가 노란 미소를 짓고 있어 갑자기 허기와 목마름을 느낀다. 횡단보도를 건너 슈퍼로 들어가 아이스크림 두 개를 들고 나와 아이스크림 윗부분을 빠르게 벗겨 내고는 살금살금 다가가 그녀의 손에 아이스크림을 주려했으나 그녀는 아이스크림을 사정없이 쳤다. 하필이면 벗겨낸 윗부분이 땅바닥으로 폭, 박혀 보기 흉하게 일그러지는 게 아닌가! 이, 이게 뭐야? 불뚝 화가 치밀어 사정없이 아이스크림을 걷어찼으나 그런데, 또 이게 뭐야! 구두 앞부분으로 허연 아이스크림이 철썩, 달라붙는 게 아닌가! 아, 재수 없는 놈은 엎어져도 구정물이라더니! 그녀를 만나기 위해 정성스레 광택을 낸 구두였다. 어쩔 수 없이 얼른 뒷주머니에서 손수건을 꺼내 아이스크림을 닦아내려 했지만 뿌옇게 번진 자국이 더 허옇게 번질 뿐이라 그녀의 뒷모습에 눈길을 둔 인상은 우거지상이었다.

그런데 도대체 어디를 향해 가는 것일까? 화가 풀릴 시간이 된 것 같은데, 지쳐서 힘이 들만도 한데, 어디까지 가려고 하는 걸까? 청계천 4가를 지나 5가로 접어들었다. 물건을 싣고 떠나려는 오토바이,

한 아름 짐을 들고 나오는 사람, 물건을 사기 위해 들어가는 사람, 인도로 쭉 늘어진 좌판잡상인들의 싸구려! 떨이! 외쳐대는 고함소리. 서로의 어깨가 부딪쳐도 늘 그랬다는 듯 인상 구기는 일 없이 스쳐가는 사람들이다. 그 틈을 비집고 빠져나가는 그녀, 그녀를 놓치지 않으려고 기를 쓰는 목 줄기로 땀이 흥건했다. 어쿠! 그녀의 뒷모습만 쫓다가 인도의 보도블록의 어긋난 틈을 밟아 휘청한 그는, 그녀를 놓칠세라 눈에 핏발이 설 지경이다. 동대문시장의 복잡한 거리를 헤집는 동안 상점 처마에 매달린 전구가 하나둘 불을 밝히기 시작했다.

종로 5가를 가로질러 보령약국 골목으로 접어들었다.

그리로 한참을 쭉 가다가 그다지 넓지 않은 도로를 건너 양쪽으로 갈라지는 길목에서 그녀는 오른쪽으로 방향을 틀었다. 가옥이 즐비한 골목길은 여러 형태의 상점이 늘어져있었다. 또와 분식집과 만화방 옆으로 해맑은 얼굴이 그려진 미용실. 미용실 건너편으로 실내포장마차의 불빛이 새어나왔다. 그 옆의 전파상에선 돌아와요 부산항이 구성지게 흘러나왔고, 전파상을 끼고 완만한 축대로 된 인도를 따라 걷다가 어느 쯤에서 왼쪽 골목길로 꺾어지는 입구로 들어섰다. 그쯤에서 갑자기 걸음을 멈춘 그녀는 몸을 휙 돌렸다. 갑작스러운 그녀의 표정에 놀라버려 덩달아 걸음을 멈춘 채 왜? 황망한 동공이었다. 처음부터 그녀의 뒤를 쫓고 있었다는 무안함이 자리한 제스처에도, 그녀의 싸늘한 눈빛이 사그라지지 않아 무안한 기색을 감추지 못했다. 오지마세요! 그녀는 신경질적으로 뒷걸음질이었다. 그녀의 날카로운 외침에 그는 어색한 눈만 멀뚱멀뚱 했다. 어디까지 쫓아올 거예요? 뒷걸음질을 멈춘 그녀는 앙증맞게 덧붙이고 그의 눈길에서 시선을 떼지 않았다. 여전히 침통한 기색이므로 뭐라 말 붙이기가 거북해 눈꺼풀이 찌긋했다. 왜 그러는지 이유는 알고 매를 맞아야 억울하지가 않지, 안 그래? 그녀의 눈매를 비켜 입가로 비쳐지는 자족적인 쓴웃음이 처연했다. 허나, 석연치 않은 부분이 많아 덧붙였다. 너, 너무 일방적이라 어리둥절해. 나, 나는 잘해주고 싶은데……, 묻지도 않은 해명에다 어떻게든 사태수습을 해보려고 거짓말까지 보태려니 자연히 말이 더듬어질 수밖에 없었다. 무슨 남자가 그래요? 그녀의 어투는 싸늘했다. 아니, 이건 또 무슨 마귀할멈 방귀뀌는 소리인가! 무슨 남자가 그래요, 라니? 어안이 벙벙한 입술에 시선을 둔 그녀는 천천히 말을 이었다. 매정한 사람 같아요, 라고. 그녀의 어투에 황망해진 눈망울이 좁혀지지 않아 매, 매정! 그게 무슨 말이야? 마른하늘에 날벼락도 유분수지! 가만히 있는 사람에게 무슨 죄가 있다고 닦달이라는 듯 다음 말을 기다렸다. 무슨 남자가…… 한번쯤은 먹어보라고 할 수 있는 거잖아요? 그녀는 확 붉어진 표정으로 거, 거기는……, 거기에서 말을 멈출 때서야 아…… 그거였구나! 속으로 탄식을 하고는 그제야 그녀의 화가 났던 원인을 안지라 능글맞은 눈매로 펄쩍 뛰었다. 나쁜 놈, 나쁜 놈!……, 갑자기 두 손으로 머리를 두드리다 슬쩍 곁눈질로 전봇대를 훑고 나서 그곳에 머리를 박았다. 아이고, 머리야! 뇌가 흔들리네! 깨졌구나, 아이고! 그 자리에 풀썩 주저앉아 엄살을 떠는 그의 행동에 당황한 그녀는 저, 저…… 만 연발할 뿐 다가가지도 못하고 어쩔 줄 몰라 허둥댔다. 미, 미안해…… 요만큼만 이해해, 검지 끝에 엄지를 얹은 채 조금이라는 표현을 보이는 모습이 웃겨 겉으론 가시가 서린 듯했으나 시선 끝이 무뎌졌다. 잠시 쏘아보던 그녀의 눈꼬리에 부드러운 무늬가 만들어졌다. 그녀는 엄살 그만 부리고 얼른 일어나란다. 엄살을 부리는 척하면서도 곁눈질로 그녀의 일거수일투족을 살핀 눈으로 그녀는 운명인 듯 다가왔다. 마치 이른 새벽에 맺혀 있는 꽃 망울처럼.

그녀는 몸을 돌려 돌계단 앞에 섰다.

하나둘, 그리고 아홉 계단에서 멈춘 그녀는 초인종을 눌렀다. 삐그덕, 소리와 함께 열린 문 사이로 그녀는 바람처럼 사라지자 불현듯 허전하게 소용돌이치는 공허함이 뭐지? 그녀가 사라진 아쉬움, 그녀가 사라진, 대문이 굳게 닫혀있는 아무도 없는 그곳에 멍하니 서 있다 몸을 돌린 눈길에 빈 깡통이 보여 그것을 사정없이 걷어찼다.

아뿔싸!

주차를 마치고 여는 차문으로 날아간 깡통이 텅, 하고 소리가 나는 게 아닌가! 내리려던 아저씨의 깜짝 놀란 인상이 구겨졌다. 뭐야! 노려보던 아저씨 눈매가 부드러워진 것은, 민망한 미소에 미안하다는 기색으로 두 손을 모은 채 웃고 있었기 때문이다. 문짝을 흘낏 훑어본 아저씨는 별 이상 없는 것 같으니 가라는 손짓을 했다. 머쓱하게 지은 답례에 싱거운 놈! 하듯 마음씨 좋은 웃음이 가로등 불빛에 반사돼 반짝였다.

그렇게 멈추지 않은 일주일이 흘렀다.

여기!…….

흰 반팔 티셔츠에 반바지를 입은 그녀는 밝은 햇살을 등진 채 나타났다. 그런 일이 다시는 없을 것이라는 그의 익살스런 표정에 그녀는 화가 풀어졌다. 답답한 공간보다는 야외로 나가고 싶다는 제의에 잠시 망설이던 그녀는 고개를 끄덕였다. 하지만 불투명한 약속이라 속이 탔었는데 구름이 맑게 흩어진 햇살을 받으며 그녀는 나타났다.

경춘선 열차는 통로까지 혼잡했고 더군다나 태양열에 시달린 열차 안이 열대야다. 여름방학을 맞이한 학생들은 통로에 배낭을 놓고, 그 위에 걸터앉아 떠들어대는 수다 때문인지 열차 안이 시끌벅적했다. 서울을 벗어나 떨그렁 소리를 내며 달리는 소음을 잠식하듯 은은한 통기타 반주에 맞춰 학생들의 합창이 울려 퍼졌다. 한쪽 구석으로 자리를 잡은 둘은, 그들의 합주에 발을 맞추다 이따금씩 창밖으로 눈길을 보냈다.

한가롭게 보이는 전원이 차창으로 빠르게 지나갔다.

하늘 중앙으로 치솟는 햇볕이 들녘을 붉게 달구고 있었다. 열기를 식히듯 간간히 불어주는 산들바람은 풍성하게 자란 야생초들을 물결치게 만들었다. 도로가변으로 가로수를 이룬 미루나무가 하늘 높이 쭉 뻗어 그늘을 만들어 쫓아오고, 마을 어귀로 들어서는 경운기 뒤 칸에 대여섯 명의 아이들이 손나팔로 경적을 울리면서 손을 흔들었다. 드넓은 벌판이 동서로 길게 누워있다. 벌판을 따라 국도가 지렁이처럼 구부러져 야트막한 산굽이를 감은 채 코발트색 강줄기는 푸른 띠를 이르며 흐르고 있었다. 밭에서 일하던 농부들이 밀짚모자를 벗어 흔들자 그녀는 답례하듯 살포시 창가에 손을 얹었다. 창밖으로 드러나는 신록에 흠뻑 빠져드는 사이 열차는 목적지에 도착했다.

작열하는 태양 아래 펼쳐진 자연이 푸르고 화창한 햇살을 받은 나뭇잎들이 반짝였다. 택시는 행선지를 향해 시원한 바람을 가르더니 좁은 도로로 접어들었다. 차창을 스치듯 늘어진 나뭇가지 때문인지 주변의 정경이 빠르게 스쳐지나갔다. 뭉게구름인 양 둥글둥글 솟아있는 야산의 짙은 녹음이 택시 뒤를 쫓았다. 택시는 강가를 끼고 한참을 달리다 대여섯 농가가 듬성듬성 눈에 들어오는 샛길을 지나 벌판을 가로질렀다. 완전히 농가를 뒤로 한 택시는 몇 분쯤 산비탈을 휘어 감고 돌더니 완만한 경사길로 접어들었다. 콧노래를 흥얼거리던 택시기사는 오른쪽으로 핸들을 꺾었다. 택시가 구부정한 비포장 길로 들어서자 자갈이 차바퀴에 어긋나 튀어나갔다.

그녀를 흘끔 곁눈질을 하다가 조용히 차창을 내렸다. 저항 없이 바람이 차창으로 들어와 솔바람이 상큼하게 얼굴을 스치듯 적당한 자극을 주는 느낌과 함께 계곡물 흐르는 소리가 들렸다. 계곡 양편으로 낙랑장송의 푸른 소나무들이 위용을 갖추고 있는 것으로 봐서는 거의 목적지에 다 이른 듯했다. 느슨한 산허리를 휘감으며 이어지는 도로를 얼마쯤 가다가 왼쪽 샛길 내리막으로 들어서면서 은행나무암수를 마주한 농가가 눈앞에 드러났다.

말없이 창밖에 눈길을 두고 있던 그녀는 밝게 웃어 보였다.

강줄기에서 샛길로 나 있는 언덕 위에 초록색지붕의 집 한 채가 보여 둘은 그리로 발걸음을 재촉했다. 마당과 밖의 경계인 울타리가 없는 마당은 널찍했으며 민박도 하는 잡화점이었다. 가쁜 숨을 진정시키고 잡화점 앞마당에 있는 널따란 평상을 가리키며 그녀에게 앉으라, 하고는 몸이 찌뿌드드했던지 팔을 뒤로 한껏 젖혔다가 하늘을 향해 주먹을 휘둘렀다. 야호!…… 손나팔로 힘껏 소리를 지르고 몸을 돌렸는데, 그녀가 정면으로 바라보고 있어 멋쩍은 표정을 짓다가 머쓱했던지 얼른 평상으로 다가갔다. 경치가 너무 좋지? 대꾸 없이 고개만 끄덕인 그녀에게 어색하면 그냥 오빠라고 부르던지, 라는 물음에 싫다는 고갯짓을 했다. 그러면? 이라는 눈길에 알아서 할게요, 라고 얼버무렸다. 집이나 한 바퀴 돌아볼까, 어때? 익살스런 제스처에 알았다고 그녀는 일어섰다.

그는 그녀의 손을 잡았다.

부엌 왼편의 우물에 조금 못 미쳐 우측으로 꺾어드니 나무 문의 재래식 변소다. 변소와 부엌 뒷문 사이에는 장작이 높게 쌓여있었고 장작더미 뒤의 장독대에는 커다란 항아리와 자그마한 항아리 몇 개가 놓여있다. 수염이 삐쭉 늘어진 옥수수가 장독대 뒤편으로 즐비해 그리로 다가간 그는 옥수수수염을 쓰다듬다가 옥수수수염이 이렇게 생겼구나! 수염을 한줄기 쑥 뽑아 턱 밑에 붙이는 시늉을 했다. 잠시 한바탕 웃음을 토하고 턱 밑에 붙이려던 것을 그녀에게 붙여주려 하므로 난색을 한 그녀는 뒷걸음질을 쳤다. 안 할게, 손사래까지 하고는 우물 앞에서 걸음을 멈췄다. 우물물 마셔도 될까요? 그녀의 호기심과 기대가 섞인 말투라 우물 속으로 두레박을 던졌다. 첨벙! 소리와 함께 자그마한 물수레바퀴가 소용돌이쳤다가 들어 올리는 두레박에서 떨어지는 물방울소리가 회오리쳤다. 두레박을 들어 올려 꿀꺽, 꿀꺽 두 모금을 마시고 그녀의 손에 조금씩 물을 부었다. 어머, 시원하네요! 몇 번 손을 씻어내고 물을 받아 마시고는 우물 속을 들여다보고 싶어요, 라고 말한 그녀는 우물 턱에 두 팔을 괴고 우물 안을 들여다봤다. 검게 잠들어 있던 물 위로 얼굴 하나가 비쳤고 그 얼굴 뒤로 검은 하늘이 일렁였다. 그녀가 꺄르륵, 웃음을 집어넣자 우물 안이 웃음소리로 메아리쳤다. 두레박을 걸어놓고 마당으로 돌아와 문득 직접 밥을 해먹고 싶은 충동이 일어나 주인여자에게 취사도구를 빌린 다음 어항 3개도 샀다.

샛강의 폭은 10미터 정도였다.

무릎을 약간 넘은 물줄기는 시원하게 흘러 운동화를 벗고 물속으로 들어가 물줄기를 따라 돌담을 쌓았다. 어항 뒷구멍에 고기밥을 넣고 돌담 밑에 고기가 잘 들어올 수 있도록 어항을 놓았다. 이제 고기가 들어오시면 됩니다, 라고 그는 지나가는 투로 읊조리고는 그녀를 데리고 나왔다.

둘은 흙모래를 파 물길을 만들고, 물길 군데군데 돌다리도 놓고, 돌로 화덕 두 개를 만들고, 그리고 고기가 잡힐 때까지 산책을 하자며 그녀를 데리고 뒷산을 향했다.

농가 뒤편의 오솔길로 접어들었다.

이끼가 낀 아름드리나무들은 하늘을 가린 채 이름 모를 잡풀들과 함께 나부끼고 있었다. 팽나무, 참느릅나무, 상수리나무, 상수리나무로 숲을 이룬 능선의 오른편으로 끝없이 펼쳐진 강줄기를 따라 계곡을 감싼 수풀이 햇살에 맞닿아 눈이 부셨다. 자연의 협곡은 아무 저항 없이 두 사람을 맞이했다.

무성하게 우거진 상수리나무 밑으로 다가갔다.

수려한 산세가 키워낸 계곡으로 떨어지는 물줄기는 시원스레 바위에 부딪쳐 튀어 오르다 떨어졌다. 부서지는 물보라를 바라보다 들이마셨던 숨을 토해낸 그는 어색하게 스며든 침묵을 털어냈다. 어떤 계절을 좋아해? 라고. 샛강에서 눈길을 돌려 그녀의 얼굴을 빤히 바라봤다. 그녀의 보일 듯 말 듯 지은 미소 때문인지 시선이 후다닥 비켜갔다. 그녀의 눈길보다 먼저 눈길을 거둬들인 가슴이 뛰고 있다는 사실에 눈을 감았다. 그녀의 눈빛이 매혹적이라기보다는 마음을 사로잡을 듯 눈이 아름답게 느껴져 잠시 혼이 나갔던 모양이다.

그녀의 입술 위에서 오렌지 빛 햇살이 출렁였다. 언제부터 그렇게 되었는지 가을을 좋아해요. 가을의 문턱에 들어서면 가을바람에 마음이 끌리고, 푸름을 자랑하던 나무들이 자연의 치장을 벗고 조락을 준비하며 되돌아가는 계절이라서 비도 가을비를 좋아하고요, 그녀의 머리카락이 바람에 휘날려 출렁였다. 봄이 오면 마음 깊은 곳으로부터 새로운 소망이 뜨겁게 솟아오르는 듯해서 좋아. 이제 새싹을 피워도 되나요, 라고 묻지도 않은 채 저절로 새순이 돋는 순수함이 좋거든, 그는 샛강 쪽으로 눈길을 옮겨 독백처럼 읊조리고는 여기에서 얼마 멀지 않는 곳에 선산이 있어, 그곳도 경치가 너무 좋다고. 어릴 적에 한 번 가보고 아직 가보질 못했는데 점심 먹고 그곳을 가볼까? 그의 제의에 그녀가 고개를 끄덕일 때에야 비로소 한결 편해진 눈망울에 미소가 담겼다.

돌담길을 따라

"저, 죄송…….."

깊은 생각에 잠겨있던 아버지는 갑작스레 환청처럼 들리는 음성에 퍼뜩 눈을 치뜨고 황망한 눈길로 바라본다. 누구지?…… 아무리 기억을 더듬어도 알 수 없는 얼굴이라 생뚱맞은 눈빛이 된다. 그리고 몇 초가 흐른 뒤 아! 그래…… 흡연욕구의 충동으로 다가갔을 때 슬그머니 담뱃불을 끄고 조용히 사라졌던 남자다. 그제야 왜 그러느냐! 눈매로 멀거니 쳐다본다. 아버지로서는 생면부지의 남자인지라 뭔가를 경계하는 마음자체가 마땅찮고 낯설어 도통 실마리가 떠오르지 않아 불편할 따름이다. 더욱 남자의 기색 또한 어둡고 창백해 다가가기엔 왠지 모를 거리감이 드는 것도 사실이다. 불편한 심기를 눈치를 챈 듯 머쓱한 미소를 지우지 못한 남자다.

"조, 조금 아까…… 여기로 오실 때, 잠깐 뵌…….."

남자는 거기까지 우물쭈물 입술을 일그러뜨리더니 말끝을 얼버무리고는 덧붙인다.

"저, 담배가 있으시면……."

남자는 기어들어가는 목소리로 고개를 주억거린다.

"아! 네……."

그제야 남자가 다가온 의도를 알고 주춤주춤 주머니에서 담배를 꺼내 남자에게 한 개비를 건넨다. 초면인 남자는 어색하게 눈인사를 하는 둥 마는 둥 하고는 천천히 몸을 돌린다. 어정쩡한 자세로 담뱃갑을 들고 서서 걸어가는 남자의 뒷모습을 쫓는다. 남자가 걸어가는 길은 미처 가로등 불빛이 미치지 못해 느릿느릿 걸음을 옮기는 발길 따라, 손을 따라 움직이는 손가락 사이에 끼어 있는 담뱃불이 반딧불인 양 나불나불 떠다닌다. 돌담 위에 홀로 서 있는 가로등 불빛이 멍하니 흐느적거려 허한 마음이 짜르르 스며든다. 시계를 들여다보니 벌써 오후 면회시간이 다가오고 있어 아버지는 멀리 떨어져 있는 병동을 향해 발길을 내딛는다.

중환자실 입구에는 많은 사람들이 여기저기 모여 있다.

퇴근을 하고 온 사람인 듯 서류가방을 든 채로 비상구 입구에서 누군가와 조용히 통화를 한다. 목소리가 긴 엿가락처럼 늘어진 몹시 피곤에 절은 음성이다. 그 사람한테서 조금 떨어져 학교를 마치고 부모님을 따라온 학생은 핸드폰을 들고 게임에만 열중이다. 통로 한가운데로 뒷짐을 지고 말없이 서성거리는 아저씨, 그리고 벽에 등을 붙인 채 눈을 감고 있는 할아버지. 여자끼리 둥그렇게 모여 서로의 시선이 마주치면 슬쩍 비켜 상대의 말에 고개만 끄덕인다.

아버지는 그들을 지나쳐 중환자실 입구에서 걸음을 멈춘 채 면회자수칙을 본다. 읽어내려 가던 눈길에 손을 청결히 하세요, 라는 문구가 보여 벽에 부착된 소독액을 꾹, 눌러 손바닥에 받은 다음 손가락 사이사이를 꼼꼼히 문지른다.

병실 문이 털거덕, 열린다. 환자를 보려온 사람들의 움직임이 열린 문으로 향한다. 경비요원인 듯 건장한 청년은 왼손에 무전기를 들고 문 중앙에 서서 사람들을 바라보고는 면회자수칙을 또박, 또박 전하고 기계동작처럼 옆으로 몸을 비킨다.

밀물처럼 병실 속으로 스며들어가는 사람들.

동공이 멎어있는 남편을 부르는 아내 옆에서 학생은 핸드폰만 만지작거린다. 산소호흡기 안에서 호흡을 헐떡이는 할아버지를 안쓰럽게 바라보는 할머니는 눈물을 연신 찍어낸다. 그 옆의 침대에선 딸이 어머니 볼에 뺨을 비비대며 눈물만 흘린다. 그들 사이를 간호사들은 망망대해 암초를 피해 다니듯 이리저리 흰 돛단배처럼 떠다닌다. 눈망울만 이리저리 옮겨 다니며 살려주세요, 살고 싶어요! 아주머니는 눈물 없이 흐느낀다. 무엇 하나 변한 것 없는 그들에게서 눈길을 거두고 아이가 잠들어 있는 병실로 향한다.

두 팔이 양쪽으로 늘어진 채 가녀린 팔에 꽂혀있는 다섯 개의 링거액주사바늘. 붉은 혈액주머니에서 끈끈하게 흘러내리는 핏방울. 요도에서 흘러나온 핏물이 가득 찬 오줌주머니. 산소호흡기 안에서 헐떡이는 호흡, 유난히 손가락이 가늘어 애처로워 보인다. 지방이 다 빠져나간 손등은 푸른 핏줄로 선명하게 도드라져 있다. 아이의 손을 천천히 잡고 어루만져 보려 해도 살이 하나도 없는 손가락이 아플 듯해 얼른 손을 놓고는 퉁, 퉁 부어오른 발등과 발바닥을 쓰다듬는다. 언제까지 저렇게 이리저리 몸도 못 움직이게 주사바늘로 묶어놓고 어디까지 참고 견뎌야 한단 말인가. 물 한 모금 마시지 못한 아이의 입술은 허옇게 갈라져 인간의 형상을 상실한 모습이다. 살 핏줄이 켜켜이 쌓인 붉은 눈망울이라도 번쩍 뜨고 불러주었으면 하는 회한은 절망과 아픔, 그리고 슬픔으로 한꺼번에 밀려온다. 그 모든 걸 홀로 끌어안고 힘겹게 걸어가게 놓아준 죄의식에 몸 둘 바를 모른다. 미안하구나…… 끝내 겉으로 표현하지 못한 채 주르륵 떨어지는 물방울을 감추려 고개를 돌린다. 차마 흐르는 눈물도 아이에게 보일 수가 없어 아버지는 쉽게 고개를 들지 못한다.

그간의 아이를 바라보는 뿌듯함과 기대는, 앞으로 살아야할 대부분의 운명이 아이와 함께라는 이유가 아니었는가. 그런데 눈앞으로 펼쳐진 두려움은 현실로 다가와 아이를 제대로 바라볼 수가 없다. 아이가 홀로 떠다니는 돛단배처럼 바닷길을 잃을까봐 얼마나 아픈 세월을 가슴에 묻고 살았나. 엄마 손에 이끌려 재롱을 떠는 모습에선 애써 눈길을 외면해야 했던 수많은 정경들, 아이 눈에 띨까봐 강박관념에 사로잡혀 무능을 탓하고 미워했던 시간들, 혹여나 엄마의 존재를 찾을까봐 가슴 졸였던 세월, 세상 밖으로 떠밀려 쫓겨난 이방인인 양 홀로 가슴 태웠던 아픔, 그래도 자신을 바라보는 새카만 눈망울이 있어 외로움도 아픔도 묻어버릴 수 있었다. 아이가 있어 살아야할 이유가 있었고, 목적이 있어 그 길을 쉼 없이 달려왔다. 그런데, 왜? 이제 와서 무슨 권리로 아이를 빼앗아가려 하나. 기쁨도 슬픔도 외로움도 마음껏 누려보지 못하고, 눈 밖에 날까봐 살얼음 위를 걷듯 조심조심 걸어온 죄밖에 없는 아이를 무엇 때문에…… 아무런 예고도 없이 준비 따윈 애초에 상관없듯 불쑥 떠다 밀어놓고, 험난하게 깎아지른 절벽을 오르라고 옥죄지 않는가.

아무리 험난하고 겁나는 절벽에 부딪쳐 손톱이 뭉개지고 피투성이가 되어도 아이를 대신할 수 있다면, 아픔이든 절망이든 죽음이든 다 받아들일 수 있을 터다. 하지만 자신이 대신할 수 있는 게 아무것도 없는 현실이 암담하고 두렵다. 아이의 고통을 그저 바라볼 수밖에 없는 사실이 절망케 해 괴롭고 마음 떨려 아이에게 눈길조차 머무는 게 고통이다. 죽음 앞에서 아이는 무슨 생각을 하고 있을까? 눈이 시려 아이에게 보내는 눈길조차 아파 눈을 감는다. 아이의 손을 잡은 것뿐인데, 별로 한 것도 없는데 면회시간이 끝났다고 나가란다. 억장이 무너지는 듯해 표정이 무참히 일그러진다.

천천히 중환자실을 나온 아버지.
복도를 따라 걷다가 복도 끝의 창가로 다가간다. 어둠이 짙게 깔리더니 하늘에서 먹장구름이 용트림을 한다. 번쩍이는 번개불빛에 반사된 창으로 한 모습이 실루엣처럼 명암을 가르다 금세 사라진다. 검푸른 창에 낯선 사람이 서있다. 며칠째 먹지도 씻지도 면도도 못한 초췌한 몰골에 멍한 눈빛은 넋이 나간 듯 흐트러진 모습이다. 아이가 그리 되기까지 자신이 무엇을 했나, 하는 회한의 동공을 씻겨내려는지 후드득 빗방울이 창문을 때린다. 우루루 쾅, 쾅!……
번쩍이는 유리창 속의 실루엣이 허물어지듯 가물거려 속눈썹에 매달린 물방울이 그렁그렁하다. 모든 현실이 믿기지가 않아 고갯짓을 하다가 창문에 머리를 기댄 입술이 일그러진다. 장기기증자! 아이와 혈액형이 같은 자매…… 그리고 생모…… 해결책이 떠오르지 않아 양팔로 무릎을 싸안고 주저앉는다. 엉거주춤 일어서서 대기실 긴 의자 위로 잔뜩 허리를 옹송그린 채 드러눕는다. 가슴 밑바닥에

서부터 꿈틀대는 회한의 흐느낌이 어깨를 짓누른다. 의자에 앉으려던 노인은 앉아야 될지, 어떡해야 될지를 궁리하는 기색이더니 몇 번 혀를 차고는 깊은 한숨을 등 뒤로 남긴 채 자리를 뜬다. 노인의 모습이 저만치 멀어졌는데도 오열이 멈춰지지 않는다. 좀 더 잘해줬어야 했는데, 움찔하는 입술로 물줄기가 가득 고인다.

아침부터 햇살이 따스한 게 천고마비의 계절이었다.
조수석에 놓여 있는 여러 가지의 봉투를 보고 흐뭇한 미소를 짓던 기색이 금세 사라진다. 맛있거니, 하고 아무리 해줘야 아이의 입에 잘 맞을지도 의문이었고, 남자가 해주는 게 뭐가 맛있겠나, 하는 의구심이 드는 것 또한 사실이었다. 무엇이 먹고 싶으냐? 묻고는 해주는 반찬도 있지만 아이가 잘 먹을지도 모를 거란 기대로 만든 음식도 적지 않았다. 그럴 때마다 맛있었느냐고 묻기도 전에 아이는 어쩌면 그렇게 맛있게 만들었어요? 이번 쇠고기장조림은 예술이었어요, 그런 표현을 쏟아낼 때면 정말인 줄 알고 그래, 오늘 당장 품질이 좋은 소고기 사다가 또 해야 되겠구나, 할 때면 아니에요, 제가 먹고 싶을 때 연락드릴게요, 했다. 지금쯤 장조림은 다 먹었겠다, 싶어 장조림 다 먹었지? 물으면 조금 남았어요, 히히, 웃음으로 넘겼다. 그럴 적마다 걱정이 되어 아무리 냉장고 안이라 해도 오래 두면 상한다, 귀찮더라도 한 번 살짝 끓인 다음 열기가 식으면 다시 냉장고에 넣어라, 조심시킬 때면 마음이 먹먹했다. 말처럼 정말 잘 챙겨 먹는 것인지, 귀찮고 피곤해서 끼니를 거르지 않는지, 내내 마음이 언짢은 건 어쩔 수가 없었다. 먹고 싶은 게 있으면 말해라, 할 적마다 네, 알았어요, 먹고 싶은 게 있을 때 연락드릴게요, 한 번도 아이는 먼저 연락하지 않았다. 그럴 때면 걱정으로 가슴을 쓸어내리곤 했다.

차창으로 스며드는 바람이 선선해 반쯤 차창을 올리므로 한층 차 안이 아늑해졌다. 오전임에도 교차로를 진행하는 차량들과 신호를 기다리며 정차하고 있는 차량들은 꼬리에 꼬리를 물고 늘어져 있다. 앞창으로 드러난 건너편으로 눈길을 옮겼다. 길을 걷던 아이가 장 난을 치다가 엎어져 엄마가 놀란 눈빛으로 얼른 아이를 일으켜 세 운다. 아이는 괜찮다는 표정으로 환하게 웃는다. 엄마는 아이가 대 견해 함빡 웃는다. 신호에 따라 좌측으로 핸들을 돌렸다.

아이의 집에 들어서자마자 먼저 하는 것은 주변을 둘러보는 것 이다. 염려했던 것보다 아이는 깔끔하게 정돈하며 생활하고 있었 다. 부엌이며, 거실이며, 침실이 대체적으로 깨끗해 냉장고문을 열 고는 미간을 찌푸렸다. 일회용인 듯싶은 용기에 담긴 몇 가지의 음 식물과 먹다 남은 치킨이 봉지에 싸인 채 덩그러니 있고, 달걀 몇 개 가 달랑 있을 뿐이다. 걱정이 되어 틈이 나면 밑반찬을 해오기 시작 하다보니 아이의 집에 들어서면 냉장고부터 열어보는 습관으로 바 뀌었다. 지난번에 갖다놓은 음식물을 잘 먹었는지가 최대 관심사고 염려이기 때문이다. 이것저것 반찬통을 열어보고, 반찬이 조금만 남아있어도 망설임 없이 음식물봉지에 쓸어 담았다. 젓가락이 별로 가지 않은 것처럼 보이는 반찬엔 고개를 주억거리는 건 아이가 별 로 좋아하지 않는구나, 하는 뜻이므로 다음에는 해오지 않았다, 아 이가 원하기 전에는. 빈 반찬통을 개수대에서 씻은 다음 건조대에 물이 잘 빠지게 엎어놓고, 가지고 온 반찬꾸러미를 풀어 반찬통에 차근차근 채웠다. 냉장고문을 닫고는 냉장고문에 써놓은 메모지를 뜯어 다른 메모지에 써내려간다. 이번에는 자연산 마인데, 아이에게 특히 자연산을 강조했다. 키위하고, 검은 깨하고, 토종꿀을 아는 사람한테 부탁해서 가지고 왔다. 아침저녁으로 갈아 마실 때 꼭 요구르트와 우유를 섞어야 한다, 쓰면서 '꼭'을 강조했다.

창문을 하나둘 활짝 열었다.

깔끔하게 한다고 해도 혼자서 처음으로 살아보는 아이라 직장에서 퇴근하면 피곤할 텐데 걱정이 되어 공기청소기를 들고 침실로 들어가 봤다. 침대 머리맡에 정갈스레 개어져 있는 이불과 베개 하나. 화장대 위에 조그마한 화장품들. 창문 밑으로 놓은 책상에 가지런히 꽂혀 있는 책들과 자그마한 인형들. 컴퓨터 옆에 세워진 아빠와 딸의 사진. 장미꽃이 만발한 넝쿨을 등진 채 활짝 웃고 있는 아버지의 미소가 유독 사진을 차지해, 아이가 새치름하게 눈을 흘끔거려 하이파이브로 웃었다. 사진틀에 먼지를 꼼꼼히 닦아내고는 밑반찬을 조금 해왔는데, 처음 밑반찬을 만들어 아이를 찾아갔을 때 아이는 놀라면서 말을 잇지 못했다. 지금 어디 계시는데요? 묻고는 말을 잇지 못했던 아이. 아버지는 눈시울이 아른거려 창밖으로 눈길을 옮겼다. 밑반찬만 주고 가려했는데…… 직장생활이라는 게 멋대로 할 수 있는 게 아니다. 눈치가 보이면 어떡할까? 염려가 되어 마음이 불편했다. 반찬만 두고 갈 테니 오지 마라 할 걸, 진작 못한 점이 눈가로 후회의 빛이 서렸다.

아이의 홀로서기부터 전화로만 안부를 묻던 아이의 얼굴이 좀은 야윈 듯 해 보여 눈길을 거두지 못했다. 아이는 저, 어린애 아니에요. 점심 먹으러 가요, 했다. 점심식대는 자신이 지불할게, 라고 덧붙일 때서야 아이는 이제 어른이 되었구나, 속으로 읊조렸다. 맛있고 비싼 걸로 드세요, 활짝 웃는 아이의 모습 참으로 오랜만인 듯했다.

스테이크를 자르며 힘들지 않느냐고 물었고, 괜찮다며 밝게 바라보는 아이의 눈길에 덩달아 웃음을 지었다. 아이의 직장생활보다 혼자 살아가는 게 더 힘들지 않을까, 염려가 되었으나 아이가 밝게 웃으므로 다행이다 싶었다. 자신은 주로 대학 진입생을 개인지도하기 때문에 보수도 좋고, 그리 어려움 없으니 걱정하지 말라며 아이는 위안을 주지만 쉽게 가라앉지 않은 걱정이 문제였다. 그것이 항상 마음을 불편하게 만드는 요인일지도 모른다. 어린아이도 아니고 이제 성인인데…… 그리 마음을 다져도 쉬 가라앉지 않은 걱정이 내내 마음을 짓눌러 언제나 한쪽 가슴이 아렸다. 아무리 바빠도 끼니 거르지 말고 잘 챙겨먹어야 된다고, 억양을 높이는 아버지의 귓등으로 얼비치는 흰 머리칼이 눈에 띄어 아이는 일어나 옆에 앉았다.

"이제 코털 빠진 호랑이 되셨나 봐요?"

무슨 소리냐는 듯 아버지가 눈을 동그랗게 뜨자 아이는 건성으로 어깨를 털어내고 흰 머리칼이 생겼어요, 아이의 눈시울이 붉어졌다. 너만 건강하게 잘 살면 아무 걱정 없다고, 아버지는 애써 톤을 높이며 감정을 감추려 했지만, 갈라지는 음색이 안쓰러워 가만히 어깨를 감싸 안았던 아이. 눈빛에 어리는 물기를 지우려 슬그머니 창문 밖으로 보내는 눈길에 엷은 층으로 수놓은 구름이 슬쩍 햇살을 가렸다.

"청소를 해야 하니까, 자리 좀 비켜주세요."

무슨 소리인가! 아버지는 무거운 눈꺼풀을 들어 올린다.

꿈결인 듯해 눈길이 벙벙하다. 이른 아침, 병원을 청소하는 소리가 분주해 깜짝 놀라 아버지는 간이의자에서 몸을 일으킨다. 이른 햇살이 창을 비집고 있다. 밤새 추적거리던 빗줄기는 그치고 날이 밝은 것이다. 창밑에 앉아 빗줄기를 응시하다 깜빡 잠이 들었던 모양인데 의자에서 일어서는 몸이 휘청거린다. 육신이 찌뿌드드해 한동안 이마에 손을 얹고 있다가 천천히 눈을 뜬다. 병실복도를 왔다 갔다 하는 의사와 간호사들의 걸음걸이에 밤샘을 한 흐느적거림이 진득하게 묻어나는데 이른 진료를 위해 분주히 움직이는 모습이다.

엘리베이터 문이 열리더니 이동침대가 털커덩 소리를 내며 불쑥 나온다. 콧구멍으로 삽입된 호스와 두 개의 링거액주사바늘이 꽂혀 있는 환자는 두 눈을 꼭 감은 채 중환자실로 향한다. 퍼뜩 고개를 돌려 못 볼 거라도 본 양 성급히 엘리베이터를 타려다가 습관처럼 비상구계단 쪽으로 발길을 옮긴다.

편의점으로 들어가 우유와 빵을 집으려다 놓고는 생수 한 병을 사들고 나와 돌담 쪽으로 방향을 튼다. 언제부턴가 안식처가 되어버린 그곳을 물끄러미 본다.

돌담에 등을 붙이고 넋을 놓은 채 남자는 맥없이 허공에 눈길을 두고 있다. 다소곳이 서 있는 남자를 보고 그냥 지나칠 수가 없어 아버지는 그리로 다가간다.

남자는 등을 돌린 채 담배를 피우다가 다가오는 인기척을 느끼고 슬며시 고개를 돌린다. 미안해하던 기색과는 달리 반가움으로 눈빛이 반짝인다. 아! 오셨군요, 라는 반색에 아버지는 어떻게 응해야 할지 몰라 남자를 따라 돌담에 등을 붙인다. 서로의 이름도 모르면서 부지불식간에 잠깐 스친 인연으로 동병상련의 침울한 기색이 흡사

돌담길을 따라

해 눈인사를 누가 먼저라고 할 것도 없이 의지하고픈 마음으로 서로의 옆모습에 의지한다.

"저, 담배……."

멋쩍은 표정으로 어색하게 뽑은 담배 한 개비를 어정쩡한 자세로 남자는 권한다.

"아! 예……"

남자와 똑같은 표정으로, 똑같은 자세로 어색하게 받아들고 아버지는 담배에 불을 붙인다.

"어, 어떻게?……."

남자는 말끝을 흐리며 묻는 건, 당신은 왜 그런 몰골로 병원을 서성이고 있는 것이요, 라는 의문일 터. 느닷없이 묻는 바람에 남자의 눈길을 그대로 받고 있다가 멋쩍게 눈길을 피한다. 뭐라고 설명할 수 없는 속내를 읽기라도 했다는 듯 남자는 고개를 끄덕이고 담배 꽁초를 버린다.

"애들 엄마가 간암으로 죽을지도 모릅니다."

독백인 듯 읊조리는 남자에게 퍼뜩 눈길을 준 눈이 동그랗게 떠진 건, 아마도 간이라는 표현이 나와서 지푸라기라도 잡고 싶은 심정이 남자에게 시선을 준 듯하다. 의외의 반응을 보인 탓인지 마찬가지로 남자도 동그랗게 눈망울을 뜨고는 흘끔거리다 조심스레 덧붙인다.

"병원에 다닐 틈도 없이 바빠 살았습니다. 얼마 전에 아이들 엄마가 피를 토해서 진찰을 받아보니 수술도 불가능한 상태랍니다."

"아!……."

어떤 말도, 위로의 말도 할 수 없어 조용히 남자의 눈물을 지켜보다가 담, 담배나 하나 더 피우시죠, 아버지는 담배 하나를 건네주곤 멀끔한 남자의 시선이 슬퍼 보여 얼른 눈길을 내린다. 허탈하게 아내의 병을 밝히는 통에 가슴이 저려, 가슴을 쓸어내리는 허한 눈망울이다.

"아이가 간이식을 못하면 죽……."

스스럼없이 아내의 죽음을 밝히는 남자의 말에 용기를 얻은 듯 말을 하다 멈추고는 더 이상 말을 덧붙일 수가 없어 헉, 하는 신음을 속으로 삼킨다.

남자 역시 타들어가는 심정을 대변하듯 허옇게 지친 입술이 물기 하나 없이 메말라 있다. 아버지는 손에 들려있던 생수병을 남자에게 넌지시 주고 발길을 내딛는다.

중환자실로 들어선 아버지.

"사, 살려 주세요! 살고 싶어요!……."

중환자실통로를 걸어가다 우뚝 걸음을 멈춘 채 흐느끼는 아주머니를 바라본다. 푹 꺼진 여인의 눈꺼풀이 파르르 떤다. 실눈이 떠졌으나 차라리 눈물이라도 흘리지…… 그러면 덜 애절하게 느껴질 텐데…… 흘린 눈물마저 메말라버린 걸까? 그래서 흘릴 눈물조차 없어 마른 울음을 토해내는 걸까? 힘없이 꼼지락거리는 손가락마저 슬퍼 보여, 꼼지락거리는 여인의 손을 잡아주고 싶어 움찔하던 손길을 멈추고 아이의 병실로 걸음을 내딛는다.

아버지는 병실입구에서 병실로 들어가지도 못하고 아크릴 창에 손을 얹는다.

"아……."

고통스런 외마디만 내뱉을 뿐 무엇을 어찌해야 될지 몸 둘 바를 몰라 아크릴 창에 머리를 기댄다. 가녀린 팔에 수없이 멍들어버린 주사바늘자국, 새것으로 바뀌었는지 가득 찬 혈액주머니. 바싹 말라버린 볼, 눈두덩자체가 사라져버린 눈꺼풀. 툭 불거진 광대뼈만 보이고 살가죽이 뼈에 붙어버린 얼굴, 육신이 사람의 형상이 아니다. 물 한 모금도 마시지 못한 채 산소호흡기 안에서 삶과 죽음을 오고가고 있다. 아! 주저앉을 만큼, 울컥 눈물이 쏟아져 차라리 자신의 가슴을 찢고 간을 뜯어내 아이에게 주고 싶어, 그렇게 아이가 살아날 수만 있다면 차라리 간을 뜯어서 주고 싶다. 아이가 살 수만 있다면…… 바튼 신음을 토해내고 몸을 돌려 아크릴 창에 등을 붙이지만 스멀대는 눈가를 지우지 못한다. 온통 머릿속은 지난 아픔의 기억들만 떠오른다.

그날은 아이의 생일이었다.

중학교를 입학하고 처음 맞는 생일이라 케이크를 사들고 일찍 귀가를 했다. 아이를 놀래주려는 마음으로 살금살금 아이 방문 앞에 섰다. 그런데? 엄마가 과일 깎아줘서 과일 먹으면서 공부하고 있는 중이란다. 도대체 누가 누구에게 하는 말이야!……엄마라니? 아이는 너는? 묻고는 잠시 아이의 말이 멈췄다. 느닷없이 아이의 웃음이 터져 나왔다. 저쪽의 말에 아이가 저토록 유쾌하게 웃다니! 어안이 벙벙했다. 저쪽은 아이의 웃음이 가라앉기를 기다리는 모양이다. 한동안 아이의 말소리가 들리지 않았다. 웃음이 멈춘 뒤 아이는 그저 응, 응만 되풀이 하다가 안 돼, 엄마가 저녁에는 절대 밖에 못나가게 해. 나가면 엄마한테 혼나. 그래서 엄마가 깎아준 과일 먹으면서 공부하고 있어, 라고 아이는 달뜬 음성으로 차분함을 가장하다가 또 상대 말에 따라 아이는 되물었다. 너희 엄마는? 친구의 응답을 기다리는 아이의 모습이 궁금했다. 그렇구나, 직장에 다니시는구나. 우리엄마는 예쁘고 날씬해, 라고 자랑까지 했다. 이, 이게, 무슨?…… 벌어진 입을 손으로 가린 채 허청대는 뒷걸음질로 몸을 돌렸다. 황당하고, 황망해 어떻게 걸음을 옮겼는지 모르게 집을 나와 놀이터로 들어갔다. 아이들은 미끄럼틀이고 그네에서 노느라 정신이 없어 한적한 구석으로 걸음을 내딛었다. 아이가 초등학교를 입학한 얼마 후였다. 친구들의 엄마를 보고 아이가 물어왔을 때 엄마는 몸이 많이 아파 깊은 산 중에서 요양하고 있다, 해서 묻지 않았다. 그런데, 어린 가슴엔 엄마가 돌아올 거라고 믿고 있었구나! 때론 자신을 바라보던 아이의 슬픈 눈망울에 어디 아파, 라고만 물었다. 십대의 강이란 얼마나 건너기 힘든 물결인가. 사춘기로 접어든 아이다. 아이에게 엄마라는 그리움이 가슴 저리게 밀려왔구나! 잊으려 해도 잊을 수가 없었던 그리움이다. 묻고 싶어도 마음 아파할까봐 묻지 못하고, 혼자서 끌어안고 그리움을 달래야했던 세월이다. 저렇게 그리워하고 있었는데 왜 잊게 하려고만 했을까? 혼자 짊어지고 가기에는 힘들고 아련한 길을…… 아이가 진정으로 그리워하고 있는 그림자가 무엇인지 느끼지를 못했다. 무너지듯 벽에 기댄 채 내내 어깨가 떨려 참을 수가 없었다. 어, 어떻게……, 더듬더듬 대다가 그 자리에 주저앉고 말았다.

그런 아이에게 무슨 죄가 있다고. 벌을 주려면 세상을 좀 더 살아온 사람에게 줘야지, 아직 세상이 어떤 것인지 잘 알지도 못하는 아이에게 이게 무슨 짓이란 말인가! 흐르는 눈물을 닦으려 하지 않아

속으로 치미는 분노는 눈망울에 핏물로 번진다.

　정녕 아이는 저렇게 눈을 감는 걸까? 인생이 뭔지를 아직 모르는 아이가 아닌가. 그렇다면 인간이 지닌 불가사의한 불구성의 우연으로 그렇게? 아이에게 무슨 죄가 있어서. 그리움과 슬픔을 안고 살아온 아이가 무슨 죄가 있어서. 좀 더 아이에게 합리적으로 행복한 삶을 살아갈 수 있도록 계기와 과정을 배려했더라면 운명이 뼈저리게 슬픈 인연으로 만들어지지 않았다. 그래놓고 어줍은 망각이란 이름으로 잊으라니. 망각이 뭔데? 자신의 살점을 도려내는 아픔인데…… 그것도 잊기 힘든 기억을, 어떻게? 마음이 아파, 가슴을 찢어내고 통곡을 하고 싶은데…… 아이의 가슴을 짓누르는 파문을 도려내고 싶은데…….

　아버지는 중환자실을 뛰쳐나와 상담실을 기웃거린다.
　상담실 안에 주치의가 안 보여 간호사에게 주치의를 보자고 부탁을 하고 복도를 어슬렁댄다. 복도 중간쯤의 철문으로 흰 가운을 입은 주치의는 또각또각 구둣발소리를 내면서 상담실을 향해 걸어온다. 숙이고 걷던 고개를 들어 아버지를 발견하고 약간 눈꺼풀을 치뜨는 것으로 인사를 대신한다. 여 의사가 상담실로 들어오라는 손짓을 하므로 그녀의 뒤를 따라 상담실 안으로 들어간다.
　"오래 기다리게 해서 죄송합니다."
　여 의사의 무료한 기색에 아버지도 어정쩡한 모습이다.
　"왜 저의 간으로는 안 된다는 겁니까?"
　구차한 변명 들을 필요 없다는 식으로 단도직입이다.
　"휴……."

가타부타 말도 없이 긴 한숨을 뿜어낸 여 의사는 잠시 아버지의 눈길을 바라보다 또다시 같은 한숨을 쉰다.

"간의 크기가 부적합해 어쩔 수가 없습니다."

"안 되는 이유가 그것뿐입니까?"

"네."

멀뚱한 눈길로 바라보는 시선을 비켜 여 의사는 컴퓨터영상을 클릭한다.

"그렇다면 간을 기증하겠다는 당사자가 원하고, 의사는 수술만 하면 되지 않습니까?"

음성이 상담실에 울린 의외의 고성이라 흘낏 눈길을 아버지에게 보낸 여 의사의 눈망울이 놀란 듯하다.

"가능한 것이 있는 반면 불가능하다는 것도 있어요. 그게 지금 아버님의 간 크기입니다. 상담실장에게서 구체적으로 전해들었으면 아실 것 아닙니까? 허나, 아버님의 딱한 사정을 아는지라 교수님을 비롯해 여러 의료진들이 다각도로 의견을 조율해봤지만 불가능 쪽으로 가닥이 잡혔어요."

"왜, 자꾸 불가능을 말씀하십니까? 가능성은 찾으면 있을 수 있는 게 아니겠습니까? 무엇이든 가능한 것을 말씀해보세요! 무엇이든…… 제가 할 수 있는 것은 무어이든, 흑…….."

붉어지는 시선에 곤혹스런 눈매를 한 여 의사는 애꿎은 컴퓨터영상 자료를 이리저리 클릭하다 멈추고는 자세를 아버지 쪽으로 향한다.

"아버님의 70 퍼센트 간을 환자에게 기증하고 나면 아버님에게 남는 간이 얼마 남지 않아 자칫 깨어나지 못할 수도 있고, 깨어난다 해도 회복가능이 희박합니다."

아예 눈길을 비킨 여 의사의 한숨이 상담실을 무겁게 만든다.

"아비가 자식에게 기증을 한다는데 왜 안 된다는 겁니까? 아, 아이가 죽어가고 있는데…… 합시다, 내가 죽어도 좋으니까."

아버지의 붉어진 눈망울과 안색이 파리해 여 의사는 마주보기 무안한지 시선을 돌려 입술을 움찔한다.

"생사문제를 감정으론 할 수 없는 문제입니다."

"이것이 왜 감정입니까? 자식의 문제인데. 죽어도 좋으니 수술을 합시다. 하는 데까지는 해봐야 되지 않겠습니까? 만, 만약에 선생님의 자식이 저지경이 되어있다면 어떻게 하시겠습니까? 그냥 의사가 그런다고 그대로 죽게 둘 겁니까? 그러니까 내가 죽어도 좋다고 하지 않습니까? 죽어가고 있는 자식을 두고 아비가 살고 싶은 마음이 어디에 있겠습니까? 더군다나 먼저 죽은 자식 두고 어떤 아비가 편히 살 수 있습니까? 남의 일이라 방관하지 말고 죽을 때 죽더라도 나의 간을 아이에게 이식합시다. 선, 선생님!……."

"불가능합니다."

여 의사는 단호하게 표현을 하고 고개를 돌리고 얼마의 시간이 흐른 뒤다. 아버지의 눈물을 잠시 바라보던 여 의사는 눈길을 외면한 채 옅은 숨을 몰아쉰다.

"아버님의 심경 저도 이해합니다, 자식 갖은 부모의 마음은 다 똑같을 테니까요."

여 의사는 눈을 감는다.

가끔씩 막무가내로 따지고 대드는 보호자가 의사에게는 가장 난감한 문제다. 보호자의 사견에 끼어들기도 뭐하고, 그렇다고 부정만 하기에도 마땅찮은 상담이 다반사라 그럴 때가 가장 곤란하다.

뚝, 뚝 떨어지는 아버지의 눈물이 시려 여 의사는 잠시 눈을 감았다 뜨고는 두 손을 모아 깍지 낀다.

"우리나라 장기기증이 아주 희박하다보니 뇌사자에게 의존하는 실정입니다. 가족들의 적극성이 적어 매우 어려운 상황이기도 하고요. 뇌사자의 기증이 있다 해도 따님보다 훨씬 전부터 수술을 기다리고 있는 환자들이 많아 그것 또한 어려운 실정입니다."

여 의사는 자신이 어쩌지 못하는 현실인 양 답답한 표정이 일순 일그러진다.

"기증자분을 개인적으로는 만날 수는 없는 겁니까?"

불현듯 무언가 지푸라기라도 잡을지 모른다는 눈빛이 아버지의 눈망울에 붉은 물기로 스멀거린다.

"힘든 현실이에요. 정부차원에서 장기밀매 문제 때문에 절차가 까다롭고 어려워요."

아버지의 묻는 의도를 알지만 의사로서 할 수 있는 한계 밖이라는 의미로 고개를 젓는다.

"그, 그럼 어, 어떻게 해야 아이를 살릴 수가 있습니까?"

"지금으로서의 방법은 형제와 생모뿐입니다."

"없는 형제를…… 없는 생모를 어디서 구합니까? 내가 안 깨어나도 좋습니다. 각, 각서를 쓰고 내 간으로 합시다."

"감정적인 문제가 아니라고 하지 않았습니까?"

"이게 어떻게 감정적인 문제입니까? 자식의 문제지!"

높아지는 아버지의 어투와 표정에서 눈길을 거둔 여 의사는 더 이상 논리적인 상담이 안 된다고 느끼곤 무료한 표정으로 일어나 목례를 해보이고 상담실을 나간다. 여 의사가 나간 빈 공간에 아버

돌담길을 따라

지는 한동안 눈길을 거두지 못하다.

없는 형제를, 없는 생모를 어떻게 하란 말인가!

무참히 일그러진 얼굴로 상담실을 나와 물러설 때와는 달리 총총걸음으로 향하는 발걸음엔 분노가 가라앉지가 않는다.

8월의 본격적인 폭염이 머리 위에서 불타고 있다.

구름 한 점 없는 하늘에 치솟은 햇볕이 지글지글 타는 듯 기상청 관측 이래 온도계를 연일 갱신하는 불볕더위다. 가만히 있어도 등줄기로 샘이 솟듯 물기가 끈적거린다. 차라리 세차게 비라도 내렸으면 하는 마음으로 주변을 두런댄다. 아마도 남자가 오지 않았나 하는 눈치다. 좀처럼 남자의 그림자가 보이질 않는다. 장기밀매문제로 기증자를 만날 수가 없다, 했다. 순수 기증자만이 수혜자에게 기증할 수 있어 혜택이란 하늘에 별따기라고 덧붙여진 여 의사의 말이 귓전에 맴 돈다. 아버지는 두 손으로 귀를 막고 눈을 감는다. 그날, 아이가 기뻐하던 눈망울이 떠오른다.

퇴색된 단풍잎들이 바람결에 쓸려 수북하게 쌓인 오후였다.

은연중 기다리던 출판사로부터 전화를 받은 아버지는 들뜬 마음으로 편집실로 들어갔다. 기다리고 있었습니다, 선생님. 이라고 반갑게 악수를 청하며 맞이한 편집장은 인사하실 분께 드리세요, 라며 포장된 소설 한 뭉치를 건넸다. 따듯한 소설을 받아드는 순간 제일 먼저 아이가 떠올랐다. 배낭을 메고 산으로, 바다로 떠돌며 오랜 세월 습작의 결과물이니 어찌 기쁘지 아니하겠는가.

아버지는 출판사를 나와 담 벽에 등을 붙이고 한동안 있었다. 코발트색 하늘이 끝도 없어 높게 보여 아버지는 하늘이 그렇게 높은 줄 몰랐던 것은 그만큼 하늘의 끝이 없어 보였기 때문이다. 문득 처음 배낭을 메고 암자를 찾았을 때 스님의 귀가 유난히 커 보여 스님의 귀는 왜 그렇게 큽니까, 라고 물었다. 스님은 중생의 말을 다 들으려면 이 귀도 작은 것이라, 너털웃음을 지었다.

아버지는 눈이 부셔 하늘에서 눈길을 거두고 아이에게 전화를 걸었다. 아이는 전화를 받자마자 허겁지겁 약속장소로 들어와 손부터 내밀었다. 책을 받아 들은 아이는 가슴에 안았다가 얼굴에 비볐다가 행복해했다. 아이의 그런 모습에 세월이 벌써 이렇게 흘렀구나, 하는 회상에 눈시울이 붉어졌다. 아이가 중학교를 들어간 지 얼마쯤 되었을 때다. 직업은 뭐야, 묻고는 존경받는 직업이었으면 좋겠어, 라고 덧붙일 때 등줄기로 식은땀이 흘렀다. 아이를 바로 보기가 힘들어 직업이 뭐였으면 좋겠어? 아이의 눈길을 똑바로 봤다. 아이는 유별나게 책읽기를 좋아해 소설가면 좋겠다, 해서 그래, 지금은 아니지만 열심히 노력해 존경받는 소설가가 되도록 노력할게, 했던 세월이 주마등처럼 스쳤다. 진심으로 축하해요, 라고 소설을 뒤적이던 아이는 환하게 웃고는 오늘 출간기념으로 맛있는 걸 사준단다. 그것도 제일 비싼 음식으로 고르라고, 두 손으로 자신의 턱을 받친 채 한동안 눈길을 비키지 않았다. 아이의 가슴에 어떻게 담겨져 있을지 모를 출생비밀 때문에 마음이 착잡했다.

레스토랑에서 나온 아이가 팔짱을 끼므로 아버지의 눈이 휘둥그레졌다. 아이가 팔짱을 낀 게 처음이라서, 생소해서 아버지는 놀랐다.

아이와 헤어져 방향도 없는 길을 하염없이 걷던 아버지는 결심을 한 듯 공중전화부스 안으로 들어갔다. 미안하다, 아버지는 도저히 맨정신으로 대화할 수가 없어 술기운을 빌렸다. 아이의 흐느낌만 수화기로 흘러나올 뿐 아무 말이 없어 부스에 등을 붙인 채 앉았다. 새벽바람이 세차게 윙윙대어 찬바람이 공중전화부스 문을 털거덩! 흔들었다. 말을 이어야 되는데, 뭐라 해명을 해야 되는데 입술이 떨려 눈물이 먼저 자신을 울리고 말았다. 지금까지 속이고 살아온 것에 대해 용서해라, 어깨 숨을 추스르는 아버지의 가슴이 부풀어 올랐다. 네 가슴에 상처가 되었다면 용서하라고. 입술이 떨려서, 가슴이 아파서, 자신의 가슴을 움켜진 손이 떨려서 아버지는 세운 무릎에 얼굴을 묻고는 용서하라는 말만 되풀이했다. 수화기로 아이의 자그마한 흐느낌이 새어나올 뿐 묻고 싶어도, 아버지가 아파할 것 같아 혼자 묻고 살아야 했던 아이의 슬픔이 가슴 저리게 파고들었다. 보고 싶으면, 꼭 한 번 만나야 될 것 같으면 찾아보자. 가슴에 한으로 남을 바에는, 종용하는 것에 귀를 닫았는지, 아이의 흐느낌만 수화기로 흘러나올 뿐 아이의 어떤 표현도 없어 마음이 무너지듯 아렸다. 한참 시간이 흐른 뒤 아주 조용한 음성이 수화기로 흘러나왔다. 이제는 한으로 안 남아요. 나를 버린 분이 어떤 분인지 꼭 한 번 만나보고 싶었어요. 왜 그렇게 나를 버려야만 했느냐고 따지고 싶었어요. 흑!……, 가슴속에 의문으로, 슬픔으로 묻혀있던 말을 멈춘 아이가 흐느끼므로 아버지는 가슴을 움켜쥐었고, 아이의 흐느낌은 이어졌다.

보고 싶었어요. 꼭 한 번 만나보고 싶었어요. 그런데…… 이제 어떡해요! 그 분은 지금 가정이 있을 거잖아요? 그렇다면 만날 수 없잖아요? 꿈속에서 그렸던 그리움도 이젠 허상이고요. 그 허상을 어떻게 지우고 어떻게 안고 살아야 되는 거예요! 우리가 영원히 함께 할 게 아니라면 만나서는 안 되잖아요? 그분도 저도 만난 그 후의 상처를 어떻게 안고 살아가라고요! 보고 싶어서, 꿈속에서라도 품에 안

기고 싶었어요. 꼭 한 번만이라도 엄마라고 부르며 안기고 싶었다고요! 언젠가는 제 앞에 나타날 것이라는 희망을 갖고 지금까지 버티며 살아왔잖아요! 저의 어릴 적 인형의 그림이 전부 엄마였어요. 소꿉장난도, 함께 놀아준 인형이 엄마였다고요! 보고파도 견딜 수 있었던 건, 슬퍼도 참을 수 있었던 건 인형 속에 엄마가 있었기 때문이에요. 제가 아파하면 엄마인형이 함께 울었어요. 엄마 손이 약손이라며 잠들지 못할 때면 자장가를 불러주던 인형이 엄마였다고요! 그분도 제가 보고파했던 만큼 아파했을까요? 그 분은 꼭 저를 그렇게 버려야만 했나요. 어떻게 그럴 수가 있는 거죠! 인간이 인간을 그렇게 무책임하게 버려도 되는 건가요?

돌담길을 따라

그랬던, 어느날

선산을 향하는 시외버스터미널로 들어섰다.

다양한 사람들은 짐을 들고 버스에서 내리거나 버스를 타려고 벅적였다. 입구를 흘끔대던 운전기사는 시계를 보고 나서야 서서히 턴을 그리며 출구로 향했다. 혼잡한 터미널을 벗어난 버스는 서행으로 시가지를 돌다가 한적한 국도로 접어들어 속력을 내기 시작했다.

끝없이 펼쳐진 논과 밭에선 이삭과 채소들이 푸른 물결로 출렁였다. 하늘에선 줄구름을 만든 비행기가 뭉게구름 속으로 숨었다가 새털구름으로 나타나 어디론가 줄그림을 그리며 한없이 날아갔다.

창틀에 두 손을 얹고 그 위에 턱을 받친 그녀.

차창으로 펼쳐지는 풍경에 뜻 모를 미소를 지은 그녀는 잠시 눈을 감았다 뜨기를 반복하다가 깜짝 놀라는 눈망울이 창에 비쳤다. 자신의 동공을 뚫어져라 그가 바라보고 있었기 때문이다. 흘낏 고개를 돌린 그녀는 손가락을 말아 쥔 주먹으로 때리는 시늉을 해보이다 다시 창 쪽으로 눈길을 뒀다. 때리는 흉내만 냈을 뿐인데도,

그때껏 느껴보지 못한 짜릿함에 눈을 감았다 뜨고는 그녀를 쫓아 다시 창밖으로 눈길을 옮겼다.

한없이 펼쳐진 가로수들은 한껏 신록을 뽐냈고, 열린 차창으로 들려오는 매미들의 합창소리가 은은하게 귓가를 간질였다. 버스 뒤 꽁무니를 쫓는 흙먼지가 뿌옇게 따라와 그렇지 않아도 한산한 시골 길을 혼탁하게 했다. 뿌연 먼지가 버스 주변을 맴도는 듯해 차창을 닫으며 지루하지 않아? 묻고는 그녀를 빤히 바라봤다. 괜찮아요. 자그마한 그녀의 반응에 그는 고개를 끄덕여보았다.

택시를 타고 선산이 있는 마을 입구에서 내렸다.

마을은 삼십여 호가 몰려있는 새롭게 개량된 기와집들이고, 드문 드문 초가집도 눈에 띠었다. 초가지붕 옆으로 세워진 굴뚝에선 저녁밥 짓는 연기는 뽀얗게 산허리를 휘감았다가 흩어지며 햇살로 숨어버렸다. 마을 앞으로 흐르는 시냇가에는 버들가지가 늘어져 물결에 출렁이고, 투명하리만큼 맑은 물속을 헤집는 물고기 떼들이 한가히 헤엄을 치는 시냇가를 쭉 따라 펼쳐진 들판에는 하늘을 찌를 듯 미루나무가 솟아있다. 미루나무 아래 누런 송아지는 엄마젖을 빨고 있느라 정신이 없고, 송아지의 어리광을 꼬리로 흩뿌리며 한가로이 풀을 뜯고 있는 엄마소 등으로 옅은 저녁놀이 깔렸다. 마을에 낯선 침입자가 들어선지라 적막을 깨듯 개 짖는 소리가 산등성이를 타고 메아리쳤다.

대문 밖으로 나온 아낙은 낯선 침입자를 흘깃거리다가 개 이름을 부르며 야단을 쳤다. 무서워요! 그녀는 화들짝 놀란 기색으로 그의 등 뒤로 숨은 채 어쩔 줄 몰라 했다. 가만히 손을 잡으므로 반항 없이 손을 맡긴 그녀였다. 여전히 무서워하는 표정을 누그러트릴 기색이 없어 그녀의 어깨를 보듬었다. 그녀는 짧게 흠칫했으나 거부하지 않았다. 그녀의 마음을 안심시켜주고 마당이 널찍해 보이는 집으로 들어섰다. 마당 한가운데 넓은 평상 위에는 여러 종류의 산나물들이 햇살을 받고 있었다. 아주머니! 돈은 충분히 드릴 테니 저녁밥 좀 주세요, 라고 그는 어설픈 표정을 지었다. 앞치마에 손을 닦은 아낙은 도시에선 느껴볼 수 없는 환한 미소로 도회지에서 왔지요, 라는 확신에 찬 물음이었다. 네, 선산이 바로 저 앞에…… 그는 손짓으로 가리켰다. 저 앞산이요! 아낙은 놀라는 턱짓이었다. 할아버지, 할머니가 잠들어 있습니다, 라는 응답에 아, 그래요…… 할아버지, 아버님 성함이? 그래, 젊은이한테 아버님 모습이 많아요, 할아버지 모습은 아련해도 아버님의 기억은 생생하다는 아낙이었다. 의아한 눈망울로 자신의 아버지를 안다는 아낙의 말에 그는 귀를 쫑긋 세웠다. 군에서 할아버지, 아버지 모르면 간첩이라고, 잠시 무언가를 상기하던 아낙은 수십 년 전의 추억을 회상하듯 표정이 변했다.

육이오전쟁이 끝나고 얼마 있다가 읍내에 극장이 들어섰는데, 전쟁에 시달려 있던 농부들의 낙이라는 게 쌈짓돈 생기면 활동사진 보러가는 게 낙이었다고. 한 번은 영화하고, 한 번은 연극을 하는데, 자신들은 영화 보는 것보다 연극을 더 좋아했다고. 젊은이 아버님이 괴뢰군을 만나면 총으로 팡!…… 쏠 때면 박수치며 무진장 좋아했다고. 아이고, 주책이야! 아낙은 얼른 저녁 준비해준다고, 너스레를 떨었다. 자, 어서 이 방으로 들어가요. 아들이 쓰던 방인데 지금은 도회지로 나가 공부하기 때문에 비워둔 방이에요, 라는 아낙.

미닫이문을 열고 방으로 들어섰다.

도시에서는 맡고 느낄 수 없는 농촌만이 간직한 어머니의 품속 같은 고향의 향기에 코를 찡긋했다. 한쪽 벽에 복조리 한 쌍이 묶여 걸려있다. 그녀는 왜 저런 게 벽에 걸려있지? 라는 의문의 눈빛인지라 처음 보는 물건이란 의문은 그도 마찬가지였다. 시골이라 반찬이 별로 없어 어떡하지? 아낙의 미안해하는 미소와 함께 밥상이 들어왔다. 잠시 그와 그녀를 번갈아 보던 아낙은 선남선녀가 따로 없지. 어쩌면 두 사람이 그리 고와! 한참을 번갈아 두리번대다 많이 먹어요. 덧붙이곤 방문을 닫았다.

밥상 위에는 시골의 정취가 물씬 풍기는 된장찌개와 여러 종류의 산나물이 정갈하게 놓였다. 흘낏 실눈으로 그녀의 먹는 모습을 훔쳐보다가 나직하게 나물을 좋아하나봐, 라는 그의 물음에 잠깐 고개를 들어 끄덕인 그녀는 더덕무침 한 점을 집어 그의 앞으로 불쑥 내밀었다. 그가 입으로 받아먹으려 하므로 살짝 눈을 흘기고는 수저 위에 더덕무침을 놓았다. 그는 은근히 침통한 표정을 지어보였으나 그녀는 꿈쩍도 안했다.

밥상을 물린 후 세면도구를 챙겨 밖으로 나왔다.

시냇물이 졸졸졸 소리를 내며 어둠에 묻혔고, 하늘엔 옅은 구름을 헤집은 둥근달이 둥글둥글 굴러갔다. 이름 모를 풀벌레 울음이 고요를 달래줄 뿐, 적막한 정적을 깨듯 가물가물하던 별 하나가 검푸른 하늘에서 사선을 그리며 앞산 너머로 사라졌다. 그때 뻐꾸기 울음소리가 들렸고, 반딧불 몇 마리가 개구리 울음과 함께 주위를 맴돌았다. 수많은 풀벌레 울음소리가 우연을 가장해 이루어지는 화음처럼 정적을 뚫고 있으므로 벌레들은 저렇게 울면 목이 쉬지 않을까? 그는 정적을 깨듯 독백처럼 읊조리고 그녀에게 눈길을 옮겼다. 그녀는 빙그레 웃고는 벌레들은 입으로 우는 게 아니라 날개로 운다고, 했다. 의문이 들어 그럼 벌레들은 날개에 입이 달렸나보다고, 그는 의아한 기색을 지우지 못했다. 그의 의아함에 잠시 머물던 그녀의 눈길이 시냇가로 옮겨졌다. 그게 아니라 벌레는 앞날개를 비벼서 소리를 내는 거란다. 한쪽 날개는 바이올린의 현과 같은 역할을 하고, 한쪽 날개는 활과 같은 역할을 하는 거라고. 그는 더 궁금해져 그녀의 얼굴을 빤히 쳐다봤다. 벌레마다 우는 소리가 왜 다른지 의문에 찬 눈빛이다. 그것은 날개의 크기와 비벼서 진동하는 횟수가 다르기 때문이라고, 그녀는 말했다.

소리 없는 정적이 침묵으로 동화된 듯 무겁게 가라앉았다. 그녀의 눈망울에 아른거린 둥근달이 일순 그에게도 머물다가 사라졌다. 문득 그녀를 놀려주려는 생각이 들어 야릇한 무늬가 그려진 입가의 무늬를 그대로 둔 채 그의 눈꼬리가 가늘어졌다. 재미있는 이야기 해줄까, 라는 물음에 고개를 끄덕이던 그녀를 향해 으쓱 어깨를 추슬렀다.

그때가 고등학교 이학년이었을 거야. 지방에 살던 친구가 서울로 전학을 왔어. 여름방학을 맞아 친구들 셋이서 그 친구의 고향을 찾아갔어.

치악산은 구룡사가 있고 까치와 선비의 전설이 있는 산이다. 셋이서 정상까지 올라갔다 내려오는 도중에 한 친구가 오한으로 얼굴이 창백해져 몸을 오들오들 떠는 게 아닌가! 설상가상이라고 먹구름이 잔뜩 몰려들어 소나기가 쏟아졌다. 화창했던 날씨가 갑자기 그렇게 된 것은 꼭 하늘의 심술인 듯했다. 두리번거리던 그들의 눈에 허름한 절이 보여 급한 김에 그리로 들어갔다. 그곳은 오랫동안 사용하지 않은 폐가였다. 방에는 군데군데 거미줄이 쳐져있어 대충 청소를 하고 친구를 눕혔다. 그런데 친구가 춥다, 해서 덮을 것이라도 찾으려고 한 친구가 다락으로 올라갔다가 으악! 비명을 지르고 다락에서 뛰쳐나와 그대로 방바닥에 주저앉았다. 저! 저……, 라는 손짓만 할 뿐 입술을 움직이지 못했다. 그대로만 볼 수가 없어 그는 손전등을 들고 다락으로 올라가 그곳을 비췄다. 그런데, 그곳에 사람의 시체가 있는 게 아닌가! 공포에 질려 후다닥 다락을 내려와 죽은 뱀이라고 둘러댔다. 친구들의 눈망울이 두려움에 젖어있어 그렇게 둘러댈 수밖에 없었을 터였다, 겁먹은 친구들을 위해.

흘끔 곁눈질로 몰래 그녀를 훔쳐봤다.

그녀는 두 손으로 입을 가린 채 노려보고 있었으나 그는 개의치 않고 다음을 이었다.

번개를 동반한 천둥이 폐가를 무너뜨릴 듯 장대비가 쏟아졌어. 빗줄기 소리는 온몸으로 소름이 돋아 잠도 오지 않고 시간이 깊어만 갔고. 근데 한 친구가 대변을 참을 수가 없다, 해서 둘이서 폐가 뒤쪽에 있는 화장실로 조심조심 향한 거야. 산속의 뒷간이라는 게 널빤지로 만들어진 것이고, 문에는 가마니가 걸쳐있을 정도야. 그래서 손전등을 비추며 가마니를 걷어냈지. 흰 소복을 한 여자가 목이 매달린 채 죽어있는 게 아니겠어? 으악!……, 갑자기 그가 소리를 지르고는 살며시 그녀의 귓가로 입술을 가져갔다. 무섭지! 소리치고는 그녀의 어깨를 잡고 흔들었다. 아! 아……, 신음을 뱉던 그녀는 갑자기 고개를 푹 떨구며 쓰러지는 게 아닌가! 기절할 정도까지 생각지 못했던 터라 정신 차려, 정신 차려! 세상에, 맙소사! 내뱉고는 뺨을 두드려도 신음만 뱉을 뿐 정신을 차리지 못했다. 얼떨결에 한 장난이 곤혹스러워 그는 울상을 지은 채 그녀를 등에 업고 허겁지겁 내달렸다.

밤새 그녀를 달래느라 한숨도 자지 못한 그의 눈망울은 빨갛게 충혈되었다. 그녀 역시 잠을 설친 눈망울이었으나 아침밥상을 보고야 조금은 누그러진 기색으로 변했다. 정말 미안해, 다시는 그런 장난 안칠게, 라고 그가 손이 발이 되도록 빌고 나서야 그녀는 수저를 들었고, 그녀의 눈치를 보던 그는 산나물을 집어 그녀의 수저 위에 놓았다. 다시 그런 장난치면 용서하지 않을 거예요, 그녀는 수저를 들다 말고 일침을 놓곤 그에게서 눈길을 비꼈다. 빙그레 입가로 미소를 담은 그는 두부무침을 집어 그녀의 입으로 가져갔다. 그러고는 그렇게, 고개를 끄덕이고 나서야 그의 얼굴에 화색이 돌았다.

하늘이 금방이라도 초록물이 떨어질 듯 짙었다.

군데군데 수를 놓은 깃털구름만 있을 뿐 청명한 하늘이었다. 마을 어귀를 벗어나 들길로 들어서자 텅 빈 좁은 밭두둑 길은 차 한 대가 겨우 지나갈 수 있는 비포장길이다. 들녘에 아무렇게나 자란 야생화와 잡초들, 모든 것이 한꺼번에 자연으로 밀려왔다. 자연의 신비함이 곳곳에 펼쳐서 술래잡기하듯 메마른 풀 한 포기에서도 구수한 정감이 묻어났다.

둘은 야트막한 야산의 오솔길로 접어들었다.

산등성이로 피어있는 이름 모를 꽃들을 더듬으며 걷던 둘은 쌍둥이 산소 앞에서 걸음을 멈췄다.

할아버지, 할머니 산소야.

그의 말에 당황하는 그림자가 그녀의 눈망울에 서렸다. 어찌해야 좋을지 몰라 하는 그녀의 어깨를 보듬어 안은 그는 산소 앞 언덕에 그녀를 앉혔다. 멀뚱해하는 그녀를 잠시 쳐다보다가 우리 가족 이야기 해줄까? 라고 그는 말했다.

한 눈에 들어오는 푸른 들판이었다.

계곡에서 흘러내리는 물줄기를 가로지르는 들판에서 눈길을 거둔 그녀는 고개를 끄덕였다.

그의 조상은 그곳에서 대대로 이어져 내려온 토박이다. 고향뿐만 아니라 근교까지 땅이 많은 부농에다 2대 독자인 그의 할아버지는 빨리 장가를 갔다. 할머니의 오빠는 해방이 된 후 제헌국회의원에다가 두 번씩이나 국회의원을 한 그 지역에선 저명인사였다. 할머니가 시집을 온 지 수년이 지나도 아기를 낳지 못해 어쩔 수 없이 씨받이할머니로 그의 아버지를 얻었다. 그런데 씨받이할머니는 그의 아버지를 잃은 괴로움을 견디다 못해 산으로 올라가 나무에 목을 매 자살했다.

자, 잠깐!⋯⋯.

갑자기 그녀가 말막음을 하더니 두 손으로 얼굴을 감싸 안고 울먹였다. 어제저녁 혼쭐이 났던 기억으로 또 귀신 이야기인 줄 알고 지레 겁은 먹은 모양이다. 그의 아니라는, 손사래에 그녀의 표정이 조금 누그러졌다.

삼대독자인 아버지와 무남독녀인 어머니는 일찍 할아버지끼리 혼약을 했고 아버지 열여덟에, 어머니 열여섯에 혼인을 한 그 이듬해에 아버지는 일본으로 건너가 육군사관학교를 입학했다. 장교가 된 아버지는 일본 칼을 차고 고국으로 돌아와 군 생활을 하던 중 해방이 되었다. 일본 군관 출신위주로 국군이 창설되어 아버지가 지역방위대장으로 근무할 때 육이오전쟁이 터졌다. 전투에서 부상을 입은 아버지는 대수술 끝에 구사일생으로 살아났다. 휴전이 된 후

예편을 하여 도청에서 병무책임자로 있었으나 군대생활에 몸이 밴 아버지는 공직생활이 적성에 안 맞는다고 사표를 내고는 할아버지의 도움으로 영화관을 차렸다. 철이 들어 생각해보니 친일파야. 어쩔 수 없이 아버지에게 주어진 역사의 운명이겠지, 재미있어, 라는 그의 물음에 그녀는 옅은 미소를 지어보이며 계속하라는 턱짓을 했다.

군인시절에도 취침나팔을 직접 불어줄 정도로 예술을 사랑했던 아버지는 시나리오를 작성, 연출, 감독, 그리고 연극 주인공까지 맡으며 한 달에 한 번씩 상영필름 때문에 서울로 출장이 잦았다. 아버지의 예편에 따라 쫓아온 부관과 운전병이 영화관을 관리를 해 자연히 아버지는 서울에 머무는 시간이 많았다. 그때, 아버지는 그분을 만나 두 집 살림이 시작되어 어머니와 태민 형제를 서울로 정착시키기 위해 여관을 선택했다. 자연히 고향의 실태를 두 사람에게 맡겨놓았던 어느 날, 두 사람이 작당을 하여 소리 소문도 없이 아버지의 재산을 정리해 사라졌다.

풀 한 포기를 쑥 뽑아들고 그는 허공으로 힘차게 뿌렸다. 아버지는 한 달에 한 번쯤 집에 오셨어, 어머니는 이불만 깔아놓고 그 방에 들어가지 않으셨고, 그의 차분한 음성이 메아리를 타고 흩어졌다. 풀뿌리가 허공에서 흩어지는 걸 쳐다보던 그는 씁쓰레한 안색으로 독백처럼 입술을 뗐다.

무남독녀로 할아버지, 할머니 사랑을 독차지 했던 자존심이 많이 상했을 거야.

하늘로 향하고 있던 눈길을 내려 할아버지, 할머니! 시간이 되면 또 올게요, 라고 인사를 한 그는 선산을 내려와 오솔길을 벗어나 마을 어귀로 들어섰다. 인심 좋아 보이는 아낙은 기회가 되면 또 오라며 대문 밖까지 쫓아 나와 마을 입구를 벗어나는 어귀에서 손을 흔들었다.

완만한 산자락을 경계로 한 시골길을 빠져나온 버스는 북쪽을 향해 더 높은 산자락을 끼고 가파른 산등성을 오르려 헉헉댔다. 흰 자갈이 깔린 신작로는 두툼한 햇살에 반사되었다. 밭둑 위로는 잡다한 풀들이 길쭉이 솟아 있었고, 붉고 푸른 슬레이트 지붕들이 차창을 스쳐갔고, 텅 빈 신작로와 신작로의 양편으로 늘어선 밭둑은 푸른 하늘 아래 쓸쓸히 펼쳐져 있었다.

한참을 뒤꽁무니에 흙먼지를 매달고 줄기차게 달리던 버스는 더위를 먹었는지 낑낑거리다가 한가로운 젖소농장 들판을 지나칠 땐 제 속력으로 달렸다. 계속되는 비포장도로라 희뿌연 흙먼지가 차창으로 날아들어 그는 차창을 닫으면서 은근히 그녀를 툭, 쳤다. 지루해? 그녀는 고갯짓으로 아니란다. 그런 그녀의 모습에 고갤 갸웃하고는 그런데 뭘 그렇게 생각해? 다시 물었다. 그녀는 다시 묻는 그를 빤히 바라볼 뿐인지라 그는 침울한 분위기를 반전시킬 겸 그녀의 눈길을 똑바로 했다. 그녀의 아버지는 무엇을 하느냐, 물었다. 조그마한 개인 사업을 한다고, 시선을 슬쩍 비킨 그녀는 자그마한 톤으로 신문기자 생활을 그만두고, 일본에 있는 큰아버지와 함께 사업을 하는데 일본에서 원사를 가져다 제품을 만들어 다시 일본으로 수출을 하는 사업이란다. 오빠는? 의외로 술술 말을 잘하는 그녀에게 계속 질문했다. 군대를 제대해서 아버지 일을 도와 공장에 있고, 언니는 대학졸업하고 자기 일을 한다고, 그녀의 밝아진 기색이라 언니도 미인이겠어, 라는 그의 의문에 동갑이란다. 누구? 라고 그는 의아한 눈빛으로 나? 그래, 동갑이구나! 고개를 끄덕인 그가 자못 걱정스런 기색으로 바라보는 건 무슨 의미인지 아는 터라 그녀는 염려하지 말라는 눈짓을 보였다.

터미널에서 속초로 갈 것이라는 말에 왜, 속초야? 했을 때 그녀는 아무런 설명 없이 그냥 갈 일이 있어요. 웃기만 해 의혹이 풀리지 않았던 참이었다. 그래서 괜찮다고, 어서 말해보라는 그의 재촉에 친구들 하고 엠티 가는 날이라 잠깐 보고 가려 했는데, 그녀는 슬쩍 말아 쥔 주먹으로 때리는 시늉을 했다. 그것으로도 부족했던지 눈을 가느스름하게 뜬 채 약속 어기는 사람으로 비쳐지고 싶지 않았다고, 그녀는 괜히 무안해서 시선을 비키려고 불쑥 말을 뱉었지만 어쩌지 못하는 궁색함이 안색을 발그레하게 만들었다.

백사장은 인산인해였다. 백사장이나 바닷물 속이나 사람들로 물결쳤다. 바람 한 점 없고 뜨겁게 내리쬐는 햇볕 아래 어떻게 친구들을 찾지, 라는 그녀의 표정에 그도 똑같은 마음인데 문득 떠오르는 게 있어 그녀의 시선을 잡았다. 친구들, 그러니까…… 학교 표시 같은 거 없어? 라는 그의 물음에 환환 기색으로 변한 그녀는 아! 하고는 천막에 표시가 있을 거라며 금세 밝은 표정으로 변했다. 이마에 흐르는 땀을 훔쳐내며 두리번거리는 그녀의 얼굴이 빨갛게 달아올랐다. 그는 밀짚모자를 사서 그녀에게 씌어줬다. 고마워요, 미소 짓는 그녀 앞으로 검정선글라스로 눈을 가린 남녀는 서로를 쳐다보고 걸어오다가 목만 내놓고 모래로 덮인 무덤을 밟고 말았다. 남자의 발이 가슴으로, 여자의 발은 무덤의 국소로 올라갔던지라 뭐야!……, 깜짝 놀라 벌떡 몸을 일으키는 바람에 모래무덤은 산산이 무너졌다. 놀라기는 남녀 또한 마찬가지라 당황한 여자는 검은 안경을 벗고 미안합니다, 미안합니다! 연실 고개를 주억거렸다. 무덤에서 살아난 사내는 사타구니를 움켜지고 오만인상을 쓰므로 터져 나오는 웃음을 손으로 가린 그녀는 재빨리 걸음을 옮겼다.

사지를 쫙 벌린 채 하늘을 향해 나 잡아 잡수! 하고 있으나 별로 몸매가 좋아 보이지 않는 아저씨, 아저씨 옆의 아줌마는 하늘을 향해 엉덩이로 인사를 하고 있다. 그 틈을 비집고 다니는 둘의 얼굴로 땀이 송골송골 맺혔다. 아, 저기! 갑자기 걸음을 멈춘 그녀는 검지로 천막을 가리키고 반가운 마음에 그의 어깨에 손을 얹었다. 그녀의 손길이 닿는 순간 움찔했으나 체온이 전해져 와 그녀의 손길에서 시선을 뗄 수 없었다. 얼른 그의 어깨에서 손을 뗀 그녀는 같이 가자고 할 처지가 아니라서, 라고 난감한 기색을 숨기지 못했다. 그의 괜찮다는 눈빛에 그녀가 말을 잇지 못하고 머뭇거리자 그녀의 어깨를 살짝 당겼다. 의외로 그녀의 어깨가 견고해 그는 슬쩍 손에서 힘을 빼고는 어차피 이제 서울로 가야되는구나, 라고 그는 마음을 추스르곤 홀로 버스를 타고 갈 일이 태산이었다.

잠깐만요!

눈인사가 사라지기도 전에 그의 몸을 돌려 세운 그녀. 그는 고스란히 그녀의 눈빛을 받고 서 있다. 같이 가요, 라고 말한 그녀는 앞장서서 걷다가 뭔가 이상해 고개를 돌리는 눈길이 딱 마주쳤다. 그는 쫓아오질 않고 그 자리에 장승처럼 서서 그녀를 바라볼 뿐이다. 그녀는 싱긋 웃고는 어서요! 가자는 손짓을 했다. 홀로 버스 타는 일이 아니고 그녀와 함께라면 상관없다는 듯 고개를 끄덕이므로 그녀의 활짝 핀 미소는 햇살을 더 뜨겁게 했다.

어머, 어떻게 된 거야, 너?

동그랗게 눈을 치뜬 그녀 친구는 호들갑을 떨면서도 살피는 눈짓을 멈추지 않았고, 그는 그들의 모습이 멋쩍어 웃었다. 인사해요. 학급 친구들이에요, 라고 그녀는 어색하지 않게 친구들을 한사람, 한사람 소개시켰다. 동생도 금년에 Y대에 진학했다는 그의 말에 어색했던 분위기는 금세 사라졌다. 저녁식사 시간에는 자연스레 오빠, 형님 으로 호칭이 변했다. 자신들 학교 밑에 사니깐 언제든지 궁할 때는 호출할 거라고, 유난히 곱살스레 굴던 동철이가 너스레를 떨었다. 몇 명이 일어나 장작더미를 구해와 쌓기 시작했다. 장작 쌓기를 마 친 동철은 그의 곁으로 다가와 앉았다. 형님, 우리 닭쌈합시다, 은근 한 시선으로 진 쪽이 오늘밤 책임지는 걸로 하자고, 덧붙이는 눈빛 에 승부욕이 반짝였다. 그가 좋아. 맞장구를 쳐주므로 청·백으로 다 섯 명씩 편이 나뉘어졌다. 공교롭게도 반대편인 청팀으로 갈린 동 철이가 윙크를 보냈다. 그것은 자신감인 듯해 자연스레 어깨에 승 부욕이 솟았다. 토너먼트방식으로 게임은 정해졌다.

　게임의 첫 주자인 백팀은 힘 한번 제대로 써보지도 못하고 뒤로 벌렁 넘어졌다. 낯부끄럽게 쓰러지더니 두 번째도 마찬가지라 보다 못한 세 번째 주자는 뭐야! 의기양양하게 나서 내리 두 명을 보기 좋 게 물리쳤다. 평행선을 유지하게 된 청팀으로서는 약이 올라 덩치 가 황소만한 친구를 내세웠다. 뭐야! 힘으로 밀어붙이냐? 팔랑개비 처럼 허우적대다 힘에 밀린 백팀선수의 어이없는 엉덩방아에 한바 탕 폭소가 터졌다. 폭소가 가라앉을 즈음 그가 나섰다. 덩치 큰 자들 의 약점을 잘 알고 있는 터라 황소처럼 힘으로 밀어붙일 때 살짝 피 한 다음 노출된 무릎 위를 툭, 쳤다. 큰 덩치는 보기 흉하게 두 손을 놓고 허우적거리다 무릎을 꿇었다. 다음 상대도 적수가 되지 못해 마지막 주자로 동철이 나섰다. 초등학교 때부터 육상을 했다는 동철이의 스피드와 순발력이 예사롭지 않았다. 막상막하의 닭쌈 진면 목이 드러나 양쪽으로 갈린 응원전에 불꽃이 일었다. 멀거니 구경만 하던 그녀는 궁지에 몰린 적엔 눈살을 찌푸렸고, 호전되면 환한 미소로 승리를 간절히 바라는 기색이었다. 두 사람의 기력이 어느 정도 소진이 되어 이마에서 땀이 비 오듯 흘러내렸고, 입에선 거친 호흡이 쉴 새 없이 토해져 나왔다. 동철은 비장의 승부수를 띄우듯 잠깐 숨을 고르고 나서 두어 번 제자리에서 깡충거리다가 세차게 돌진했다. 기다렸다는 듯 그는 껑충 뛰어올라 동철의 가슴 쪽으로 무릎을 바짝 세웠다. 퍽, 하는 울림이 퍼지는 동시에 뒷걸음질로 뒤뚱대던 동철이 엉덩방아를 찧었다. 동철은 어이없어 하는 눈망울로 껌벅거렸다. 지금까지 닭쌈해서 패한 적이 없었다는 동철의 뻘쭉한 눈길이다. 그는 기분 좋게 이긴 기념으로 오늘 내가 쏠게, 했다. 그의 마지막 표현은 그들의 달뜬 흥을 최고조로 올렸다. 그들은 괴성을 지르며 다가왔지만, 그녀만 멀뚱히 눈만 껌벅대고 있을 뿐 다가오기가 쑥스러워 그대로 있었다. 하지만 누구보다 기뻐하는 기색을 지우지 못했다. 어깨동무를 한 채 합창을 하는 그들과 백사장에 지핀 장작불에서 솟구치는 열기는 그들의 젊음에서 불꽃으로 살아났다. 나 어떡해! 떠나가면…… 나 어떡해!…….

　　서울로 돌아와 그녀를 일요일마다 만났다.
　　휴가철과 방학을 맞아 캠핑을 가려는 사람들로 역 광장은 발 디딜 틈 없이 북적였다. 본격적으로 복더위가 기승을 부리려는지 바짝 마른하늘이 무겁게 내려앉았다.
　　시계탑 앞에서 서성이고 있는 그녀는 앞창이 긴 빨간 모자와 연분홍반팔 티, 연두색 반바지 밑으로 쭉 뻗어 내려간 각선미가 앙증맞다. 지하철역 지하도로 오르내리는 역 광장은 인파로 복잡했다. 수많은 사람들 틈에서 사람을 찾기란 쉬워 보이지가 않아 그녀의 표정이 점점 흐려졌다. 더 숨어서 그녀를 살피다간 울지도 모른다는 조바심에 그는 살금살금 다가갔다. 그녀와 좁혀진 사이로 냉차 있어요, 냉차 드세요! 잡상인의 호객소리가 끼어들었고, 호객소리에 고개를 돌린 그녀의 앞에 우뚝 서 있는 게 아닌가! 그의 발견에 햇빛보다 더 밝은 미소를 짓다가 왜 이렇게 늦었냐는 눈빛을 새침하게 흘기고는 금세 해바라기 같은 표정으로 변했다. 벌써 도착했었는데 훔쳐보는 것도 재미가 있어서, 라고 그는 말했다.

택시는 바람처럼 달렸다.

푸른 하우스 문을 밀쳤다. 푸른 하우스는 음악다방답게 실내에는 온통 푸른색으로 모자이크된 장식이고 벽면에는 재즈뮤지션들의 대형 흑백사진이 부착돼 있었다. 일요일이라 음악을 즐기려 온 여성들이 실내를 가득 메웠다. 뮤직 박스 앞쪽에 빈자리가 보여 그녀와 함께 앉았다. 뮤직 박스 안의 DJ가 헤드폰을 목에 걸친 채 뒤로 돌아서서 재킷을 뒤적이며 판을 고르고 있다. DJ는 찾으려던 판을 발견했는지 턴테이블에 판을 올려놓고 다음 곡을 온, 볼륨 하더니 멘트를 시작했다.

듣고 싶은 음악이나 아름다운 사연을 보내주시면…….

코털의 음성은 마음속을 짜릿하게 만드는 미성이다. 고등학교시절에 교과서보다는 음악서적을 더 많이 봤을 것이다. 책가방 속에는 세계적인 뮤지션들의 족보가 즐비했으니 음악의 조예만큼은 타의 추종을 불허한 코털이었다. 음악에 빠져 나, 가수 아니면 배우가 될 거야, 하더니 결국 뮤직 박스에서 자신을 즐기고 있었다. 멘트를 하면서 실내를 훑다가 그의 발견에 코털은 눈망울을 동그랗게 떴다. 코털에게 윙크와 함께 출현표시로 엄지와 검지를 동그랗게 만들었다. 그의 손가락을 발견했다는 듯 눈썹을 들었다 놓고 눈짓으로 박스를 가리켰다. 특허도 없는 놈아, 어디서 저런 진주를 발견했냐? 코털 특유의 유머로 그의 발길을 반겼다. 아니야! 코털의 짓궂은 탐험에 손사래까지 해가며 그는 순수한 감정이라고, 했다. 그럴 리가 네놈이! 계속되는 코털의 추궁에 그는 하늘을 두고 한 점의 부끄러움이 없다, 라고. 그런 표현은 독립군 아저씨나 거룩하게 사용하는 언어라며 오금을 박은 코털은 하여간 넌 복도 많은 놈이여, 덧붙였다. 지갑을 꺼낸 코털은 어제 월급 받은 건 어떻게 알고 귀신같이 굴러왔냐는 타박에 난색을 하며 섭섭하게 귀신이 뭐냐? 친구 좋다는 게, 뭐냐를 강조하던 그는 우정을 입가에 그렸다.

푸른 하우스를 나왔다.

그녀를 데리고 푸른 동산으로 걸음을 옮겼다. 울창한 숲을 이루고 있는 푸른 동산의 자연 속으로 남녀는 거닐거나, 벤치에 앉아 그들만의 낭만을 즐기고 있었다. 배드민턴을 치느라 푸르디 푸른 잔디밭을 누비는 엄마와 딸의 웃음이 그칠 줄 모른다. 눈부시게 쏟아지는 햇살 아래 그림자가 늘어졌다 짧아졌다 했다. 흰 나비인 양 너울너울 춤추는 작은 공을 쫓아다니느라 배드민턴채가 정신이 없다. 타이트하게 무릎 위를 오르내리는 딸의 원피스와 힘에 부쳐 정강이에서 살결을 간질이는 엄마의 칠부치마가 햇빛에 부딪쳐 튕겨나갔다. 아버지와 아들은 코치를 하느라 목이 쉰다. 서울에 이런 곳이 있는 줄 몰랐다는 그녀는 양팔을 벌린 채 까치발로 뛰고, 연두색 반바지

아래로 쭉 뻗어 내려간 각선미에 흰 운동화가 눈에 띈다. 그녀 곁으로 다가가 그녀의 손을 자연스레 잡고는 등산로로 접어들었으나 벌써 나무 밑 벤치엔 빈자리가 보이지 않았다. 대학생인 듯 보이는 남녀 여러 쌍이 나무그늘 밑에 모여앉아 손에는 캔 맥주가 들려져 있다. 저만큼 떨어진 곳에선 여자끼리 모여 앉아 뭔 이야기중인지 함박웃음으로 푸른 동산을 놀라게 했다. 그녀들의 오글오글한 웃음소리에 뒤를 흘끗거린 화가는 베레모를 슬쩍 옆머리로 옮기고 캔버스로 시선을 옮겨 색상에 집중하는 모양이다. 그들 곁을 스치며 가리킨 저리로 가볼까는, 숲이 울창한 등산로였다. 푹푹 찌는 복더위에 아랑곳없이 붙어있던 남녀는 둘의 등장으로 발딱 일어나 더 깊은 숲속을 향해 천천히 걸음을 내딛었다. 비워진 벤치로 성큼 다가가 앉아 그녀에게 앉으라는 손짓을 했다. 머뭇거리던 그녀는 벤치 귀퉁이에 엉덩이를 걸치더니 유난히 새침한 표정으로 고개를 갸웃했다.

이곳에 언제 왔었어요?

그녀가 뜬금없이 묻는 통에 그는 안 왔다는 쪽으로 말하려다 봄에 왔었다고, 아무렇지도 않게 말했다. 그래요? 그녀는 이상야릇한 눈매로 벌떡 일어나 등산로로 앞만 보고 걸었다. 뒤를 쫓는 그의 그림자에 걸음을 멈춘 그녀는 곁눈질로 그를 훑고 나서 덧붙였다.

누구하고요?

그녀의 재촉에 그는 깊게 숨을 들이마신 후 하늘로 시선을 비켜 대답을 못하고 어물어물했다. 이상해요? 말도 잘 하는 사람이 왜 우물쭈물하는데요? 그녀의 기색은 명쾌한 답변이 아니면 물러설 기미가 없어 보일 뿐만 아니라, 누구하고 내내 무엇을 했냐는 투의 눈빛이므로 걸음을 내딛는 기분이 덜어지기는커녕 어질어질해 그녀의 눈치를 살피느라 정신이 없다. 이미 알고 있는 것 같으면 한 번쯤을 건너뛸 만도한데, 지나쳐 줄 법도 한데 여전히 살피는 눈길이었다. 그렇게 두 사람은 정지된 화면처럼 서로의 눈길을 외면하지 않다가 그는 먼저 눈길을 거뒀다. 그러고는 헛웃음으로 얼버무리려했으나 그녀의 눈길이 짜릿해 슬쩍 그녀의 어깨에 손을 얹었다. 무슨 짓이에요! 하듯 그녀는 어깨에서 그의 손길을 밀쳐냈다.

음악 좋아해?

음악 좋아하느냐며 분위기를 바꿔보려는 그의 의도를 눈치 챈 그녀의 표정이 좋을 리 없었다. 어쨌든 엉망으로 변해버린 분위기를 바꿔야할 상황이 아닌가. 그가 너스레를 떨며 여러 가지를 시도해도 꿈쩍 않은 그녀였다. 비틀즈의 예스터데이를 휘파람으로 불어가며 그녀의 눈치를 살폈다. 가사내용도 모른 채 한글로 옮겨 중학교 때 소풍가서 무진장 폼을 잡았다고. 그가 아무리 달래도 그녀는 눈길도 마주치지 않으려했다. 어떻게 폼을 잡았느냐고 물어볼 만도 하지 않느냐고, 그가 물었으나 그녀의 눈길을 놓치고 말았다. 대화 없는 등산로는 험난한 암벽을 오르는 무게로 다가와 땀방울에 얼비치는 햇살은 걸음을 더디게 했다. 주홍색으로 서녘에 황혼이 걸렸다. 등산로를 벗어나 출구로 나오는 내내 그녀는 눈길도 주지 않고 대꾸도 없었다. 작전상 후퇴라 맘먹고 홀로 자연정경을 눈요기하며 쓸쓸히 그녀의 발걸음을 쫓다가 잔영의 노을을 받으며 푸른 동산을 나왔다.

밤부터 내린 눈이 하얗게 세상을 덮었다.

흰 눈을 지붕에 짊어진 차량들은 거북이걸음으로 꿈틀꿈틀 지렁이 기어가듯 스멀댄다. 눈 덮인 도로에서는 엎친 데 덮친 격으로 접촉사고를 낸 차량들이 서로 멱살을 잡은 채 철판으로 얼굴을 가렸다. 차창으로 고개를 내민 운전사들의 폭발한 분노는 클랙슨소리로 도심의 현란함에 일조했다. 전례 없는 3월의 폭설은 많은 사건을 유발시킨 채 밤이 깊어가고 있었다.

무교동 낙지골목은 녹은 눈으로 질퍽했다. 수많은 사람들이 좁은 골목을 비비고 누빈 발자국들로 흰 눈이 처참하게 흙탕물로 변했다. 미로처럼 얼기설기 얽혀있는 골목에는 현란한 간판과 음악이 쏟아져 나와 질퍽한 골목길을 얼룩지게 만들었다. 조명 빛에 따라 변하는 흙탕물을 이리저리 피해 발길을 옮겨 다니다가 그는 그녀를 데리고 원두막으로 들어갔다.

그녀를 만나는 세월은 순탄하게 흘렀다.

여름이 지나갔다.

붉게 빛나는 태양처럼 빨갛게 타오르던 단풍잎들이 늦가을로 접어들어 처참하리만큼 갈색으로 변했다. 서슬 같은 회오리바람에 견디지 못한 잎들이 아스팔트 위로 떨어져 길 잃은 미아인 양 뒹구는 낙엽을 밟으며 붉은 단풍의 절정에 탄성도 질렀다

겨울방학도 지나 새 학기를 맞아 처음으로 만나는 일요일이고 성년식도 치른 그녀와 함께 무교동을 찾았다.

원색의 통나무로 실내장식을 한 원두막은 벌써 입추의 여지없이 젊음이 넘쳐나고 있었다. 훅, 하는 열기는 붉은 조명에 휘감겨 흐느적거리고 2층으로 오르는 통나무계단을 밟는 소리가 음률을 더했다.

그곳에선 탁주, 소주, 낙지볶음, 파전, 도토리묵 등 다양한 메뉴로 나이트클럽과는 또 다른 젊은이들이 찾는 그들만의 낭만이 있는 곳

이다. 무엇보다도 술집 선택의 운신 폭이 넓은 무교동 낙지골목은 단골이라는 진부함보다는 순간 느낌에 따라 젊은이들이 찾는 최대의 분출구였다. 그녀는 의자에 앉아 심상치 않은 분위기에 멋쩍은 눈짓으로 실내를 살폈다. 벽면에 부착된 할리우드의 금발미녀들 사진 앞에서 눈길을 멈춘 그녀는 잠시 머물러 있던 시선을 거뒀다. 아슬아슬한 비키니 차림에 뇌쇄적인 눈빛으로 쏘아보는 그녀들의 모습은 여자 입장에선 별로였을 터였다. 고요히 흐르는 음률에다 천장을 명멸시키며 수놓고 있는 깜박등이 운치를 더하는지 그녀는 간이무대 쪽으로 눈길을 옮겼다. 무대 옆의 대형 스피커에선 존 덴버의 선샤인 온 마이 소울터가 감미롭게 흘러나오고 있었다. 두런대던 눈길을 거둔 그녀는 저, 있잖아요. 머뭇머뭇 말끝을 흐린 눈동자가 조명불빛에 일렁였다. 학과친구들이 남자친구도 사귀고 미팅도 가자고 하는데, 턱짓으로 그를 지칭하고는 때문에 한 번도 따라가 본 적이 없어요, 턱짓으로 또 지칭한 그녀는 애인이 있으면 있다고 말해주세요, 라고 말했다. 잠시 말을 멈춘 그녀는 분명히, 란 악센트에 강하게 힘을 줬다. 무슨 뜻인지 잘 알아 들었어, 믿어도 될 거야, 그는 차분히 감정을 표현했다.

한동안 그녀에게 눈길을 둔 채 두 손을 깍지 껴 턱을 받치고 있다가 그는 불쑥 새끼손가락을 내밀었다. 어떤 의미인 줄 아는 터라 그녀의 새끼손가락이 그의 손가락에 걸어질 때 주문한 탁주가 두 사람 앞에 놓여졌다. 처음 마셔보는 건데 괜찮을까요? 라는 그녀. 그는 부드럽게 그녀를 불렀다. 불러놓고 침묵하는지라 등받이에서 상반신을 뗀 그녀는 조용히 탁주를 입술로 가져갔다. 어머, 달콤하네요! 그녀는 탁주를 음미하듯 엷게 닫힌 입술을 앙증맞게 오므렸다.

부끄러워하지 마, 이제 술을 마셔도 될 나이야, 라는 그의 말에 그렇지요? 라는 그녀. 생전 처음 맞이하는 별천지에 당황해하던 그녀는 그가 옆에 있다는 안도감 때문인지 현실에 동화된 듯 공깃밥을 맛있게 먹었다. 낙지볶음을 먹다가는 너무 매운지 입속을 호호! 다셨고, 파전을 먹으면서는 파전이 이렇게 맛있는 줄 몰랐어요, 한 점 더 찢어먹는 여유로 웃음을 자아냈다. 붉은 조명 아래 드러난 그녀의 콧등에 맺힌 땀방울을 닦아주고는 천천히 먹어, 했다.

뮤직 박스를 유심히 보던 그녀의 눈이 화등잔이 되었다. 푸른 하우스에서 잠깐 봤던 DJ가 통나무로 모자이크 된 박스 안에서 이상야릇한 의상을 입고 춤을 추면서 멘트를 하고 있는 게 아닌가! 더군다나 한 번 보면 어디서나 알아볼 수 있는 특이한 코털을 달고 있었기 때문일 터였다. 낮에는 음악다방에서, 밤에는 춤추는 DJ로 명성이 자자한 코털의 변화무쌍한 모습이었다.

무교동은 나이트클럽과는 본질적으로 다른 낭만과 자유가 있었다. 흥이 나면 그대로 음악에 취해 테이블이나 통로에서 몸을 흔들어대며 자신의 존재를 알리는 곳이다. 그의 메시지가 웨이터를 통해 전해졌던지 코털의 달콤한 멘트가 스피커를 통해 흘러나왔다. 오늘 우리 업소를 처음 찾아주신 귀한 진주가 있다고, 진주 옆에 곁다리로 온 늑대는 별찬이란다. 이 밤을 늑대와 함께하는 진주를 위하여! 라는 멘트와 함께 도니 오스몬드의 투영이 스피커를 뜨겁게 달궜다. 늑대와 함께하는 진주를 위하여!……, 코털의 선창과 함께 터진 와!……, 라는 함성은 의자에서 사람들을 일어나게 만들었다. 두 손으로 하늘을 찌르고, 서로의 동성끼리 우정을 나누는 뜨거운 눈빛들을 향해 조명이 쏟아졌다. 별천지의 신기하고 현란함에 감정이 뜨겁게 달아올라서 일까? 그녀는 불쑥 잔을 내밀었다. 전혀 술을 접해본 적이 없던 그녀인지라, 그래서 그녀를 만나면 아예 술 분위기를 만들지 않았다. 마실 수 있겠어, 라는 걱정스런 눈빛에 괜찮다는 그녀는 태어나 처음으로 접해보는 탁주가 달콤해 홀짝거린 취기가 올랐다. 빨개진 볼이 그대로 드러난 그녀의 얼굴을 붉은 조명이 더해 색다른 모습으로 비쳐졌다.

　　DJ임무교대를 한 코털은 둘의 테이블로 와 코털을 세우며 그녀를 환영했다. 꼬리에 불붙은 강아지새끼처럼 왜 저렇게 두리번거려? 라고 그는 코털을 세웠다. 이런 곳이 처음이라 모든 게 생소하고 신기하겠지, 그는 코털의 잔에 술을 따랐다. 깃발은 꽂은 거야? 코털의 직설적인 말투에 아니라는 고갯짓으로 그냥 바라보고 싶어, 그는 단호하게 말했다. 살다보니 별일 다 보네! 라는 코털의 피식, 건성웃음이다. 갑자기 탁자를 탁, 치는 소리에 두 남자의 눈동자가 멀거니 그녀에게 향했다. 쩨쩨하게…… 남자들이 치사하게 귓속말이 뭐예요? 그녀는 코털 앞으로 술잔을 쑥 내밀었다. 정말이냐는 눈망울을 짓다가 코털을 찡긋했다. 처음 마셔보는 술이라 염려가 돼 조금만 따라주라는 암시를 그는 손가락마디로 했다. 탁주는 마실 땐 달달해도 취기가 빨리 오르는 술이었다.

　　형씨 깔찌 너무 삼삼해!…….

　　코털이 DJ임무교대를 위해 자리를 떠나고 얼마 안 된 후였다. 두 남자는 서로 어깨동무를 한 채 테이블을 스치다 걸음을 멈추곤 혀 꼬부리진 음성으로 테이블에 두 손을 집었다. 슬쩍 곁눈질로 치떴던 눈길을 내린 그의 태도가 두 남자의 쌍심지에 불을 질렀다. 왜 아니꼬와! 한 남자가 말을 뱉고는 얼굴을 쑥 디밀었다. 그는 한 손으로 턱을 쓰윽 문지르고 그녀를 바라봤다. 초조한 눈빛으로 어쩔 줄 몰라 깍지 낀 두 손을 모아 잡은 채 그녀는 고개를 절레절레 흔들었다. 참으라는 의미일 터였다. 죄송하다고, 제가 형씨들 눈을 피곤하게 한 것 같으니 이해하라고, 그는 머리까지 조아렸다. 의기양양해진 남자는 더 바짝 얼굴을 디밀었다. 옆에 있던 다른 남자가 미안하다는데 용서하고 그만 가자, 친구의 어깨를 잡아당겼다. 어깨동무를 한 그들이 테이블로 가 앉는 걸 물끄러미 바라보던 그는 웨이터를 불러 탁주와 낙지볶음을 시켜 그들의 테이블로 보냈다. 잠시 후 음식을 확인한 그들은 두 손을 번쩍 들어 머리 위로 사랑 표시를 보냈다. 멋쩍어 하는 모습에 그녀의 눈빛이 반짝 빛났다.

코털이 또 한 번 DJ임무교대를 하고 왔을 땐 11시가 훌쩍 넘고 있었다. 젊음이 타오르고, 음악에 취하고, 대화가 넘치는 공간에서 시간을 확인하기란 어려웠을 터였다. 처음으로 마신 술 몇 잔으로 그녀의 눈빛이 가물대는지라 그는 시간을 확인하고 이것은 아닌데, 라는 생각이 퍼뜩 들어 그녀의 겨드랑이를 낀 채 원두막을 나왔다.

그녀의 모습에 대천댁이모는 깜짝 놀랐다. 그의 겨드랑에 의지한 채 있는 여자는 뭐여, 하듯 대천댁이모의 눈길이 그녀를 가리켰다. 피치 못할 사정이라고, 언제 이러는 거 봤느냐? 그가 정색을 해도 엄마 알면 난리난다며 어쩌자고 몹쓸 짓을 하느냐고, 대천댁이모는 상황을 아주 불량하게 정리하는 듯해 아니라고, 그는 고개까지 저었다. 아무리 그래도 그에게 의지하고 있는 여자의 모습 자체가 술에 취해 인사불성인 만큼 좋게 볼 수가 없었다. 정말 나쁜 의도 눈곱만큼도 없으니까 얼른 방 하나만 달라는 그의 간절한 눈매가 먹혀들었는지 조금 느슨해진 대천댁이모였다. 방이 다 차서 빈 방이 없는데, 엄마 알면 난리나는데, 라는 말도 어김없이 덧붙이고는 이불 방밖에……, 어물어물하다가 그 방은 냉방이여, 했다. 그는 냉방온 방 따질 때가 아니므로 그 방이라도 치워줘, 했다. 대천댁이모는 잰걸음으로 사라졌다가 후다닥 다시와 어여 들어가, 라는 끝음절을 남긴 채 서둘러 몸을 돌렸다.

대천댁이모 말처럼 냉방이었다. 우선 그녀의 옷을 매무시해주며 이불 속으로 눕히자 그녀는 추운지 한껏 새우등으로 몸이 웅크렸다. 괜한 고생을 시킨다는 생각이 들어 그녀의 목까지 이불을 갈무리하고 찬찬히 내려다봤다. 형광등 불빛아래 드러난 짙은 속눈썹은 눈을 길게 덮고 있었다. 그는 그녀의 머리카락을 바르게 해주고 이마에 입술을 살짝 찍고 일어서려는데 추워요, 라는 그녀의 중얼거림에 몸이 굳었다. 감성과 이성 사이에서 고민하는 듯하다가 그는 이불 속으로 들어갔다. 잔뜩 몸을 웅크린 채 품으로 다가오는 그녀를 말없이 안았다.

심한 갈증에 잠이 깬 머릿속으로 무언가가 떠올라 퍼뜩 눈을 뜨고 옆자리를 더듬었으나 아무도 없었다. 깜짝 놀라 몸을 일으킨 그는 희미한 구석에 웅크리고 있는 그녀의 모습에 미안했다. 불편했지? 기어들어가는 음성으로 물은 어투에 미안함이 짙게 깔려있었다. 여기가 어디에요? 그녀는 겸연쩍어 외면한 채 목이 마른지 물을 찾았다. 후다닥 방을 나올 때와는 달리 살금살금 주위를 살폈다. 빈 방 청소를 마치고 나온 대천댁이모는 살금살금대는 그의 엉덩이를 사정없이 때렸다. 도둑고양이새끼처럼 기기는 왜 기는 기여? 웃는 둥 마는 둥 살짝 눈을 치뜬 대천댁이모를 향해 손가락으로 자신의 입술을 가리고 엄마는? 그는 살그머니 물었다. 성당에 가셨지, 라는 대천댁이모의 느긋한 답변에 그는 입술에서 손가락을 뗐다. 오늘이 월요일이라 성당에 갈 일이 없잖아? 엄마가 없다는 말에 한결 마음이 놓인 그를 향해 대천댁이모는 여전히 심드렁한 기색으로 몇 번 혀를 차더니 이놈아! 자그마한 음성이었다.

모태신앙인이라고 가끔 허풍을 떠는 그였다.

사실 크리스마스 때면 선물을 주니까 그 맛에 한 번씩 가봤을 뿐이다. 성당엘 들어가면 형은 서양신부 옆에서 빨간 옷을 입고 신부를 따라하곤 했다. 그럴 때마다 집에서 마주치는 형이 신기해 형, 진짜 하느님이 보여? 물으면 진실로 믿어야 보이지, 형의 말은 한결 같았다. 그래도 그는 돌 때, 어머니 품에 안겨 헤벌쭉 웃는 모습으로 서양신부 옆에서 찍은 사진이 있다. 그걸 가지고 모태신앙인이라고 허풍을 떨곤 했다. 어머니가 성당으로 가는 중에, 마치고 들어오는 길에, 어머니와 마주칠 때면 오른손을 번쩍 들고 할레루야! 해주면 어머니는 함박웃음으로 예쁜 내 새끼! 그의 엉덩이를 툭, 툭 쳐주며 너는 모태신앙인이기 때문에 빨리 성당엘 다녀야 한다는 말을 잊지 않았다. 지칠 만도 한데, 신부님이 아파서 성당엘 갔다는 어머니였다. 타국에 와서 몸이 아프면 서러울 텐데, 라며 습관적으로 몇 번 혀를 찬 대천댁이모는 어여 방을 옮겨, 금방 밥상 차려줄게, 오리궁둥이 그림을 남긴 채 부엌을 향했다.

함박눈으로 눈 세상을 만들어놓더니 아침부터 스산한 가랑비가 물안개처럼 떠다니듯 비가 내렸다. 겨우내 꽁꽁 얼어붙은 대지를 적시듯 헐벗고 가냘픈 나뭇가지에 움트기를 재촉하는 봄비였으나 바람 끝자락에 묻어나는 습기는 차가웠다. 빗줄기는 어둠 속에서 가늘어졌다. 택시가 그녀의 집 근처에 도착할 때까지 서로의 눈길만 흘끔거렸을 뿐 말 한마디 나누질 못했다. 묻고 답변하기에는 상황 자체가 비관적이기 때문이다. 그는 가만히 그녀의 손을 잡았다. 움찔하던 그녀가 가만히 있어 그녀의 어깨를 말없이 감싸 안았다. 그녀는 머리를 그의 어깨에 기댔다. 힘들어 하는 모습 보니까 내 마음이 너무 아파, 그는 앞창에 시선을 둔 채 말했다. 그녀의 끄덕임이 어깨로 전해졌다.

대문을 바라보는 둘의 한숨을 하늘이 가렸다.

돌 축대로 쌓은 담만큼 계단을 오르던 그녀는 엉거주춤 서서 고개를 돌렸다. 골목을 비추는 나트륨등 불빛이 그녀의 얼굴에 드리워졌다. 더욱 창백해진 얼굴이다. 아래로 덮인 속눈썹이 감정을 말해주듯 파르르 떨고 있었다. 그녀의 모습에 울컥 하는 감성을 억누르곤 어서, 들어가! 그가 손짓을 보여도 그녀는 움직이려 하지 않았다. 천천히 그녀 쪽으로 걸음을 옮기려는데 그녀가 손을 들어 막고는 초인종을 눌렀다. 대문이 열리는 소리에 급히 전봇대 뒤로 몸을 숨기고 곁눈질로 살폈다. 대문을 열어준 사람이 그녀 언니인가 보다. 그녀의 어깨를 때리고 손을 확 잡아끌고 대문 안으로 사라졌다. 마음이 편해야 되는데 갑자기 무언가가 가슴 깊이 엄습했다. 어깨를 추스르고 전봇대에 등을 붙인 채 한동안 그녀가 사라진 대문을 바라봤다.

그녀가 사라져버린 빈 공간에 혼자 남아 마음이 왜 아린지를 그는 안다. 금방 마음을 달랬으나 순간 또다시 아려오는 아픔은, 그녀 역시 마음이 복잡할 것이란 생각 때문이었다. 아무 일 없으리라, 했던 마음이 적어도 담담할 것이라 여겼던 생각이 뜻대로 따라주질 못해 가슴이 짜르르 아렸다. 그나마 다행인 것은 그녀가 무사히 집으로 들어갔다는 것이다. 그녀의 방이 2층인지 창문이 밝아졌다. 커튼이 쳐져있어 그림자 식별이 잘 되지 않았으나 잠시 왔다 갔다 하던 그림자는 다시 나타나지 않았다. 그냥 떠날 수가 없어 그는 말끄러미 창을 바라보다 무겁게 발길을 돌렸다.

무겁게 내려앉은 하늘의 날씨였다.

토요일인데다 사람들이 많아 담배연기로 휘감긴 실내의 공기는 탁하고 무거웠다. 대형 스피커에선 존덴버의 선샤인 온 마이 소울더가 감미롭게 흐르고 있었다. 홀 안을 찬찬히 훑는 것은, 그녀의 친구로부터 만나자는 연락을 받았기 때문이다. 친구의 어투로 봐서는 분명 좋지 않은 일이 벌어질 조짐이었다. 커피숍 실내로 들어선 두 여자 중 한 여자는 친구고 다른 여자는 한눈에 봐도 그녀 언니였다. 무교동에서 취기로 그녀가 집에 들어가지 못했을 때 그녀 언니는 그녀의 친구를 통해 그를 만나고 있다는 사실을 알게 되었다. 천하의 나쁜 인간으로 취급한 그녀 언니는 친구를 앞세워 그를 만나러 왔다.

그가 앉아있는 모습을 확인한 그녀 언니의 날카로운 눈매가 의자에 앉아서도 여전했다. 그녀 언니 뒤로 다른 가족들이 보이지 않는 게 그나마 다행이라면 다행이다. 안도의 한숨을 그는 가만히 삼켰다. 그런 그의 모습을 매서운 눈빛으로 쏘아보던 그녀 언니는 납덩이처럼 무거운 정적 자체가 싫은지 빠르게 입술을 움직였다. 댁이 취한 행위가 얼마나 파렴치하고 동물적인지는 아냐고. 상상은 모든 논리와 상식의 포장을 뚫고 비상할 수 있다는 가능성을 여실히 보여주는 장면이었다. 이건 아닌데, 너무 하는 게 아니야? 그는 울컥

하는 감정을 억누르라 속내가 타들어 갔다. 그렇게 매도하는 것처럼 짐승이 아니라고. 그녀 언니의 무차별적 표현의 남발에 인내하고 있던 그는 무겁게 입을 열고 그녀 언니의 눈길을 맞받았다. 유치한 착각하지 말라는 그녀 언니. 동생의 행위는 이상과 현실의 괴리를 제대로 인식하지 못한 감상에서 비롯된 치기라고, 물론 철이 들면 후회할 과거니까, 다시는 만나는 일이 없기를 바란다는 그녀 언니였다. 해명이나 설명 따윈 안중에도 없는 일방적인 언사였으므로 그녀 언니가 자리를 박차고 사라진 후, 그녀 언니와 벌인 실랑이가 떠올랐다가 가라앉을 즈음이면 또다시 떠올라 가슴이 뛰고 머릿속이 혼란해 더 이상 앉아있을 수가 없어 벌떡 일어나 커피숍 문을 쾅 닫고 나왔다.

지우려 해도, 쉬 지워지지 않는 그녀 언니의 눈빛이었다.

공중전화부스에 등을 붙인 채 얼마 전에 있었던 그녀 언니와의 만남을 회상하는 그의 기분은 참담했다. 그녀 언니와의 언쟁으로 그녀를 잊으려 할수록 가슴이 아렸다. 그녀 언니의 막말을 지우려는 듯 머리를 흔들다가 목소리라도 듣고 싶어 전화기를 들었다. 어떻게, 라는 그녀의 목소리를 듣는 순간 그녀 언니의 불쾌감이 눈 녹듯이 사라졌다. 그녀가 한동안 침묵하는지라 가슴이 타들어갔다. 뭐가 미안하냐며 많이 힘들 텐데, 라는 그의 침묵 속으로 그녀의 울먹이는 숨소리가 스며들었다. 그는 잘못 없다고, 그녀의 울먹임이 수화기로 전해졌기 때문일까? 먹먹해진 가슴은 금세 울렁거렸다. 누구하고 통화하는 거야? 그 인간이구나, 세상에! 고성과 함께 수화기를 낚아챈 그녀 언니는 뻔뻔스럽게 어디다가 전화질이냐고, 한 번만 더 전화하면 가만 두지 않겠다는 일방적인 고함인지라 그는 얼른 수화기를 팽개치듯 놓았다. 그녀에 대한 걱정으로 울컥하는 마음이 아려 가만히 공중전화기에 머리를 기댔다. 이름만이라도 읊조려보고 싶어도, 그 생각이 다시 복받쳐 감정을 추스르는 머릿속으로 무엇 하나 떠오르지 않았다. 그래서 고갤 젓는 눈망울에 불안이 담겨 가늘게 떨리는 분노가 온몸을 떨게 했다.

잠시 머물다 스쳐간 그녀가 아니란 걸 느꼈기 때문인데 어쩌자고 전화를 걸어 그녀에게 무거운 짐만 안겼나, 하는 후회가 내내 엄습했다. 지그시 눈자위를 누르고 덧없고 허망해 가슴이 아팠다. 무엇 때문에 그녀 언니로 인해 그녀를 지워야 한단 말인가! 그 사실에 주저앉고 마는 현실에 몸서리쳤다. 자기혐오로 보내야 했던 고뇌는 시간이 흐를수록 깊어만 갔다. 발이 가는 데로 육신이 쫓아갈 뿐 공허해진 마음을 채울 어떤 것도 없었다. 비록 짧은 시간에 받은 상처였으나 마음속으로 파고드는 충격이 쉬 가시지 않았다. 사내자식이 여자 때문에 방황해, 못난 놈! 채찍질을 해도 문득문득 떠오르는 그녀 언니의 눈빛이 그나마 마음을 추스르는 도구일 뿐이었다. 마음을 독하게 꾸짖어도, 마음이 뜻대로 따라주지 않았다. 순수했던 흔적이나 추억으로 지우려 해도 언제나 마음이 가시에 찔린 듯 아렸다.

변덕스런 하늘이었다.

서녘으로 방향을 잡은 햇살이 비바람에 못이기는 척 구름 속으로 사라지자 마치 기다렸다는 듯 낮게 가라앉은 먹구름 사이로 용트림이 일었다. 비가 내리려는 신호다. 때를 같이해 회오리바람이 술렁였다. 두텁게 구름이 깔린 하늘은 금세 우중충하게 변했다. 기어이 찌푸린 하늘이 주름을 잡으므로 후둑, 바람에 감긴 빗방울은 아스팔트 위를 점점이 수놓았다. 먹구름에 뒤덮인 하늘은 시커멓게 잠겨 세차게 빗물을 쏟아내기 시작했다. 도로를 질주하던 차량들의 속도는 급격히 떨어져 하나둘 헤드라이트를 켰다. 순간적으로 불어난 빗물은 차량들의 바퀴에 맞물려 물레방아인 양 물살을 토해냈다.

그는 순댓국집 처마 밑에 서 있다.

가게 안을 기웃거리다 처마 밑에서 나와 종로 5가 뒷골목으로 접어든 그의 몰골은 갑자기 쏟아진 빗물로 도둑고양이 꼴이다. 상가의 골목은 이미 빗물이 고여 질척거리는 흙탕물로 번져 있었다. 시커멓게 내려앉은 어둠으로 전등불이 밝혀져 있는 골목은 환했다. 2층으로 오르는 계단 앞에 섰으나 계단은 날씨만큼이나 우중충하고 지저분했다. 질척거리는 걸음으로 2층을 오르는 삐그덕! 소리는 을씨년스레 울렸다. 왼쪽 통로로 발길을 옮겨 통로 끝 문 앞에 서서 그는 빗물에 젖은 머리칼과 옷을 매무시하고 문을 밀쳤다.

음식물 냄새와 술 냄새가 뒤섞인 실내는 후텁지근했다. 비가 내린 탓인지 이른 시간임에도 군데군데 여러 쌍이 눈에 띄었다. 이리저리 살피다가 창가 쪽으로 발길을 옮겨 귀퉁이가 군데군데 벗겨진 원목의 식탁에 앉았다. 그가 들어설 때부터 어서 와요, 할 뿐 여주인은 천장에서 떨어지는 빗물을 막느라 정신이 없었다. 창문으로 사선을 그으며 빗줄기는 사정없이 흩뿌려졌고, 빗줄기가 지붕을 때리는 소리가 요란했다. 언제부터 보수해달라고 사정을 했는데…… 에잇! 장사를 그만 두던지 해야지, 라는 퉁명스런 입술로 여주인이 다가왔다. 왜 그러세요? 그는 힘겨운 눈꺼풀을 들어 물었다. 관리를 잘못해 비가 새는 거라며 건물주가 생트집을 잡는단다. 키가 남들처럼 커서 천장을 들쑤셔 봤어? 건물이 오래돼 새는 거지, 있는 것들이 더하다니까! 장사하려면 나보고 보수하라는 배짱이지 뭐야! 여주인의 눈빛에서 불꽃이 튀였다. 술 한 잔 하시고 마음 푸세요, 그는 술을 따르며 여주인을 위로했다. 보수비가 아까워 생트집 잡는 거 잖아? 단숨에 잔을 비운 여주인은 도둑놈의 배짱이지, 나쁜 놈! 덧붙이는 한숨이 칙칙한 실내만큼 탁했다. 가게 문이 열렸다. 어서 오세요! 여주인은 언제 그랬냐는 양 반갑게 아는 척을 하곤 자리에서 일어났다.

식당 문을 나서는 그의 몸이 휘청거렸다.

두 병의 알코올이 전신을 혼미케 해 벽에 등을 붙인 채 눈을 감았다. 어질어질한 망막 속에 그녀의 모습이 하늘거려 그녀를 지우려 머리를 흔들었으나 고갯짓에 그녀의 환영이 이리 갔다가 저리로 따라 다녀 도로 눈을 뜨곤 계단을 밟았다. 빗줄기가 점점 굵어져 골목이 온통 흙탕물로 질척였다. 휘청거리는 몸으로 우산을 폈지만 세찬 빗줄기는 비닐우산을 홀라당 뒤집어지게 만들었다. 비닐우산을 바로잡으려다 포기를 한 그는 옆에 보이는 쓰레기더미 속으로 우산을 확 던졌다.

그녀의 집으로 향하는 길은 온통 빗물이었다.

전파상 옆 골목길로 접어든 그는 골목길을 가다가 삼거리에서 시장방향으로 우회도로를 끼고 돌았다. 바로 보이는 정육점 옆으로 난 사이 길로 접어들면 그녀의 집으로 가는 지름길이 있다. 야트막한 축대로 된 인도를 따라 얼마쯤 걷다가 보면 오른편으로 좁은 골목이 있고, 그곳의 갈래 길은 전봇대의 가로등이 양쪽 길을 밝혀줬다. 그쯤에서 축대인도 쪽으로 세 번째 집이 그녀의 집이다. 담은 돌축대로 둘러쳐져 있고, 대문을 오르는 돌계단이 아홉이다. 그녀의 방은 이층이고 방에 불이 켜져 있었다. 불이 켜져 있으면 그녀가 있다는 것이다.

허청대는 걸음으로 그녀의 집 앞 전봇대에 등을 붙인 채 건너편 2층에 시선을 붙박았다. 커튼 사이로 두어 번 왔다 갔다 하던 그림자가 아예 사라져버렸다. 모습만이라도 보고 싶어 왔는데 그녀는 창문을 열지 않았다. 간간이 새어나오는 한숨과 허공에 떠있던 눈망울 사이로 섬광이 번쩍이다 명암을 갈랐다. 여기서 뭐하는 거요? 방범대원 두 명이 그의 아래위로 손전등불빛을 비췄다. 늦은 시간에 전봇대에 등을 붙인 채 비를 맞고 있는 게 이상한 건 당연했다. 방범대원은 날카로운 눈매를 거두지 않았다. 범죄자라면 자신들이 다가오기 전에 도망을 쳤을 것이라는 생각이 들었던지, 아니면 가로등불빛에 서있다는 자체가 우범자로 보이지 않았던 모양이다.

여자 기다리는 중이요?

방범대원이 의문에 찬 눈빛으로 물었다. 그렇다는 그의 고갯짓을 우두커니 응시하던 또 한 명의 방범대원 입술이 움찔했다.

우산이라도 쓰고 기다리지.

방범대원의 눈길이 그의 위아래를 재차 훑었고, 옆에서 능글맞게 웃고 있던 방범대원도 덩달아 입술을 뗐다.

여자에게 감동을 주고 싶은 모양이지.

씨익 웃고는 안 나오면 가라고, 남자의 자존심이 있지, 라고 덧붙인 채 빗줄기 속으로 손전등을 비췄다. 돌아와요…… 부산항에…… 그리운……, 방범대원 두 명이 콧노래를 부르며 어둠의 빗줄기를 뚫고 사라지는 동시에 그녀의 창문은 캄캄해졌다. 전등을 끈 모양이다. 잘 자! 그녀의 창문을 응시하던 그늘 고개를 떨어뜨렸다.

골목을 빠져나와 대로로 접어들었다.

그랬던, 어느 날

빗속을 질주하는 차량들의 헤드라이트와 네온사인의 불빛이 엇갈리는 도시는 정적에 잠들어 있었다. 빗줄기가 폭우로 변해버린 도시는 비에 잠긴 듯 간간이 폭발음을 내는 천둥과 번개가 흩어지듯 어둠을 가를 뿐 인적이 없었다.

사랑이란 단어가 완전할 수 없는 어휘인가?

이루어질 수 없는 사랑이라 더 그랬을지도 모른다. 아픈 추억으로 시린 가슴을 안고 달래야 하는 현실이 거센 밀물처럼 다가와 눈앞이 희뿌옇게 흐려지며 빗물에 씻겨 내리는 물기가 뜨거웠다. 그녀의 미소와 수줍음이 그대로 물방울의 무늬로 남아있다. 그녀와의 짧은 만남이 긴 이별을 준비해야 하는 운명이라면 마음속에 그려진 잔영은 어찌하라고, 빈자리를 느끼기도 전에 찾아온 그리움이 아려서, 그녀에게 어떤 잔영으로 그려질까? 기억하는 날보다 잊는 시간이 많을까? 그렇게 떠날 것을, 흔적만 남긴 채 갈 것을, 서로를 알 수 없는 상처로 지워야 하는가. 물론 그리움이 아픔의 강이겠으나 기다림이란 운명 또한 부여하지 않았나? 사랑의 충만함도 소중하겠지만 빈자리로 비워진 외로움을 다스리는 것도 소중하리라. 한 번쯤 겪어야 할 아픔이라면 헤쳐가다 보면 의미가 무엇인지 깨닫는 날이 오겠지. 끝없이 이어지는 속내가 빗물에 씻길 만도 한데, 그러지 못한 눈가가 빗물에 씻길 뿐이다. 세상을 이해하기엔 아직 미흡한 삶을 살아온 그에겐 어려운 문제였을지 모를 터였다.

우뚝 걸음을 멈추고 하늘로 고개를 들었다.

바람 따라 휘익, 휘익 쏟아지는 빗줄기에 가로등 불빛이 깜빡, 깜빡 놀라 보도블록 사이로 빗물이 쉼 없이 흐른다. 빗물을 밟는 발걸음이 질척거려 휘청거리는 몸짓으로 가로등에 등을 붙였다. 마음만큼이나 세찬 빗줄기가 씁쓰레한 눈물에 섞여 입술로 스며들었다.

잊어야 하는가! 그는 고개를 저었다. 어떻게 잊어야 하는데……
그녀의 모습이 빗물에 둥둥 떠다니다 금세 빗물에 씻겼다. 어머나,
어떡해! 여자의 외침이 빗줄기 속으로 끼어드는데 두 남녀는 뒤집
어진 우산 속에서 부둥켜안은 채 낄낄거렸다. 두 남녀의 웃음소리
가 빗줄기를 타고 너울너울 흩어지더니 저만큼 사라지는 두 남녀의
그림자를 좇아갔다.

철퍼덕 주저앉은 그의 머리 위에서 번갯불이 번쩍 튀었고, 그의
얼굴은 번갯불에 번쩍이다 금세 사라졌다. 엉거주춤 일어나 가로등
에 몸을 기댔다. 철썩, 우회전하던 자동차바퀴에서 튀어 오른 빗물
이 온몸으로 날았다. 야, 너까지 날 우습게 보는 거야? 그는 멀어져
가는 자동차꽁무니에 양팔을 허우적댔다. 헌데, 우뚝 멈춰진 몸이
빙그르 돌더니 휘청대는 게 아닌가! 어, 어, 휘둥그레 놀란 눈망울이
도시마저 미쳤다고, 술에 취했다고, 하늘이 빙그르 돈다고 그는 웅
얼거렸다.

그랬던, 어느 날

그늘 뒤에

"여, 여기 계셨군요!"

무, 무슨 소리인가!

퍼뜩 눈을 뜬 아버지는 꿈을 꾸다 깨어난 사람처럼 멍하니 남자를 알아본다. 남자는 어색한 인사를 하고는 생수병 하나를 말없이 건네더니 엉거주춤 의자에 걸터앉는다. 처음으로 같이 앉은 모양새라 서로는 어색한 눈길이다.

"식, 식사는……."

남자는 넌지시 아버지의 의중을 묻는다. 예? 아……, 약간 벌어진 입으로 무슨 뜻인지 알았다는 뜻으로 고갯짓을 한다. 힘이 들어도 식사는 해야 한다고, 안 했으면 같이 가자고. 남자는 기색을 살핀다. 시선의 맞부딪침이 어색해 아버지는 고갯짓으로 생각이……, 어정쩡하게 거절을 하는 눈길을 남자는 마주한다. 그래도 하셔야 합니다, 어서……, 먼저 일어난 남자는 아버지의 팔을 잡아 일으켜 걸음을 옮긴다. 마지못한 듯 남자의 뒤를 따르는 아버지와 남자는 의견에 동의한 참이다.

남자는 앞장서서, 아버지는 멀찌감치 떨어져 한껏 더딘 걸음새로 남자의 뒤를 쫓는다. 잰걸음으로 얼마쯤 가던 남자는 걸음을 멈춘 뒤, 슬쩍 앞으로 내밀었던 발길을 내딛지 못하고 슬그머니 거둬들인 채 고개를 돌린다. 곁눈질로 아버지와 보폭을 맞추려는 듯 느릿느릿 내딛다가 문뜩 무언가가 떠올랐는지 아버지 옆으로 바짝 붙는다.

"참, 따님은?……."

"……."

묵묵부답인 몰골에 모든 걸 알았다는 듯 남자는 얼른 말을 얼버무린다. 고개를 주억대며 앞장서 걷던 남자는 눈에 익은 식당인지 자연스레 문을 밀친다. 들어가시죠, 라는 눈짓으로 남자는 먼저 들어간다. 남자의 시늉을 따라 아버지는 남자의 뒤를 따른다. 의외로 많은 손님들이 밖의 열기에 지친 듯 에어컨 바람이 잘 쏟아지는 주위로 몰려 앉아있다. 천장에 걸린 채 돌아가고 있는 선풍기 밑에 아버지와 남자는 앉는다. 여종업원의 무엇을, 이라는 입모양에 남자는 아버지를 바라본다. 생각이 없다는 아버지의 고갯짓에 그래도 먹어야 합니다, 남자는 눈짓을 한다. 바쁜데 빨리 주문하라는 여종업원의 눈매다. 언니, 여기 삼겹살 이인 분만 더, 구석에 앉아 고개만 돌려 주문하는 손님의 외침이다. 네, 알았어요, 여종원의 응답이 와글와글 떠드는 소리에 묻힌다. 아버지는 아무거나……, 남자는 종업원에게 비빔밥 두 개, 술은? 남자는 아버지를 빤히 본다. 낮에 무슨 술? 아버지의 꺼려하는 기색에 남자는 손가락으로 소주 한 병을 추가 주문한다. 삼촌, 숙모는 살아날 겁니다, 너무 걱정하지 마세요, 삼촌을 위로하는 소리가 옆 좌석에서 끼어든다. 무작정 기다릴 수

그늘 뒤에

없는 노릇이 아니잖아, 병원비는 어떻게 감당할지, 땅이 꺼져라 한숨을 쉰다. 삼촌을 위로하는 조카의 한숨 또한 마찬가지다. 제가 회사에서 어떡하든 가불을 신청해볼 게요, 저를 이만큼 키워주신 숙모님인데요, 조카의 기어들어가는 음성이다.

잔에 소주를 가득 담은 남자는 단숨에 들이킨다. 낮에 술을 마실 만큼 남자는 괴로웠던 것일까? 아이들 엄마가 죽을지도 모른다는 중압감에 견딜 수가 없어서…… 그럴지도 모른다. 그래서 누구에게도 자신의 심경을 털어낼 수가 없어, 혼자라도 술을 마시지 않으면 견딜 수가 없어서 술을 찾을 수밖에 없는 모양이다. 갑자기 측은한 생각이 들어 남자를 넌지시 쳐다본다. 붉게 상기된 얼굴에 소주를 한 입에 털어 넣고 식도를 타고 내려가는 열기가 뜨끔해 한껏 찌푸린 입술이 푸르스름하다.

"안주라도……."

남자 앞으로 슬쩍 젓가락을 밀어주고 남자의 눈치를 보지만, 남자의 손사래짓은 귀찮다는 기색이라 아버지는 젓가락에서 엉거주춤 손을 놓는다. 남자는 대꾸도 없이 내리 깔은 눈길조차 들려고 하지 않아 더 권하기가 뭐해 아버지는 실없이 주변을 살피는 척하다가 젓가락을 다시 들어 애꿎은 반찬만 뒤적인다.

"이렇게 대낮에 홀로 술을 마시는 제 꼴이 우습지요?"

남자는 아버지를 쳐다보지도 않고 독백처럼 읊조린다.

"그, 그게 무슨 말씀입니까?"

의외의 묻는 말이라 약간 당황한 아버지의 얼굴이 붉어진다.

남자는 한마디 툭, 던져놓을 뿐 묵묵히 앉아 식탁에 올려있는 술잔을 만지작거린다. 바라보지도 않고, 말도 걸려하지 않는 남자에게 뭐라 끼어들기도 마땅찮아 아버지는 젓가락질만 한다. 남자의 이마에 송굴 돋은 땀방울이 주룩 미끄러져 목께로 스며든다. 남자한테서 시선을 거둔 아버지는 밥 한술을 떠서 입에 넣는다. 헉!…… 며칠째 곡식을 넣지 않았던 식도에서 느끼한 거부반응과 함께 헛구역질이 나온다. 남자는 눈길을 들어 왜? 라고 묻는다. 아무것도 아니라는 말로 얼버무린 아버지는 헛기침을 두어 번 하고는 물 잔을 든다.

한동안 침묵에 잠겨있던 남자는 단숨에 술잔을 비운다. 피로에 지친 듯 눈가가 붉어져 잠시 눈을 감았다가 뜨는 초점이 금세 흐려지더니 남자의 눈가로 눈물이 스멀댄다. 아버지의 기색이 황망하다. 어깨 숨으로 치솟는 감정을 억제하려 일그러지는 남자의 얼굴이 초췌해 아버지는 시선을 비킨다. 참으라는 말을 하려다 말끝을 흐린 아버지는 침묵한다. 애들 엄마가 죽을지도 모른다는 말을 들었는데, 아내가 죽을지도 모르는 사람한테 참으라는 말을 할 수가 없었을 터다.

고개를 숙이고 있던 남자는 아내가 죽으면……, 불쑥 뱉어놓고는 아버지를 빤히 본다. 어찌해야……, 덧붙여 말하는 입가에 짙은 주름이 잡힌다. 아버지는 어리둥절한 눈초리를 감추지 못하고 멍하니 남자의 눈길을 응시할 뿐이다. 불쑥 던진 남자의 어휘가 사라진 틈으로 따르륵- 들리던 선풍기소리 대신 옆에서 왁자지껄 떠드는 음성이 끼어든다. 혼성된 말들이라 귀 기울여 듣지 않으면 도통 알아들을 수 없다.

움직임조차 없이 깊은 한숨을 내쉴 뿐 어딘가를 바라보는 것도 아닌데 남자의 눈초리가 흔들린다. 식당 천장에 부착된 긴 형광등

불빛에 드러난 남자의 몰골이 수척하다. 저, 그렇게 아버지는 남자를 불러놓고 얼른 말을 잇지 못한다. 남자의 눈빛으로 어두운 물기가 배어나왔기 때문이다. 아버지는 남자의 손길을 은근히 잡고 천천히 드세요, 한다. 두 사람 사이에 형성된 침묵과 선풍기 돌아가는 틈새로 이리저리 배달되는 된장찌개 냄새가 스며든다. 잠시 술잔을 만지작대던 남자는 일렁이는 입가를 일그러뜨린다.

"변변치 못한 직장에서 아내를 만나 죽도록 일을 하며 살았습니다. 아들놈이 군대를 제대해서 복학을 하려다 보니 동생이 대학에 막 들어간 겁니다. 찢어지는 형편을 아는 터라 그놈이 양보를 하더군요. 그러다보니 생계를 돕겠다고 들어간 직장이 마음에 들 리가 없겠지요. 마음이 편치 않았을 겁니다. 그런데 막내딸이 또 내년에 수능을 봅니다. 이 사람이 죽어가는 처지에 막내딸 염려만 흑!……."

만지작거리던 술잔을 훌쩍 들이키고 고개를 숙이는 남자의 흐느낌이 처연하다. 푹 숙인 남자의 목덜미는 한여름에 타버려 살갗이 검푸르다. 그에게 머무른 시선을 돌릴 때 쇠잔하게 가라앉은 음성이 아프게 들려온다. 누구의 말마따나 기껏해야 죽기밖에 더 하겠습니까? 남자는 자신이 무슨 말을 했는지조차 느끼지 못할 만큼 얼굴이 일그러진다. 조금 전까지만 해도 스스럼없이 쳐다보는 게 멋쩍지 않았는데, 맞바라보기가 거북해 아버지는 더듬거린다. 어, 어떻게 그런 말씀을 하십니까? 어쨌거나 아버지는 황당한 상황에 처한 건 사실이다. 아버지의 멀뚱한 눈길을 외면한 남자는 고개를 숙인다.

"아이들이 엄마한테 가자고 해도 데려올 수가 없었습니다. 아이들을 보면 마음이 더 아플까봐…… 그래서 제가 이곳에서 서성거리다가면 그 사람이 덜 외로워 할 것 같아서, 아내를 쳐다볼 수가 없어 병실에 들어가질 못합니다. 그 사람을 보면 내 자신이 미쳐버릴지 몰라서 들어갈 수가 없었습니다. 자기 자신을 돌보지도 않고 자식만 위해 살아왔습니다. 뒤늦게나마 괜찮은 여자라 생각해 잘해줄려고 했는데, 글쎄 이게 뭡니까? 그래서 가슴이 찢어지는 것 같습니다. 이제 자신을 위해 치장도 하고 용돈도 챙겼다가 친구들과 어울려 써보라고 하려는데, 막내딸 걱정으로 눈물만 흘리지 뭡니까. 인생이 뭡니까? 잘 먹고 아이들 잘 키우고 오순도순 사는 거 아닙니까? 아이들 생각 그만하고 자신도 챙기라고 하려는데, 잘해줘야 되겠다고 생각하고 있는데, 글쎄 이 사람이 죽어가고 있는 게 아닙니까? 자신의 육신을 다 무너뜨린 병마의 고통 속에서도 막내딸 염려하는 그 사람이 너무 불쌍해서, 너무 측은해서, 너무 가엾어서……."

"그, 그만!……."

아버지는 화급히 남자의 말을 막고 도리질을 한다. 참으려 해도 격하게 치솟는 눈물샘을 막을 수가 없어 아버지가 물수건을 꽉 쥐므로 주체하지 못한 물줄기가 후둑 떨어진다. 헉, 하는 어깨를 추스르지 못해 자리에서 벌떡 일어선 아버지는 후다닥 식당 문을 밀친다. 밖으로 뛰쳐나온 아버지는 발길이 옮겨지는 데로 허둥지둥 걷는다. 이리로 갔다가 저리로 갔는데 어찌 발길이 옮겨온 곳이 병원 정문인가! 아버지는 황당해 발길을 돌린다.

골목을 빠져나와 횡단보도 앞에 선다. 노란불이 잠깐 들어왔다가 빨간불로 바뀌고 횡단보도를 건너라는 파란불이 켜진다. 횡단보도 정지선에 서려던 트럭이 쌩하니 달린다. 할머니가 손가락질로 저, 저! 라고 욕을 하자 힐끗거린 트럭운전수의 민망함이 햇빛으로 떨어진다. 앞에 섰던 사람들은 일상인 듯 빠르게 건너가 인도를 느릿느릿 걷는다. 가로수의 그림자가 그늘을 만든다. 손부채질 하는 사람들의 머리위에서 땡볕이 지글지글 끓으므로 이마에서 흐른 땀이 뺨으로 구른다. 바람 한 점 없는 날씨다. 어디가 어디인지 모르는 아버지는 길을 무작정 걷는다. 이리저리 맴맴 돌다 발길을 또 돌리다가 아이 혼자 있을 병실이 외롭게 느껴져 더는 가지를 못한다.

어스름이 몰려와 돌담은 어둠으로 물들어간다.

병원 창문에서 쏟아져 나오는 불빛으로 빛과 어둠의 명암이 엇갈린다. 빠끔히 얼굴을 세우던 그믐달이 구름에 가려 하늘이 짙다. 검푸른 하늘에 은가루를 뿌려놓은 듯 수놓아진 별들의 깜박임에 동화된 눈을 끔벅인다. 아버지는 씁쓰레한 표정을 거두고 담배에 불을 붙이려다 그만두더니 아이가 있는 병실을 향해 발길을 내딛는다.

부풀대로 부푼 아이의 배에 삽입된 호스로 누런 액체가 흐른다. 요도에 삽입된 호스에선 붉은 핏물이 여전히 뿜어져 나온다. 바늘이 꽂힌 팔이 오전보다 더 가냘프고 아파 보여 쓰다듬으려다 혹시 주사바늘이라도 건들려 아파할까봐 가던 손길을 얼른 멈춘다. 아버지는 손을 어디에 둬야 될지 몰라 엉거주춤 서성대다 보조의자에 엉덩이를 걸치고 아이의 이마에 손을 얹는다. 뜨겁다! 아이의 이마가 불덩이처럼 뜨겁다. 이마에 얹혀있던 얼음주머니가 옆으로 미끄러져 내린 거다. 아버지는 얼음주머니를 얼른 주워 평평하게 다듬어 이마에 다시 얹고는 다시 흘러내리지 말라는 듯 매무시를 단단히 하고 아이의 머릿결을 가지런히 쓸어 넘겨준다. 고개를 젓는 눈가로 이슬이 찔끔한다. 얼굴을 감싸진 두 손가락을 비집고 떨어진 물방울이 아이의 손등 위에 번진다. 뼈마디만 만져지는 아이의 손이다. 살점이라곤 하나도 만져지지 않는 손이다. 흑……, 마치 속내에서 일렁이는 아픔이 뒤틀리듯 속이 훌렁거려 뭔가를 바스러뜨리고 싶다. 마음이 걷잡을 수 없이 혼란스러운 건 나중이고, 우선은 무언가를 찾아야 하는 것조차 가늠치가 않다. 번민이 내내 가슴을 짓눌러 약해져선 안 되겠다 싶어 아버지는 퍼뜩 물기를 훔친다.

이상해서, 분명 무언가가 이상해 아버지는 옆을 본다. 헌데, 아이의 옆 침대의 환자가 바뀌었다. 분명 오전에 어머니, 눈 좀 떠보세요! 아들이 울부짖었던 환자가 아니다. 핏기 하나 없는 동공이 멈춘 모습으로 아들의 울부짖음에 끔쩍도 안하던 환자였다. 그럼, 그 환자가 어디로 간 걸까? 완쾌가 되어 퇴원을 한 건가! 벌써 그렇게 빨리 완쾌가? 깍지 낀 두 손이 파르르 떨린다. 아버지는 천천히 아이에게로 눈길을 돌려 아이의 손을 슬그머니 잡는다. 그러고는 아이의 손등 위로 얼굴을 묻는다.

주사바늘에 짓눌려 터진 정맥이 검푸르게 손등과 팔목에 퍼져있다. 아플 듯해 아버지는 쓰다듬지를 못한다. 뼈에 살가죽만 덧씌워놓은 듯 앙상한 아이의 모습에 할 수 있는 게 아무것도 없다. 그것이 서러워 눈물마저 아픈지도 모른다.

"면회시간 끝났습니다. 면회!……."

아버지는 아이의 이마에 얹혀있는 얼음주머니를 다시 한 번 매무시 하고는 무거운 발길로 병실을 나서다가 걸음을 멈춘다. 중환자실로 들어섰을 때 눈물 없이 흐느끼던 아주머니가 안 보였다. 침대엔 사람이 누워있던 흔적이 있었다. 간호사들이 새롭게 침대를 까는 건, 새로운 환자를 맞이할 준비를 하는 게 아닌가! 그렇다면? 병동으로 건너올 때 건너편 장례식장으로 들어가던, 침대에 누워있는 사람의 모습을 흰 천으로 덮은 이동침대! 어딘지 낯이 익은 듯해 보였던 어깨, 흐느끼며 이동침대 뒤를 쫓던 남자? 그랬구나! 자신이 이곳에서 서성거리다 가면 아내가 덜 외로워할 것 같아서 서성인다는 남자였다. 여윈 어깨를 늘어뜨리고 흐느적거리며 걷던 남자다. 흘릴 눈물조차 말라버려 메마른 눈빛으로 살려주세요! 살고 싶어요! 흐느끼던 아주머니가 아내였으며 애들 엄마였구나! 그런 모습 보면 애들이 마음 아파할까봐, 애들 보면 메말라 버린 눈물샘이 더 아플까봐, 그래서 애들도 못 데려왔다고. 애들 엄마가 떠나면 저 혼자 어떻게 애들을 키워야 될지 죽고 싶은 심정이라며 입술을 떨던 남자였어, 그 남자였구나! 아픈 미소가, 건성 웃음이 허탈하게 일그러진다. 오늘만 두 명이…… 허공에 멈춘 동공이 아파서 나가려던 걸음을 주춤하던 아버지는 고개를 돌린다. 병실 끝에 아이가 누워있는 병실이 흐릿하게 울렁인다.

중환자실을 뛰쳐나온 아버지는 화장실로 뛰어 들어가 세면대 앞에 섰지만 낯선 사람이 거울 속에서 붉은 눈초리로 자신을 뚫어져라 쳐다보고 있다. 미세하게 떨리는 눈빛에 얼비치는 초라한 형상이다. 씻지도 면도도 하지 않은 얼굴에 땀으로 범벅된 낯선 사람이 비웃고 있다. 거울을 향하던 주먹이 허공에서 우뚝 멈춘 채 부르르 떨려 천천히 손바닥으로 거울을 집는다. 희뿌옇게 흐려지는 거울이 흔들려 수도꼭지를 튼다. 세차게 쏟아지는 물줄기를 손바닥에 받아 얼굴로 가져가 마구, 마구 문지른다. 스멀대는 물기를 씻어내려는 듯이 마구 문지른다.

가슴 저미는 세월 속에 기둥 두 개만 놓으라하면 아이와 자신일 터다. 아이는 자신의 분신이며 버팀목이다. 그러므로 필연적인 파도의 운명을 동반한 흔적의 미로지만 바라보는 눈빛이 있어 삶의 의미를 느꼈다. 어떠한 운명이 다가온다 해도, 피치 못할 비극이 초래한다 해도 운명과 부딪쳐 싸울 수 있었다. 아이를 바라보는 것만으로도 행복했고 힘든 일이 닥쳐도 어렵지 않았다. 아이가 시련 없이 그저 평탄하게 자신이 하고자 하는 일에 최선을 다하며 살아주기만을 바랐다. 자신이 살아온 삶이 평탄하지는 않았으나 이토록 시린 아픔에 무너져 본 적이 없었다. 피를 나눈 자매…… 생모…… 짧은 만남에 비해 기나긴 터널로 접어든 운명의 문턱에서 어쩌지 못하고 신음하는 걸까? 되돌리기에는 이미 늦은 감이 들어 화장실을 나온다. 화장실 밖에서 주변을 두런대던 아버지는 3층 구석의 간이의자를 향해 걸음을 내딛는다. 줄기를 이루며 떨어지는 물기를 그대로 둔 채 엉거주춤 구석 의자에 누워 몸을 옹송그린다.

절망의 골짜기로 떨어지는 수많은 별들의 윙윙거림을 들으며 눈을 감는다. 아니, 저절로 감겼을 것이다. 앞이 캄캄하다. 헤아릴 수 없는 나락으로 떨어지는 느낌에 화들짝 놀라 눈을 뜨려 해도 힘이 없다. 분별할 수 없는 바람이 가슴을 헤집어 자꾸만 풀 먹은 창호지처럼 눈꺼풀이 무겁게 잠겨든다. 안 돼, 눈을 떠야 돼! 그래야…… 아이가 살 수 있다는 생각에 몸부림을 친다. 헌데, 무겁게 짓눌리는 무언가에 꼼짝을 못한다. 거무튀튀한 얼굴에 멧돼지같이 심술궂은 눈을 가진 자가 빛나는 안광으로 잡아먹을 듯 쏘아본다. 허물어져 육신이 지쳐있는데, 잘못되면 아이는…… 안 돼! 가, 가까이 오지 마! 자신이 잘못되면 아이를 지킬 수 없다는 중압감에 죽을힘을 다해 저항해보려 해도 지쳐버린 육신이 뜻대로 움직여주질 않는다. 점점 가까이 다가오는 죽음의 그림자다. 타인의 고통에 쾌감을 느끼는 인간의 잔인성도 신이 부여한 특성일까? 그자의 비정한 웃음이 마지막 남은 흔적인가? 털그덕, 털그덕! 인기척이 들린다. 아! 이제 심판을 받으러 가는구나. 심판자는 어떻게 생겼을까, 우리의 인간 모습일까? 아니면…… 그런데 왜 옷을 모두 벗기는 걸까? 옷을 벗지 않으려 몸부림친다. 마취주사도 없이 가슴으로 시퍼런 수술칼을 집어넣으려 한다. 무서워서, 너무 가슴이 떨려서, 시퍼런 칼이 너무 무서워 칼날을 잡은 채 부들부들 떨다가 소리친다.

"아, 안 돼! 으, 으윽- 아…….."

꿈과 현실이 머리카락처럼 뒤섞인 혼돈 속에서 눈을 뜨려 해도 지리멸렬한 육신이 말을 듣지 않는다. 헛것을 본 건가! 도무지 믿어지지 않는 꿈이다. 왜 그런 불길한 꿈이, 도대체 불길한 꿈이 왜 현실처럼 느껴질까? 읊조리는 아버지의 눈매가 파르르 떨린다.

어렴풋이 눈을 뜨고 창문 밖으로 시선을 옮기자 어스름의 잔영이 희뿌옇게 창문을 덮고 있어 목줄기로 땀이 흥건하다. 무슨 이런 불길한 꿈이, 아버지는 목덜미에 고여 있는 땀을 훔친다. 부스스 몸을 일으켜 병원복도를 지나 비상구 계단을 한 계단, 한 계단 내딛는다.

새벽녘의 악몽으로 잠이 깬 아버지는 허기도 잃어버렸다.

며칠 전만 해도 환자에게 줄 음식냄새에 예민하던 코도 이젠 무뎌져 아무 반응도 없다. 이 병동에서 저 병동으로 건너가 기웃거린다. 힘에 부치면 잠시 의자에 앉다가 다시 부스스 일어나 저 병동으로 또 건너간다. 눈꺼풀이 무거워 고양이세수를 한 게, 그러기를 몇 번인지 모른다. 허리가 자꾸 구부러진다. 호흡도 시원치 않다. 앉았다가 일어날 땐 현기증이 나 손으로 이마를 짚는다. 갑자기 건너편 병동이 시끌벅적해 혼자서 무료한 아버지는 주춤 일어선다.

원무과 앞에 서너 명의 가족이 모여 있다.

"그러니까 아버지 편히 보내드리자고 했잖아요!"

딸인가 보다.

"지금 와서 그런 말하면 뭐해!"

오빠가 보다.

"벌써 일 년째다, 나 혼자 병원비 감당하긴 벅차다."

덧붙이는 오빠의 한숨이 사라지지 않는다.

"그래서 목구멍 뚫지 말고 지켜보자고 했잖아요!"

또 다른 딸이다.

"병원에서 그렇게 하자니까 그렇게 한 거지, 이렇게 우리를 몰라보는 식물인간이 될 줄 몰랐지."

오빠의 한탄이 깊다.

"아버지 모습이 뭐냐고요, 우리를 알아보지도 못하는데? 그래서 저렇게 고통스레 누워있을 바에는 명대로 편히 보내자고 한 거예요!"

오빠의 말에 반박한 첫 번째 딸이다.

"지금 이렇게 된 거 그런 걸 따지면 뭐해요! 이사람 혼자 계속 병원비 감당하는 건 무리예요."

며느리가 끼어든다.

시원한 에어컨바람에 쓸린 병원 특유의 냄새가 확 풍긴다. 속이 뒤틀리고 구역질이 난 아버지는 병실 복도를 나온다.

햇볕이 따갑게 머리 위에서 불타고 있다.

풍성하게 뒤덮은 푸른 잎사귀의 그림자가 길게 드리워진 돌담 쪽으로 걸음을 옮긴다. 턱밑까지 차오르는 뙤약볕의 열기가 타인의 몫인 양 묵묵히 이리저리 가로지른다. 돌담길을 따라 왔다 갔다 하고 있을 뿐 햇살이 느껴지는 것도, 쏟아 붓는 빗줄기를 느끼는 것 모두 잃어버린 지 오래다. 그렇듯 아버지는 무감각 속에 발길을 내딛고 있다.

햇볕을 피해 나무그늘 아래 돌담에 등을 붙인다.

바람 한 점 없는 더위에 눈이 부시도록 내리는 햇살에 아버지는 눈살을 찌푸린다. 머릿속이 온통 거미줄이 처진 듯 뒤엉켜 무엇 하나 제대로 떠오르지 않아 한숨이 깊다.

"죄송합니다. 여기는 담배 파는 곳이 없나 봅니다."

어색하게 어떤 남자가 다가오는 바람에 아버지는 눈을 뜬다.

다른 남자다. 아버지가 다가왔을 때 멋쩍은 기색으로 등을 돌려 사라진 어떤 남자다. 지친 표정을 억누른 채 아버지는 주머니에서 담배를 꺼내 한 개비 준다. 라이터, 라는 눈짓을 알아챈 아버지는 말없이 건넨다. 어떤 남자는 벌쭉 고개를 숙이고는 10년을 넘게 끊었던 담배라고, 말을 얼버무리곤 쓴 미소와 함께 켜는 라이터에서 치솟는 불꽃이 햇살에 아른거린다.

"아까 뵌 분 같은데 어떤 사연으로……."

하늘로 눈길을 둔 채 어떤 남자는 묻는다.

잠시 아버지에게 두었던 눈길을 다시 하늘로 향하는 바람에 아버지도 덩달아 그의 시선을 쫓아 하늘을 향한다. 산산이 흩어져 새털구름이 푸른 하늘을 수놓고 있다. 아버지는 대꾸 없이 담배만 피운다. 어떤 남자는 멋쩍음을 슬며시 느끼고 눈살을 찌푸린다. 답답한 심경을 누군가에게 의논하고 싶은 간절함이 묻어있다. 어떤 남자는 아버지의 눈치를 몇 번 흘끔거린다. 아버지는 하늘에 시선을 둔 채 눈길을 내리려는 기색이 전혀 없다. 자꾸 살피는 것도 뭐해 어떤 남자는 멀리로 눈길을 옮긴다.

"이 병원에 온 지가 벌써 구 일째입니다."

아버지가 스쳐가는 투로 읊조리는 것은, 아버지 역시 아이를 입원시키고 누구라도 붙잡고 물어보고 싶었던 심정을 알기 때문일 터다. 어떤 남자는 아버지에게 눈길을 둔다.

"병원에 오기 전에는 정말 몰랐습니다. 이렇게 아픈 사람이 많나, 하고요."

아버지는 어떤 남자의 말에 공감한다는 듯 말없이 고개를 끄덕인다. 자신도 첨엔 그렇게 느꼈다고. 아버지의 차분한 어투다. 아버지의 시선을 비킨 어떤 남자는 바닥에 담배꽁초를 버린다. 그만 비벼도 될 터인데, 구두 앞발로 마구 비벼 형태가 불투명한 조각을 사정없이 밀쳐낸다. 그래도 여전히 바닥에 짝 달라붙은 티끌들이 버티므로 어떤 남자는 침통한 표정으로 마구 티끌을 비벼댄다. 어떤 남자의 행위를 끝까지 지켜본 아버지는 어떤 남자와 눈길이 마주친다.

"누가 아파서……."

아버지의 시선을 맞바라보던 어떤 남자는 어머니가 편찮으셔서, 라고 끝말을 얼버무린다. 깊은 한숨을 내쉬는 어떤 남자의 머쓱한 고갯짓을 봐서는 담배를 원하는 것인 듯해 아버지는 담뱃갑을 어떤 남자에게 내민다. 바람이 부는 것도 아닌데, 어떤 남자는 습관인지 라이터 불을 손으로 가리고 불을 붙인다.

"어머니의 검사결과 치매와 위암이라지 뭡니까? 아내는 병원냄새에 질색을 하더니 병원에 못 있겠다고 집으로 가버렸습니다."

어떤 남자는 노기를 삭히지 못한다. 정말, 어떻게 그럴 수 있느냐는 마땅치 않다는 어투로 내뱉는데 한 움큼의 담배연기가 남자의 귓등으로 피어오른다. 침묵하는 동안 어색함이 누그러지지 않는다. 혹여 선생께서는 이런 상황에 처하면 어떤 생각을 하겠냐고, 어떤 남자는 묻는다. 그러다가 또다시 묻고 계속 묻는 통에 아버지는 잠깐 어떤 남자에게 눈길을 두었다가 시선을 허공으로 옮긴다.

"해야 할 일이라면 해야지요, 어머니인데……."

"그렇지요! 도대체 며느리가 뭡니까?"

"어차피 며느리는 남이 아닙니까?"

아버지는 어떤 남자의 짓눌린 눈매를 피해 지하주차장으로 들어가는 승용차의 꽁무니를 본다.

"그, 그렇군요…… 본인이 힘들면 간병인을 고용하라 하더군요."

복잡한 눈초리의 어떤 남자는 긍정인지, 부정인지 모를 고갯짓을 하다가 하늘에 두었던 눈길을 내려 조금 전처럼 구두 앞발로 담배 꽁초를 비벼서 걷어찬다. 마치 자신의 어쩌지 못하는 감정을 쓸어내듯 마구 짓밟는다. 어떤 남자의 격양된 눈빛을 누그러뜨리지 못한 기색이 무참히 일그러진다.

"처자식을 위해 지금까지 열심히 살아왔습니다. 만약에, 자신의 어머니가 그 지경이 되었으면 그렇게 할 수 있을까요?"

어떤 남자가 또 묻고는 어떻게 생각하느냐고, 독백처럼 내뱉는 볼멘소리에 아버지는 눈살을 찌푸린다. 집요하게 묻는 어떤 남자다. 그렇지 않아도 아이의 죽음 앞에 초조함으로 가득한 아버지의 속내를 읽지 못하는지라 질끈 눈을 감는다.

모두의 사연을 들어보면 그만한 이유와 변명은 다 있다. 한숨이 아버지의 미간으로 주름이 잡혀 심기가 몹시 불편해 보인다. 아버지에게서 고개를 돌린 어떤 남자의 목에는 붉은 힘줄이 돋는다. 아버지의 눈치를 힐끔 본 어떤 남자는 일그러진 안색을 감추지 못하고 입술 사이로 흘러나오는 담배연기와 함께 짧은 한숨이 터진다. 여전히 심드렁한 기색을 지우지 못한 채다. 어떤 일로 병원에……, 그제야 아버지의 사연을 묻는다. 그것은 같은 처지에 놓여도 당신이 그렇게 묵과할 수 있겠느냐는 냉소적인 어투다. 아이가 아파……, 더 이상 말을 잇지 못하고 한숨 섞인 기색에 어떤 남자는 약간 어눌한 표정이다. 무척 힘이……. 어떤 남자는 말을 흐리곤 아버지의 자조적인 쓴웃음이 처연해 눈만 껌벅인다. 강하게 마음을 갖고 끼니 거르지 마세요. 그래야 간병할 수가 있습니다, 아버지는 감정 없는 투로 읊조린다.

　멀어지는 어떤 남자의 뒷모습을 바라본다. 동병상련의 아픔이 노을에 비친다. 아내의 죽음 앞에서 해준 남자의 표현이기도 해 가슴이 더 먹먹한지도 모른다. 기억이란 도대체 노크도 없이 들어온 방문객 같은 것인가? 뇌리 속에 아무렇게나 구겨져 있다가 돌연한 순간에 현실로 다가와 당황스럽게 만든다. 스쳐가듯 귓등에 남겨져 있던 것들이 재현되는 것처럼 남자의 말을 인용하리라 생각지도 못했다. 씁쓰레한 아버지는 담뱃갑을 꺼내다가 빈 갑을 구겨버린다. 태양이 뉘엿뉘엿 기운다. 햇볕이 힘에 겨운 듯 병동의 유리창과 나뭇잎 사이로 슬금슬금 모습을 감춘다. 땅거미가 건물 벽면에 부딪쳐 오그라드는 끝자락은 외등불빛으로 화들짝 놀라 사라진다.

　달빛이 구름에 가려 하늘이 칙칙하다.

　아버지는 중환자실을 나와 병동 복도를 이리저리 걷다가 건너편 병동으로 건너가 편의점으로 들어간다. 이리저리 섞인 음식냄새가 코끝을 간질여 헛구역질이 난다. 중환자실에서 오늘 일반병동으로 옮겼는데 빵을 먹어도 될까요? 빵을 들고 중년여인이 종업원에게 묻는다. 어때요, 먹고 싶으면 먹어야죠, 종업원은 대수롭지 않게 답한다. 아버지는 생수병을 들고 문을 밀치고 나와 건너편 병동 통로 사이에서 옆으로 발길을 옮긴다. 병동 뒤쪽에 쭈그려 앉은 환자가 손을 가린 채 슬금슬금 담배를 흡입하는 눈망울에 힘이 하나도 없어 보인다. 환자는 인기척에 얼른 뒤로 담배를 감추고, 아버지는 못 본 척 지나친다.

일주일에서 열흘 사이…… 힘없이 고개를 숙이고 어둠에 묻혀가는 아버지의 뒷모습에 가로등 불빛이 처연히 내려앉는다. 지치고 힘에 겨운 어깨에서 애가 타 바짝 마른 한숨이 스멀거린다. 허리벨트를 네 칸이나 줄였는데도 허리춤이 헐렁하다. 우뚝 걸음을 멈춘 채 고개를 들어 앞을 향하는 돌담이 쥐죽은 듯 적막하다. 희미해진 가로등만이 어둠을 밝힌다. 더 적막하고 쓸쓸해 보이는 건 왜일까, 남자가? 아!…… 그렇지 남자의 그림자가 사라져 버려 다시는 이곳에 오지 않을 것이라는 허전함이다. 그나마 의지했던 남자가 올 수 없다는 단절이 엄습해서일까? 남자의 어깨에서 아픔도, 희망도 그리고 슬픔을 다 느껴서…… 속내가 아리다. 저, 중환자실은 어디에 있습니까? 가쁜 숨을 몰아쉰 여인은 허겁지겁 묻는다. 중환자실! 누가 아파서……. 황망히 놀란 속마음을 꿀꺽 삼킨 아버지는 먹먹한 눈망울로 입 대신 손가락으로 가리킨다. 아버지가 가리킨 병동 쪽으로 여인은 허겁지겁 뛰어가는데 멀어지는 여인의 뒷모습이 휘청거린다. 뒷걸음질로 돌담에 등을 붙이고 젖은 속눈썹을 지우려는 아버지의 눈꺼풀이 풀썩거린다. 돌담에 기대고 있던 등이 주르륵 내려앉더니 속눈썹에 그렁그렁 매달렸던 물방울이 뚝 떨어져 일그러진 입술 사이에서 물줄기를 이룬다. 가로등도 어쩔 수 없다는 듯 불빛만 껌벅이다가 은근한 불빛으로 아버지의 등을 어루만지며 묻지 않는다. 아픔에 대해 물으면 더 아파할까봐, 그도 아니면 자신의 힘든 것에 대해 거짓말을 할지도 모르기 때문일 터이다.

석고상처럼 굳어진 얼굴에 아찔한 현기증이 왔던 것일까? 아버지는 세운 무릎에 얼굴을 묻고 눈을 감는다. 불길한 꿈 때문인지 등줄기로 한기가 으스스 온몸을 떨게 한다. 물기에 젖은 눈망울이 뿌옇게 흐려져 멍하니 검푸른 하늘로 눈길을 주고 있으나 혼미한 눈꺼풀이 또다시 무겁게 내려앉는다. 다시 감은 눈꺼풀을 비집고 물방울이 스멀거리다가 가슴 저린 한숨이 입술 사이로 신음처럼 흘러나온다. 마음속이 꽝, 소리가 나도록 무너져 내려도 더 이상 잃는게 없는데 험로로 언제까지 그 길을 가야되는지 속이 타고 두렵다.

발길이 끊긴 빈 터에서 아무런 맥락도 없는 기적만을 기다리는 마음이 덧없고 서글퍼 눈이 짓무른다. 정적만 있는 병실 창문에서 뿜어져 불빛이 새어나온다. 늦은 귀가로 정문을 빠져나가는 자동차 불빛이다. 저 병동에서 병동의 통로를 지나 장례식장으로 들어가는 한 무리의 사람들이다. 앰뷸런스의 요란한 사이렌소리가 사라질 즈음 홀로 돌고 있는 경광등불빛이다. 응급실 앞을 요란스럽게 하는가싶더니 이동침대로 환자를 옮긴 후 찾아든 정적이 썰렁하다.

아버지는 병동으로 들어와 복도 끝의 간이의자에 옹송그린 채 옆으로 몸을 눕히고는 가슴께로 두 다리를 한껏 당겨 새우잠을 청한다. 감은 눈이 바늘에 찔리듯 따갑고 욱신거려 도로 눈을 뜬다. 눈알에 거미줄이 처진 듯 시야는 흐리고 침침하다. 흐린 복도는 메말라버린 듯 답답하고 숨이 막혀 엉거주춤 몸을 일으킨다. 이곳저곳으로 아무리 눈길을 돌려봐도 보이는 건 하얀 벽뿐이다. 휘청대는 발길을 한 걸음, 한 걸음 옮겨 병동 밖으로 나와 돌담을 향해 걷는다. 가로등이 비치는 나뭇잎사귀들이 불빛에 반사돼 번뜩이지만 눈길로 들어오는 건 하나도 없다. 그저 눈길이 가는 데로 바라볼 뿐 무엇을 찾는지 모른다. 그저 지난 시간이 두렵고 무서울 뿐이다.

중환자실에 들어갔다 나와 지워지지 않던 환자들의 희멀건 눈동자 때문에 몸서리친다. 어딘가를 향해, 무언가를 원망하듯, 두 눈을 부릅뜬 채 콧구멍엔 호스를 끼고 다물지 못한 입술이 아려서, 그 주검 앞에서 도망치듯 빠져나와 허둥대던 모습이 떠올라 가슴이 저려 홀로 끌어안고 몸부림치는 시간이 두렵다. 결국 아이도 저렇게 되는 걸까? 의구심이 지워지지 않아 어디를 향해 걷는 것인지, 도대체 누구를 찾는 것인지 도통 가늠이 되지 않는다.

홀로 돌담길을 걷는다.

가로등 불빛에 반사된 푸른 나뭇잎들, 돌담 위에 솟아있는 잡풀들의 고귀함에 저절로 머리가 숙여진다. 그날, 다급히 중환자실을 뛰쳐나온 경박함이 내내 마음속을 어지럽힌다. 지금, 잡풀들을 하나하나 더듬으며 그곳에서 생명을 느낀다. 내 아이는 죽지 않아, 라고 다문 입술 사이에서 신음이 새어나온다. 헌데, 장례식 병동으로 옮겨지는 이동침대 그 위에 흰 천으로 덮여있는 주검이 보여 허망한 동공이 주저 없이 흔들린다. 흔들리는 시야만큼 모든 사물이 흔들려 병동을 오고가는 사람들의 걸음걸이마저 헛발을 짚듯 이리 꺾이고 저리 꺾이곤 한다. 아버지는 멀뚱히 응시하다 서둘러 고개를 돌린다. 아이가 자신을 부르며 깨어나는 순간까지 기대를 저버려서는 안 된다. 어설프기 그지없는 희망의 추상명사라 해도, 아이가 어떤 형태로 다가오든 백 년의 세월이 흘러도 시간이 멈추길 바란다, 아이가 살 수만 있다면…….

풀벌레소리가 귀를 간지럽힐 뿐 밤이 고요히 깊어간다.

여 의사가 들려준 말이 쉽게 가라앉지 않는 기억 때문인지, 아니면 떠오르는 무언가를 지우고 싶어서인지 아버지는 세차게 머리를 흔든다. 없는 자매를, 없는 생모를 어디서…… 마음이 무겁게 자리한다. 돌담에 기댄 등이 주르륵 내려앉는다. 세운 무릎에 두 팔을 얹고 그 위에 얼굴을 묻는다. 눈이 스르르 감기며 눈가로 아픔이 흐른다. 언제부터인가 문득문득 떠오르는 그림자가 혼란스럽게 하더니 눈동자 위에 그려진 흔적이 잠시 흔들리다 되살아난다.

그녀, 그리고 아이

날들이 흘러갈수록 그리움은 가슴으로 젖어들었다.

그립고 보고픈데, 언니의 옥죄는 가슴앓이는 진정 죽음보다 더한 고문이었을지도 모른다. 무언가가 자신을 잡아당기는 듯 해 그녀의 젖은 눈망울에 그리움이 넘쳤다.

벌써 며칠째 방에 갇혀있는 그녀는 책상에 두 손을 포갠 채 그 위에 얼굴을 묻었다. 그것은 오빠가 금족령을 내렸기 때문인데, 언니와 번갈아가며 그녀의 방으로 들어와 낙태를 하자는 회유의 닦달에 견디지 못하고 울음이 터져 나왔다. 네 나이가 몇인데, 기가 막힌다는 언니는 혀를 찼다. 창피해서 살 수가 없다고. 그렇게 인생을 포기할 것이냐고. 더 늦기 전에 산부인과에 가자고, 언니는 무섭도록 몰아세웠다. 언니는 한참을 노려보다 집안 망신 다 시켰다고. 아무리 몰아세워도 꿈쩍없는 그녀의 모습에 짜증이 난 언니는 방문을 꽝, 닫고는 누가 이기나 보자, 라고 덧붙였다.

그녀와 생리주기가 같은 날인 언니는 생리도 안하고 헛구역질을 한 그녀에게 닦달을 했다. 모든 사실을 알게 된 가족들이 낙태를 시키려 하는 걸 그녀는 완강히 거부하고 있었다. 어떻게 새 생명을 그렇게 죽일 수 있어? 죽으면 죽었지 그렇게는 못해! 그녀는 이렇게 새 생명을 죽일 수는 없다며 단식을 한 채 울고 있었다. 자신의 인권을 옥죄는 가족들의 시선이 병아리를 낚아채려는 솔개처럼 느껴졌다. 그렇게 온화하던 엄마의 눈길마저 소름이 돋는 듯했다. 그녀의 방문소리가 들리기만 해도 가정부 숙이의 눈길조차 감시자로 변했다.

그녀는 책상 위의 책들을 마구 집어던지며 울부짖었다.

또 소리 없이 방문이 열리더니 언니가 방으로 성큼 들어왔다. 지금 네가 저지른 행실이 얼마큼 집안 망신시킨 줄이나 알고 고집을 부리는 거야? 그녀 언니는 똑바로 선 채 날카로운 눈빛을 늦추지 않다가 냅다 고함을 질렀다. 그녀 옆에 앉은 언니는 치솟는 울화를 도저히 참을 수가 없어 사정없이 그녀의 어깨를 잡아당겼다. 지체할수록 너만 손해라고, 지금 병원에 가면 감쪽같이 할 수 있는데 정말 창피해서 살 수가 없단다, 소리치고, 어깨를 흔들고, 때리고, 울부짖는 손길을 그녀는 뿌리쳤다.

누구한테 창피한데?

언니의 성난 눈빛을 맞받아친 그녀는 따졌다. 언니와 결혼할 사람한테 창피한 것 때문에 내 뱃속의 아이를 왜 지워야 되느냐고, 그녀는 서슬 퍼렇게 따졌다.

두 자매는 서로의 눈길을 외면했으나 침묵이 길어질수록 답답해 그녀는 손가락으로 방문을 가리켰다. 언니에게 방에서 나가라고. 말없이 일어선 언니는 잠시 그녀를 내려다봤다. 아직 어려서 모른다고, 후회할 땐 이미 지나간 상처뿐이라고, 그녀의 손가락을 따라

방을 나서다 우뚝 멈춰선 그녀 언니는 내일은 강제라도 병원에 끌고 갈 거라고, 괘씸한 년! 언니는 욕설을 입술 끝에 물고 거칠게 방문을 닫았다.

초저녁부터 찔끔거리던 빗줄기였다.

어둠이 짙어가자 본격적으로 지붕 위에서 폭발하는 천둥소리에 실린 빗줄기는 사선으로 거칠게 창문을 흔들었다. 희미한 어둠의 실루엣으로 유리창이 그녀를 담았다. 엄청난 핍박의 고뇌가 서려있는 눈빛이 그 속에 있고 하얀 줄기가 흘러내렸다. 가자, 라고 입술말로 읊조린 그녀는 몸을 일으켜 방문을 열었다.

빗물에 추적대는 마당이 적막할 뿐 마루에 모여 앉은 가족들은 텔레비전을 보느라 방문이 열리는 소리가 들리지 않았던 모양이다. 살금살금 대문으로 다가간 그녀는 조심히 문을 열었으나 나무대문에서 삐꺽, 소리가 나 고개를 돌리는 순간 언니와 눈길이 마주쳤다. 너, 어디가! 그녀 언니의 외침은 빗줄기 속으로 메아리쳤다.

뒤도 안 돌아보고 내달리는 그녀의 뒤꽁무니를 쫓아온 천둥과 번개가 하늘을 찢어놓고는 무섭게 떨어졌다. 번쩍이는 번개불빛에 드러난 빗물은 은빛으로 변해 온몸을 휘감았다. 뒤돌아보면 더 무서움이 밀어닥칠 듯해 앞만 보고 무작정 뛰었다. 사납게 몰아치는 바람에 합세한 빗줄기는 사정없이 그녀의 전신을 덮었다. 가야 돼! 아이를 죽일 수는 없어…… 아이를 살리려면 그 사람한테 가는 길뿐이야, 마음속으로 울부짖는 만큼 뜨겁게 솟구치는 눈물이 빗줄기에 묻혀 가슴으로 흘러들었다.

아침부터 내린 비 때문인지 실내가 한산했다.

롤링 스톤즈의 애즈 티어즈 고우 바이가 칙칙한 실내 분위기를 어루만지듯 잔잔히 흐르고 있었다.

　야!…… 서태민, 옛날이나 지금이나 변함이 없네!

　성호가 반가운 눈웃음으로 악수를 청했으나 건성으로 손을 내미는 그의 기색에 성호는 의아한 표정을 짓고는 왜 그래? 라고 휘둥그레진 눈망울로 다른 친구들을 돌아봤지만, 다른 친구들은 손사래로 건드리지 말라는 시늉을 했다. 슬쩍 새끼손가락을 들어 올린 성호는 여자문제야? 눈썹을 찡끗했다. 다른 친구는 고개를 끄덕이고 못마땅한 입맛을 쩍, 다셨다. 친구들의 지청구가 귀에 들어올 리 없는 마음속은 온통 그녀로 얼룩져 있었다.

　그녀와의 짧은 전화통화가 더욱 그리움으로 다가와 잊으려하는 고뇌를 이겨보려 해도 견딜 수가 없었다. 그녀의 울부짖듯 끊어진 통화는 더 괴롭게 만들 뿐 알코올이 들어가면 잊을 줄 알았는데 그것이 아니었다.

　성호는 조용히 그를 불렀고, 그의 눈빛에서 웃음기가 사라지므로 덩달아 성호의 눈길도 굳어졌다. 군대에서 가장 견디기 힘든 현실이 뭔지 아냐? 성호는 묻고 나서 잠시 맞바라보다가 덧붙이는 입술이 씁쓸했다. 고참들이 트집 잡아 기합 주는 것도 아니고 부모형제가 그리운 것도 아니라고. 성호는 술잔을 들어 단숨에 비우곤 그에게 술을 따랐다. 부대입구에까지 눈물을 흘리며 기다리겠다고 했던 여자가 기별도 없이 고무신 거꾸로 신었을 때야, 성호는 그의 어깨에 손을 얹었다. 너무 미워서, 눈물을 닦던 모습이 눈에 아른 거려, 차라리 눈물을 보이지 말거나, 기다린다고 하지나 않았으면 덜 아팠을 거라고, 그의 어깨에서 손을 내린 성호는 한바탕 웃고는 언제든지 볼 수가 없어서, 더 간절했던 것뿐이라고. 제대를 하니까 그리움도 애증도 잠시 머물다가 식어버렸다고. 성호가 잔을 들어 벌컥 들이키므로 그는 허탈하게 웃었다. 그 동안 밥보다는 알코올에 의존해 왔던 시간이 많았던 동공이 흐릿하게 풀려 있었다.

누가 찾아왔다고?

그의 귓가에 속삭인 주인이 눈짓을 해 보여 누구? 귀찮다는 손사래에 주인은 눈을 찡긋했다. 대수롭지 않은 걸음을 옮기다가 우뚝 걸음을 멈췄다. 통로 벽에 걸린 거울 속에 찢어지고 헝클어진 마음이 그대로 담겨 있었다. 마치 면이 고르지 못한 모자이크 거울에 비춰져 일그러진 모습에 그는 서둘러 고개를 돌려 거칠게 휴게실문을 밀쳤다. 창 밖을 내다보고 있던 그녀가 몸을 돌리자 비에 흠뻑 젖은 머리칼에선 빗물이 뚝, 뚝 떨어졌다. 아!…… 그토록 보고 싶어 했던 그녀가 눈물을 흘리고 있었지만 정녕 꿈은 아니었다. 흐느적대던 눈빛마저 번쩍 뜨여 그녀에게 다가가 말없이 꼭 안았다. 갑자기 눈꺼풀을 비집는 물기가 사물을 흐리게 하므로 한번 미끄럼을 탄 물줄기는 멈출 줄을 몰랐다.

그녀를 꼭 안고 그녀에게 아무것도 묻지 않았다. 그만큼 눈물의 깊이를 알기 때문이다. 잠시 침묵으로 가만히 있다가 그녀의 얼굴을 조용히 들었다. 그녀의 눈이 울고 있었으나 표정은 가늘게 떨고 있었다. 새로운 세계를 맞이하는 소녀의 눈빛이 마치 기나긴 겨울잠에서 깨어난 풀잎처럼 흔들렸다. 그녀는 무너지듯 그의 품에 안겨 눈물이 그의 심장으로 뜨겁게 흘러들었다.

또 뭔 짓이여?

대천댁이모에게 사정을 했으나 썩은 호박에 이빨도 안 들어갈 기세였다. 그 시간에 마땅히 갈 곳이 없던 그는 서둘러 그녀를 데리고 집으로 왔지만 대천댁이모의 완강한 몸짓이었다. 두 손을 모은 채 그는 마지막으로 한 번만 눈을 감아달라고 사정을 하는데 어머니가 나타났다. 비에 흠뻑 젖은 여자와 사정을 하고 있는 그의 모양새에 어머니의 눈이 휘둥그레 떠졌다. 갑작스레 나타난 어머니로 인해 대천댁이모의 입가가 흉하게 일그러졌고 그의 난감한 기색 또한 어안이 벙벙하기는 마찬가지였다. 이리저리 번갈아 쳐다보던 어머니는 그러고 있어봐야 부끄러운 일이란 걸 깨닫고 얼른 몸을 돌려 앞장섰다.

이게 무슨 꼴…… 대체 이유가 뭐냐? 비를 흠뻑…….

기가 막혀 말이 안 나온다는 표정으로 말을 흐려버린 어머니는 아예 두 사람을 쳐다보려 하지도 않았다. 세상에!…… 기가 막혀서!……, 할 말을 잃었다는 듯 눈길을 내린 어머니의 한숨이 무거운 실내를 휘감았다. 요즘 방황하며 어미 속을 썩인 게 저 아가씨 때문이냐고, 어머니는 날카로운 눈빛으로 그녀를 노려봤다. 이미 그녀의 눈가로 물줄기가 흥건했다. 아들의 입술이 열리지 않아도 직감으로 예상했지만 그녀의 모습이 불량해 보여 묻지 않을 수가 없었다. 늦은 시간에 흠뻑 비를 맞고 남자 꽁무니를 쫓아온 여자이니 오죽하겠는가.

대천댁이모가 쟁반에 주스 세 잔을 담아 슬쩍 방으로 밀어 넣었으나 누구도 쟁반에 눈길을 주지 않았다. 어떤 관계야? 솔직하게 말해봐! 속이 탔던지 주스 한 모금을 삼킨 어머니는 시선을 그녀에게 옮겼다. 죄송하다고, 울먹이는 그녀의 입술이 처참하게 일그러지는지라 보다 못한 그는 나쁘게 생각하자 말라고. 애절한 눈빛이었다.

하긴 그랬다.

초등생부터 운동을 잘해 박수치는 일은 많았으나 속을 썩이지는 않았다. 딱히 말한다면 싸움을 해서 상대를 때리는 문제 이외는 야단친 적이 별로 없었다. 맞고 들어와 훌쩍거렸으면 속이 더 상했을지도 모른다. 그런 일 말고 아들의 여자를 본 적이 없었으니 어머니는 신기하기도 하고, 뭐라 표현하기 힘든 감정이었을 터였다.

큰아들도 그랬다.

미국으로 유학을 갔다 와야 되겠다고 해서 있는 돈 없는 돈 구해 다달이 송금했더니, 어느 날 뜬금없이 전화가 와 미국에서 결혼을 할 거라고, 했다. 큰일을 치러본 적이 없던 어머니는 황당해 어떻게 해야 되느냐? 물으니 미국은 한국하고 결혼풍습이 다르다며 초청장을 보낸다는 형의 설명뿐이었다. 미국에서 태어난 큰며느리는 교포 2세라 며느리 밥 얻어먹기 애당초 틀렸다고, 투덜대던 어머니였다.

눈매를 봐라, 야무진 것이 허튼 짓은 하지 않겠다.

결혼사진을 펼쳐가며 눈매가 야무져 보여 큰 아들이 별일 없이 살 것 같다는 위안으로 어머니는 한숨을 삼켰다. 어미하고 이곳에서 살아야지 형이 오란다고 불쑥 가면 안 돼, 알았지? 어머니는 그의 눈치를 흘끔 살폈다. 그곳에 황금덩어리가 있다고 해도 안 가! 엄마하고 평생을 내 조국에서 살아야지 뺑코들하고 왜 살아? 영어라면 학창시절에 커닝만 했는데, 곱살 맞게 자신의 불안증을 시원하게 풀어주므로 어머니의 화색이 눈에 띄게 밝아졌다. 큰아들보다 곱살 맞고 자상한 작은아들이 어머니의 마음에는 큰 기둥으로 심어졌다.

문제는 비를 맞아가면서까지 뒤꽁무니를 따라들어 온 그녀인지라 영 마음이 편치 않았다. 오죽 못났으면 남자 뒤를 졸졸 따라다니나, 하는 가벼움 때문이었다. 찬찬히 그녀를 훑고는 결코 가벼워 보이지 않는 인상이라 어머니는 의문이 들었다.

지금 몇 살이야?

어머니는 짧은 숨을 내쉬고 그녀를 불렀다. 흠칫 놀란 눈망울을 들은 그녀는 퍼뜩 눈길을 내리고는 조그마한 음성으로 읊조렸다. 그래! 직업이 뭐냐고 묻다가 학생이라고? 어머니의 생각과는 의외라는 듯 코를 찡긋했다.

부모님은?

말없이 눈물만 흘리는 그녀인지라 그는 얼른 자신을 찾아왔으면 분명 위급한 사정이 생겼을 거라고, 그러니 차차 사실을 설명할 테니 오늘은 그만하라고, 두 손을 모은 채 비는 시늉을 했다. 어머니는 한동안 그녀와 그를 번갈아 보다 고개를 끄덕였다. 어머니의 말에 고개만 숙인 채 눈물만 떨어뜨리던 그녀는 깊은 한숨을 지었다. 부모 속 타는 심정을 생각해서라도 전화를 해야 걱정이 덜 된다고, 어머니는 다시 한 번 달랬으나 그녀는 눈물만 보일 뿐 말이 없었다. 어정쩡하게 고개를 끄덕인 어머니는 애써 의아함을 누그러뜨리고 어서 나가! 손짓을 했다.

뭐, 뭐라고? 임신!······.

가슴에 궁금증을 담아둘 수가 없어 그가 묻는 답변에 임신이라니! 어안이 벙벙한 그의 눈매에 현실의 무게에 짓눌린 그녀의 입술이 창백해 들썩여지는 그녀의 흐느낌을 달래줘야 했다. 그 동안 혼자서 무거운 짐을 지고 고뇌했을 그녀를 생각하면 마음이 답답하게 막혀와 말없이 그녀의 어깨를 감싸 안았다. 그동안 많이 힘들었지? 염려함으로 그녀의 눈물샘이 오열과 함께 터졌다. 손가락 사이로 비집는 오열을 억제하려는 신음이 입술을 비집어 그녀를 더 꼭 안

앗다. 목마름에 단비를 찾아서일까? 그녀의 눈망울에 쉼 없이 물방울이 고였다. 견디기 힘들었던 목마름이 그녀의 양 볼에 물줄기를 이룸으로 그의 가슴이 한없이 저려 이제 힘겨워하지 마. 아프게 혼자 두지 않을게, 했다.

가슴 아픈 말들 하지 않아도 된다고, 이미 자신이 많이 아파해 짓눌린 아픔을 다 느낄 수 있다고. 그의 눈가가 스멀거려 그녀의 이마에 자신의 이마를 가만히 댔다.

낙태라니!

그 표현이 무엇을 뜻하는 의미인지 아는 터라 그의 눈망울이 껌벅거릴 뿐 도저히 혼자서 감당이 안 되는 일이라 멀뚱했다. 본인 생각은 어때? 그녀에게 묻고는 목젖이 힘겹게 울렁거렸다. 고개를 저은 그녀의 뜻은, 그러니까 찾아온 것이 아니냐는 의미라 그녀를 안았다. 찾아와 줘서 고맙다고.

그녀의 어깨를 잡은 손에 힘을 꽉 주고는 일단 어머니와 상의를 해야 되겠다고, 그는 일어섰다. 그녀는 일어서는 그의 팔을 잡았으나 두려움에 떨고 있던 눈시울이 흔들렸다. 그동안 혼자 가슴앓이로 얼마나 고뇌했겠는가. 그녀의 눈물을 닦아주고는 걱정하지 마. 어머니가 도와주실 거야, 했다.

쪽문을 열고 살금살금 내실로 걸음을 옮겼다.

조그마한 사각형의 유리창이 부착된 내실에서 불빛이 새어나와 살그머니 유리창으로 실내를 살폈다. 뭔 생각을 하는지 어머니는 눈을 감았다가 떴다하고 있다. 자신의 문제로 마음이 편치 않아 보여 그는 마른입술을 혀로 축이고 내실 문을 열었다.

뭐! 낙태?……

그게 무슨 말이냐? 생명을 죽이다니…… 하느님이 절대 용서 못한다, 못하지! 얼마나 부귀영화를 누리고 살겠다고 뱃속에 있는 생명을 죽여, 라고 어머니의 벌어진 입이 다물어지지가 않았다.

부지불식간에 밀려온 엄청난 사건으로 정리할 시간이 필요한 듯 단숨에 물 한 컵을 비운 어머니의 눈망울이 동그래졌다. 거친 한숨을 토해내고는 그녀의 부모를 만나 상의를 해보는 게 좋겠다고, 했다. 저렇게 찾아올 정도면 집 식구들에게 모진 고문을 받았을 거라고, 오늘이라고. 강제로 낙태시키려고 작정을 한 게. 어머니의 눈길을 강하게 흡수한 눈매에서 그의 의지를 읽었지만 어머니의 눈가가 흔들리는 건, 저쪽 부모의 심정은 오죽하겠냐는 걱정이었다. 어미 심정은 똑같을 거라고, 잠시 숨을 멈춘 어머니의 표정은 그의 의중을 묻는 듯해 무겁게 고개를 저었다. 어떻게 뱃속에 아기를 죽여! 그렇게 못하겠다고, 저 상태에서 집에 들어가면 뱃속에 아기가 죽으니 도와달라고, 했다. 그래, 아이는 살려놓고 차후에 부모를 만나자고. 어머니는 그게 좋겠다, 했다. 고개를 끄덕이는 걸 봐서는 어머니의 결심이 굳어진 듯했다.

어머니와 상의한 후 며칠 뒤였다.

어머니는 그를 혼자만 데리고 나와 집에서 조금 떨어진 데다 방을 얻고 나서 살만한지 물었다. 그의 입장에선 지하방이라도 얻어주면 감지덕지할 참인데, 방 하나에 거실 겸 부엌으로 꾸며진 집이라 벌어진 입이 싱글벙글하지 않을 수가 없었다. 역시 엄마뿐이라며 두 사람 평생 효도할 거라는 말도 잊지 않았다. 효도 받자고 그러는 게 아니라는 어머니는 어떤 이유로 잉태된 생명이든, 생명이란 하느님이 주신 고귀함이고, 했다. 그는 어머니의 어깨를 안았으나 어머니의 표정이 그리 밝지는 않았다.

며칠 전 그날도,

한동안 눈을 감은 채 무언가를 생각하다 느릿하게 눈을 뜬 어머니는 당신이 알아볼게, 했다. 어머니는 뜬금없이 한마디를 하고 눈을 감아버렸다. 뭘 알아보겠다는 거야, 라고 묻고는 한참을 어머니 표정에서 시선을 떼지 못했다. 혹시나 어머니가 그녀의 부모님을 만나 상의하려는 게 아닐까? 염려가 되었기 때문이다. 그것은 대화 자체가 불가능했다. 왜냐하면 그녀 언니의 상태를 봐서는 도저히 대화가 안 될 것이라는 게 불을 보듯 뻔했다. 그러다가 괜히 그녀 언니한테 들어서는 안 될 모진 표현이라도 듣는다면, 어머니 마음에 깃들 상처가 클 것이란 염려가 돼 마음이 울적했다. 그의 뜻을 다 알아 들었으니 자신한테 맡기라는 어머니였다. 마음이 복잡했던지 어머니의 어서 나가라는 손짓에 엉거주춤 자리에서 일어났다.

약간 두툼한 봉투를 슬쩍 밀고는 너희들 눈에 맞는 게 무엇인지 잘 몰라 안 샀다, 그러니까 눈짓은, 그녀를 지칭한 것이라 어머니의 다음 말이 안 이어져도 알겠다는 그는 고갯짓을 했다.

서툰 살림살이를 시작하게 된 그녀의 불안심리가 불면으로 찾아왔다. 부모님 걱정으로부터 학교문제, 어느 하나 편한 것이 없어 불면의 나날이었다. 그런 와중에 살림살이를 보겠다고 그의 친구들이 집들이를 와 방안이 꽉 찼다. 그녀는 친구들이 그렇게 술을 많이 마시리라 생각 못했다가 비워가는 술병을 보고 놀랐다. 왁자지껄한 틈을 타 그녀는 슬그머니 일어났다.

그녀는 슈퍼마켓으로 가는 길에 잠시 망설이다 공중전화부스로 들어갔다. 여보세요? 몇 번 불러도 수화기로 아무런 반응이 없어 이상하다는 듯 고개를 갸우뚱한 그녀 언니는 여보세요! 다시 반복이다, 이 사람이 그 일로 토라졌나? 쫀쫀하기는! 그녀 언니는 입술말로 읊조리곤 수화기를 내려놓으려는데 다급한 외침이 흘러나왔다. 언니, 나야! 그녀의 목소리는 떨렸다. 뭐!⋯⋯ 염치도 없다. 너! 집을 나갈 땐 부모형제 다시는 안 보겠다고 나간 거 아니야? 수화기로 흘러나온 그녀 언니의 음성도 떨렸다. 그녀의 손이 급격히 떨리는 만큼 수화기 저편의 숨소리도 거칠게 들려왔다. 떨리는 입술과 손이 가라앉기를 기다렸다 가쁘게 몰아쉬던 숨을 잠시 고른 그녀는 떨리는 입술을 황급히 움직였다. 최소한은 어떻게 지내고 있느냐는 염려 정도는 있어야 되는 게 아니냐고, 반박했다. 이해? 그 뜻은 이미 지나간 일들을 덮어달라고 구걸하는 표현이라고, 그녀 언니는 말하곤 그러니까 언니 말을 들어야지 왜 고집이냐고, 수화기로 흘러나오는 음성이 쩅쩅했다. 동생의 감정까지 조율하려드는 이기심이 도대체 뭐 때문이야? 그것은 언니만을 위한 체면이잖아? 나, 이제 성인이야! 언니 명령이나 따르는 애완견 아니라고, 그녀는 외쳤다. 왜 그래야 되는데, 라고 당당하게 말했던 것뿐만 아니라 그렇게는 못하겠어, 라는 표현도 분명히 했다. 다름 아닌 그녀 언니의 어투가 비위를 상하게 했기 때문이었다. 지나치게 공격적이거나, 지나치게 수비적인 것은 결국 같은 맥락의 본질이 아닌가. 그녀 언니의 뭐라고! 터져 나오는 고성이 수화기를 통해 울려 퍼지기 전에 외려 그녀는 수화기를 내려놓고 공중전화부스에 등을 붙였다. 참으려 해도, 억누르려 해도 샘솟듯 터지는 눈물을 막을 수가 없었다. 그녀는 속으로 다짐했다, 다시는 전화 안 할 거야.

그녀는 슈퍼에서 술을 한 아름 사들고 공중전화부스 앞을 쳐다보지도 않고 쌩하니 지나쳤다.

　그녀가 술병을 들고 막 들어서는데 찌개국물을 입으로 가져가던 그의 친구가 양반되기 틀렸다고, 너스레를 떨었다. 뭔 말인가? 눈망울로 껌벅이는 그녀의 표정에 친구들은 박장대소했다. 그녀가 자리를 떠나자 친구들은 그녀의 궁금증을 번갈아 가며 묻는 통에 곤혹을 치렀다. 그렇지 않아도 빈병만 뒹굴어 그녀를 찾고 있던 중에 그녀가 한보따리 들고 들어오니 어찌 반갑지 않겠는가. 그제야 무슨 뜻인지 알아챈 그녀는 눈으로만 빙그레 웃었다. 그의 옆에 앉아있던 성국은 우리 친구들 중 제일 먼저 아빠가 된다며 그에게 연속 술을 따랐다. 싫지 않았던 그는 싱글벙글한 표정으로 친구들의 술을 다 받아 마시다보니 얼굴이 홍당무보다 더 불그스레했다. 염려가 되었던 그녀는 내내 그의 기색을 살폈다. 조금만 마셔요, 해도 괜찮아, 라는 눈 모양으로 친구들이 주는 대로 벌컥, 벌컥 다 마셨다. 이제 예비아빠, 엄마가 될 사람들 노래를 한 곡 들어보자는 준석의 제의에 친구들은 박수로 분위기를 고조시켰다. 생전 처음으로 맞이해본 분위기에 몸 둘 바를 몰라 하는데 일어서서 합창을 하라니 그녀의 수줍은 얼굴이 아예 빨갛게 물들어버렸다.

　동녘에서 솟아오른 햇살이 커튼을 비집었다.

　뒤뜰에 유일한 살구나무는 주인아저씨가 애지중지 돌보는 거룩한 나무다. 살구가 달린 가지가 담 밖으로 떨어질 세라 수시로 감시했다. 그날도 수선을 떨며 가지치기를 하는데 전화벨이 요란하게 울렸다. 여보세요! 그는 수화기를 베개 위에 올려놓은 채 그 위에 입을 얹었다. 고막을 찢는 억양이 수화기를 타고 흘러나와 게슴츠레 눈을 떴다. 전화를 바꾼 게 아니라 강제로 입에 갖다 댄 거지, 라는 재호의 컬컬한 목소리였다. 피곤하다며, 그 동안 누적되었던 피로가 폭발한 것 같은데 이른 아침부터 웬일이냐고, 그는 물었다. 지금 그런 넋두리할 시간 없다면서 빨리 커피숍으로 나오라고, 했다. 통화가 끊어진 수화기로 전파 음이 윙, 윙- 울렸다. 수화기를 내려놓지 못하고 멍하니 있는 그를 의아한 시선으로 바라보던 그녀의 눈망울은 불안에 휩싸였다.

그렇게 나갈 거예요?

그녀를 쳐다보지도 않고 나가는 그를 향해 다급하게 외쳤다. 그녀의 제지에 우뚝 멈춘 그는 그제야 자신의 차림새를 훑었다. 잠옷 차림인지라 후다닥 방으로 들어와 서둘러 복장을 갖추고는 걱정하지 말고 있어, 라고 그녀를 안심시킨 뒤 뒤도 돌아보지 않은 채 대문을 빠져나갔다.

호텔 2층 커피숍은 평소보다 시끌벅적했다.

형님부터 긴장감이 팽배해 누구도 먼저 입을 열려하지 않았다. 형님은 로터리의 조직뿌리를 형성하고 있는 D고등학교 서클의 창설 캡틴이다. 그는 지혜가 많고 용병술에 뛰어나 전쟁에 일가견이 있었다. 무엇보다 동생들을 자상하게 챙겨주는 면이 돋보이는 존재였으므로 후배들은 맹목적인 충성을 보였다.

W고등학교에서 D고등학교로 전학을 와 복싱부로 들어갔을 때다.

2년 선배인 형님은 이미 서클을 창설해 주변을 장악하고 있었다. 그와 같은 1학년인 친구들은 유도부, 레슬링부, 태권도부에 있으며 형님의 수족이었다. 그가 복싱부에 새로 들어와 2학년, 3학년 선배들과의 스파링에서 승승장구하고 있다는 소문을 전해들은 형님은 후배들을 데리고 복싱부를 찾았다.

그러다가 샌드백 찢어지겠다!

오후 햇살이 그림자를 길게 늘어뜨릴 무렵 복싱부 문이 열렸다. 열린 틈으로 들어선 친구들은 거만한 음성으로 쏘아붙었다. 필호의 말을 귓등으로 흘린 그는 샌드백을 툭, 밀치고 가볍게 펀칭을 하는데 필호가 다가와 넌지시 샌드백을 잡고는 정면으로 섰다. 필호의 눈빛에 적의가 뻗쳐 깊게 숨을 들이마신 그는 필호 쪽으로 한 발을 옮기곤 자연히 뒷발에 힘을 실었다. 신경세포가 일제히 곤두설 즈음 잡고 있던 샌드백을 튀기듯 놓은 필호가 옆으로 서므로 자연스레 대각선을 유지했다.

필호가 빠른 동작으로 그의 멱살을 잡으려는 찰나 그는 필호의 등 뒤로 몸을 돌렸다. 재차 그의 목을 잡으려했으나 미처 방어를 염두에 두지 못했던 필호의 옆구리가 눈으로 들어와 그걸 놓칠 리 없던 그의 주먹이 빠르게 복부에 꽂혔다. 부지불식간에 강한 충격을 받은 필호의 얼굴이 일그러지며 허리가 꺾일 때 그의 어퍼컷이 사정없이 턱으로 날았다. 둔탁한 파열음이 퍼지는 동시에 필호가 뒤로 벌러덩 엉덩방아를 찧을 때 그는 본능적으로 몸을 돌렸다. 아니나 다를까, 때를 같이해 상일이 살금살금 다가와 몸을 솟구쳤다. 공중옆차기가 날아드는 걸 예견하고 있던 터라 그는 두어 걸음 백스텝으로 피하곤 샌드백을 상일의 앞면으로 세차게 밀었다. 묵직한 상일의 발이 샌드백에 꽂혀 둔탁하게 흔들렸다. 보기 흉하게 헛방을 지른 상일은 다시 발끝으로 야금야금 다가와 갑자기 발을 쭉 뻗었다. 날아드는 발을 막으려고 그가 손을 드는 순간 공중에서 발을 회전시킨 상일이 돌려차기로 그의 얼굴을 겨냥하는 게 아닌가! 화들짝 놀라 그는 동물적 반사신경으로 머리를 숙였다. 바람을 가르는 날카로움이 머리칼을 스쳤고, 헛방을 지른 상일의 입가에 미소가 흘렀다. 역시 소문대로 보통이 아니구나! 상일은 자세를 추스른 다음 앞차기와 돌려차기의 연속동작으로 급소를 파고들었다. 구석진 모퉁이까지 몰려 벽에 등을 붙인 그는 상일의 다음 행동을 주시했다. 상일의 눈빛이 성난 맹수와도 같이 붉은빛을 뿜어냈다. 그것은 자존심이 걸린 싸움이었기 때문이다. 이단옆차기가 바람을 가르며 허공을 그리는 찰나 그는 한쪽 팔을 꺾어 앞면에 붙이고 있다가 날아드는 발을 피해 상일의 면전으로 바짝 다가갔다. 노출된 상일의 턱으로 쇼트 훅이 강하게 꽂혔다. 휘청거리는 상일의 명치에 이어 어퍼컷이 들어갔다. 헉, 급격하게 토해내는 신음이 채 가시기도 전에 입에서 허연 거품이 뿜어져 나왔다. 이거 헛소문이 아니구나! 라는 눈길로 그때서야 깨닫고 친구들이 한꺼번에 달려들려 하는 걸 제지하는 고성이 실내에 울려 퍼졌다. 그만 해라, 서태민이라고? 맘에 드는구나. 이 학교에서 무난히 생활을 잘하려면 우리 서클에 가입을 해야 한다, 라고. 팔짱을 낀 채 유심히 격투장면을 지켜보던 형님이었다.

비겁하게 혼자 있는 사람을 몰래 기습하다니…….

말허리를 흐린 그는 몇 번 혀를 차다가 형님에게 눈길을 옮기고는 명령만을 기다리는 전투병처럼 눈빛이 빛났다.

커피숍을 나온 그들이 7층 체육관으로 들어가 파이프에 붕대를 감고 있을 때 체육관 문이 열리며 상처 입은 영식의 모습이 드러났으나 등에 햇볕을 받은 몰골이 영 말이 아니었다. 왼쪽 어깨엔 깁스한 붕대가 칭칭 감겨있고, 오른쪽 눈이 안대로 가려져 있었으며, 양쪽 광대뼈가 보기 흉하게 툭 불거져 있었다. 영식의 출현은 불난 집에 기름을 붓는 격으로 친구들의 입이 굳게 경직되었다. 친구들의 차림새와 비장한 눈빛에서 자신의 복수임을 안지라 한쪽밖에 보이지 않는 눈을 깜박였다. 백 마디의 말보다 한 줄기의 눈빛이 서로의 마음을 연결시키는 고리였을 터, 그는 시계를 보고 먼저 일어섰다. 출발인 것이다.

하늘은 구름 한 점 없이 청명했다.

초복으로 치닫는 더위가 기승을 부리며 대기를 뜨겁게 달굴 무렵 시계가 오후 3시를 가리켰다. 사전답사에 의하면 그 곳에 모여 있다는 정보를 수집한 뒤였다. 승용차 두 대의 뒤꽁무니에서 시커먼 연기가 뿜어져 나왔다. 차 안은 긴장으로 팽팽해 누구도 먼저 입을 열려하지 않는지라 그는 친구들의 표정을 살폈다. 모두는 긴장된 기색이므로 선웃음을 입가로 흘린 채 옆에 앉아있는 준석의 어깨를 툭 치며 공격하라는 말이 떨어지기까지는 주변을 살펴, 했다. 승용차가 그곳 뒤편 주차장으로 들어가 주차를 한 다음 차에서 내린 친구들의 시선이 일제히 그에게 쏠렸다.

친구들의 어깨를 툭 친 그가 지하계단으로 발길을 옮기자 친구들의 눈빛에선 불꽃이 일었다. 실내에 있는 그자들이 눈치 채지 못하도록 조심히 문을 열고 준석과 함께 들어섰다. 아스팔트를 흐물흐물하게 녹이고 있는 무더위를 비웃듯 실내는 선선했고 실내에선 더 파이널 카운트다운이 잔잔히 흐르고 있었다. 뮤직 박스 앞 테이블에서 그자들이 잡담을 하며 앉아있는 게 눈으로 확 들어왔다. 누구를 찾는 모양으로 그는 그자들의 테이블로 빠르게 다가갔다. 친구들은 그의 옆으로 갈라서서 조심스레 걸음을 옮겼다. 그자들의 테이블로 두어 걸음 다가갔을 때였다. 뮤직 박스 쪽에 등을 붙이고 있던 자가 이상한 느낌이 들었던지 고개만 돌리는 순간 허공에서 그의 눈길과 딱 마주쳤다. 그의 눈빛이 전의에 불타는 반면 그자의 눈망울은 당황해 어쩔 줄 몰라 했다.

　뒷문이 열리며 재호와 성국의 거대한 몸짓이 문을 비집고 들어섰고, 앞문이 열리는 동시에 현배와 창훈이 앞문을 턱하니 가로막고 섰다. 그 순간 살의를 느낀 그자가 고개를 돌린 상태에서 벌떡 일어서는 게 아닌가! 그것은 타격하기 좋은 간격을 준 것뿐이라 때를 같이 해 라이트훅이 전광석화처럼 그자의 턱에 정확하게 꽂혔다. 어깨까지 짜릿한 전율이 전해오는 것은 복싱을 한 사람만이 느낄 수 있는 호쾌한 타격이었다. 일어서던 동작에서 맞은 카운터블로라 뒤로 벌러덩 넘어졌다가 테이블을 잡고 뒹굴었다. 테이블이 와장창, 부서지는 소리와 함께 다른 자들이 허겁지겁 일어섰을 때를 같이 해 준석의 파이프가 허공을 가르며 그자의 어깨 위에서 퍽, 소리를 내더니 튕겼다. 다른 자들은 탈출을 모색하려했으나 앞뒤에서 밀고 다가서는 친구들의 기세에 결국 구석으로 몰릴 수밖에 없었다. 그야말로 독 안에 든 쥐였다. 그자들이 공포에 질려있으면서도 허세를 보이려했지만 그것은 이미 속 터진 만두였다. 움직이지 마! 그는 외쳐대곤 의자를 집어 들려 하는 자의 얼굴을 걷어찼다. 너희들이 먼저 혼자 있는 사람을 비겁하게 공격했기 때문에 이것은 응분의 대가다. 억울하면 언제든지 도전해라, 라고 그는 말을 마치고 친구들을 살폈다. 바닥으로 널브러져 있는 자들을 외면한 채 친구들에게 눈짓으로 그만하고 나가자는 고갯짓을 했다. 단 3분정도의 기습적인 공격의 성과가 기대 이상이라 친구들의 표정이 흡족했다. 친구들이 뒷문으로 발걸음을 떼자 그는 나머지 친구들에게 나가자, 했다.

구름 한 점 없이 맑던 하늘에 짙은 먹구름이 몰려와 달빛을 덮어 버렸다. 먹구름으로 물들인 하늘은 금방이라도 빗줄기를 뿌릴 듯 바람이 습했다. 희뿌연 어둠으로 잠들은 골목으로 여러 명의 사내들은 재빠른 몸짓으로 대문 앞에서 걸음을 멈춘 다음 눈짓을 교환했다. 한 명이 담을 넘어가 살며시 대문을 열었고 여럿의 그림자가 바람처럼 대문 안으로 스며들었다. 그자들 중 상관처럼 보이는 자가 눈짓을 하는 동시에 세차게 방문을 밀쳤다.

누, 누구요!

잠결에 방문 부서지는 소리에 깜짝 놀라 그가 외쳤으나 돌아오는 것은 무차별로 쏟아지는 구타뿐이었다. 손전등으로 목표물을 비춘 채 짓밟는 구둣발에 전의를 상실하고 그는 축 늘어졌다. 완전히 축 늘어지는 모습을 보일 때 방에 불이 켜졌다. 놀란 모습의 그녀는 그의 목을 밟고 있는 자의 다리를 확 잡아당긴 채 외쳤다. 그녀의 외침 때문인지, 아니면 의식의 끈을 완전히 놓지 않았는지 그가 몸을 일으키려 발버둥치는 걸 그자들은 또다시 구둣발로 짓밟았다. 그녀는 몸을 던져 막아서려 했지만 그자들의 힘을 감당하기에 역부족이었으므로 그자의 옷을 잡고 늘어졌다. 사정없이 밀쳐내는 그자의 힘에 떠밀려 그녀는 벽에 부딪쳐 바닥으로 쓰러졌다.

그는 시멘트바닥에 내동댕이쳐졌다.

얼굴로 찬물이 확 닿는 걸 느끼고 외마디 신음을 내뱉고는 눈을 떴다. 그자들이 기절한 그를 차에 태워 수사본부로 데려온 것이다. 무엇이 어떻게 된 것인가 머릿속을 정리하다 퍼뜩 눈을 치뜬 채 주변을 두리번거렸다. 두 손이 뒤로 수갑에 채워진 상태다. 일어났으면 저기 몽둥이 보이는 것 중 맘에 드는 걸로 고르라, 했다. 그자의 손짓을 쫓던 눈길에 한쪽 벽으로 쭉 늘어져 있는 몽둥이가 보였다. 드문드문 피로 얼룩진 몽둥이에는 어머니의 눈물, 영자의 전성시대, 개과천선, 등등…… 여러 문구가 새겨진 채로 자신이 선택되기를 기다리는 양 붉게 바라보고 있어 그는 서둘러 외면했다. 몽둥이가 맘에 들 리가 있겠습니까? 그는 일그러진 얼굴로 말했다. 맞아, 몽둥이가 맘에 든다고 하면 또라이지. 그래서 하는 말인데 순순히 자백할 거냐고, 그자는 물었다. 자백하고 부인하고 할 것도 없습니다, 그놈들이 먼저 기습공격으로 친구를 엉망진창으로 만들었기 때문에 복수한 것뿐이고, 모든 것은 본인에게 잘못이 있으니 혼자 책임질 수 있게 해달라고, 했다. 자식, 시원해서 좋다. 먼저 잡혀온 친구들과의 진술과 일치한다, 하지만 때를 봐가면서 해야지, 20년 만에 세상이 바뀌었다고, 나는 새도 떨어트린 박통도 총 한 방에 찍소리 못하고 갔다는 표현으로 손가락을 머리에 대고 총을 쏘는 시늉을 했다. 군발이 세상이 또 왔다고, 자랑스레 웃고는 피를 왜 불러! 그자는 입가로 주름을 잡았다. 그는 초라하게 웅크리지 말자고 최면을 걸 듯 우리는 고소하지 않았다고, 힘주어 말했다. 하지만 법이란 결과야. 고소는 그쪽에서 했기 때문에 빠져나갈 수가 없어, 라고 눈을 치떴다.

계엄령시대라? 잘못 걸렸다. 불이 붙여진 담배가 불쑥 입으로 다가와 그는 입술로 담배를 받았다. 이제 어떻게 되는 거요? 물었고, 계엄재판이다, 라고 그자는 간단히 대답했다. 정권이 바뀌면 으레 희생타가 필요한 거라고. 담배 한 개비를 또 입에 물리곤 영창에 들어가면 먼저 와 있는 친구들 만날 거라고, 했다.

출생

　밤부터 내리기 시작한 빗줄기는 점점 굵어져 아예 하늘에 구멍이라도 난 듯 거세게 쏟아졌다. 안에서 나오는 물체가 드러나도록 번개가 번쩍 빗속을 뚫곤 천둥과 함께 하늘을 찢었다. 처마에 부딪쳐 튀어나온 물줄기는 비바람에 휩쓸려 온몸으로 세차게 날아들었다. 시퍼렇게 날이 선 번개불빛이 몰골을 휘감아 초췌한 모습이 그대로 드러났다. 서대문을 향해 호송차에 몸을 실었다.

　호송차 안은 후터분한 습기로 칙칙했다.

　더욱이 가는 철사로 얼기설기 엮어 만든 망을 덧씌운 창으로 빗방울이 튀었고 습기가 뿌옇게 낀 차창을 손가락으로 문질렀다. 정적에 잠들어 있는 도시의 밤은 고즈넉할 뿐 인적이라곤 계엄군들뿐이다. 거대한 빌딩숲의 불빛과 차량들의 불빛마저 사라져버린 시가는 음산하기까지 했다. 한산한 필동을 떠난 호송차는 시청을 지나 서대문 정문으로 들어섰다. 거대한 높이의 하얀 담으로 둘러싸인 건물과 웅장한 계엄군탱크가 보였다. 서서히 철옹성 같은 철문이 삐그덕 열리며 시커먼 동굴 속으로 들어오는 호송차를 기다렸다는 듯 꿀꺽, 삼킨 철문은 호송차를 뒤편으로 토해냈다.

신입자 대기실로 들어서보니 바닥에 가마니가 깔려있고, 칙칙하고 퀴퀴한 냄새로 실내는 탁했다. 더군다나 전구 불빛마저 희미하고 음산해 몸서리쳤다. 복도를 지나 동굴 속으로 들어서자 천장에서 희미하게 떨어지는 불빛으로 늘어진 그림자는 귀신처럼 따라붙어 공포감을 더해 천둥처럼 울리는 구둣발소리가 귀를 얼어붙게 했다. 거기에다 중요한 통로마다 쪽문처럼 된 철문을 지날 때는 식은땀이 등줄기로 흘러내렸다. 그렇게 철문을 지나 통로 끝에서 왔다 갔다 하는 그림자가 보여 그곳까지 어떻게 걸어왔는지 모를 만큼 가슴이 싸늘히 식어 긴장은 전율로 다가왔다. 중앙을 사이에 두고 동굴이 호랑이 입처럼 입구를 벌리고 있다. 이리오라고, 손짓을 한 자는 하품을 길게 하고 그의 위아래를 힐끔 훑다가 귀찮다는 기색으로 그의 한쪽 어깨를 지그시 눌러 앉혔다. 뭣담시 들어왔다냐? 왼쪽 다리를 오른쪽 무릎 위에 올려놓은 채 그자는 건성으로 묻고는 표정을 찬찬히 살폈다.

범죄조직단체여?

그제야 인수받을 때 받았던 서류를 뒤척이던 그자는 으메, 계엄령에 체포됐구마잉…… 어쩌냐! 입을 쩍 벌려 놀라는 척 해보였으나 그것은 상투적으로 몸에 밴 듯 그의 어깨를 도닥이며 배정된 감방 앞으로 다가갔다.

감방 문이 철커덩, 소름끼치는 소리로 활짝 열렸다.

지옥으로 향하는 울림은 악마의 절규처럼 들렸지만 감방 안으로 들어와 그는 주변을 빠르게 훑었다. 그 안에는 한 무리의 저승사자들이 푸른 이불 속에서 입을 벌린 채 잠들어 있었다. 등 뒤에서 세상과의 영원한 격리를 암시하듯 감방 문이 철커덕 닫히므로 육신은 급격히 후들거리고 이마에선 땀방울이 솟았다. 울렁거리는 마음을 추스르며 주변을 살폈으나 모든 게 안개 속에 잠긴 듯 뿌옇게 보일 뿐 머릿속은 텅 비어 그대로 주저앉았다.

햇돼지야! 저쪽 뺑기통 앞에서 자라.

한 쪽 구석에서 컬컬한 말소리가 흘러나오는가 싶더니 게슴츠레 눈을 치떴다가 다시 감은 자의 코고는 소리가 들렸다. 앉으려 해도, 비좁은 감방 어느 곳에도 편히 앉을 공간이 없었다. 더 이상 서서 버티기엔 육신이 나른했다. 그 자리에 쭈그리고 앉아 말로만 들어본 만화경 같은 감방 안으로 귀신에 홀린 듯 들어왔지만 정녕 꿈은 아니었다. 햇돼지 봐라! 기합이 빠져도 삼돌이 수준이네!

잠결에 들려오는 고함소리에 몸을 일으키려해도 수많은 구타를 당한데다 긴장이 풀린 육신은 마음대로 따라주질 않았다. 끄응, 신음이 새어나오는 걸 억지로 참고 자리에서 몸을 일으키는데 수많은 눈빛이 전신을 훑고 있었다. 그는 자리에 앉아 빠르게 주변을 살폈다. 협소한 감방에 족히 20명 남짓한 인원이 부대끼며 살고 있었다. 그렇다면 앞으로 살아야 할 감방이라는 생각에 안색이 일순간 무참히 일그러졌다가 잠시 감았던 눈을 뜨고는 사방을 둘러봤다.

앞면에 감방 문만 보일 뿐 밖이 보이질 않았다.

뒤창은 가로세로로 엮어놓은 쇠창살이 두껍게 박혀있고, 뒤창 옆 공간으로 이불이 커다란 사각형으로 쌓여있다. 사방 벽으로는 징역 보따리가 주렁주렁 매달려 있고, 한쪽구석에 감방장인 것처럼 보이는 사내는 이불을 깔고 비스듬히 누워 그의 행동을 날카로운 눈빛으로 관찰하고 있었다.

갑자기 감방 안이 웅성거리더니 몇 명씩 무리지어 앉았다.

어떤 자가 저쪽에 앉으라는 손짓을 해보여 그는 엉거주춤 손의 방향을 쫓았다. 그곳은 화장실 앞이다. 초라한 몰골의 사내들은 새로운 식구가 끼어 앉을 수 있도록 슬금슬금 엉덩이로 공간을 만들었다. 밥상도 없는 마룻바닥 위에 비닐이 깔리자 밖에서 소름끼치는 철판 끌리는 소리가 복도를 진동시켰다.

감방 벽으로 조그마하게 뚫린 구멍으로 음성이 흘러들어왔다. 밥 받아, 라고. 끝음절이 사라지기도 전에 동그랗게 만들어진 보리밥 덩어리가 구멍 안으로 하나, 둘, 셋 숫자를 세어가며 들어왔다. 보리밥과 시래기 국, 검은 빛이 나는 깍두기와 희멀건 김치뿐이다. 도저히 먹을 수가 없어 그는 들었던 젓가락을 내려놓았다. 옆에서 곁눈질로 그를 살피고 있던 자가 왜 안 먹느냐는 건성의 눈빛을 보이곤 얼른 밥을 가져다가 씹는 건지, 삼키는 건지 모르게 후다닥 먹어치웠다. 그자의 모습에 눈을 감은 그는 앞으로 이런 곳에서 살아가야 할 현실이란 걸 부정할 수가 없어 답답한 가슴을 쓸어내렸다.

햇돼지! 폼 잡지 말고 먹어둬라. 그래야 신고식을 제대로 하지.

감방 사람들에게 밥을 받아주던 자인데, 감방장에게 아첨 섞인 눈길을 보내는 비웃음이 영 보기가 불편해 차라리 눈을 감는 게 낫다는 생각이 들어 그는 질끈 눈을 감았다.

어떻게 시간이 흘렀는지 모르게 저녁이 왔다.

저녁식사를 마친 그자들이 사각형의 감방 벽을 등지고 앉으므로 자연히 감방 중앙은 텅 빈 공간으로 만들어졌다. 저녁시간까지 흐르는 동안 그는 감방 안을 세밀히 관찰했다. 그 결과 감방에서 기득

권을 가진 네 명이 좌지우지하며 감방사람들을 괴롭히고 있었기 때문에 입술이 굳게 다물어졌고, 눈빛 또한 긴장으로 가득했다.

초저녁부터 추적거리던 빗줄기가 본격적으로 굵어지더니 하늘을 찢을 듯 천둥을 동반한 번개가 사금파리 흩어지듯 쇠창살 사이를 음산하게 파고들었다. 신입자의 신고식으론 딱 좋은 분위기인지 감방이 냉랭하다 못해 싸늘했다. 중앙으로 와서 앉으라고, 밖에서 얼마나 잘 먹고 살았으면 이렇게 피부가 포동포동하냐고, 피 맛도 달달한 게 아주 맛있게 생겼다고, 그자는 능글맞게 웃었다.

감방장의 비위를 맞추며 거들먹거리던 자는 손가락으로 중앙을 가리키곤 고압적인 톤으로 소리쳤다. 급기야 감방 안은 냉기류로 긴장이 팽팽했다. 우선 기득권자들의 체면을 세워줄 의도인 듯 그자의 손가락을 쫓아 중앙으로 가서 정좌를 하자 통성명을 시원하게 해보라며 그자는 어깨를 부풀렸다.

서울에 사는 서태……,

잠깐!

거기에서 말허리를 자르고는 서울이 다 니그 집이야! 그자가 기습적으로 목을 가격하는 순간 눈에 불똥이 튀었다. 자세를 흩뜨리지 않으려고 두 눈을 감고 정신을 가다듬으려 애쓰는 모습이 역력했다. 어쭈, 이 자식 보라고, 자신의 구타에 벌벌 떨며 사정을 할 줄 알았는데 그의 눈에서 뿜어져 나오는 안광에 이건 영 아닌데, 라는 예상이 빗나갔다는 눈치였다.

지금서부터 손발이 함부로 춤추면 모두 분질러버린다, 라고 그는 더 이상 물러설 수가 없어 등줄기로 쉴 새 없이 식은땀이 흘렀다. 이미 모든 것은 결정된 한판인데 그것은 죽느냐, 사느냐의 판가름이기 때문이었다. 혼 좀 내주라는 감방장의 명령에 따라 그자들은 간격을 유지하며 그를 에워싸기 시작했다. 감방은 협소한 공간이다. 그렇다고 약한 모습을 보인다는 건 더 죽음을 부르는 상황임을 깨달은 그는 깊게 숨을 몰아쉬고는 긴장을 늦추지 않았다. 그의 뒤에서 기회를 엿보던 자의 손이 목 뒤로 다가오려 하는 걸 감지한 그는 순간적으로 몸을 돌려 그자의 사타구니로 발을 쭉 뻗었다. 어이쿠! 사타구니를 움켜쥐고 뒹구는 그자의 모습에 당황한 다른 자가 수박만한 머리를 그의 얼굴로 디밀었다. 찰나적으로 습격을 당한 그의 코에서 핏물이 뚝 떨어져 퍼뜩 눈을 치뜬 그는 그자의 목을 감아 꺾고는 옆으로 내동댕이쳤다. 그자를 외면한 그가 몸을 돌리려는데 벽에 붙어있던 자가 빠르게 다가와 그의 사타구니로 파고들었다. 그자가 그의 몸을 허공으로 들어 올려 패대기치려 할 때 숨넘어가는 비명을 지르곤 그대로 나뒹굴었다. 그는 몸이 들리는 동시에 그자의 드러난 목젖을 사정없이 후려쳤기 때문에 숨이 막힌 그자는 목젖을 잡고 뒹굴 수밖에 없었다. 사태가 심각하게 변하자 무더기로 달려들려는 그자들의 모습에 중과부적을 느낀 그가 뒤창을 뜯어 휘두르는 순간 감방 문이 털커덩 열렸다. 빨간 모자들이 우르르 달려 들어오는 바람에 그는 현장에서 기물파괴 죄를 벗어날 수 없어 그 즉시 독방으로 격리수용 되었다.

손바닥만큼 뚫려있는 뒤창은 캄캄했다.

얼기설기 이어진 쇠창살 사이에 걸린 햇빛만이 어두컴컴한 감방에 내려앉을 뿐 적막했다. 독방 모서리에 쪼그려 앉아 그는 세운 무릎에 얼굴을 묻고 있다. 초췌한 얼굴만큼이나 희미한 햇살이 감방으로 스며들었지만 등골에 붙은 뱃가죽에선 꼬르륵 소리가 났다.

출생

부스럭대는 소리 하나에도 신경가닥이 파르르 떨려 신경은 곤추섰다. 그제야 왜 이런 곳에 들어와 모진 고문과 멸시를 받아야 했는지를 깨닫고 그는 지그시 입술을 깨물었다. 쥐 죽은 듯 고요한 밤인지라 독방은 고요했다. 아련히 귓속으로 풀벌레 소리가 파고들었다. 가슴 밑바닥에 접혀있던 지문이 살비듬 벗겨지듯 그녀의 모습이 떠올라 세차게 머리를 흔들었으나 그녀의 영상이 흔들릴 뿐이었다. 그리움에 묻어나는 마음의 소리를 지우지 못한 신음을 끊듯 감방 문이 삐그덕, 열렸다.

감방 구석으로 갑작스레 비치는 햇살에 그의 얼굴이 일순 일그러졌다. 가느다랗게 스며들던 햇빛마저 낯선 자가 감방 문을 막았으므로 그나마 비치던 햇살이 막혔다. 거무튀튀하게 생긴 낯선 자는 눈썹 하나 까닥하지 않고 감방 문을 등진 채 쏘아보는지라 그는 낯선 그자를 응수했다. 밤새 한숨도 자지 못한 그의 눈빛은 퀭하고 몹시 지친 기색이었다. 그자를 꿰뚫는 그의 눈매가 예사롭지 않았던지 그의 눈길을 맞받은 채 코웃음으로 냉소를 지은 그자는 성큼, 성큼 감방 안으로 들어와 그의 멱살을 틀어쥐었다. 그자의 눈꼬리가 노골적으로 심드렁했다. 엉거주춤 구석으로 몰려 왜 그러느냐? 그의 눈빛인 반면 그자의 눈길은 건방진 놈! 하듯 이글거리는 눈매로 느닷없이 뺨을 때렸다. 뜻하지 않은 구타에 깜짝 놀라 휘둥그레 눈을 뜬 그는 왜? 라는 눈망울로 노려봤다.

사회에서 깡패 짓을 하다가 잡혀왔으면 반성을 해야지, 이곳까지 들어와서 싸움을 하느냐고, 사정없이 정강이를 걷어차는 바람에 윽, 비명도 제대로 지르지 못하고 푹 고꾸라졌다. 그자는 다그쳤다, 건방진 놈, 빨리 일어나! 매서운 눈빛을 번득였다. 노려보던 그자가 다가오려 하자 그는 후다닥 일어선 채 울분을 토하듯 외쳤다. 싸우고 싶지 않았다고, 그자들이 먼저 신입 신고하라며 집단 폭행을 한 거라고. 애써 눈길을 피한 그는 잠깐 귀를 열어놓고 다음 행동을 기다리는 눈치였다. 그자는 본때를 보여줘야 한다는 엄포와 함께 그를 끌고 운동장으로 나왔다. 운동장에는 새로운 정치를 구현할 것이라는 계엄군들의 순화교육이 실시되고 있었다. 빨간 모자에 공수부대 복장을 한 그자들에 의해 포승에 꽁꽁 묶여 특수교육으로 운동장에서 나뒹굴었다. 그자가 시키는 대로 이리 구르라면 이리로, 저리 구르라면 저리로 태어나 처음 당해보는 치욕에 이를 악물고 분노를 참느라 얼굴이 일그러졌다. 만신창이 되어버린 육신에 한계를 느낀 한쪽 입술에 핏물이 엇비쳤다. 그자의 반성 많이 했냐? 라는 눈길이 싫어 그는 이를 악문 감정에 분노를 품은 눈빛으로 노려봤다. 툭 불거진 눈망울을 가늘게 찌푸린 그자는 곁눈질을 멈추지 않은 채 코웃음을 삼켰다.

우리 안에 갇혀 눈빛만 살아있는 야수는 맹수가 아니란다. 그것은 우물 안에 갇힌 개구리일 뿐이라고.

며칠째 굶은 개구리를 패대기치고 우쭐댄다고, 그의 반항으로 넌지시 입가를 비튼 그자는 그의 냉소적인 물음에 비위가 상해 얼른 코웃음으로 감정을 덧붙였다. 살아서 나가고 싶으면 순종하라고, 한껏 비튼 말을 토해낸 그자의 발길질이 복부로 사정없이 날았다. 바튼 신음을 토해내고 헛바람 빠지듯 그는 상체를 움츠렸다. 멱살을 틀어쥔 그자의 손아귀를 풀어내려 했으나 손아귀를 풀어내려할수록 그자의 손아귀엔 힘이 더 가해졌다. 그자가 눈을 부라리는 만큼 허물어지듯 눈망울이 뻘겋게 달아올랐다.

죽고 싶으냐? 그자는 한껏 입술을 비틀었다. 예상된 물음에 준비된 답이 없는 시선은 허공을 갈랐다. 그런 낌새에 전혀 내색치 않은 그자는 더 목을 옥죄며 몰아붙였다. 몸에서 점점 힘이 빠져나가자 그자는 입가를 흉하게 일그러뜨렸다. 살고 싶다고 울부짖으라고, 입가를 비튼 그자가 목을 놓으므로 급격하게 몰아쉬던 육신이 덩그러니 운동장에 내동댕이쳐졌다. 지치고 힘에 겨운 마음자락을 슬그머니 떨어뜨린 그가 눈을 감고 끔벅이는 건 눈가로 얼비치는 물기를 없애려는 눈짓인 듯했다. 바람이 일었다. 운동장 바닥에 뒤통수를 대고 누운 눈가로 뜨거운 물줄기가 흘렀다.

두 무릎 사이로 머리를 디밀고 있던 그가 갑자기 악! 소리를 지르곤 벽에 머리를 박았다. 독방에서 홀로 한 달을 생활하다 새롭게 배정받은 감방에서 접견을 갔다 온 후로 감방 사람들이 묻는 말에 시큰둥한 표정을 보여 그들도 참견하지 않았다. 그런데 갑작스런 고함에 감방사람들은 찌릿한 시선으로 노려봤다. 미, 미안, 너무 가슴이 답답해서, 라는 그의 말에 눈을 찡긋한 감방장은 넌지시 입술을 뗐다. 그럴 거다, 누구나 가슴이 답답하지 않겠냐? 하지만 참아야지, 라고. 비스듬히 누워 있다 상체를 일으킨 감방장은 그의 어깨를 툭, 툭 쳐주며 위로를 했으나 누구의 위로도 귀에 담겨지지가 않았다. 자신의 구속 소식을 알게 되면 충격을 받을 어머니의 모습, 현실의 괴리에서 힘겨워하고 있을 그녀, 무엇 하나 편치 않아 하루하루가 죽음보다 더한 고뇌의 나날이었다.

어떡해요! 나, 나 혼자…….

접견실로 들어섰을 때 가슴을 짓누른 그녀의 표현은 두 사람 사이를 가로막은 아크릴 벽에 부딪쳤다. 벽에 이마를 대고 눈물을 터트린 그녀는 벽을 긁어대며 몸부림쳤다. 혼자 어떡하라고 여기에 있느냐고, 우리 아기는 어떻게 하냐고. 눈물범벅이가 된 얼굴로 그녀는 아크릴 벽을 두드리며 몸부림쳤다. 시야가 뿌옇게 흐려져 참아야 된다고, 평안한 모습으로 그녀를 안정시켜야 된다고 그는 속으로 읊조렸으나 속내에서 치우치는 감정을 억누르지 못한 채 주먹으로 아크릴 벽을 치고 울부짖었다. 으아!……, 라는 단말마의 고성이 접견실을 울리자 그자들이 후다닥 들어와 울부짖는 손을 뒤로 꺾은 채 접견실 밖으로 끌고 나갔다.

나 혼자 어떡해요!

그녀의 울부짖음이 허공에서 메아리 되는 순간 접견실 문이 닫히고 그녀의 모습마저 사라졌다. 헉, 숨이 막힐 듯해 그는 그녀의 이름을 부르짖다 바닥에 쓰러져 몸부림쳤다. 그자들이 그런 그를 제지할 때 어떤 사람의 차분한 음성이 들렸다.

그만들 두시오. 접견실에서 울부짖을 땐 그만한 사연이 다 있는 게 아니겠소?

한복소매 속으로 손을 찔러 넣은 채 어떤 사람이 다가와 그의 몸을 일으키고는 바보 같은 짓이야, 라는 눈짓이었다.

쇠창살 밖으로 펼쳐진 뒤뜰에 석양이 내려앉았다.

정적에 싸여있는 뒤뜰에는 비둘기들이 저녁먹이를 찾기 위해 구, 구,구…… 슬피 울었고, 한창 물이 오른 잡풀들 위를 물들이는 노을의 잔영이 붉게 내려앉았다. 건빵 한주먹을 집어든 그는 비둘기무리 속으로 던지고 서녘으로 기우는 하늘로 눈길을 옮겼다. 고뇌의 시간이 지칠 줄 모르게 흘렀다. 함께 있을 때 미처 깨닫지 못했던 소중함이 가슴 아리게 그리움으로 다가왔다. 푸른 신록은 생동하고 있었으나 상처뿐인 영혼은 그녀에 대한 그리움뿐이었다. 그녀의 배는 하루가 다르게 불러오고 있었다.

어스름이 벗겨지지 않은 이른 새벽바람에 어깨를 움츠린 채 그는 호송버스에 몸을 실었다. 밤새 눈이 내린데다 급격히 떨어진 기온으로 버스 안은 냉기로 싸늘했다. 포승에 꽁꽁 묶인 수십여 명은 그자들의 지시에 따라 지정된 좌석에 앉았다. 새벽안개가 희뿌옇게 휘감고 있는 서대문을 출발한 호송버스는 시가로 접어들었다. 흰 눈으로 덮여있는 도심의 거리는 온통 하얗다. 철사로 얼기설기 엮어 만든 망을 덧씌운 창에 낀 성에를 손가락으로 문질러 닦았다.

간간이 휘몰아치는 바람에 떨고 있는 나무들, 오고가는 사람 하나 없는 새벽거리, 도시를 형성하고 있는 건물들은 을씨년스럽게 새벽바람에 떨고 있었다. 도심을 빠져 나온 호송버스는 눈 덮인 고속도로를 쉼 없이 속력을 냈다. 어느 정도 시간이 흐름으로 해서 실내는 훈훈해져 희뿌연 습기가 유리창을 덮었다. 손가락으로 습기를 문지르자 옅은 물기 사이로 드러난 농촌은 고즈넉할 뿐 인적이 없었다. 창가에 이마를 기댄 채 눈을 감았다. 딸이다, 형이 전해주고 어떻게 했으면 좋겠어? 그의 의중을 듣고 싶어 덧붙였다. 보고 싶다, 어떻게 생긴 아이일까? 눈가로 스멀거리는 물기를 그는 쓰윽, 문질렀다.

저기야, 저기!…….

갑자기 호송버스 안이 술렁이더니 목적지가 점점 눈앞으로 다가왔다. 야트막한 산중턱을 깎아 병풍처럼 늘어진 야산 아래 웅장한 건물이 눈에 드러나자 악명이 높기로 유명한 곳이라 그런지 모두들 안색이 파리해졌다. 사람 사는 곳인데 죽이기야 하겠어! 누군가의 독백이 처연하게 들렸다. 맞아! 죽기 아니면 살기야, 누군가가 맞장구로 덧붙였다.

철문이 음산하게 열렸다.

흰 눈이 허옇게 덮고 있는 그곳으로 들어간 호송버스가 멈췄다. 빨간 모자에 군복을 입은 채 저마다 몽둥이를 들고 버스에서 내리는 그들을 맞이하는 그자들의 얼굴은 검게 타 있었다. 푹 눌러 쓴 모자 안에서 뿜어대는 눈빛은 성난 맹수의 굶주림처럼 보였다. 차례로 내리는 그들에게 머리를 숙이라고 고함을 지르더니 무차별 몽둥이세례로 기선을 제압했다. 이마가 깨진 사람은 아이구, 사람 살려! 머리를 감싸 안고 뒹굴고, 팔을 맞은 사람은 팔을 부둥켜 앉은 채 다시는 죄 짓지 않겠다고, 울부짖는 아비규환이 따로 없었다. 폭행을 한동안 당한 그들은 어떻게 징역 보따리를 챙겨 감방으로 들어왔는지 모를 만큼 공포에 휩싸여 어떡하든 정신을 차려야했다.

주섬주섬 짐을 정리하고 있는 중에 둔탁한 군홧발소리가 감방복도를 울렸다. 일초 내로 빨리 운동장으로 집합! 외쳐대고는 몽둥이로 감방 문을 때려 쿵, 쿵하는 울림이 귓속으로 파고들었다.

산을 깎아 세운 그곳은 엄청나게 큰 운동장이 한가운데 자리하고 있었다. 운동장 가변으로는 미리 제설작업을 해놓은 눈이 1미터 높이로 쌓여있었고, 잔설이 녹은 운동장은 질퍽했다. 빨간 그자가 소리쳤다, 일초 내로 팬티만 남기고 홀딱 벗으라고. 그자의 명령에 팬티만 남기고 홀딱 벗은 그들의 몸에 소름이 돋았다. 산을 쓸고 내려온 바람이 살갗을 파고들었고 치아가 입안에서 덜덜 부딪쳐 얼굴은 창백해졌다.

앞으로 취침!……

출생

그곳에 입소한 기념으로 간단히 맛만 보여주는 교육이라는 그자들의 입은 붉게 벌어졌다. 포복하는 그들 뒤에서 몽둥이를 휘두르며 더 빨리 기라는 고함이 메아리처럼 울렸다. 그들의 얼은 살갗은 진흙탕에 긁히고 터져 육신이 부들부들 떨렸다. 이송을 오느라 피곤할 거라고, 내일부턴 본격적인 교육으로 들어가니 정신 바짝 차리라고, 그렇지 않으면 개죽음만이 기다릴 뿐이라고.

그렇게 짐승처럼 학대를 받다 해가 뉘엿뉘엿 서녘으로 기울 때서야 그들은 감방으로 돌아왔다. 온기 하나 없는 감방에 차려진 꽁보리밥이 싸늘히 식어있었다. 누군가의 흐느낌이 흘러나왔다. 눈물에 동화된 많은 사람들의 흐느낌이 좁은 감방에 조용히 흘렀다. 옆에서 소리 없이 흐느끼는 사람의 어깨를 툭 쳐준 그는 힘을 냅시다, 라고 싱긋 웃어 보였다. 고개를 들어 시선을 마주치는 사람의 맑은 눈망울이 선해 물었다. 어떻게 들어왔느냐, 라고. 포고령위반집시법으로 들어온 대학생이었다. 우리는 내일을 위해서 억지로라도 밥을 먹어야한다는 그의 말에 잠시 망설이던 사람들까지 대나무젓가락으로 식은 꽁보리밥을 헤집기 시작했다. 추위에 떨며 후다닥 먹은 식사를 마무리하고 찬마루에 노곤한 육신을 눕혔다. 공포와, 추위와 배고픔으로 허기진 그들은 지칠 대로 지쳤다. 살아야 한다는 본능으로 버티므로 일면식도 없던 그들은 낯선 이들의 체온에 의지한 채 잠이 들었다. 어두운 창살과 감방 벽을 샅샅이 훑고 지나가는 감시대의 서치라이트불빛은 굶주린 야수처럼 빛났다.

기상이다! 어서 일어나 운동장으로 집합!

기상시간 새벽 6시에 맞춰 그자들의 메가폰이 감방 복도를 요란하게 울렸다. 빨리들 운동장으로 집합해라! 저승사자의 울림으로 녹초가 된 육신을 일으키는 그들의 입에서 흐느낌이 새어나왔다. 허둥지둥 뒤늦게 감방을 나서는 사람은 그자들이 휘두르는 몽둥이 세례에 단말마의 비명만이 있을 뿐이었다. 팬티만 입은 채 운동장을 뛰는 그들의 머리카락과 눈썹으로 하얗게 서리가 내려앉았다. 차디찬 새벽바람에 휘몰아치는 삭풍이 그들의 전신에서 수증기를 만들었고, 그들의 입에서 뿜어내는 열기는 흰 뭉게구름인 양 뭉클, 뭉클 피어올랐다. 그자들의 명령에 따라 운동장을 뛰고, 바닥을 기고 뒹구는 벌거숭이다.

교육을 받던 그 자리에 앉아 잠시 가쁜 숨을 고르고 있을 때였다. 그자가 건네주는 쪽지를 받아본 그의 눈빛이 반가움으로 가득했다. 재판을 지켜보고 미국으로 갔던 형이 찾아왔기 때문이다. 그자의 지시대로 대충 씻고 접견실을 들어섰지만 몰골에서 드러난 행색을 감출 수는 없었다. 우선 궁금한 것은 아이의 모습이라 형에게 아이가 잘 크고 있는지 물었다. 침묵으로 일관하던 형의 입에서 무서운 어휘가 쏟아졌다. 미국으로 입양시키려 한다고, 그래서 상의 끝에 의중을 듣고 싶어왔다고, 어머니는 반대이나 그의 앞날을 생각한다면 형이 미국으로 데려가 입양시켰으면 한다고.

아이의 얼굴도 보지 못했는데…… 어떻게 그 어린 걸 버릴 수 있느냐고, 도와달라고, 평생 혼자 살지언정 아이는 버릴 수 없다고, 그의 고성에 그자는 접견실에서 끌고 나왔다. 흐르는 눈물을 주체하지 못하고 몸부림치는 어깨를 도닥이던 그자는 참아야지, 어떡하겠나, 라고 울부짖음이 가라앉기를 기다렸다 가자, 했다.

운동장에선 교육이 한창이라 대열에 합류했지만 머릿속은 형에게 들은 말로 인해 집중이 안 되어 실수가 일어나는 순간마다 가차

없이 몽둥이가 등짝으로 날았다. 퍽 소리와 함께 그의 눈이 치떠졌다.

맞아야하는 이유가 도대체 뭐야? 그리고 당신이 나를 때려야 할 권한은 누가 준 거냐고. 뭐, 뭐라고?…… 이 자식 봐라, 항명이냐고, 빨간 그자의 입 꼬리가 가늘어졌다. 옆에서 지켜보던 다른 빨간 자들까지 합세해 그의 몸을 마구 짓밟는 순간 그는 용수철처럼 튕겨 올랐다.

차라리 죽여라!

울부짖는 눈에 보이는 대로 주먹을 휘두르다 목에 강한 충격을 받고 바닥으로 나뒹굴어 어느 만큼의 시간이 흘렀을까? 몸은 포승에 꽁꽁 묶인 채 독방에 갇혀 퀴퀴한 냄새와 냉기가 온몸으로 파고들었다. 엉거주춤 상체를 일으키는 그의 멱살을 움켜쥔 그자가 입술을 비틀었다.

지금까지 교육받는 놈들 중에 항명을 한 놈은 너뿐이라고. 싸늘한 시선으로 노려보던 그자의 음성이 덧붙여졌다. 미국의 교도소에 두 명의 죄수가 있었다, 한 명은 복수만을 생각하고 다시 죄를 지어 종신형을 받았고, 다른 한 명은 쇠창살에 얼비치는 달빛을 보고 자신의 지난날을 반성하고 독방에서 외로움과 싸우면서 열심히 공부를 해 유명한 시인이 되었다. 그렇듯 인생이란 어떤 생각을 갖고 미래를 설계하느냐에 따라 인생관이 바뀌는 거라고.

그자의 말을 묵묵히 듣다가 앞으로 자신은 어떻게 되느냐고, 물었다. 항명의 본보기로 이곳을 나갈 때까지 독방에서 혼자 살아야 된다는 말과 함께 책 몇 권을 던졌다. 마룻바닥에 던져진 책을 그는 물끄러미 바라봤다. 좁은 감방을 냉기가 휘감으므로 저절로 몸이 오그라졌으며 창백한 입술 사이로 허연 입김이 뿜어져 나왔다. 손바닥 크기의 뒤창이 썰렁했고, 쇠창살 사이로 어른거리는 나뭇가지가 을씨년스럽게 떨고 있었다. 눈은 그쳤으나 삭풍에 흔들리는 나뭇가지에서 떨어진 눈송이가 달빛에 반짝였다. 유난히 청명한 달그림자가 쇠창살에 내려앉았다. 엄동설한의 독방엔 입김만이 온기일 뿐 다른 건 아무것도 없어 자신과의 싸움으로 오로지 책을 택했다. 삭풍에 나뭇가지가 을씨년스럽게 떨었다. 눈은 내리다 그치고, 또 내리다 그치고 미명은 은빛으로 빛났다. 미처 사라지지 않은 달무리가 선명하게 눈에 담겨 아이가 추워하지는 않을까? 옅은 한숨이 가슴을 짓눌렀다.

꽁꽁 얼어붙어 영원히 풀리지 않을 것만 같았던 독방에도 살금살금 봄이 오는 숨결에 풋풋한 봄 향기를 느꼈고, 세차게 쏟아지는 빗줄기에 그날을 떠올렸고, 붉게 타오르다 지는 가랑잎을 보고 쓸쓸히 미소가 입가에 머무르다 사라지곤 했다. 그렇게 계절이 바뀌면 또다시 나무들은 연두빛으로 서서히 물이 올랐다. 나른한 봄볕은 들과 산에 너울너울 춤을 추더니 아지랑이는 독방의 창틀에도 내려앉았다. 비둘기가 창틀에 앉으려 날갯짓이다. 먹이를 찾는 모양이다.

세월이란 참으로 알 수 없는 시간인 양 흘렀다.

내일 새벽이면 자유를 찾는다. 지난날의 상처와 그리움, 잊어야 한다는 아픔, 애증의 부피로 불면의 밤은 또 얼마나 가슴 저리게 했던가. 그 어떤 과오도 세월의 씻김에 치유되는 건 아니다. 그는 슬며시 일어나 좁은 독방을 둘러봤다. 여기저기 좁은 공간을 가득 채운 책들이 수북했다. 손바닥만한 뒤창으로 다가가 턱을 괸 채 하늘로 시선을 향했다. 서편으로 노을이 힘들게 기울고 있다. 그곳의 건물들은 기다란 그림자를 드러내며 밤은 유난히 길었다.

출생

그날 밤을 뜬 눈으로 새웠다. 잠을 청하려 해도 자유를 찾는다는 설렘 때문에 잠을 이룰 수 없었다. 어머니 생각, 얼굴도 모르는 아이 생각, 보고 싶구나! 넌지시 입가로 번지는 미소는 잠시 머물다 급격히 사라졌다. 미소 뒤에 가려진 아픔인 듯했다.

새벽의 미명을 받으며 철문 앞에 섰다. 영원히 열리지 않을 듯 굳게 닫혀있던 철문이 열렸다. 시원한 바람이 먼저 얼굴에 와 닿아 으-흠! 그는 깊게 숨을 들여 마셨다. 오랜 세월 무던히 참아왔던 눈물이 주룩 흐른 건, 그동안의 아픔이 주마등처럼 스쳤기 때문일 터였다. 그 세월은 혼자만이 겪어온 시간이 아니라, 모두가 함께 했던 고통의 세월이었다.

대문을 들어서자 어머니는 울음으로 반겼다.

어머니 옆에서 조그마한 아이가 손가락을 입에 물고 새까만 눈망울로 누구? 라고 묻고 있었다. 아빠다, 어서 가봐! 어머니의 울음에 섞인 말이었다. 아이는 아장아장 두 팔을 벌린 채 다가와 목을 꼭 안았다. 피는 물보다 진하다고, 피는 알아보는가 보다, 라고 그렇게 얼굴을 가리던 애가 어쩌면 지아비는 단박에 알아보느냐며 어머니는 눈물을 멈출 줄 몰랐다. 아이는 그와 할머니를 번갈아 이리저리 보다가 결국 울음을 터트렸다. 어머니는 아이를 봐서라도 독하게 맘먹어라, 열심히 살 수 있도록 어미가 힘닿는 데까지 도와주마, 라고 했다. 어떻게 지 혼자 살겠다고 저 어린 핏덩어리를 버릴 수 있느냐고, 덧붙이는 어머니의 한숨에 땅이 꺼진다. 밑바닥부터 새롭게 인생을 살아보겠다고 그는 말했다. 무엇을 해보고 싶으냐? 물은 어머니는 빤히 그를 쳐다봤다. 그는 먼저 세상물정을 배워보겠다는 눈빛을 보였다. 어이구! 못도 제 손으로 박아보지 못한 것이 무슨 포장마차야! 어머니는 울음을 토했다.

　그는 아이를 가슴에 안고 밖으로 나와 아빠라고 불러봐! 아이는 수줍은지 두 손으로 자신의 눈을 가린 채 웃다가 아, 아에서 머뭇거리고 빠, 라는 언어를 잇지 못했다. 사용해보지 못한 언어에다 누구도 가르치지 않아 우물쭈물했다. 허나, 뿌듯했다. 차차 언어를 가르치면 될 것이고, 중요한 건 아이가 자신의 품에서 웃고 있다는 것이다. 앞으로의 이유와 목적이 분명하지 않은가, 아이와 함께해야 한다는 게. 아이와 함께 하늘로 시선을 옮겼다. 흰 구름이 햇볕을 가렸다. 간절히 원했던 자유를 찾았다. 수많은 이유의 대부분이 아이를 위해서라는 막연한 예감이 가슴 깊이 스며들었다. 네 나이가 몇인데? 어떻게 남자가 아이를 키울 거냐고, 어머니의 쓰라린 아픔이 떠올라 눈을 감았다. 깊숙이 묻어버리고픈 기억, 세월의 씻김에 지워질 만도 한데, 새살이 돋아 새순으로 일렁이는 물결은 뭘까?

　창밖엔 짙은 어둠이 깔렸다.

　흩날리는 흰 눈송이가 앙상한 나뭇가지에 내리고 있어 느릿하게 눈길을 옮겨 창문에서 멎었다. 을씨년스럽게 몰아치는 바람과 함께 눈발이 사정없이 창문을 흔들었다. 눈물로 쓴 편지는 접혔다. 가만히 책상 위에 편지를 놓고 중간에서 힘들어하는 모습 보기가 너무 괴로워, 라는 혼잣말을 읊조리곤 방문을 열었다. 대문 밖이 온통 하얀 세상이었다. 흩날리는 눈발이 세차게 머리칼을 훑으므로 흠칫 목을 움츠린 채 입김으로 두 손을 녹였다. 입김만큼이나 희뿌연 어둠이 바래져 가로등 불빛도 희미해져갔다. 한산하리만큼 고요한 새벽도로는 자동차의 불빛으로 푸른 기운이 감돌았다. 아무도 밟지 않은 새벽의 눈길로 얼마쯤 갔을까? 손발이 시리고 얼굴이 창백하게 얼어가고 있을 즈음이었다, 흰 눈으로 지붕을 덮은 승용차가 옆에 멈춘 게. 차창이 스르르 내려가자 하얗게 일그러지는 눈 사이로 그 여인의 모습이 드러났다. 아가씨인가? 그건 그렇고 홀몸이 아닌 것 같은데, 이 추운 새벽에 어쩌려고? 그 여인의 동그래진 눈매였다. 추운데 어서 타요! 하곤 조수석 문을 밀쳤다. 망설이다 어색한 기색으로 차 문을 잡았으나 손가락에 감각이 없었다. 아기가 아기를 가졌네, 라고 그 여인은 혼잣말인 양 읊조리곤 출발했다. 그 여인은 가끔 흘끔거리다 새벽길을 걷는 이유를 묻고는 이십년 전의 자신을 보는 것 같다며 손을 잡았다. 자신의 직감이 맞는다면 아이 때문에 견디다 못해 어디론가 가는 중일 거라고. 그것도 가족들 모르게 혼자서. 그 여인의 눈시울이 붉어졌다. 하기야 아이 아빠가 곁에 없으니 혼자 떠나고 싶었겠지, 이십년 전 자신의 곁에 편이 하나도 없었다고. 이유도 모르고 잉태된 아이가 주변의 이유 때문에 산산이 찢겨지는 아픔을 겪는 게 무서워, 가족들 몰래 집을 나와 할머니한테 가게 되었다는 그 여인의 눈가로 물기가 반짝였다.

아빠가 아이를 찾아오지…….

피식 웃고는 이미 가정을 가졌는데, 찾아가기엔 너무 먼 거리였다는 그 여인의 깊은 한숨이 차 안을 우울하게 했다. 운명이거니 하고 세월을 묻으며 살다보니 여기까지 왔다고, 덧붙이는 미소가 처연해 그 여인에게서 시선을 거뒀다. 아이 아빠가 보고 싶지는 않냐고 묻다가 얼른 고개를 숙인 그녀. 이유의 존재가 있는데 문득문득 스쳐갈 땐 걷잡을 수 없는 그리움에 많이 아파했으나 세월이 씻겨주었다는 그 여인. 차에서 내리는 그녀의 손을 잡고 용기를 잃지 말고 건강해야 한다고.

그녀는 우두커니 대문 앞에 섰다.

대문을 들어서자마자 노인은 그녀를 보듬어 안은 채 잘 왔다고, 연실 눈물을 훔쳤다. 누구 편도 들을 수 없으니 할미가 어떡해야 좋을지 모르겠다고. 찔끔 맺힌 눈물을 훔쳐내고는 그녀를 안고 방으로 들어갔다. 그렇지 않아도 너희 엄마한테 전화가 왔었다, 새벽같이 사라졌다면서 아무 일 없이 할미한테라도 갔으면 좋겠다는, 그녀 어머니한테 들은 말을 전해준 노인은 찬찬히 그녀를 살폈다. 천륜인데 얼마나 잘 살겠다고 뱃속에 아기를 죽여! 인명은 재천이라고, 그 놈이 살 운명인가 보다, 라고 노인은 그녀를 꼭 안고 등을 두드릴 때 전화벨이 울렸다. 응, 그래…… 바꿔주랴? 너희 어미다, 라는 노인의 말에 결국 그녀는 눈물을 쏟았다. 보다 못한 노인은 다음에 하는 게 좋겠다. 어린 게 얼마나 마음이 아프겠냐고, 전화기를 놓은 노인은 그녀의 등을 쓰다듬고 어루만졌다. 그렇게 울면 뱃속에 아이가 힘들어, 낳을 거면 건강하게 낳아야지, 천륜인데 어떻게 보지도 않은 아기를 죽일 수가 있어? 잘 왔다는 노인은 눈가로 흐르는 물기를 연실 닦아냈다.

그녀는 고통스러워 배를 안고 쓰러졌다.

노인으로부터 진통이 시작되었다는 연락을 받은 그녀 어머니는 가족들 몰래 친정으로 내려왔다. 그 지경에서 순산이라고, 핏덩어리 아이를 안은 그녀의 출산을 지켜본 노인과 그녀 어머니는, 핏덩어리를 안고 눈물을 흘리는 그녀에게 마땅히 해줄 표현이 없어 고개만 주억거렸다. 아이의 출생을 기뻐할 수도 없는 처지라 그녀 어머니는 그녀의 이마에 맺힌 땀방울을 닦았다. 가족들의 축복도, 아이 아버지와 그의 가족도 없이 태어난 아이의 앞날이 염려된 그녀 어머니의 넋두리는 그녀의 가슴을 짓눌렀다.

 아버지 어쩔 수가 없어요. 새언니나 새언니의 가족들도 물론이지만 그 사람 식구들이 알면 우리 집을 어떻게 생각하겠어요? 창피하고 부끄럽다고. 그녀 언니는 눈물을 훔치며 강력하게 자신의 뜻을 관철시키려 그녀 아버지를 몰아세웠다. 그녀 언니의 말뜻에 이해가 간다는 눈초리이나 핏덩어리를 어떻게 버릴 수 있느냐는 그녀 아버지의 고심이 깊다. 아이의 아비가 누구에요? 생각만 해도 끔찍하다는 그녀 언니의 몸서리다. 오빠가 생각 잘해요. 우선 새언니 가족들 보기도 부끄럽지 않아요? 그녀 언니는 오빠가 아버지를 설득하길 바라는 눈매였다. 동생의 논리가 옳은 듯싶어 숙이고 있던 고개를 들은 그녀 오빠는 아버지를 맞바라봤다. 정말 그런 것 같다고, 그 사람 눈치가 보인다고, 아이는 그 사람 집으로 보내는 게 좋을 듯하다고, 했다. 허나, 그녀 아버지는 묵묵부답으로 꼼짝을 안했다. 어금니를 꼭 문 그녀 오빠는 일본 큰아버지한테 연락해서 막내는 그곳으로 보내면 좋겠다고. 일본 가서 공부를 하든지 큰아버지 공장 일을 하든지, 그것은 지가 알아서 할 일이라며 그녀 아버지의 결정을 끌어내려는 듯 그녀 오빠는 아버지의 결심을 기다리는 눈치였다. 자식들의 견해를 경청하던 그녀 아버지는 깊은 숨을 몰아쉬고는 차분히 두 사람을 훑었다. 그 사람의 인생은 어떡하고? 그곳에서 나왔을 때 핏덩어리채로 버려진 아이를 보고 무슨 생각을 하겠어? 내 자식 살리자고 남의 자식한테 몹쓸 짓할 수는 없다고, 한숨으로 얼버무린 그녀 아버지는 무언가를 한참 생각하다가 아이를 그 사람 집으로 보낼 방도는 있는 거야? 하곤 뒤돌아서서 안방으로 들어갔다. 서로의 눈빛을 맞바라보던 그녀 오빠는 잘해야 돼, 라는 말에 그녀 언니는 굳은 표정으로 걱정하지 마, 오빠. 그녀 언니는 앞으로 닥칠 운명이 답답한지 아랫입술을 깨문 채 방문을 밀쳤다.

산모는 산후조리를 잘해야 된다고, 그녀 어머니가 그녀를 데리고 나가자마자 그녀 언니는 아이를 안았다. 이불보에 싸인 아이는 깊게 잠이 들어 입술을 오물거리며 앙증맞은 손을 웅크렸다. 인기척에 눈을 뜨려는 아이는 눈꺼풀을 들어 올리려 애쓰다가 느낌이 이상해 울음을 터트렸다.

천벌을 받지!

그녀 언니 뒤에서 흐느끼는 노인의 눈물에 평정심을 잃을까봐 그녀 언니는 매몰차게 아기를 품에 안았다. 입춘이 지났어도 겨울의 끝자락을 물고 있는 바람이 찼다. 아이 얼굴에 바람이 스미지 못하도록 그녀 언니는 이불보를 여미곤 자신의 얼굴을 묻었다. 훗날, 나를 원망하지 마라. 너의 운명이니까, 그녀 언니의 볼로 뜨거운 물방울이 흘러내렸다.

그의 집 골목으로 기우는 석양이 내려앉고 있었다.

골목입구에 우뚝 멈춘 발걸음을 잠시 망설인 그녀 언니는 심호흡을 깊게 하곤 걸음을 내딛었다. 한 쪽 문이 열려있어 가만히 땅에 아이를 내려놓고 초인종으로 손이 갔다. 자고 있던 아이의 울음이 갑자기 터져 깜짝 놀란 그녀 언니는 초인종을 빠르게 누르고 옆집 기둥 뒤로 몸을 숨겼다.

아니, 이게 뭐유?……,

망연자실 벌어진 입과 눈망울을 닫지 못한 대천댁이모는 아기를 보고 나서는 벌, 벌 두 손을 떨었다. 빨리 나와 보란다, 어머니를. 화들짝 소리를 치고는 세상에, 세상에…… 천벌을 받지! 대천댁이모의 탄식을 들으며 다가온 어머니의 표정이 굳어버렸다. 어머니는 대천댁이모가 건네는 아이를 받아 품에 안았다. 불쌍한 거! 어미가 널 버렸어도 할미가 지켜주마, 라고 어머니의 눈가로 물방울이 주룩, 흘렀다. 어머니는 얼른 이불보에 물기를 닦고는 꼭 아이를 안았다. 이불보 안에서 자신의 운명을 예견이라도 한 양 아이의 울음소리는 밤새 골목에 울려 퍼졌다.

안 돼!…….

병원에서 돌아온 그녀는 쭈그려 앉아 우는 노인의 모습과 아이가 사라진 것에 넋을 놓았다.

이럴 수는 없는 거야! 백일도 안 지난 핏덩어리를 어쩌자고?…… 아, 아!…… 하늘이 무섭지도 않아요? 어떻게 천벌을 받으려고 이토록 잔인할 수가 있는 거야, 엄마! 이렇게 할 수는 없는 거예요! 내 살길만 찾자고, 어떻게 핏덩어리를 버려놓고 제가 행복하게 살 수가 있어요? 안 돼요, 엄마! 그 사람이 나올 때까지는 기다려줘야지요. 그 사람이 없는 아이가 어떻게 살아가라고요! 가족들이 시키는 대로 다 할게요. 무엇이든지 시키는 대로 다할 테니 제발 아이만 데려다 주세요! 아이가 지금 배가 고파서 저를 찾고 있어요. 아이의 울음소리가 엄마는 들리지 않으세요? 엄마 젖이 없는 아이가 어떻게 살아가라고 그러세요! 제발, 제발 아이만 데려다 주세요! 제가 이렇게 빌게요. 엄마, 살아있어도…… 왜 죽은 삶을 사는 죄인으로 만들려고 그러세요! 제발요…… 안 돼! 아이야, 가면 안 돼!…….

그녀는 그녀 어머니 바짓가랑이를 붙잡은 채 오열을 하고, 애원

해도 이미 사태가 다시 되돌릴 수 없는 지경으로 치닫고 말았다. 노인은 방문을 열고 그림자를 지웠다. 그녀의 목덜미로 떨어져 흩어지는 그녀 어머니의 물방울이 예견하듯 그렇게.

　기차역 광장을 끼고 돌면 광장과 골목길의 경계가 돌 축대로 쌓여져 있다. 골목길로 접어들면 오른편으로 광장을 받치고 있는 돌 축대가 있고, 돌 축대를 따라 조금 지나면 전봇대 가로등이 십여 미터 간격을 두고 골목길을 비췄다. 전봇대 가로등 사이에 세 개의 포장마차가 나란히 있다. 왼편으론 이삼층으로 된 상가가 길쭉하게 늘어져 있으며 상가로 들어가는 후문은 군데군데 입을 벌린 채 스산했다. 입구 한 귀퉁이의 쓰레기통은 잡다한 쓰레기가 넘쳐 여기저기에 검고 흰 쓰레기봉지가 덩그러니 버려져있었다. 기차가 플랫폼으로 들어오는지 경적을 내며 철거덕대는 소리가 은은하게 퍼졌다. 어두컴컴한 골목길로 접어들어 포장마차에서 새어나오는 불빛을 향해 이곳저곳을 기웃거리다가 왔던 길로 다시 몸을 돌려 골목입구를 빠져나왔다. 우물쭈물하던 그녀는 오른편으로 걸음을 내딛더니 귀퉁이를 돌아 환한 불빛이 살아있는 상가 앞을 거닐며 기웃거렸다. 아디다스, 필러, 아식스, 등 스포츠용품이 즐비하게 늘어선 상점을 지나 얼마쯤 가다가 불현듯 옛 기억이 떠올라 2층으로 오르는 계단을 밟았다. 레스토랑 문을 밀치고 들어가려다 얼른 몸을 돌려 계단을 내려와 다시 왔던 길을 거슬러 발길을 옮겼다.
　그녀는 처음 골목의 입구에 섰다.
　골목입구로 들어서서는 더딘 걸음으로 포장마차불빛이 새어나오는 곳에서 걸음을 멈췄다. 세 개의 포장마차 중 가운데가 그의 포장마차다. 우물쭈물 망설이던 그녀가 포장마차 천막을 막 잡으려는 순간 안에서 어떤 여자가 뛰쳐나왔다. 어떤 여자는 입을 가리곤 어딘가를 향해 몇 걸음 달려가 쓰레기뭉치가 쌓여있는 곳에 주저앉았다. 검게 살찐 도둑고양이는 불쑥 나타난 불청객 때문에 푸른 눈빛으로 노려보다 후다닥 도망쳤는데 또 다른 인기척이 들렸기 때문이다. 어떤 여자를 쫓아 나온 사내는 여자의 뒤에 서서 물끄러미 쳐다보다가 그러니깐 그만 마시라고 했잖아! 했다. 눈빛에서 못마땅한 그림자가 사내의 눈빛을 가렸다.

아침부터 날씨가 우중충했다.

그날, 그녀가 일러준 카페로 들어와 서로를 바라보지 못하고 아래로 시선을 둔 채였다.

포장마차 안으로 들어선 그녀의 모습에 그녀의 눈망울보다 그의 눈망울이 더 커졌다. 손님의 우동을 말고 있던 터라 그는 아무 말도 할 수 없었다. 그녀는 여러 사람들의 시선에 견디지 못하고 그날, 그곳에서 보자며 나왔다.

어떻게 알고…….

갑작스런 물음으로 실내가 바다 속처럼 가라앉았다. 주방에서 그릇을 옮기는 소리, 차를 준비하는 소리, 여기저기 테이블에서 속삭임도 웃음소리도 정지된 화면이었다. 종업원의 인기척과 은은하게 퍼지는 음악소리가 없었으면 어느 곳에 있는지조차 가늠되지 않았다. 다 식어버린 커피를 천천히 들어 메마른 입술로 가져간 그는 조금 마시곤 테이블에 놓았다. 그녀의 눈가로 흘러내린 물방울이 탁자 위로 툭, 떨어졌다. 두 사람은 침묵에 잠겼고, 테이블로 떨어진 물기가 말라갈 즈음 그의 입술이 움직였다.

지금에 와서 찾아온 이유가……

그녀의 그렁그렁 한 눈망울보다 화등잔처럼 동그래진 그의 눈동자는 가라앉지 않았다. 얼마나 정전된 시간이었을까? 납빛보다 더 무거운 공기가 두 사람을 휘어감은 적막이. 견디기 힘에 부쳐 고개를 들은 그녀는 이해하라고, 용서하라고 찾아온 건 아니라며 손수건으로 입을 막았다. 혼자서 이겨내고, 견디기 힘든 세월에 묻혀 살았다고, 그것이 운명이라면 세월에 운명을 맡겼을 뿐이라고, 했다. 세월 속에 묻혔던 그 많은 사연들이 일시에 분출되는 게 두려워, 어깨 숨으로 감정을 다스려 보려 했으나 무너져 내린 흐느낌을 어쩌지 못한 그녀였다.

모든 것이 엎어져…… 이제 와서 뭘?…….

말을 채 맺지도 못한 시야를 감추고 싶어 그녀에게서 눈길을 거뒀다. 지난날의 흔적은 이미 희미해진 기억의 조각이나 실타래처럼 엉킨 부분까지 사라져버린 지가 오래다. 가끔씩 지금보다 아프게 떠오르는 앙금으로 가슴이 저릴지언정 이제 와서 또 다른 상처를 안고 싶지 않은 듯했다. 아이를 한 번만 보게 해달라는 그녀의 음성이 처연히 들렸으나 변명처럼 들으려고 그녀의 울음에 귀를 막았다.

이제 우리 사이에 아이는 영원히 없어!

돌연 체념과 비장함이 뒤섞인 복잡한 음성이 높아져 싸늘히 변해가는 감정에 고문을 가하듯 눈빛이 차갑게 굳어졌다. 그 세월 동안 아이가 자신의 가슴에서 떠나본 적이 없었다는 그녀였다. 그것은 그에게 아무런 의미가 없었을지도 모른다. 아마도 그녀의 고뇌를 이해하는 쪽으로 기울기보다는 현실의 측면이 그의 마음을 굳어지게 했을 터였다. 아이는 영원히 잊으라고, 형이 미국으로 데려가 입양시켰다고. 했다. 세월이 감정을 비웃게 만들었나? 한시도 가슴에서 지워본 적이 없던 흔적이었다. 가슴이 너무 아려 박혀있는 앙금을 도려내려 가슴을 적셨던 절규가 얼마나 자신을 무너뜨렸던가! 지난 시간의 여울목을 지워보려고 애를 쓰는 그의 눈빛에서 고뇌가 진득하게 묻어났다.

안, 안 돼!…….

결국 무너져 내린 그녀의 가녀린 어깨는 추위에 떠는 가랑잎처럼 흔들렸다. 그럴 수는 없다고, 어떻게 아이를 그렇게……, 말을 이을 수 없었던 것은 아마도 자신의 표현에 대한 한계인 듯했다. 그녀의 외침에 시선을 돌려 눈을 감았다. 그녀를 이해하고 용서할 수는 있어도 그녀에게 마음을 열 수 없었던 건, 그녀의 말처럼 자신의 뜻이 아니었다 해도 버려진 아이가 밤마다 엄마의 품을 그리워했을 아픔이 용서가 안 되는 것이었다. 우리의 인연은 여기까지, 라는 그의 말에 그녀는 엉거주춤 일어섰다. 뒤돌아서는 그녀와 눈을 마주치지 않으려고 그는 눈길을 비켰다. 유리창 밖의 그녀는 건널목에 홀로 섰다. 그녀의 뒷모습을 바라보다 그의 얼굴이 일순 일그러졌다. 그녀의 뒷모습을 쫓고 있는 눈길을 그녀가 알아채기라도 할까봐, 되돌리는 그녀의 고갯짓에 놀라 흠칫 눈시울을 돌렸다. 아니야, 이젠 스쳐간 인연일 뿐이라고, 되새기는 그의 눈빛이 흐려졌다. 건널목의 신호등이 바뀌었다. 건널목에 모여 있던 무리 속에 섞인 그녀가 사라진 도로로 자동차의 물결이 출렁이며 차선이 보이지 않았다.

세상의 모든 만물이 잠들어버린 도시, 신 새벽의 여명이 스멀거리고 있었다. 아이가 기다리고 있는 집으로 돌아가기 위해 그는 택시정류장 앞에 섰다. 늘 걸어 다니던 거리였는데 지치고 힘에 겨워 택시를 기다리는 모양이다. 새벽의 어스름이 벗겨지며 가로등도 하나둘 눈을 감았다. 밝아오는 도시에 이른 아침 볼 일을 보러 나온 사람들, 밤샘근무에 지친 표정들과 눈꺼풀이 무거워 하품을 연발 해댔다.

그는 건너편으로 눈길을 옮겼다.

양장점 쇼윈도 안에 빨간 원피스를 입은 마네킹이 보였다. 어떤 사내가 양장점 앞을 지나치다 말고 빨간 마네킹 앞에 멈춰 서서 한동안 빨간 마네킹을 어루만졌다. 버스가 달려와 정차하는 바람에 쇼윈도는 가려졌다. 얼마쯤 지났을까? 버스가 떠났다. 버스가 사라지고 나타난 쇼윈도 앞에 어떤 사내는 보이지 않았다. 위로 가고 있던 어떤 사내라 그는 위로 눈길을 옮기자 어떤 사내는 옆 건물 입구 귀퉁이에 쭈그려 앉아 있었다. 어깨가 한동안 들썩이다가 멈추고 또다시 들썩이고, 그러고 얼마쯤 있다 다시 인도로 나와 비틀비틀 한양곰탕집을 지나 농협을 스쳐 사진관 앞에서 걸음을 멈췄다. 유리창 안의 웃는 여성을 뚫어져라 쳐다보다 홱 고개를 돌리곤 다시 유리 속의 사진을 뚫어져라 보다가 그 자리에 스르륵 주저앉았다. 어떤 사내는 무릎에 머리를 파묻고 어깨를 들썩이다 또다시 유리 속을 뚫어지게 쳐다봤다. 간판 불빛이 모두 잠들은 이른 아침이 밝아오고 있었다.

택시에서 내려 느릿느릿 발길을 옮겨 건너는 사거리는 이상하게 만들어진 사거리다. 신호등도 제멋대로 작동되는 이상한 거리지만 사람들은 그곳을 말할 때 사거리라 지칭했는데 횡단보도가 그려지지 않은 사거리였다. 새벽손님을 실은 택시가 사거리 중앙에서 홱 유턴을 하더니 반대방향으로 그림자를 지웠다. 그는 대각선으로 가로질러 집을 향하는 인도를 밟았다.

　대학로로 진입하는 도로 왼편의 인도로 들어서면 세련된 들녘레스토랑이 먼저 눈에 들어온다. 덧문까지 닫힌 레스토랑을 지나 실내가 훤히 보이는 제과점, 그 옆에 질서정연하게 꾸며진 서점과 안경점, 그 옆으로 다닥다닥 붙어있는 분식집에는 새벽손님들이 드문드문 앉아있었다. 인도를 걷는 인적이 뜸해 멀리서도 눈에 띄게 사방은 훤히 밝았다. 불 꺼진 상점들을 스쳐 가로수 밑에 섰다. 울컥, 하는 눈시울을 감추려 그는 가로수를 짚고 눈을 감았다. 영원히 묻어야할 뜨거운 것들이 발등 위로 하염없이 떨어졌다.

중환자실 철문에 등을 붙이고 서서 한동안 넋을 놓고 있던 아버지는 눈시울을 그대로 둔 채 더듬더듬 발길을 옮긴다. 아이의 형체는 인간이라 할 수가 없다. 앙상한 뼈에 가죽만 입혀놓은 미라의 모습이다. 푹 꺼진 눈두덩은 그늘이 져 푸르스름하고, 뼈에 붙어버린 볼은 살이라곤 하나도 없다.

아이의 생각에, 눈앞이 흐려져 비틀대는 걸음은 먹지도, 씻지도 못한 몰골로 병동을 서성대는 노숙자였다. 오전 회진 때 여 의사는 아버님, 정신 차리세요, 꼭 외계인 같아요, 라고 했던가! 그게 무슨 대수야, 아이가 죽어가고 있는데, 이제 저렇게 죽는 건가? 어떻게 할 수 없는 한계에 점점 무너진다. 그 아이의 전화가 수없이 왔지만 친구들에게 아이의 상태를 말하면 아이들이 받아들여야 할 고뇌와 우정 사이에서의 번민이…… 아직 시집도 안간 아이들한테 무거운 짐을 지워서는 안 된다. 차라리 안 보고 모르는 게 좋겠다 싶어 아예 핸드폰을 꺼버렸다. 아이를 살릴 수 있다는 생각이 의사뿐, 매달릴 수 있는 것도 병원뿐이라 상담실로 걸음을 옮긴다.

어떤 여인이 주치의 앞에서 눈물을 흘리고 있다. 여 의사는 아버지를 보곤 움찔하다가 서둘러 시선을 거둔다. 여 의사의 움찔하는 모습에 여인은 여 의사의 눈길을 쫓아 상담실 밖으로 시선을 두다가 다시 거둔다. 밖에 초라한 중년남성이 후줄근히 서 있다가 여인의 눈길을 피해 돌아섰기 때문이다. 여인이 무슨 연유로 의사와 상담을 하는지 몰라도 병원에서야 살려달라는 애걸 밖에 더 있겠는가! 그런데…… 두런대던 여인의 음성이 분명치는 않았으나 아무리 세월이 흘렀어도 모습을 짐작한다면 그녀다. 뒷걸음치려다가 아니야! 그럴 리가…… 속내로 읊조리곤 돌담을 찾는다.

아니! 하마터면, 어떤 이가 돌아서서 담배를 피우는 뒷모습이 남자와 흡사해 아버지가 다가가려다 흠칫한다. 한껏 처진 어깨로 아내의 죽음을 쫓던 남자가 떠올라 이내 지운다. 초췌한 아버지를 발견한 어떤 이는 멋쩍은 미소를 허공에 남긴 채 돌아선다, 세상의 모든 짐을 어깨에 다 짊어진 한숨과 함께.

아침부터 찌푸린 하늘에 시커먼 구름이 몰려와 습한 날씨는 후덥지근하다. 비상등을 끈 앰뷸런스가 응급실 앞에 정차한다. 환자를 실은 뒷문이 열리고 입을 가린 채 내리며 우는 여자의 모습에 아버지는 눈길을 거둔다.

연일 비가 오락가락하는 날씨다.

중천에서 쨍쨍 내리쬐던 햇볕이 언제인 양 변덕스레 한바탕 소나기를 쏟더니 다시 햇살이 쨍쨍하다. 그러기를 벌써 두 번째다. 후덥지근한 대기에 눈살을 찌푸리곤 걸음을 내딛는 등줄기로 땀이 흥건하다.

기지개를 켜듯 연푸른 잎사귀가 나뭇가지 위에서 바스락거린다. 어스름의 잔영이 어둠으로 잠기자 나트륨 외등이 시야를 밝힌다. 또다시 쏟아지는 빗줄기로 사방이 캄캄하다. 한껏 움츠린 아버지는 고개를 숙이고 걷는다.

병동 처마 밑에서 하늘을 본다. 새카맣게 물들은 하늘이 서서히 벗겨진다. 처마에서 몸을 일으킨 아버지는 정문을 빠져나와 건널목을 건너 무작정 걷다가 다시 방향을 틀어 걸어왔던 길을 그대로 걷는다.

"비켜요!"

중심 없이 갈팡질팡하는 아버지의 모습에 오토바이가 소리친다. 흘깃 고개를 돌리는데 오토바이는 쏜살같이 스쳐간다. 모녀인 듯 두 여자가 정문을 나온다. 정문 외등 두 개는 마주보고 비친다. 늦은 시간 환자를 보고 나오는 모양이다. 모녀는 아버지 곁을 스친다. 엄마는 손수건으로 젖은 눈가를 닦느라 비틀대고 소녀는 귀에 이어폰을 꽂은 채 흘러나오는 음악에 맞춰 머리를 까닥인다. 모녀가 스쳐간 뒤 아버지는 발길을 돌린다.

횡단보도를 건너 계속 이어지는 길과 갈라지는 골목 앞에서 주저하다 골목길로 접어든다. 여고생 두 명이 재잘대던 어귀가 지나친다. 먼저 꼬리치는 걔가 여시지, 라고. 내딛는 발걸음이 힘에 겨워 보이는지 구름에 걸터앉은 달빛이 느릿느릿 뒤를 밟는다.

문득 누군가의 흐느낌에 걸음을 멈춘다. 한 손은 가로등 아래둥치를 껴안고, 한쪽 무릎을 꿇은 채 크윽, 구토를 한다. 능력이 미치지 못한 응어리를 한탄으로 대신하는 모양이다. 아버지는 누군가에게 다가가려던 발길을 세운다. 차라리 홀로 마음을 달래는 편이 나을 듯해서 누군가의 곁을 스친다. 인기척에 흘끔 고개를 들은 누군가는 입가를 쓰윽 문지르곤 엉거주춤 일어선다. 조금 전의 다가가려던 마음과는 달리 아버지는 황급히 걸음을 뗀다. 골목을 지나 넓은 대로로 다시 나온다. 방향을 잃은 듯, 목적지를 잃은 듯 그리 앞만 보고 걷는다. 도대체 여기가 어디지? 멍한 눈매로 주변을 훑는다. 아이가 병실에 혼자 있는데…… 그러다가 혹시? 아니야…… 그럴 리가 아득함에 서둘러 건널목을 건너는 손등으로 떨어지는 물방울을 꾹, 눌러도 금세 동공이 흐려진다. 어딘가에 눈길을 둬도, 무언가를 쳐다봐도, 뭔가가 아려 눈길을 떨군다. 발길 아래서 쫓는 그림자가 무서워 얼른 고개를 든다. 그래도 그림자는 사라지지 않는다. 허리가 굽어진다. 아침에 물 한 모금으로 목을 축인 게 전부다. 아이는 죽어가고 있는데…… 속마음을 자책하고 두 주먹을 불끈 쥔다. 그림자를 따라 가로수에 내려앉는 불빛이 창백하다.

혼잡하던 병동은 쥐 죽은 듯 고요하다,

환자들의 거친 숨결과 악몽을 꾸다 깨어나 괴성을 지르는 것을 빼고는. 맨 구석의 간이 의자로 다가가 비스듬히 몸을 눕히고 잔뜩 몸을 웅크린다. 눈이 스르륵 감긴다.

상담실을 기웃대던 그녀는 머뭇대다 쭈뼛 상담실로 들어가 엉거주춤 의자에 앉는다. 생소한 약품냄새에 병원에 와 있다는 걸 느꼈는지 지그시 눈을 감았다가 뜨고는 흘끗, 흘끗 주변을 살핀다. 흰 가운을 걸친 의사들과 약품을 들고 바삐 움직이는 간호사들의 분주한 몸짓이다. 휠체어를 밀어주는 보호자와 환자가 뭔가를 의논하는지 연신 고개를 끄덕인다. 그들을 흘끔 곁눈질한 환자는 링거액이 걸린 지지대를 끈다. 그래도 자신은 서서 다닐 수 있다는 안도의 눈빛이다. 온통 아파보이는 사람들만 보이는 정경이라 여인은 슬그머니 눈길을 돌리는데 자그마한 얼굴에 이목구비가 또렷하다. 초조한 눈빛에 화장기 하나 없이 바짝 마른 입술이 마음을 대변하듯 긴장된 눈시울을 지우지 못한 채 조용히 눈을 감는다.

　오빠와 언니의 압박이 아무리 견디기 힘든 현실이라 해도 그 사람이 나올 때까지는 기다려줬어야 했다는 회한이다. 그 사람과 아이가 없는 일본으로 가면 잊고 살 수 있으리라, 그렇게 떠났으나 세월이 흘러도 잊을 수가 없었다. 길거리에서 아이만 보면, 그 아이도 저만큼 컸겠지? 장난감을 고르면서 좋아하는 아이의 환한 미소에 고개를 숙이며 돌아서야 했다. 아이들 옷 매장 앞에서 걸음을 멈추면 저 옷이 잘 맞을 텐데…… 저 옷이 맞을 만큼 컸겠지? 눈길을 거두지 못했던 아픈 세월이었다. 딱 한 번만…… 그래, 용서받을 수 없어도 아이가 보고 싶어 견딜 수 없어, 보지 않고서는 살아갈 수가 없었다.

　"오래 기다리게 해서 죄송합니다."
　여인의 붉은 눈망울에 시선을 비킨 여 의사는 다시 그녀를 빤히 본다. 서들비씨 때문에 저를 보자고 하셨다고요? 주치의입니다, 라고 찬찬히 그녀의 얼굴을 살핀다. 외모를 살피며 고개를 끄덕인 여 의사는 어떻게, 라는 눈망울이다. 망설이던 그녀가 아이에 대해서 자세히 문의하므로 여 의사는 구체적으로 시간이 별로 없습니다, 그녀의 눈치를 살핀다. 직감이 맞는다면 생모가 분명할 터이기 때문이다. 장기이식을 하면 살 수 있는 겁니까? 라고 묻는 그녀의 눈빛이 처연히 가라앉는다. 가능성에, 라는 여 의사의 말에 퍼뜩 눈을 치뜬 그녀는 더 이상 물어볼 수가 없어 손수건으로 얼굴을 가린다. 하마터면 자신의 삶을 포기하려 했던 것 같다고 말을 할 뻔 했던 여 의사는 무겁게 가라앉은 음성으로 혈액형은? 그녀는 B형이라며 불안한 눈길을 거두지 못한다. 묻는 말에 솔직하게 답변을 해주셔야 가능성이 많습니다, 여 의사는 단도직입적으로 생모이지죠? 묻는다. 그녀의 흐느낌에 비밀을 원하시면 보장할 수 있다고.

중환자실로 들어선 그녀는 우뚝 걸음을 멈춘 채 놀란다. 병실복도에서 부딪치던 환자의 모습이 아니다. 그렇게 휠체어에 앉아있거나, 목발을 짚거나, 아니면 지지대에 링거액주머니를 달고 다니는 환자의 모습이 아니다. 헌데, 중환자실의 모습들이 뭐란 말인가! 핏기하나 없는 얼굴에 환자복 밖으로 드러난 피골이 상접한 육신, 산소마스크에 의존해 동공이 멎어 있거나 코와 목에 호스가 꽂혀있다. 거친 호흡으로 헐떡이는 환자들의 모습에 어쩔 줄 몰라 하는 그녀의 팔을 여 의사가 잡아준다.

아크릴병실로 들어선 그녀는 헉! 외마디 비명을 지르고 여 의사와 산소호흡기 안에서 헐떡이는 환자를 번갈아 본다. 걸음을 멈춘 채 내려다보고 있다면 아이가 아닌가. 이, 이게!…… 한시도 잊어본 적이 없어 상상만으로도 예뻤을 아이다. 떠오르는 그림만을 가슴에 품고 살아야 했던 아이가 여기에 있다. 그런데 자신이 그리워했던 아이가 아니다. 어떻게…… 이럴 수가…… 거친 숨을 몰아쉬던 그녀의 몸이 휘청하곤 주저앉는다.

양팔을 벌린 채 링거액주사바늘이 수없이 꽂혀있다. 배에 꽂혀있는 호스에서 복수가 흘러나온다. 요도에 삽입된 호스에선 붉은 핏물이 오줌주머니에 가득하다. 아이의 손을 만져보려고 우물쭈물하던 손길이 허공에서 멈춘다. 살점이라곤 하나도 없는 손등과 팔이 온통 주사바늘에 짓눌려 시뻘건 멍투성이다. 부르르 떨리는 손길로 아이의 손등을 어루만지려하다 주저한다. 주사바늘에 짓눌려 터져 시퍼렇게 죽어버린 피부가 아파 보여 만지려던 손길은 침대보를 움켜잡는다.

　"너를 가슴에 품고 살아온 세월이 얼마인데…… 세월에 묻혀 가슴 아린 시간도, 언젠가 한 번쯤은 너의 그림자를 볼 수 있을 것이란 희망 때문에 버텨왔다. 무엇이 그렇게 너를 힘들게 했기에 한 가닥 희망마저 짓밟아버리는 거냐! 내가 너를 그리워할 때면, 너의 가슴은 미움으로 아팠을 텐데…… 울고 싶으면 난 울 수 있었지만 넌, 가슴에 멍이 들까봐 마음껏 울지도 못했잖아? 너의 마음이 아플까봐, 울고 싶어도 너의 상처가 덧날까봐 참고 살았는데…… 무엇 때문에, 무엇 때문에…… 아팠으면 아팠던 만큼, 울고 싶었으면 마음껏 울지, 바보야! 너의 이름만이라도 알고 싶어 수많은 이름을 써보고 지워버렸던 세월만큼 가슴에 품었던 너의 모습이 정녕 여기에 있단 말이냐! 꿈속에서라도, 한번만이라도 너를 안고 싶어 불면의 밤을 지새웠던 시간들이 겨우 이거야! 보고 싶었다. 미치도록 보고 싶었는데…… 가슴에서 너의 모습을 상상하며 버텨온 세월이 겨우 이거야! 나를 미워했던 만큼 네 가슴에 켜켜이 쌓인 그리움이, 나에게는 지울 수 없는 아픔이 되어 너를 안고 살아왔어. 누가 너를 이렇게 만들었어? 그리움과 슬픔을 묻고 살아가는 너에게 말이다. 눈이라도 한 번 떠봐. 내가 너를 그리워했던 세월만큼 너도 아팠을 거 아니야! 가슴 속에 멍울진 미움을 털고 어서, 눈을 떠봐, 어서!……"

침대보에 얼굴을 묻은 채 미친 듯 절규하는 그녀의 어깨가 시려 어깨를 보듬어주려던 손길을 멈춘 여 의사는 고개를 돌린다. 자신의 감정이 먼저였나 보다. 여 의사는 가슴을 쓸어내리다 떨어지는 물방울을 얼른 훔친다. 힘을 내야 합니다. 여 의사는 그녀의 어깨를 토닥인다. 그녀는 온통 검푸르게 멍이 든 아이의 손등에 자신의 얼굴을 묻는다.

3층 수술실 5평 남짓한 회의실에 과 스텝인 유 교수가 크리넥스 화장지를 엄지와 검지 손 끝으로 만지작거린다. 평균 15시간 이상의 대수술의 긴장감도 있겠지만 손 끝의 예민함을 증가시키려는 습성인 듯하다. 넉 대의 모니터 앞에서 영상의학과 김 교수가 수십 장의 CT컴퓨터단층촬영, MRI자기공영영상, 초음파, 혈관조영 이미지를 빠르게 넘긴다. 유 교수 뒤편에는 다른 의료진들이 삼색 볼펜으로 뭔가를 적으며 긴장의 눈빛을 늦추지 않는다. 팔짱을 낀 채 영상자료를 살피던 유 교수는 김 교수에게 눈길을 보낸다. 기증자의 장기는 어때? 라는 물음에 양호한 편입니다, 김 교수가 말한다. 모니터 영상을 넘기면서 답변을 한 김 교수는 영상을 정지시키고 좌우로 고개를 흔들다가 덧붙인다. 문제는 수혜자의 상태, 라고. 왜? 라는 유 교수는 무엇이 문제야? 모니터에 바짝 시선을 집중시킨다. 환자 대변 색깔은 어땠어? 유 교수는 집도할 주니어교수에게 눈길을 보낸다. 혼수상태에서 배출이 전혀 안되었을 뿐만 아니라…… 그래서 핑거에네마항문에 손가락을 넣어 변이 나오게 하는 방법을 시행하여 검사한 결과 혈변으로 응고된 상태입니다, 초진기록차트를 들고 환자의 현황을 브리핑하던 주니어교수는 영상의학과 김 교수를 쳐다본다. 몸 속의 혈액이 오십 퍼센트 이상 사라졌다는 건 최악의 혈전혈관 안에서 피가 엉기어 굳은 덩어리상태입니다. 더군다나 사라진 혈액이 어디로 없어졌는지가 의문이기도 하고요, 입을 굳게 다문 채 김 교수는 유 교수의 결정을 기다리는 눈치다. 두 의료진의 브리핑을 묵묵히 경청하던 유 교수는 지그시 눈을 감았다가 뜨곤 천천히 의료진들을 훑는다.

"일단 열어 봅시다."

수술실 D 로제트.

수술실 침대 위에 수술준비를 마친 그녀는 착잡한 심정으로 아이가 들어오길 기다린다. 수술실 문이 열리면서 아이가 누워있는 이동침대가 서서히 들어온다. 산소마스크를 낀 채 씨 라인혈액이나 수액을 다량으로 주려는 목적으로 환자의 몸에 연결되는 관이 부착된 모습이다. 심장박동, 혈압, 호흡 체크 등 4개의 연결단자코드를 가슴에 꽂고 죽은 듯이 D 로제트로 다가온다.

로제트란 장미 꽃 장식을 의미한다. 중앙데스크를 중심으로 꽃잎모양으로 흩어져 있기 때문이다. 준비된 의료기구 사이를 두고 나란히 자리를 잡는다. 솟구치는 눈물을 훔쳐내려 해도 지울 수 없는 그녀의 눈빛이 아이의 곁으로 다가간다.

흐느낌이 어디서부터 들려오는 울림일까? 먼 시간에서부터 겹겹이 포개어져 발현된 떨림이다. 영원히 떠지지 않을 듯 했던 아이의 눈꺼풀이 서서히 떠진다. 뿌연 안개 속에서 희뿌옇게 드러나는 사람들은 누구인가? 수술모자에 마스크로 얼굴을 가린 사람들. 말없이 무표정으로 내려다보는 사람들이다. 여기가 어디이며, 이 사람들이 왜 내려다보고 있는 걸까? 마음을 흔드는 흐느낌의 울림이 어디에서 오는 걸까?…… 어디에서 들려오는 흐느낌인가! 아이는 힘겹게 울림이 전해져 오는 곳으로 고개를 젖힌다.

여인이 가슴을 부여안은 채 울고 있지 않는가! 자신을 바라보는 눈망울에서 왜 피눈물이 흐르는 걸까? 여인이 무슨 이유로 바라보며 눈물을 흘리는 것인가, 왜? 무엇 때문에! 아이의 가슴이 울렁인다. 어디서 본 듯한 가슴 속에 묻혀 있어 영원히 묻을 수밖에 없었던 그리움! 그리움만으로 아픔과 슬픔을 묻고 살아야 했던 그분! 꿈속에서라도 만나고 싶었던 그분! 꼭 한 번 불러보고 싶었던 그리운 이름, 엄마!…… 멀어서, 그래서 가까이 있어도 다가가지 못하는 그리움! 가슴이 싸르륵 저려 급격하게 커진 아이의 눈망울 따라 가슴이 짓눌려 입술이 움칠거린다.

"가슴에 묻고 그냥 살게 두지 여기에는 왜 왔어요! 보고 싶으면 가슴에 묻고, 슬프면 아린 대로 살게 두지…… 그렇게 가슴에 묻고 버텨온 세월이라 너무 아파서 지울 수가 없었어요! 그런데 이제 와서 가슴에 묻혀있는 그리움을 지우라고요? 지울 수가 있어야 지우고, 잊을 수 있어야 잊는 것이잖아요! 이제 와서 용서하라고요? 용서도 용서할 수 있는 게 있어요! 가슴에 멍울로 자리한 아픔을 어떻게 하라고요! 인형속의 엄마도 용서하지 못할 거예요! 수많은 세월을 가슴에 품고 살아온 슬픔을 아니까요. 외로워서, 보고파서, 흐느끼지 않으면 견딜 수 없었던 그리움을 지켜봤으니까요! 그런데 왜 이제 나타났어요? 그동안 가슴에 품고 살아야했던 그리움만으로 살게 두지, 내 앞에 왜 나타났는데요? 울지만 말고 말 좀 해봐요! 당신도 그립고 보고픈 마음을 한시도 잊어본 적이 없었다고 변명이라도 해봐요! 꿈속에서라도 엄마 품에 안겨 한번만, 꼭 한번만 자장가를 들으며 잠들고 싶었던, 얼마나 그리움에 사무쳤던 아픔인 줄 아세요? 인형 속의 엄마하고만 놀 수밖에 없었던 내 영혼을 더 이상 슬프고, 아프게 만들지 마세요, 이제 와서 어떡하라고요, 엄마!……."

유 교수가 수술실로 들어선다.

그의 뒤로 간이식 전문의들의 긴장된 기색이 역력하다. 장장 15시간 이상의 대수술은 언제나 힘든 시간이기 때문이다. 유 교수는 속옷만 남긴 채 멸균처리 된 푸른 수술복으로 갈아입는다. 머리에 모자를, 입엔 마스크를 쓰고 솔에 세척액을 묻혀 수술복 전체를 문지르고 맨발에 슬리퍼다.

무영등이 내려 비치는 수술대 위에 기증자인 그녀는 두 눈을 꼭 감은 채 잠들어 있다. 제일 먼저 수술실에 들어와 기증자를 편히 잠재운 마취의는 유 교수에게 고개를 끄덕인다. 그것은 마취가 잘 되었다는 신호다. 수술실 수간호사의 눈신호가 떨어진다. 보조간호사가 수술부위를 정성스레 소독을 시작하는 동안 의료진들은 고개를 숙여 묵념한다. 오늘도 무사히 성공적으로 수술을 마치기를 바라는 마음일 터다.

유 교수는 헤드라이트를 착용한다. 무영등만으로도 여러 각도에서 빛을 비춰 그림자가 생기지 않으나 수술하다 보면 보조집도의 그림자가 어른거릴지도 모를 사태에 대비해 미연에 방지하려는 것이다. 유 교수는 그런 것까지 미연에 방지하고 싶어 대수술 땐 꼭 헤드라이트를 착용한다.

유 교수는 천천히 수술대 앞으로 다가간다.

스크랩_{수술기구 사용을 돕는 간호 업무자}이 메스를 들어 유 교수 손에 쥐어주므로 어시스턴트_{보조 의료인}들의 시선이 모여진다. 유 교수의 오른 편에 있는 치포_{레지던트 중 최고참 주로 4년차}가 파오크다_{수술부위를 메스}

로 자를 선을 긋는 것을 신중히 긋는다. 치포에 의해 그어진 선이 마무리 되기를 유 교수는 바라본다. 메스로 수술부위를 긋는 순간 복부에서 붉은 피가 샘솟듯 분출된다. 리트렉트! 벌어진 수술부위를 안전하게 고정시키는 기구 치포의 외침에 리트렉트를 준비하고 있던 스크랩이 얼른 치포의 손에 넘긴다.

"석션!"

치포의 지시에 바이스부담당자인 레지던트가 수호간사에게 눈짓을 한다. 수술용 거즈가 붉게 물들어 간다는 것은 긴장이 시작되었다는 것이다. 환자의 체온이 떨어질 것이 염려돼 냉방기가 멈춘 상태에서 하는 수술이라 복더위에 이중고다.

"간이 깨끗하고 건강하구만."

유 교수는 만족하다는 듯 고개를 끄덕이곤 우엽 쪽의 간을 절개한다. 간의 크기는 좌엽이 삼사십 퍼센트의 크기다. 그래서 유 교수가 육칠십 퍼센트의 우엽을 이식해 본 결과 기증자에게 별 이상이 없고, 수혜자에게는 많은 양의 간이 이식되기 때문에 그만큼 효과가 좋아 수혜자의 회복이 빠를 수밖에 없었다. 집도의 주니어교수는 유 교수에게서 메스를 이어 받는다. 유 교수는 수혜자의 간을 적출하기 위해 자리를 옮겨야하기 때문이다.

직경 몇 미리에 불과한 비정맥, 상형문막정맥, 하양문막정맥, 그리고 수많은 혈관을 이어야하는 난이도의 장기이식수술. 기증자의 생체부분이식 수술시간도 8시간 정도 걸리는 대수술이라 의료진들의 이마와 등줄기로 샘이 솟듯 물줄기가 흐른다. 건강한 간을 수혜자에게 이식하려면 그만큼 빠른 시간의 손놀림이 필요해 의료진들이 주고받는 눈빛이 무영등 사이를 번득인다.

기증자 피부 봉합 시 최대한 예쁘게 봉합하시오!

기증자 수술실 벽 액자에 글씨가 씌어있다.

기증자가 대부분 부모에게 생체간이식을 하기 위해 온 20대의 아들과 딸들인지라 이식수술자체의 흔적이 평생 남기 때문일 터이다.

"수처를 해!"

집도의가 치포에게 복부봉합을 하라는 지시를 하고는 허리를 편 채 흘끔 시계를 본다. 오후 3시를 가리키는 분침과 시침이 합쳐지는 중이다. 메스를 이어받은 치포는 복부에서 리트랙터를 빼낸다. 무영등 아래 벌어진 여인의 복부가 그대로 드러나 스크랩이 치포를 바라본다. 치포가 고개를 끄덕인다. 그것은 봉합을 시작하자는 의미다. 치포의 눈짓에 스크랩이 포셉수술부위조직 봉합을 위한 수술용 집게로 꿰맬 부위를 당긴다. 치포가 수술용 바늘로 절개된 부위를 한 뜸, 한 뜸 꿰맨다. 보비! 출혈을 지혈하는 전기지혈기 조용히 말한다. 보조 스크랩이 꿰맨 부위가 매듭지어질 때마다 보비를 밟는다. 기증자의 봉합을 예쁘게 하시오, 라는 문구처럼 치포의 섬세한 손놀림이 한동안 치밀하게 이어진다.

"박 선생!"

치포는 그녀의 봉합을 마친 후 꿰맨 부위를 세세히 살피고 나서 스크랩을 부른다. 허리를 펴는 치포의 안색이 편안한 걸 봐서는 수술이 만족한 모양이다. 치포의 눈길을 쫓아 부술 부위를 살피고 난 스크랩이 치포에게 눈길을 옮겨 고개를 끄덕이곤 봉합도 잘되었으니 드레싱을 마치고 회복실로 이동 시켜, 하고는 마스크를 벗는다.

수술실 입구 벽 전광판엔 수술 중이라는 불이 들어와 있을 뿐 병동통로는 아버지의 숨소리 이외 적막하다. 벌써 9시간이 흘러가고

에필로그

있어 아버지는 숨이 막힐 듯해 가슴을 쓸어내린다. 윙, 윙 대는 이명 마저 현기증을 일으키나 보다. 잠시 벽에 손을 짚고 있다가 눈을 뜨고는 수술실 앞에 서서 전광판을 쳐다본다. 전광판에 그녀의 이름이 회복실에 있다!…… 멍히 전광판을 응시하던 입술 사이로 아픈 신음이 비집고 나온다. 휘청대는 뒷걸음질이 현기증을 일으켜 황망히 벽에 몸을 기댄다. 상담실에서 스쳤던, 그럴 리가 아니야 했던 여인이? 아니야! 혹시나 해서…… 기증자가 어떤 분인지 고마워서 왔는데 그녀라니! 생체간이식기증자가 그녀라니?

수많은 세월이 흘렀어도 스쳐가듯 마주친 모습에서 지워지지 않은 흔적이 살아나 불현듯 가슴으로 엄습해오는 떨림은 무엇인가? 바짝 마른 입술이 말해주듯 뛰고 있는 마음이 쉬 가라앉지가 않아 마른 목젖이 울컥한다. 어떻게 변해있을까? 그토록 미움으로 잊으려 몸부림쳤는데, 그렇게 헤어져 이만큼 세월이 흘렀으면 지워질 만도 한데, 가슴 아리게 자리하고 있는 것은 무엇일까? 그리움을 아픔으로 지우려했던 몸부림이 여기저기 산재해 있다는 것은 지울 수가 없었다는 것인가! 그래서…… 이토록 가슴이 아리고 아픈가. 어떤 모습으로 변했을까? 수십 년이란 물줄기가 흘렀는데…… 거슬려 보려 해도, 소용돌이치는 물굽이가 파문처럼 흩어진다.

일렁이는 파도에 던져진 듯 현기증이 온다. 벽에 이마를 댄 채 가쁘게 몰아쉬는 숨소리만큼 어깨가 들썩여져 뿌옇게 흐려지는 눈시울이 붉어진다. 지우려는 고갯짓을 쉼 없이 해대는 발등 위에 안타까운 흔적이 방울방울 희뿌옇게 번진다. 아픔이 되살아날까봐 짜르륵 경련을 느낀다.

묻으려 했던 그 세월 속에 그녀는 아파해봤을까? 끝없이 펼쳐진 수평선에서 떠오르는 조각배처럼 험난한 파고에 휩쓸려 아파는 해 봤을까? 망망대해에 버려진 조각배를 지키려고 메마른 등대 불빛이 되어 불빛이 꺼질까봐 두려워해 본 적은 있었을까? 혹시나 파도에 밀려 조각배가 가라앉을까봐, 노심초사 불면의 밤으로 가슴 졸이며 울고 싶어도 마음이 다칠까봐 깨문 입술에 피멍은 들어 봤을까? 그립고 보고파 베갯잇을 적시던 아이의 슬픈 눈망울을 느껴본 적이 있었을까? 껴안고 자는 엄마인형한테 얼룩얼룩 지문이 되어버린 무늬를 보고 가슴이 아파서, 아이의 눈물이 뒤섞여버린 엄마인형이 싫어서 마구 소리쳤다. 갈기갈기 찢어버린 채 엄마인형을 끌어안고 오열했던 분노를 알고는 있었을까? 학교에서 돌아온 아이가 엄마인형이 사라졌다고 울 적에, 그런 아이를 지켜보다 짓눌려버린 눈꺼풀이 쓰려 어쩔 수 없이 또 사다줘야 했던 아픔을 그녀는 알까? 무던히 덮으려 했던 시간의 고뇌와 지우려 몸부림쳤던 세월이었다. 그런데 그녀의 이름 앞에서 시선을 떼지 못한다. 미운 만큼 더 아프게 그리운 기억의 편린이 하나둘 제자리로 돌아선다.

종교가 무엇인지는 잘 모르지만 항상 가슴속에 신앙의 뿌리가 있었습니다. 아!……터져 나오려는 신음에 견디지 못하고 아버지는 벽에 손을 집곤 그 위에 얼굴을 묻는다. 손등으로 뜨겁게 번지는 물기를 얼굴로 비벼대다 머리를 감싸 안는다.

인간의 삶과 죽음을 주관하시는 신이시여! 지금까지 신의 믿음을 생각해본 적이 없으니 의심 또한 해본 적이 없습니다. 인간에게 주어진 믿음이 얼마나 소중한 것인가를 깨우쳤으므로 신 앞에 두 손을 맞잡고 기도합니다. 눈망울을 적시며 흘리는 눈물만이 슬프게 하는 것이 아니고, 겉으로 드러낼 수 없었던 가슴을 적시는 눈물의 아픔을 아시는지요? 자신의 운명과의 싸움에서 얻어진 결과의 소산이라면 기꺼이 받아들이겠습니다. 비록 일엽편주의 불안한 항해이지만 언젠가는 파도가 가라앉은 잔잔한 물결 위에서 수평선을 바라보는 용서의 세월이 올 것이라 믿습니다. 가야할 길이 아무리 험난해도, 당신이 주신 시련이라면 두려움 없이 가겠습니다. 모든 것은 신께서 주관하고 있다는 걸 믿기 때문입니다. 비록 힘든 나날이었으나 당신과의 대화를 허락하심에 작고 미흡한 마음이 견딜 수가 있었습니다. 혼자 감당하기에 너무 힘든 시간이었습니다. 지나간 시간들의 짓눌림을 용서로 받아주시고, 다가올 현실을 희망으로 인도해 주십시오. 내일의 미래를 기대하면서 오늘의 아픔을 견딜 줄 아는 인간이 되겠습니다. 신에 대한 믿음이 진정이라는 믿음을 훼손치 않게 해주십시오. 제가 향하는 길에 시련이 온다 해도 후회 없이 저의 믿음을 사랑할 수 있도록……

모태신앙인이라고 입버릇처럼 떠들어댔던 어린 시절. 그래서 문득 신의 존재가 가슴으로 다가왔던 것일까? 허물어져 내린 어깨가 힘없이 늘어진다.

깊은 밤이 적막에 텅 비어있다.

먹구름이 새벽바람에 밀려 하늘을 짙게 덮더니 음산하게 빗줄기 떨어지는 소리가 창문을 흔든다. 병원 지붕 위로 빗줄기가 무섭게 쏟아져 내린다.

새벽 3시가 넘어가고 있고 수술시간이 18시간이 흐르고 있다. 위급상황에서 이뤄진 수술인데다 상태가 워낙 안 좋아 의료진들의 등줄기로 식은땀이 축축이 배어있다. 다른 의료진들이 교대로 임무를 바꿨으나 위급상황을 전해 듣고 새벽 2시에 다시 들어온 유 교수는 꼬박 날을 샌 셈이다. 무겁게 내려앉으려는 눈꺼풀을 가까스로 치떠가며 헤드라이트에 비친 부위를 세밀히 관찰하려 신경을 곤두세운다. 장에서 간으로 공급되는 간 문맥이 심한 혈전으로 정상적인 기능을 하기에는 위험했다. 췌장 밑에서 혈관을 떼어내 새로 문맥을 만들어야 했다. 유 교수가 아니면 해낼 수 없는 고난도이며 가장 위험한 수술이기도 하다. 유 교수가 췌장에서 떼어낸 혈관을 세밀히 박리한 다음 혈관문합끊어진 혈관을 잇는 것 수치를 마쳐갈 즈음이다.

"딜티아젬입니다!심박수다운"

스크랩이 치포에게 나지막이 속삭이고 일렉트로 세팔로 그라피뇌파와 심전도 그래프를 가리킨다. 굴곡의 선이 완전히 떨어지고 있다. 옆 사람의 가는 숨소리까지 예민하게 들리는 수술실 안에서 스크랩의 음성이란 유 교수에게 천둥처럼 들렸을 터다. 딜티아젬이라니? 허리를 구부정하게 일으키며 유 교수가 읊조린다. 그것은 허탈함이 동반된 독백인 듯하다. 피로에 지쳐있던 유 교수의 눈빛이 갑자기 섬광처럼 번득이더니 의료진들을 빠르게 훑는다.

"여기서 포기하면 안 돼! 다들 정신 똑바로 차려! 피티혈액응고수치는 어때?"

"최악입니다. 더 이상 헤파린혈액응고 억제제을 사용할 수도 없습니다. 장시간의 수술에 의해 출혈이 많아 완전 저체온증으로 떨어진 환자의 체온을 끌어올리기란…….."

치포가 말을 얼버무리고 유 교수의 날카로운 눈길을 피해 어찌해야 좋을지 모르겠다는 표정으로 다시 유 교수에게 시선을 돌린다.

"펙드 셀수혈용 혈액을 꽂기가 가능한 곳이면 다 꽂아! 그리고 웜셀

라인따듯하게 데워진 식염수을 쉬지 말고 해!"

유 교수는 심각한 표정으로 지시를 하곤 고개를 떨어뜨린다. 할수 있는 최선을 다했는데 자신의 상식으로 도저히 이해가 안 되는 수혜자의 거부반응이 무의식에서 일어나고 있다. 도대체 무엇 때문에 환자의 장기기능이 저토록 거부반응을 일으키는 것일까? 도저히 이해가 되지 않는 상황이란 듯 유 교수는 잠시 눈을 감는다.

"교수님, 어레스트숨이나 심장박동이 멈춘 상태입니다!"

그래프를 살피고 있던 바이스가 빠르게 외치고는 시피알심폐소생전기충격기을 스크랩에게 건네받더니 심장 위에 올려놓는다.

"포기해선 안 돼!…… 강하고 빠르게 더 해봐!"

풀벌레소리가 소름끼치게 들린다.

무서운 침묵이 두꺼운 어둠을 꼴깍꼴깍 삼키고 있을 뿐 사방이 적막하다. 어떤 자가 삽으로 땅을 파기 시작하므로 풀밭 언저리로 희끄무레한 모래밭이 펼쳐진다. 한강변으로 내달리는 헤드라이트 불빛만이 교차될 뿐 인적이 없다. 공포에 질린 어두운 동공이 깜박임마저 잊은 듯 안정을 잃은 육신과 영혼이 부들부들 떨고 있다. 어스름 달빛 속에서 자신의 무덤을 삽으로 파고 있는 실루엣이 괴기하다. 삽날이 박힐 때마다 모래 알갱이와 부딪치는 소리가 소름을 돋게 한다. 누구일까? 왜 저토록 검은 모습으로 땅을 파고 있는 것일까? 왜 그러냐고? 물어보려 해도 입이 떨어지지가 않아 그만 두라고! 그리로 가고 싶은데 발이 떨어지지가 않는다.

"헉, 그만 두시오!……."

헛소리를 지른 아버지가 의자에서 바닥으로 떨어져 소리를 쳤으나 주변엔 아무도 없다. 주위를 두리번거리던 눈길이 창에 멎는다. 날이 밝았다. 목 줄기로 식은땀이 흥건하다. 가슴 떨렸던 꿈과 무서웠던 꿈이 뒤엉킨 상태로 바닥에서 몸을 일으켜 의자에 앉으려는데 전화벨이 울린다. 여보세요! 힘겹게 입술을 뗀 귀로 간호사의 음성이 울린다. 주치의 선생님이 빨리 중환자실로 오시래요, 라고. 중환자실! 두근거리게 만드는 용어라 아버지는 아랫입술을 지그시 깨문다.

창백한 기색으로 중환자실 앞에서 머뭇대는데 철문이 열리며 흰 천이 덮인 주검이 이동침대에 누워있다. 헉, 숨을 들이마신 동공이 심하게 흔들리고 걸음이 옮겨지는 어깨가 축 늘어진다.

"환자가 깨어났어요. 기적 같은 일이에요! 모든 게 아버님의 정성 어린 기도 덕일 겁니다."

"네!…… 그, 그게 무슨…….."

벌어진 입술을 다물지 못하는 아버지는 그 자리에 풀썩 주저앉는데 붉어진 눈망울에 물기가 가득하다. 여 의사가 아버님, 오셨어요! 라는 말에 아이의 눈꺼풀이 파르르 떨다가 힘겹게 떠진다.

"아, 아, 빠……."

자신을 부르는 아이의 손등에 얼굴을 묻은 아버지의 오열이 어깨를 들썩이게 한다.

"잠시 아픈 꿈을 꾸다가 깨어난 거야. 이젠 걱정하지 마. 아빠가 옆에서 지켜주잖아. 사랑한다, 내 딸아!"

아이의 손등 위에 울부짖는 물줄기가 쉼 없이 흘러내리므로 아이의 눈가로 뜨거운 물방울이 또르륵 구른다.

중환자실을 나온 아버지는 흐르는 눈물을 닦으려 하지 않는다. 중환자실을 나와 허둥대는 아버지의 발길이 멈춰지지가 않는다.

에필로그

이 병동에서 저 병동으로 마구 건너다니다가 힘에 부치면 의자에 앉아 잠시 쉬고 다시 일어나 저 병동으로 건너간다. 그런데도 발길이 힘들지 않아 편의점으로 들어가 우유와 빵을 들고 나온다.

"중환자실은 어디에 있어요?"

허겁지겁 복도로 뛰어든 여인의 다급한 말씨다.

병동을 나와 돌담을 향해 걷는 아버지는 두 팔을 활짝 편 채 깊게 숨을 들이마시고는 하늘로 눈길을 둔다. 햇살을 가렸던 구름이 흩어지는 사이에서 아이의 할머니가 웃다가 사라진다. 어머니, 편히 쉬세요. 아버지 눈가에 잡힌 주름이 쉬 사라지지 않는다. 아침을 맞이하는 하늘에 흰 뭉게구름이 둥실 떠있는데 실로 오랜만에 느껴보는 예쁜 구름이다.

출간후기

사랑이 우리의 구원이자 미래입니다

권선복
도서출판 행복에너지 대표이사
대통령직속 지역발전위원회 문화복지 전문위원

많은 이들이 세상살이가 갈수록 힘겨워진다며 한숨을 쉬곤 합니다. 하지만 그 어떤 고난과 시련이 닥쳐오더라도 나를 믿어주고 사랑해 주는 '사람'이 있기에 삶은 아름답습니다. 특히나 가족의 존재는 그 크기를 가늠할 수 없을 만큼 위대합니다.

책 『아빠와 딸』은 이 힘겨운 현실이 주는 상처를 끌어안고 살아가는 현대인들의 마음에 작은 온기와 위로를 전하는 책입니다.

본인의 인생역정을 기반으로 삶의 크고 작은 굴곡, 그 울림을 한 편의 소설에 감동적으로 담아낸 정광섭 저자의 열정에 큰 박수를 보냅니다.

아무리 외롭고 힘겨워도, 그 누구도 혼자는 아닙니다. 멀리에 있든 가까이에 있든, 가족이 있는 한 세상은 나 자신의 편입니다. 이 책을 읽는 모든 독자들의 삶에 봄 햇살과 같은 온기가 스며들고, 하루하루 행복과 긍정의 에너지가 팡팡팡 샘솟으시길 기원드립니다.